길은 모두에게
다른 말을 건다

위태로운 정신과의사의 행복한 산티아고 피신기

길은 모두에게
다른 말을 건다

김진세 지음

이봄

길이 그립습니다

살다보면 슬럼프라는 것이 올 때가 있습니다. 그 안에서 허우적거리게 되면 할 수 있는 일이 하나도 없습니다. 지금껏 잘해왔던 일들조차 어디서부터 시작해야 할지 모를 정도로 갑갑해집니다. 원인을 찾아봐도 잘 보이지 않습니다. 정신과의사도 예외는 아니지요. 제게도 슬럼프가 왔습니다. 다른 사람의 이야기를 들어주고, 제 생각을 글로 표현하는 것을 가장 재미있어했습니다. 오죽하면, 프로필에 '글쓰는 정신과의사'라고 할 정도니까요. 그런데 어느 날부터인가 상담실과 서재가 미치도록 답답해졌습니다. 그렇게 좋아하던 곳인데 말입니다.

누군가에게 위로를 받고 싶었습니다. 그런데 늘 위로를 건네기만 하던 저를 위해 거꾸로 위로를 보내는 사람은 많지 않더군요. 제게 갖는 편견(정신과의사가?) 때문인지, 아니면 어설픈 자존심(정신과의사인데!) 때문인지……. 아무튼, 안 되겠다 싶었습니다. 다른 방법을 찾아야 했습니다. 그래서 고민 끝에 길을 떠나기로 한 것입니다. 버킷리스트로만 간직하고 살아갈 줄 알았던 스페인 산티아고 길 순례를 실행에 옮기기로 했습니다. 그것도 혼자서 말입니다.

한 달간 약 800킬로미터를 걸었습니다. 길은 역시 아름답고 부드럽고 다이내믹했습니다. 하지만 결코 남들처럼 좋은 것만, 행복한 것만 누린 것은 아니었습니다. 불편한 점도 많았지요. 백 명쯤 단체로 한 방에서 자며 코 고는 소리에 불면의 밤을 보내기도 했고, 달랑 두 벌의 옷으로 한 달을 버텨야만 했습니다. 때론 '나는 왜 인생의 깊은 의미를 못 깨닫지' 하며 스스로를 타박하기도 했습니다. 또 발바닥에는 주먹만한 물집이 잡히고, 무릎은 얼른 수술을 받아야 하는 건 아닐까 하는 걱정이 들 정도로 아프고, 몸은 비명을 질러댔습니다.

그럼에도 불구하고 길은 결국 옳았습니다. 저도 모르게 변화가 일어났습니다. 방황하던 마음은 서서히 본래의 모습을 찾고, 몸이 하는 이야기에 귀를 기울이게 되었습니다. 더 나아가 길은 욕심과 한계와 의지에 대한 통찰을 주었습니다. 전에 알지 못하던 자신을 만나게 되었습니다. 어찌된 일일까요? 변화의 원인은 무엇일까요?

길에서 만난 사람들 덕분이었습니다. 그들이 제게는 큰 힘이 되었습니다. 이 책 『길은 모두에게 다른 말을 건다』는 제 이야기인 동시에, 걸으며 만난 사람들의 이야기입니다. 그들은 우리와 똑같이 진로와 결혼으로 갈등을 겪기도 하고, 정체성과 노년의 삶에 대해 고민합니다. 사랑에 들뜨기도 하고, 상실로 고통스러워합니다. 길은 모두의 질문에 응답하고, 그들은 각자의 방법으로 해법을 찾게 됩니다.

지나간 한 달이 행복했습니다. 이 책을 통해 저의 행복을 나누어드리고 싶습니다. 함께 생각하고 느끼며 걷기를 바랍니다. 그리고 언젠가는 길에서 마주칠 날을 기대합니다. 길에서 만나면 누구나 반가운 사람이니까요.

2016년 7월 김진세

정신과의사도 위로받고 싶다

"이런, 젠장!"

2년 전 어느 날 늦은 오후.

상담실 문이 닫히자마자 욕이 나왔다. 내 자신이 혐오스럽다. 환자에게 짜증을 내다니……. 명색이 정신과의사란 사람이 이게 뭐란 말인가. 다른 사람들의 힘든 마음을 어루만져주기는커녕, 환자의 화를 돋우어버렸다. 환자는 잔뜩 화가 나서 눈을 부라리며 나가버렸다. '나도 희로애락을 느끼는 인간이란 말이다!'라고 위안을 해보지만, 찜찜한 마음을 누그러뜨릴 수는 없었다. 더이상 상담을 진행할 수가 없었다. 문을 걸어 잠그고 잠시 스스로를 돌아보았다.

병명부터 알려달라고 재촉하는 환자였다. 보통 이럴 때는, "제가 점쟁이도 아니고……"라는 말로 설득을 시작한다. '정신과는 진단을 하기까지 시간이 많이 필요합니다'라는 이야기를 유머러스하게 하는 것이다. 그럼 대개는 환자도 웃으면서 여유를 찾게 된다. 다만 내 말을 유머로 들리게 하려면 목소리의 톤이나 억양을 잘 선택해야 한다. 잘못 들으면 핀잔하는 소리로 들릴 수 있으니 말이다. 유머는 유머답게 여유와 웃음이 함께 표현되어야 한다.

그런데 오늘은 달랐다. "내가 점쟁이도 아니고……"는 "내가 점쟁이요? 도대체 상식이라고는 없어요. 내가 안 해주고 싶어서 안 하는 줄 알아요?"라는 짜증 섞인 칼날로 변해서 환자를 공격했고, 공격받은 환자는 당연한 반응으로 나를 비난하고 저주했던 것이다. 모두 다 내 잘못이었다.

어쩌다 이렇게 되었을까? 나를 찾아오는 사람들의 힘든 마음을 함께 나누는 것이 제일 큰 행복이라고 믿었는데. 내게 소중한 즐거움과 의미를 주는 상담이 어느새 귀찮고 힘든 일이 되어버렸다.

지난 20여 년간 그만두고 싶은 날이 없었다면 거짓말이겠지만, 잘 넘겨왔다. 나름의 스트레스 관리와 책임감으로 별 탈이 없었는데, 최근에 상황이 악화되었다. 살다보면 누구에게나 오는 슬럼프가 내게도 찾아왔다. 즐거웠던 칼럼 연재와 강연, 그리고 방송 출연이 버거워졌다. 심연으로 떨어지기 직전이었기에, 본능적으로 상담 이외의 일은 가능하면 자제하기는 했다. 문제는, 이제는 바닥이라는 사실이었다. 깊이 가라앉으면 떠오르려는 노력이 헛짓이 되기 쉽다. 운동도 더 열심히 해보고, 사람들과의 만남의 목적도 '일'에서 '재미'로 바꾸어보고, 심지어 역설적으로 일을 더 많이 늘려보기도 했지만, 어느 것도 소용없었다.

돌이켜보면 남은 것은 알량한 의무감뿐. 일과 가정과 개인 시간의 균형은 이미 오래전에 깨져 있었다. 일의 추는 감당할 수 없을 만큼 무거워져, 기울다못해 바닥에 지저분하게 너부러져버렸다. 가족들은 내색은 안 하지만 힘들어한 지 오래다. 가끔 보는 친구들과의 술자리는 우정을 즐기는 자리가 아닌 '스트레스 풀이'라는 미명 아래 점점 독해졌다. 결국에는 마지막 보루였던 아침 운동마저 게을리하기 시작했다. 스스로를 불행의 구렁텅이에 몰아넣고 있었다. 그 붕괴를 응급상황으로 인식한 것은 아이러니하게도 '내가 가장 재미있어하는 상담'중에 벌어진 이번 사건 때문이었다.

'이런, 젠장! 이게 뭐지? 내가 어떻게 된 거야!'

일과를 마치고 집으로 들어갔다. 저녁 약속을 취소했다. 툴툴거리는 후배 놈의 목소리를 뒤로하고 집으로 들어왔다. 쉬고 싶었다. 문을 열고 들어서자, 나를 본 아내는 눈을 피했다. '어라? 눈을 피해?' 화가 나고 동시에 더럭 겁이 났다. 이렇게 힘든 남편을 이해해주지 못하는 아내에 대한 어린 투정으로 화가 났고, 눈을 피하는 그 모습을 실은 매일 봐왔다는 것을 깨달은 순간 겁이 났다. 미안함과 부끄러움에 슬며시 방으로 들어갔다.

슬럼프의 심연에 가라앉았다. 남들은 "아니, 정신과의사가?"라고 하겠지만, 나도 아프다. 나도 힘들고, 나도 누군가에게 실컷 울면서 내 힘든 삶을 고백하고 위로받고 싶다. 하지만 난 정신과의사다. 선배 의사를 찾아가 상담을 받고 싶기도 했지만, "다 그런 거야! 알 만한 사람이……'라는 식의 핀잔성 위로를 듣는 수준일 것을 알고 있다. 혼자 풀어가야 했다.

하지만 어떻게 할까? 막막했다.

습관처럼 노트북을 열었다. 마음을 정리하는 글을 쓰려고 했다. 사람들이 신기해하지만, 나는 글을 쓰면 스트레스가 풀린다. 머릿속의 생각을, 가슴속의 감정을 글로 표현하려고 노력하다보면 머리와 마음

이 가벼워지는 느낌이다. 누군가에게 글을 보여야 하는 경우에는 조금 스트레스를 받기도 하지만, 전반적으로 내게 글쓰기는 스트레스 해소의 방편이다. 그런데 그날은 달랐다. 글조차 써지지 않았다. 그저 이 폴더, 저 폴더를 클릭하면서 내 과거의 기억들을 더듬고 있었다.

그러다 '나의 버킷리스트'라는 메모를 발견했다. 1부터 10까지 번호가 붙여진 버킷리스트와 짧은 설명들. 가만히 보고 있자니, 낮에 있었던 부적절한 행동에 대한 후회와 스스로에 대한 미움으로 무거워진 마음이 살짝 가벼워졌다.

1. 영어 능숙하게 말하고 읽기 → 시작

2. 좋은 오디오 → 시작

3. 체계적인 철학 공부

4. 바다가 보이는 집필실에서 쓰고 싶은 글 쓰기

5. 다이빙 10대 포인트 가보기 → 발리카삭, 팔라우, 시파단, 시밀란 → 축하합니다!^^

6. 지리산 종주

7. 타로 볼 줄 아는 정신과의사

8. 피트니스 클럽 회원권 → 축하합니다!^^

9. 산티아고 길 순례

10. 봉사하는 삶

언제인가부터 내가 하고 싶은 것을 정리해서 열 가지를 만들어, 버킷리스트란 이름을 붙여두었다. 각항 뒤에 붙은 '시작'은 이미 시작되었다는 뜻이고, '축하합니다'는 이미 성취한 것들이다.

그중에서 아홉번째 버킷리스트. 갑자기 눈이 환해지면서 '산티아고 길 순례'란 글자에서 눈을 뗄 수가 없었다. 프랑스 국경의 작은 마을에서 스페인의 가톨릭 성지인 산티아고 데 콤포스텔라Santiago de compostela, 이하 '산티아고'까지 도보여행을 하는 '산티아고 길 순례'는 열심히 살아온 내게 주는 휴식과 선물의 의미로 버킷리스트에 올려놓은 것이다. 지금이 바로 그때이다. 내게 휴식과 선물을 주어야 하는! 아니, 어쩌면 도피일지도 모른다. 그래도 상관없다. 떠나자! 떠나서 일단 피하고 보자. 순례의 고난과 의미는 생각도 나지 않았다. '그냥 몇 주만 쉬었으면' 하는 바람만 있었을 뿐.

그날 이후, 2년간 준비를 했다. 행복한 마음으로. 덕분에 상담실에서 여유를 찾을 수 있었다. '산티아고 길 순례'는 희망이 되어, 슬럼프에 허덕이며 지쳐 시들던 내게 보약과 비료가 되어주었다.

그래, 난 산티아고로 간다!

출발~여섯째 날

길고 긴 산책의 시작

길을 나섰다. 아직 동이 트지 않은 길. 헤드랜턴을 켰다.
멀리 한 순례자가 걷는 모습이 어슴푸레 보인다.
새벽 숲길은 아름답다못해 처연했다.
해가 떠오르고, 헤밍웨이가 살았다는 부르게테를 지나니
앞뒤로 아무도 없는 길 위에 혼자만 덩그러니 남았다.

비아리츠Biarritz 공항에는 벌써 어슴푸레 어둠이 깔리기 시작했다. 산티아고 프랑스길의 시작인 생장피드포르Saint-Jean-Pied-de-Port, 이하 '생장' 라는 긴 이름의 작은 마을로 가기 위해, 벌써 20여 시간을 이동했다. 인천공항을 출발해서 파리 샤를드골 공항을 거쳐, 파리 오를리 공항까지 버스로 이동. 다시 비행기를 타고 비아리츠에 도착한 것이다. 이 고단한 논스톱 여정을 택한 것은 성격 때문이다. 가장 효율적인 여행을 위해서는 가장 짧고 간단한 동선을 찾아야 한다. 많은 순례자의 경우 파리나 마드리드에서 일박을 하고, 아침 일찍 기차와 버스로 이동한다. 보통 생장까지 이틀 정도 걸리고, 느긋한 순례자는 파리에서 하루를 더 보내기도 한다. 하지만 하루도 아까웠다. 카페와 인터넷을 뒤지고 뒤져, 최단 기간에 갈 수 있는 방법을 찾아냈다. 약간의 우월감과 함께 기쁨을 느꼈다. 물론 몹시 피곤하기는 했지만 말이다.

잠도 제대로 못자고, 흥분과 긴장으로 뒤범벅되어 마치 꿈속에 있는 느낌이었다. 배낭을 찾아 들고 공항 밖으로 나왔다. 작은 공항 주차장에서 'JAMES KIM'이라고 적힌 하얀 종이를 들고 있는 갈색 머리의 자그마한 여자를 찾았다. 캐롤라인. 나를 생장까지 데려다줄 드라이버다. 인사를 하고 작은 승용차에 올라탔다.

"워낙은 네 사람이 더 있었는데, 무슨 일이 있나봐요. 연락도 없네요."

아차! 머릿속이 멍해서 잊어버렸다. 동승객이 있었지! 꼭 필요한 사람들인데! 비아리츠부터 생장까지 약 한 시간의 거리는 차로 이동하기로 했었다. 인터넷으로 교통편을 문의하니, 편도 요금이 무려 168유로(약 25만 원)나 했다. 만만치 않은 가격이라 다른 방법이 없냐고 묻자,

만약 일행이 더 있다면 비용은 내려갈 것이라고 했다. 혹시나 하는 기대로 출발 2, 3일 전 다시 문의를 해보았다. 다행히 네 명의 일행이 더 있었다. 1인당 35유로 정도 들 것이라고 했다. 시작부터 잘 풀린다 싶었다. 생장까지 하루 만에 도착해서 그 다음날부터 본격적으로 산티아고 순례길을 걸을 수 있는데다, 이동 비용도 많이 싸지니 말이다.

그런데 다른 사람 모두 취소했다고? 나 혼자 168유로를 내야 한다고? 세상에! 168유로면 비아리츠에 있는 좋은 호텔에서 하루 자고, 다음날 아침 버스로 이동할 수 있는 비용이다. 시작이 좋아야 끝도 좋다는데……. 왠지 불길한 느낌도 들면서, 동시에 '그렇지 않을 거야! 선진국 국민인데, 설마……. 좋은 점만 보자!'며 스스로를 달랬다.

어두운 길을 달려, 밤 10시쯤 생장에 도착했다. 식당이며 가게며 모두 문을 닫았고, 불빛이 새어나오는 곳은 오로지 순례자 사무실뿐이었다. 아직 두 사람이 순례자 등록(순례자 숙소인 알베르게를 이용하고 산티아고에 도착해서 순례 증명서를 받으려면, 순례자 여권을 만드는 등록 절차를 밟아야 한다)을 하고 있었다. 늦은 시간이라 나말고는 한 명의 순례자가 더 있을 뿐이었다. 내 차례가 되자, 가슴에 스위스 국기를 단 남성 자원봉사자(순례자 사무실을 비롯한 많은 순례길의 기관들은 자원봉사자에 의해 운영되고 있다)가 나를 불렀다. 그는 몇 번 연달아 재채기를 하고는, 입과 코에서 나온 파편들을 손수건으로 슥슥 닦더니 내게 악수를 청했다. 잠시지만 멈칫했다. 만약 독감이라도 옮으면 긴긴 순례길이 얼마나 힘들까? 하지만 악수를 거절하면 상대를 무시하는 걸로 보이진 않을까? 멈칫거림을 눈치챘을 텐데, 그는 내게 내민 손을 거두지 않았다. 그의 눈은 '어쩔래?'라고 말하는 듯했다.

낯선 여행객은 정보가 필요했고, 정보는 그의 머릿속에 있다. 더이상

피해의식에 시달리기 싫어서 덥석 그의 손을 잡았다. 그러고는 책상 밑으로 손을 내려 바지에 손을 문질렀다.

찝찝한 악수가 끝나자 비로소 등록이 시작되었다. 이름과 국적, 나이, 그리고 순례의 목적을 묻는다.

"또 한국인이네! 아마 오늘 마지막 한국인이겠지요. 어디 보자. 하나, 둘, 셋……. 벌써 20명이 넘네요. 오늘 내가 등록한 한국인 말예요."

순례길에는 한국인이 넘쳐난다. "영숙아!" 하고 부르면 반이 돌아본다는 농담까지 한다. 왜 한국인이 넘쳐날까? 순례가 주는 매력이 무엇이기에 그런지 궁금해졌다. 그는 내게 순례자 여권과 두 장의 종이를 건넸다. 순례길을 34일로 나눈 구간거리와 고도가 표시된 차트 한 장과 대략적인 지도 한 장이었다. 이리저리 지도를 살피는 나에게 정색을 하고 물었다.

"어디로 갈 겁니까? 피레네^{Pyrénées}를 넘을 거요, 아니면 발카를로스^{Valcarlos}로 돌아서 갈 거요?"

예상은 했다. 서울에서 날씨를 확인했더니, 이곳의 날씨가 어제까지만 짱짱하고 오늘은 '하루종일 비'로 바뀌는 것이었다. 그는 내게 오늘의 날씨를 보여주더니 이번에는 태블릿 PC에서 사진을 보여주었다. 구름이 잔뜩 껴서 길조차 찾기 힘든, 호러무비에나 나올 법한 괴기스러운 풍경이었다.

"여기 좀 보구려. 뭐가 보여요? 아무것도 없지요! 근데 왜 여기로 가는지 모르겠어요. 위험하단 말이에요!"

오늘 등록을 한 한국인 20여 명 전부 산으로 간다고 했다는 것이다. 그는 이해가 안 된다며, 그동안 있었던 피레네의 사건 사고를 읊어대기 시작했다. 비가 오는 날 조난을 당해 시체로 발견된 독일 청년, 단체로 실종이 되어 뉴스에도 났던 한국 사람들, 가다가 돌아와서 차를 타고 다음 마을로 간 사람 등등. 번개에 맞아 즉사했다는 이야기만 안 했지, 정말 무시무시한 이야기로 나를 겁주려 했다. 하지만 보통 이럴 때 나라는 인간은 어려운 것을 선택하는 편이다. 더구나 20여 명의 한국인들이 그 길로 갔다지 않는가! 산으로 가야지 마음을 굳히는 순간, 나의 굳은 마음을 읽었던지 그는 나지막하지만 가장 섬뜩한 말투로 내게 이야기했다. 그리고 그의 마지막 말이 마음을 돌려놓았다.

"도대체 순례를 하러 온 거요, 아니면 등산을 하러 온 거요?"

나폴레옹이 넘었던 그 피레네를 꼭 넘어보기 위해서, 한국에서 제일 높다는 산 세 곳을 기어오르는 노력을 했다. 나의 또다른 버킷리스트였던 지리산 종주, 무릎이 부서지는 줄 알았던 설악산, 그리고 비와 눈으로 세 번의 시도 끝에 정상 정복에 성공했던 한라산까지 말이다. 하지만 내가 이곳에 온 이유는 지치고 힘든 마음을 달래기 위해서였다.

피레네를 포기하자니 왠지 순례의 일부를 잘라내는 것 같았다. 하지만 그의 말이 옳다. 자연을 정복을 하러 온 길이 아니니, 경이로운 자연에 고개 숙이고 받아들이는 것이 순리다. 피레네 산을 돌아 발카를로스로 가야겠다.

'마음을 달래자. 정동진에 가도 일출을 볼 수 없는 것이 다반사인데, 뭐!'

살다보면 위험이 예측되지만 그것을 선택할 때가 있다. 그런 선택을 자세히 분석해보면, 결코 성공 가능성이 선택의 기준이 되지는 않는다. 비록 가능성이 적어도 성공했을 때의 이득이 얼마나 크냐가 관건이다. 하지만 감수할 수 없는 손해라면 조심해야 한다. 지나친 낙관주의가 오히려 화를 불러일으킬 수 있다.

그렇다고 내가 피레네를 포기한 것에 대한 합리화를 할 생각은 없다. 사람마다 처지가 다르니까 말이다. 다음에 또 순례길에 도전할 기회가 있다는 것이 좀더 확실하다면, 난 무조건 피레네에 도전했을 것이다. 혹시 다쳐도 며칠 치료를 하고 나서 또 걸을 수 있을 정도로 여유가 있었다면, 비 오는 피레네의 괴기스러운 풍경을 즐겼을 것이다. 체력이 어마어마해서 악천후를 뚫고 한걸음에 올라갈 수 있다면, 피레네까지 뛰어올랐을 것이다. 하지만 '다음 기회'가 쉽지 않을 나에게는 목표인 800킬로미터 완주가 중요했다.

내 항복을 받아낸 자원봉사자는 안도의 표정을 지었다. 물론 나는 아쉬움과 서운함에 기가 죽었지만.

마지막으로 그가 자세히 길 안내를 해주었다. 발카를로스로 돌아가는 길이 안전하고 아름답다며, 게다가 그곳에서는 내일 축제가 열린다며 나를 위로해주려고 애썼다. 아니, 위로처럼 들렸다.

등록이 끝나자 그는 순례자라면 당연히 배낭에 붙들어매야 하는 상징이라며 내게 조가비를 권했다. "기부금을 2유로 이상 하는 것이 좋다"는 말과 함께. 사실 자원봉사 형태로 이루어지는 곳이기에, 필수적인 것은 아니라 해도 고마움을 표시하고 미래의 순례길을 생각하면 기부는 해야 한다. 하지만 왠지 강압적이거나 상술 같은 기부는 좀 기분이 언짢아진다. 인터넷 카페에서 본 글처럼, 한국인이 기부에 인색하다고 소문이 나서 기부가 꼭 의무인 것처럼 이야기를 하나? 아니면 내가 짠돌이로 보이나?

조가비를 두 개 집어들었다. 약간 몸을 틀어서, 뒤쪽에서 나를 유심히 쳐다보는 그가 잘 볼 수 있게 5유로 지폐를 넣었다. 슬쩍 그를 보니, 만면에 미소를 띠며 나를 쳐다보고 있는 것이 아닌가!

이제 알베르게를 찾아나서야 한다. 인사를 하고 나서는데 또 손을 내민다. 이번에도 망설여졌지만, 한 번 잡았는데 두 번 못 잡겠나 싶었다. 그는 오래도록 내 손을 흔들어댔다. 몸속에 있는 모든 인플루엔자를 내게 다 옮겨놓으려는 심산인 것 같았다.

늦은 시간에 도착할 것을 예상했기 때문에, 한국에서 알베르게를 예약해두었다. 시간을 보니 10시 30분경. 불 꺼진 알베르게 문을 두드렸다. 오래지 않아 주인아주머니가 나왔다. 잠옷 차림의 오십대로 보이는 그녀가 반갑게 맞아주었다. 이미 다른 순례자들은 잠이 든 듯, 불이 다 꺼져 있었다. 2층의 내 방, 아니 내 침대를 알려주었다. 다섯 개의 2층 침대가 있는 방이었다. 침대는 거의 다 비어 있었다. 문 바로 앞 침대에 누군가 한 사람이 자고 있을 뿐이었다. 건너편 침대에 자리를 잡자, 주인아주머니는 아침식사는 6시부터고, 피곤할 테니 잘 씻고 자라고 했다.

침대에 눕기 전에 절차가 필요했다. '베드버그' 때문이다. 베드버그는 빈대의 일종으로 오래되고 불결한 침대에 서식한다. 일설에 의하면, 이 놈이 한 번 물기만 해도 너무 가려워 순례를 포기해야 할 정도라고 한다. 그래서 자려면 복잡한 준비를 매일 해야 한다.

1단계, 침대 시트와 천장(2층 침대의 1층에서 자는 경우)과 침대다리에 해충 스프레이를 뿌린다. 2단계, 약효가 발동되어 벌레가 도망가기를 잠시 기다렸다가 침낭을 깐다. 3단계, 침낭 위에 해충 스프레이를 뿌린다. 4단계, 이게 제일 중요한데, 잘 때 절대 침낭 밖으로 신체 일부가 노출되지 않게 애쓴다.

인플루엔자와 벌레를 두려워하는 것을 보고 혹시 내게 '오염강박'이 있나 오해할 수 있겠지만, 그것은 아니다. 4주간의 소중한 휴식을 그

깟 벌레 한 마리 때문에 망치는 것이 정말 싫어서이다.

잠자리 준비를 하고 씻기 위해 세면도구를 챙겼다. 배낭 또한 도난의 위험을 줄이기 위해서, 또 혹시 벌레라도 들어가면 안 되니까, 늘 무엇인가를 넣고 빼고 나서는 바로 잠근다. 샤워실로 가려고 일어서는데, 아차 슬리퍼! 두번째로 배낭을 다시 열었다. 슬리퍼를 신고 세면도구를 들고 나서는데, 아…… 이번에는 수건. 다시 세번째로 배낭을 열어 수건을 챙기고, 이번에는 또다시 배낭을 여는 일이 없도록 '잊은 것이 없나?' 잠시 생각하고는 배낭을 닫았다. 샤워실로 들어가 슬리퍼를 벗고 옷을 벗었다. 아차! 갈아입을 속옷. 뿌드득, 이가 갈렸다. 어쩔 수 없이 다시 옷을 입고, 슬리퍼를 신고 방으로 돌아왔다. 무려 네번째로 배낭을 열고 속옷을 챙겼다. 침대 모서리에 머리를 박고 싶은 충동을 참고 샤워실로 향했다. 끄응. 샤워실에 들어서면서 화장품을 챙기지 않았다는 것을 알았지만 돌아서지 않았다. 화장품은 결례를 무릅쓰고 방에 돌아가 불을 켜고 바르든지, 아니면 차라리 아무것도 바르지 말든지!

천신만고 끝에 샤워 준비가 끝났다. 뜨거운 물이 잘 나와야 할 텐데……. 그런데 이것은 또 무슨 일! 아무리 샤워기 꼭지를 돌려도 물이 나오지 않는다! 머리 뚜껑이 열리며 '쉬익' 하는 소리가 들린다. 짜증이 몰려온다. 잠시 주인을 깨워서 물어볼까 생각도 했지만, 폐를 끼치기 싫었다. 혹시 그녀가 이미 "물이 안 나온다"고 알려줬는데 내가 못 들었을 수도 있지 않은가. 몰려올 창피함과 현재의 화를 저울질하다, 그냥 세면대에 머리나 처박고 감기로 했다. 다행히 세면대 물은 잘 나왔다. 머리카락이 얼어 세면대에 들러붙을 것같이 엄청 차가운 물이었지만 말이다.

'역시 머리는 찬물로 감아야 정신이 번쩍 들어 좋다'고 위로하면서 방으로 돌아왔다. 헤드랜턴을 켜고(공동생활을 하는 곳이라 가능하면 다른 사람의 생활을 방해하면 안 되니까), 로션도 바르고, 휴대전화와 노트북 충전을 시작했다. 가끔 분실 사고가 있다고 해서 휴대전화와 노트북은 늘 침낭 속에서 나와 함께 잠을 잘 예정이었다.

자려고 누웠으나 잠이 오지를 않는다. 옆자리에 누워 있는 순례자는 조용한 게 이미 잠이 든 것 같았다. 이어폰을 끼고 노래를 들었다. 그래도 잠이 안 온다. 트위터도 해보고 페이스북도 쳐다보고 카톡도 열어보고 인터넷 뉴스도 보고…… 잠이 오질 않는다. 시계를 보니 새벽 3시. 몸과 마음이 준비가 되어 있지 않으면 내일 목표인 25킬로미터를 어찌 걸을까?

첫째 날 일과 삶의 세대차 ......

도통 잘 수가 없다. 21시간을 날아온 피곤함 때문인지, 시차 때문인지 잠이 오지 않는다. 잠이 드는 듯하면 내 코 고는 소리에 놀라 깨고, 좀 잔 것 같아 시계를 보면 한 시간 정도 흘러 있고…… 그러다가 3시 50분에 잠이 달아나버렸다. 6시에 기상하는 것이 예의라니, 두 시간 10분은 꼼짝없이 누워 있어야 했다.

잠깐 잠이 들었는지, 휴대전화 알람에 놀라 눈을 떠보니 6시. 온몸이 무겁다. 잠을 잔 건지 안 잔 건지 모르겠다. 주먹만한 빈대가 내 살점을 뜯어먹는 악몽 때문일까? 확실한 것은 침낭 밖으로 손과 발이 빠져나가지 않도록 하느라, 그나마 잔 조각잠이 더 조각나버렸다는 것.

잠시 여기가 어딘지 헷갈렸다. 어제 긴 하루 동안 있었던 일들을 떠올리고 나서야 현실감이 돌아왔다.

세면도구와 수건과 로션을 챙겨, 옆 침대의 순례자를 깨우지 않으려고 조심조심 욕실로 갔다. 대충 얼굴을 닦고 양치질을 하고 왔다. 어제 빨래를 못 해서 새 옷을 입을까 아니면 어제 입었던 옷을 다시 입을까 고민하다, 속옷은 갈아입었으니 겉옷은 어제 입었던 옷을 입기로 했다. 배낭의 무게를 줄여야 했기에 옷이 단 두 벌뿐이다. 지금 입은 옷과 내일 입을 옷. 단 잘 마르지 않는 등산 양말은 세 켤레를 준비했다.

출발을 위해 다시 주섬주섬 짐을 쌌다. 이번에는 바짝 정신을 차렸다. 매일 반복할 짐 풀고 싸기에서 어젯밤처럼 실수 연발이라면 몹시 짜증이 날 것이다. 머릿속에 짐의 위치를 기억하며 천천히 배낭을 꾸렸다.

부스럭거리는 소리에 슬쩍 눈을 돌려 옆 침대를 봤다. 마치 영화 〈인셉션〉에 나왔던 조셉 고든 레빗처럼 부드럽고 잘생긴 젊은 청년이 일어나 앉았다. 어젯밤 소란스러워서 잠자는 데 방해가 되지는 않는지 물었다.

자신을 '독일에서 온 크리스토퍼'라고 소개한 청년은 고개를 저었다.

"무슨 말씀을요! 여기가 호텔도 아니고요. 괜찮습니다."

낯선 곳에서 낯선 사람과의 낯선 경험이다. 긴장되고 불안하다. 더구나 이제는 젊지 않다. 혹시 남에게 피해를 주는 행동을 한다면 스스로 용서가 안 될 나이다. 젊을 적에는 실수를 해도 용서를 구하기가 쉬웠다. '어리니까' 모든 것이 허용될 수 있었다. 하지만 나이가 들면 거기에 맞는 행동을 해야 한다. 청년보다 더 스스로에게 엄격해야 하고, 품위를 잃지 말아야 한다. 어디를 가든 말이다. 그런데 청년은 긴장하고 주눅든 동양의 중년 아저씨의 마음을 "호텔도 아니고!"라는 한마디로 무장해제시켰다. 왠지 녀석과는 목욕도 함께할 수 있을 듯했다. 갈 길이 머니 일찍 출발하자고 꼬드겨보았다.

긴 여정의 첫날을 맞아 잔뜩 긴장한 중년 아저씨의 말에 젊은 녀석은 씩 웃으며, 자기는 좀더 누워 있다 가겠다고 했다. 녀석과 같이 좀 늦게 출발할까 잠시 고민하다가, 마음을 고쳐먹었다. 어차피 혼자 가는 길 아닌가.

1층 식당에는 커다란 식탁에 8~9인분의 아침식사가 준비되어 있었다. 때마침 일본인으로 보이는 커플은 아침을 막 끝마치고 일어섰다. 아침이라 해봤자 물, 커피, 오렌지주스, 커다란 바구니에 담긴 바게트, 그리고 몇 가지 잼과 버터가 전부였다. 식사 앞에 앉아서 생각해보니 어제저녁 오를리 공항에서 이른 저녁으로 샌드위치를 먹고는 아무것도 못 먹었다. 바게트 빵에 잼과 버터를 발라 먹었다.

"안녕히 계세요. 너무 감사했습니다!"

식사가 거의 끝나갈 무렵, 소리만 듣고도 일본인이라는 것을 알 수 있는 독특한 발음의 영어가 들려왔다. 아까 보았던 일본인 커플이 길을 나섰다. 그들이 등을 돌려 문을 나서는데, 깜짝 놀랐다. 남자의 등에는 내 짐의 세 배는 족히 되어 보이는 거대한 배낭이 자리잡고 있고, 여자는 내 배낭만한 것을 지고 있었다.

순례길의 배낭은 몸무게의 10% 정도가 적당하다고 한다. 70킬로그램 대인 내게는 7~8킬로그램이 적당하다는 이야기다. 무게를 줄이려고 무엇이든 가벼운 것을 선택했다. 그런데도 내 배낭은 무려 12~13킬로그램 정도 나간다. 노트북과 카메라 때문이었다. 물론 그것들도 가장 가벼운 것을 구했지만, 무게가 만만치 않았다. 두고 갈지 가지고 갈지, 마지막 날까지 고민을 했다. 결국에는 모두 배낭에 넣어 가지고 왔다.

우선, 글쓰는 재미를 놓치기 싫었다. 손으로 쓰면 더 가볍게 노트 한 권과 연필 두세 자루면 되겠지만 습관이 그렇지를 않다. 무엇보다도 가끔은 나조차 못 알아보는 악필 중의 악필이기 때문이다. 그리고 컴퓨터가 생각의 기록이라면 카메라는 시각적 기록기이다. 내가 본 것을 간직하는 일처럼 소중한 것이 어디 있겠는가.

식사를 마치고 화장실을 가는데, 어렴풋이 밝아오는 하늘이 참 아름다웠다. 문제는 비가 온다는 사실. 판초를 꺼냈다. 군대 훈련소 시절 입어보고는 처음이다. 배낭도 아직 제대로 자리잡지를 못했는데 판초까지 뒤집어쓰니 영 답답했다. 손발이 마음대로 움직여주지 않아서 판초 끈을 묶으려고 끙끙대는데, 크리스토퍼가 내려왔다. 끈조차 묶지 못하는 나를 보더니 "도와줄까요?" 하고 물었다. 고맙다며 그에게 부탁을 하고 보니 녀석, '뽀송뽀송'하다. 샤워를 했나?

"아침부터 뜨거운 물 나와서 좋던데요. 어떤 곳에는 찬물밖에 안 나와서 고생들 한다고 하던데, 여기 참 좋은 거 같아요!"

갑자기 부러운 생각이 들었다. 판초만 입지 않았다면, 나도 씻고 나갔을 것이다. 간밤에는 뜨거운 물이 나오지 않아서 샤워를 못 했다는 이야기를 했다.

"그래요? 이상한데. 난 어제 제임스보다 조금 일찍 왔었는데 저녁때도 뜨거운 물로 샤워했거든요. 샤워 꼭지 꽉 눌러봤어요? 좀 뻑뻑하기는 하던데……."

'눌러? 샤워꼭지를 누르다니?' 잠깐 머릿속이 멍해지더니 저절로 헛웃음이 나왔다. 어제 끙끙대며 돌려봤자 물이 나오지 않았던 이유는 바로 '누름버튼'이기 때문이었다. 물 절약을 위해서 우리나라 공중목욕탕에도 한동안 유행처럼 설치됐었다. '물어볼걸, 물어볼걸!' 속으로 후회하고 자책을 해도 이미 지난 일.

참 남자들은 물어보는 것에 약하다. 특히 길을 잃어버렸을 때 잘 물어보지 못한다. 길을 잘 찾는 능력은 원시시대로 보자면, 생존의 중요한 기술이었다. 사냥감을 뒤쫓아 하루종일 헤매다가도 집으로 돌아올 수 있는 능력. 남자가 남자다워지는 기술인 것이다. 그러니 물어보기가 쉽지 않다. "나 능력 없어"라고 고백하기가 어디 쉬운 일인가 말이다. 누름버튼의 교훈을 아로새겼다. '모르면 물어보자. 그게 남는 장사다!'

크리스토퍼가 식사를 시작하는 모습을 보고 길을 나섰다. 등산용 스틱을 폈다. 이 또한 가벼운 소재로 만들어진 것이다. 사실 스틱은 순례길 훈련을 하면서 처음으로 써보았는데, 기가 막힌 물건이었다. 두 발로 걷다가 스틱을 사용하면 네 발로 걷게 되니, 무게도 분산되고 안정감도 훨씬 높아진다.

판초의 모자를 벗으니 비가 들이닥쳐 눈이 잘 안 보이고, 모자를 쓰면 주변 시야가 줄어들어 답답했다. 눈에 표지판이 들어오질 않았다. 사람들에게 물어 첫 시작점이 있는 마을 입구로 찾아갔다. 여전히 화살표를 찾기가 힘들었다. 산티아고 순례길은 조가비와 노란 화살표로 방향을 알려준다. 조가비는 산티아고 성인의 유해를 둘러싸고 있었다는 전설 때문에 생긴 순례길의 상징이고, 노란 화살표는 훗날 순례자들의 편의를 위해 표지석이나 나무나 벽 등에 그려놓은 것이다.

지도가 필요했다. 아…… 그런데 지도가 배낭에 있다. 잠시 고민하다가 판초를 벗고 배낭을 풀어 배낭 주머니에서 지도를 꺼냈다. 배낭을 다시 메고 판초를 입고 묶느라고 끙끙대는데 누가 "제임스!" 하고 부른다. 크리스토퍼였다. 고맙게도 다시 한번 판초 묶는 것을 도와주었다. 그 역시 판초를 입고는 끈을 묶지 않아 뒤가 펄럭거려서 이번에는 내가 도와주었다. 판초를 정리하고 지도를 보면서 길을 찾았다. 녀석은 어디로 갈까?

"어제 사무실에서 피레네 가지 말라던데요. 발카를로스로 돌아가려고요. 제임스는요?"

다행이었다. 함께 가자고 제안을 하고 조금 가니 길이 나뉘어져 있었다. 왼쪽은 산의 정상을 향하고, 오른쪽은 우회하는 길이었다. 잠시 후 사람들이 모이기 시작했다. 두런두런 이야기를 나누는데 한국말이 들렸다. 남자 서넛이 말을 걸 사이도 없이 산 정상 쪽으로 올라가버렸다. 곧이어 두 젊은 여성이 나타났다. 잠시 표지판을 보더니, 그들도 냉큼 왼쪽으로 접어들려 했다.

비록 외교부 직원은 아니지만, 대한민국 국민을 보호하겠다고 끼어들었다. 날씨가 엉망이라 그쪽 길은 위험하다고 말했다.

내 권유에 잠시 그들은 서로 몇 마디 의논을 하더니, "먼저 일행이 이쪽으로 갔어요. 저희도 따라가야 할 것 같아요. 감사합니다!"라고 하고는 그냥 왼쪽 산 정상으로 가는 것이 아닌가!

"왼쪽 길이 돌아가는 길 아닐까요? 사람들이 다 저기로 가잖아요!"

이번에는 크리스토퍼가 왼쪽 길로 가잔다. 오는 사람마다 그쪽 길로 올라가니, 그쪽이 발카를로스로 가는 길이라고 생각했나보다. 어떻게 설명을 하나. '저기 간 대여섯 명은 다 한국인인데, 너무 용감하거든. 너, 왜 한국인이 용감한지 알아? 워낙 안전에 무감한 사회라서 그래. 피레네에서 실족하거나 실종되는 것쯤은 아무것도 아니야. 우린 아침마다 일어나면 조간뉴스에 핵무기 이야기가 나오는 나라야!'라고 할 수도 없고…….

2킬로미터쯤 왔을까? 아차! 사고를 저지른 것을 뒤늦게 깨달았다. 등산용 스틱을 잃어버린 것이다. 지도를 보느라 바닥에 스틱을 내려놓고 판초를 벗고 배낭을 뒤지고 하느라 깜빡했다. 크리스토퍼 녀석은 끼끼거리며 "아마 다리 아픈 누군가가 당신에게 고마워하고 있을 거예요! 다른 사람에게 인간애를 발휘하는 카미노Camino, '길'이라는 뜻의 스페인어로 순례길을 일컫는 말 정신의 실천인 셈이네요. 게다가 짐까지 줄었으니 축복인 셈이지요!"라고 놀린다. 정신 차려야지. 더이상 초보자처럼 보이기 싫었다.

긍정적이고 체력 좋은 젊은 녀석의 나이가 궁금해졌다. 몇 살이나 먹었을까?

"저요? 스물두 살이요."

어쩐지……. 아들 나이다. 내 아들이 딱 한 살 적다고 하자, 내가 자기 아빠 나이라며 좋아라 한다. 만약 한국이었다면 "아이쿠! 대단하시네요. 나이도 많으신 분이……. 보기보다 젊어 보이세요. 체력 대단하시네요" 등등의 이야기가 오갔겠지만, 녀석의 반응은 "보기보다 많은데!" 정도였다. 은근 맞먹으려 한다.

"무슨 일 하세요?"

내 직업을 물어서 작가라고 했다. 거짓말은 아니다. 이미 책을 다섯 권(이 책이 출간될 즈음이면 여덟 권!)이나 썼고, 잡지에 만 5년째 글을 쓰고 있고, 그 밖에 많은 의학 칼럼도 있고……. 작가가 '두번째 직업'이라고 하지 않았을 뿐.

정신과의사라고 밝히지 않은 데는 이유가 있다. 내가 정신과의사라고 하면 경험으로 미루어볼 때, 어떤 사람들은 상담실 밖에서는 오히려 마음을 열지 않는다. 내가 그들의 마음속에 들어가 숨기고 싶은 비밀을 찾아내는 마법을 가지고 있다고 믿는 것 같다. 반대로 어떤 사람들은 자신의 고민을 무지막지하게 쏟아내기 시작한다. 마치 해결사를 만난 채권자처럼 말이다. 이 길을 나의 내면을 들여다보는 좋은 성찰의 길로 만들고 싶은 나로서는 그게 부담이 되었다.

"저는 엔지니어예요. 농기계 만드는 일을 하지요. 좋은 회사지요? 6주나 휴가를 줬어요."

하이델베르크 인근의 작은 도시에 사는 그는 "일상이 지루해서, 만날 똑같은 일만 하니까 새로운 무엇인가가 필요해서" 이 길을 걷는다고 했다. 그의 아버지와 할아버지는 모두 농부였다. 그도 주말이면 아버지의 농장에 가서 함께 농사를 짓는다.

독일은 가장 근면한 나라로 소문이 나 있다. 제2차세계대전에서 패전국이 된 후, 폐허가 된 국가에서 라인 강의 기적을 일구어냈다. 동독과의 통일로 인한 경제적 손실도 거뜬히 이겨낸 것 역시 그들의 치밀하고 근면한 국민성 때문이었다. 최근의 젊은이들은 어떨까.

"우리 독일 사람들은 일 열심히 해요. 근데 세대마다 좀 다른 것 같아요. 아버지만 해도 일밖에 몰라요. 할아버지는 더했고요. 아마 그분들이라면, 나처럼 6주간 이렇게 놀지 못하셨을 거예요. 가끔 아버지가 걱정을 하세요. 제 나이 때는 좀더 근면해야 한다고요. 그러면서도 또 삶을 즐기며 살아야 행복하다고 이야기하세요. 앞뒤가 안 맞잖아요. 하하하."

그가 보기에 할아버지는 일을 해야만 행복한 사람이고, 아버지는 일을 하면 행복하긴 한데 실은 여유롭게 쉬고 싶은 마음도 간절한 것 같다고 했다. 세대마다 삶에 대한 태도가 다르니 갈등도 있다고 한다. 실제로 아버지는 젊은이들이 일을 너무 안 한다고, 부모 세대가 벌어 놓은 부를 갉아먹고 있다고 이야기한다고 했다. 크리스토퍼는 좀 다른 생각을 갖고 있었다.

"일은 열심히 해야지요. 먹고살아야 하니까 말이에요. 그런데 일이 삶 자체는 아니잖아요. 삶에는 일뿐만 아니라, 휴식도 있고 파티도 있고 흥청망청 소비하는 것도 있지요. 또 산티아고 순례길도 있고요. 저는 할아버지나 아버지같이 살지는 않을 거예요. 그렇게 사는 것이 절대 좋아 보이지 않거든요. 물론 그분들이 갖고 있는 진지함은 닮고 싶지만요."

비록 근면하지 않더라도 무엇을 하든 하는 일에 최선을 다하는 것이 자신이 살고 싶은 삶이라고 했다. 다른 친구들은 사회보장 때문인지 일을 잘 안 하려 하고, 부모에게 얹혀사는 것을 그다지 부끄럽게 생각하지 않는단다. 그는 독립이라는 것이 성숙해지는 것인지 아니면 인간의 숙명인지 모르겠지만, 어른이 되어서도 부모와 함께 산다는 것은 아주 불편한 일이라고 했다. 그래서 독립을 위해 열심히 돈을 모으는 중이다. 주중에는 공장에서 일하고, 주말이면 부모님의 농장에서 농사 일을 돕는다. 2년 넘게 그런 생활을 하고 나니 삶이 지루해지기 시작했다. 무엇인가 변화가 필요했고, 그래서 산티아고를 선택했다. 6주간 이 길을 느긋하고 천천히 모두 느끼면서 걷고 싶단다.

삶은 음미하는 것이다. 급하게 보내면 언제 갔는지도 모르게 지나가 버리는 삶. 비록 지긋지긋한 삶이라도 그 고통에서 헤어나오고 싶은 것이지, 실제로 인생이 빨리 흘러가길 바라는 사람은 없다. 오히려 인생을 즐기려면, 마치 음식을 천천히 씹으며 참맛을 느끼듯, 천천히 살아가야 한다. '빨리빨리'를 외치는 바쁜 우리에게 독일 청년 크리스토퍼의 느린 걸음은 부러움이다.

비가 오는 언덕이 계속되었다. 달팽이들이 많다. 우리나라에서 본 적 없는, 집을 지고 다니지 않는 민달팽이들이다. 달팽이가 참 징그럽다는 생각을 하면서 걷다보니 산속 작은 마을 발카를로스에 도착했다. 마침 점심시간이라 마을 바bar를 찾았다. 눅눅한 겉옷을 벗어놓고 스페인식 샌드위치 보카디요bocadillo를 시켰다. 지치고 배가 고팠지만, 막상 무엇인가 먹으려니 배가 고프질 않다. 망할 제트래그jet lag. 몸의 시계와 땅의 시계가 다르니 컨디션이 엉망이다.

갑자기 식당 밖이 소란스러워졌다. 할아버지 한 분이 벌떡 일어나시더니, 다가와 내 손목을 잡아끈다. 마을 축제가 벌어졌다. 음악과 춤추는 행렬이 한창이었다. 첫 시작의 긴장과 시차의 괴로움, 그리고 눅눅한 마음이 활짝 펴졌다. 피레네 산맥 정복을 포기하고 온 대가로서는 나쁘지 않았다.

점심을 다 먹고 다시 걸었다. 오늘의 목적지인 론세스바예스Roncesvalles까지는 계속 오르막이었다. 우회도로를 따라갈 뿐, 역시 피레네 정상까지 높이 올라야 하기 때문이다. 한도 끝도 없을 것만 같은 길에 안개가 피어오르고 더이상 높은 곳이 없다는 생각이 들 무렵, 마침내 오늘의 목적지인 론세스바예스가 눈에 들어왔다.

우선 사무실에 가서 등산용 스틱을 사고, 침대 배정을 받았다. 오늘은 2층이다! 어젯밤 하던 대로, 방충제를 뿌리고 침낭을 깔고 다시 방충제를 뿌려 잘 준비를 했다. 씻으려 샤워실을 찾으니 이미 만원이었다. 한참을 기다려 세 칸짜리 샤워실 중 하나에 들어갔다. 따로 탈의실

이 없기 때문에, 그 안에서 옷을 벗고 씻고 다시 새 옷으로 갈아입어야 했다. 샤워실은 비좁고 바닥은 흥건히 물이 고여 있고 옆 칸에서 물이 튀기까지 했으며, 그 와중에 빨래까지 해야 했다. 벌써 서울 집의 욕실이 그리워진다. 그래도 꾸욱 누르니 뜨거운 물이 콸콸! 모든 걱정이 사라지고 행복해졌다.

샤워를 마치고 빨래를 널고 자리에 돌아왔다. 저녁식사를 하기에는 조금 이른 시간. 알베르게를 나와 시내 쪽으로 향하면 산타마리아 성당이 있다. 작고 아름다운 성당이다. 소박한 스테인드글라스가 마음에 든다. 하루 일들이 주마등처럼 스쳐갔다. 여러 가지 실수도 있었지만 비교적 하루 일정을 잘 소화해냈다. 완전한 이방인이 된 기분에 아무도 없는 곳에 있는 느낌. 잠시 성당 의자에 앉았다.

인간은 혼자 있을 때 가장 솔직해진다. 이 솔직함이 늘 좋은 것만은 아니다. 솔직함 속에는 두려움도 있기 때문이다. 단 가끔은 '나는 내게 솔직한가?'라는 물음에 답하려 애써야 한다. 삶을 있는 그대로 보기 위해서이고, 있는 그대로의 삶은 자유이기 때문이다. 물론 살다보면 나를 꾸미기 위해 애써야 할 때가 있다. 좋은 의도든 나쁜 의도든 꾸밈은 부자연스럽다. 비록 지금보다 못되고 이기적이고 난잡하고 포악스러워도 더욱 솔직해져야 한다. 남이 보는 내가 아닌, 내가 보는 내가 진실할 때, 그것이 자유다.

밖으로 나오니 코가 시리다. 산속이라 온도가 금세 떨어졌다. 잠시 몸을 녹이려 카페를 찾았다. 때마침 부활절이라, 문이 열린 카페는 하나뿐. 가게는 인산인해였다. 벌써 크리스토퍼가 자리를 잡고 앉아 있었다.

"우노 세르베사, 포르 파보르(맥주 하나 주세요)."

맥주를 주문했다. 우노는 하나라는 뜻이고, 세르베사는 맥주, 포르 파보르는 영어로 플리즈. 병을 집어들길래 생맥주가 나오는 꼭지를 가리켰다. 그러고는 타파스tapas, 여러 종류의 스페인식 술안주로 요깃거리가 된다를 세개 골랐다. 오기 전에 스페인어 공부를 많이 했으면 좋았을 것을. 숫자라고는 10까지만 간신히 셀 줄 알고, 그 밖에는 인사 정도와 음식 이름 몇 개가 내가 아는 스페인어의 전부이다.

처음으로 주문한 생맥주 커다란 것(천 밀리리터쯤)과 타파스를 들고, 먼저 와 있는 크리스토퍼 옆에 앉았다. 타파스 하나는 계란말이 같은 것으로 봐서는 토르티야tortilla이고, 다른 것들은 이름을 잘 모르겠지만 맛있었다. 세상에서 제일 맛있었다고 기억될 맥주를 마지막 한 방울까지 다 마시고는, 잠깐 마을을 돌아보겠다고 나섰다. 쭈뼛거리는 녀석에게 "여기 좀 있어봐. 예쁜 아이들 많네!" 하자, 녀석은 마치 '마음을 알아줘 고맙다'는 듯 밝게 웃었다.

밖은 더 추워졌다. 작은 마을을 돌아보고 있는데, 어둠이 내린 피레네 하산 길에서 한국 사람들 목소리가 들렸다. 멀리서 봐도 피곤에 찌든 모습이었다. 가까이서 보니 아침에 내 말을 듣는 둥 마는 둥 고집스럽게 피레네 쪽으로 무조건 직진을 했던 이들이었다. 아! 세상에! 모두 물에 빠진 생쥐 꼴이었다. 아직 판초도 못 벗은 것으로 봐서는 하루종일 비가 왔나보다. 얼굴은 정신 나간 사람처럼 보였다.

"알베르게가 어디예요?"

넋이 나간 듯한 젊은 청년이 길을 물었다. 조금만 더 걸어가면 된다고 알려주고, 많이 힘들어 보인다고 했다.

"죽는 줄 알았어요. 그리고……"

청년은 무엇인가 더 말하려고 했다가, 입을 여는 것조차 너무 힘들고 귀찮은 듯한 표정을 지어보이더니, 내게 반갑다거나 고맙다는 말도 없이 알베르게로 향했다. 뒤이어 대여섯 명의 남녀가 온종일 좀비를 피해 도망치다 온 사람처럼, 지치다못해 무표정한 얼굴로 터벅터벅 걸어내려왔다. 얼마나 고생했을까! 어제 순례자 사무실의 인플루엔자 아저씨가 고마웠다. 선의를 가지고 하는 말은 진지하게 들어야 한다.

예약했던 저녁 시간이 되어 레스토랑을 찾았다. 레스토랑과 붙어 있는 바 한구석에서 크리스토퍼를 발견했다. 녀석은 상기된 표정으로 내게 손을 흔들었다. 녀석의 테이블에는 금발의 유럽인 세 명이 앉아 있었다. 두 명의 여자와 한 명의 남자. 녀석 드디어 성공했구나.

순례자 메뉴는 애피타이저, 메인, 디저트, 물 또는 와인이 한 병이 제공되었다. 샐러드와 이 지방 특선이라는 생선구이, 그리고 요구르트가 나왔다. 순례자 메뉴에서 거의 대부분의 디저트는 소박하다. 정찬의 한 부분을 차지하고 있는 프랑스식 디저트를 생각하면 안 된다. 대신 와인은 수준급이었다.

든든하게 먹고 알베르게로 향했다. 양치질을 하고, 내일 아침 먹을 거리를 구상해놓고 내 침대로 갔다. 헉! 아래 침대에 한 녀석이 앉아 있는데, WWE(미국 프로레슬링) 선수를 연상케 했다. 그것도 악역을 맡았을 법한 험한 인상이다. 침대가 좁아 보이는 거구에 코에는 피어싱을 하고 등에는 아름답지도 않은 이상한 문신, 숱 적은 곱슬머리, 그리고 무엇보다도 왼쪽 눈가에서 입가까지 타원형으로 그어진 날카로운 칼자국은 압도적이었다. 침대를 타고 오르려니 다리가 후들거렸다.

"부에나스 노체스!"

간신히, 그리고 최대한 부드럽고 호의적으로 잠자리 인사를 건넸다. 녀석은 들은 척도 안 했다. 아…… 오늘밤은 어찌할까? 소변을 보러 내려가다 녀석을 밟기라도 한다면? 코 고는 소리가 놈의 신경을 건드린 다면? 혹시 밑에 있는 녀석의 얼굴을 향해 방귀라도 발사된다면? 침낭 에 누우니 오히려 긴장이 되었다. 과연 잘 잘 수 있을까?

둘째 날 길에서 묻는 행복

자는 둥 마는 둥. 휴대전화 시계를 보니 새벽 4시. 아직 움직여서는 안 된다. 규칙도 규칙이려니와, 아래 침대의 무서운 청년 때문이기도 하 다. 간밤에 참다 참다 어쩔 수 없이 화장실을 두 번이나 갔기 때문에 더욱 조심해야 한다. 간혹 순례중에 불미스러운 일도 생긴다는 소문도 있고……

마음대로 뒤치락거리지도 못하고 가수면 상태로 졸고 있는데, 멀리 서 천상의 소리가 들린다. 이곳이 천국인가, 하고 있는데 소리가 점점 커진다. 천국은 무슨, 알베르게였지! 가만히 귀를 기울이니, 그레고리 성가였다. 장엄한 성가로 잠을 깨우다니. 새삼 내가 순례길에 접어들 었음을 깨달았다.

최대한 숨을 죽이며 자리에서 내려왔다. 녀석은 등을 돌린 채 미동 도 않고 자고 있다. 휴우, 다행이다. 얼른 씻고, 건조실에 가서 빨래를 정리했다. 두터운 양말은 예상대로 마르지 않았다. 다시 침대로 돌아 오니 덩치는 여전히 자고 있었다. 조심조심하면서 침낭을 정리하고 배 낭을 꾸렸다. 아뿔싸! 건조실에 수건을 두고 오다니. 어제는 등산용 스 틱, 오늘은 수건……. 여전히 배낭 하나 꾸리는 것도 제대로 할 줄 모 르다니. 스스로가 한심했다. 제발 이것이 분실의 끝이면 좋으련만…….

다시 건조실로 내려가 수건을 챙기고 배낭에 넣고 식당으로 향했다. 6시 30분도 안 되었는데 벌써 출발하는 사람도 있다. 아침을 못 먹으면 한 발자국도 못 움직이는 습관 때문에, 자판기에서 그럴듯해 보이는 빵과 이온음료를 뽑아서 식사를 했다.

길을 나섰다. 아직 동이 트지 않은 길. 헤드랜턴을 켰다. 멀리 한 순례자가 걷는 모습이 어슴푸레 보인다. 새벽 숲길은 아름답다못해 처연했다. 해가 떠오르고, 헤밍웨이가 살았다는 부르게테Burguete를 지나니 앞뒤로 아무도 없는 길 위에 혼자만 덩그러니 남았다. 산길을 걷던 어제보다는 덜 무섭다. 길에 나지막이 안개가 깔렸다. 너무 아름답다. 안개는 해가 떠오르기 직전이 가장 아름답다. 곧 사라짐을 알기 때문이다.

마을을 지나니 다시 숲길이 시작된다. 새가 노래를 부른다. 아름다운 소리. 새소리에 취하니 걷기가 훨씬 쉽다. 한두 마리가 아니다. 서로 이야기를 하기도 한다. 큰 나뭇가지 사이에 숨어 있어 얼굴을 볼 수는 없지만, 녀석들은 나에 대해 이야기를 하는 것이 틀림없다. 갑자기 소리가 더욱 또렷하게 들린다. "퍼펙트, 퍼펙트." 지저귐에 너무 몰입을 했나? 아니면 정말 오랜만에 혼자 걷는 길이어서 그런가? 새가 나보고 '완벽해!'라고 말을 걸다니. 순례의 성공을 예견하는 소리라고 믿기로 했다. 그래, 난 완벽해!

좁은 오솔길을 빠져나오니 언덕이 끝났다. 모자에 노란 카미노 화살표가 붙은 남미 사람이 모퉁이에 앉아 있었다. "올라(스페인 인사말)!" 하고 인사를 했다. 몹시 지쳐 보였다. 그를 지나자마자 이번에는 내가 지친다. 남 쉬는 것을 보고 나니 내 다리도 반응을 한다. 길에 앉아 숨을 돌리고 물 한 잔을 마시고 다시 출발했다. 작은 마을이 끝나갈 무렵, 바가 나타났다. 꼭 닫힌 거 같은데, 앞서가던 여자 순례자가 슬쩍 열어보니 열린다. 그녀가 '이리 와봐. 열렸어!' 하는 신호를 보냈다. 한 걸음에 달려갔다. 이미 바에는 모녀로 보이는 두 사람을 비롯해서 여러 명이 자리를 잡고 앉아 있었다.

커피를 끊은 지 2년이나 되었다. 불안과 불면으로 고생하는 사람들에게 커피는 최악의 적이라며 끊을 것을 내가 권유해왔기 때문이다. 또 물질 중독으로부터 자유로워지고 싶은 생각도 있었다. 아침에 일어나 머리를 깨우기 위해 카페인이 반드시 필요했다. 명색이 정신과의사인 내가 물질의 도움을 받고 싶지 않았다. 그래서 커피를 끊었다.

그런데 이 길에서 커피를 다시 시작했다. 딱 순례길을 걷는 동안만 내 육체와 정신의 각성과 친교를 위해 허락한 것이다.

얼마 가지 않아, 바에서 보았던 호주인 모녀를 만났다. 엄마 샐리는 뿔테 안경이 잘 어울리는 지적인 얼굴이었고, 딸인 조이는 볼살이 통통해서 나이보다 훨씬 어려 보였다. 딱 26일의 일정이라서 하루에 25~30킬로미터 정도를 가야 한다고 했다. 너무 무리 아니냐고 하자, 자신들도 그렇게 생각하는데 힘들면 포기하더라도 일정에 맞추어 움직이기로 했다는 것이다. 왜 산티아고 길을 걷고 있는지 궁금했다.

"함께 보내기 위해서 왔어요. 아이에게는 꼭 필요한 시간이고, 난 엄마로 함께할 시간이 앞으로 그리 많이 남지 않았으니까요. 물론 걷는 것이 좋기 때문이기도 하지요. 영성과 여유를 위해서이기도 하고요."

자선단체에서 일을 한다는 그녀는 딸의 걱정을 나누기 위해서 왔다. 도심에 살고 있지만 집에서 채소를 손수 키워 먹을 정도로 자연에 대한 애정이 남다르기도 하고, 쫓기며 사는 것이 늘 불만이었기 때문에 이 길에서 여유를 찾기를 바랐다. 조이에게 무슨 일이 있었을까?

"2년 동안 광고회사를 다녔어요. 하루종일 앉아 있으려니 너무 힘들었어요. 우리 몸이 책상 앞에서 하루 여덟 시간씩 앉아 있으라고 만들어진 것은 아니잖아요. 그런데 업무량이 너무 많다보니 어쩔 수 없었죠. 제대로 된 삶이라고 할 수 없지요. 그러던 어느 날 학교로 돌아가 공부해야겠다는 결심이 든 거예요. 그러고 나니 또다른 고민이 생겼어요. 혹시 '너무 힘들어서 탈출하려고 대학원에 진학하려 하나?' 하고 말이에요."

휴가를 내고 마음을 정리하기 위해서 이 길을 선택한 것이다. 다행히 엄마도 걷고 싶던 길이기에 모녀가 의기투합했다. 혹시 호주는 일자리가 많을까? 재취업의 고민이 있지는 않을까?

"저희도 취직이 쉽지는 않아요. 그래서 더 고민인 거예요. 공부를 더 한다고 취직이 쉬워진다는 보장이 없거든요. 그렇지만 행복하지 않은데 좋은 회사에 다니는 것이 무슨 소용이냐 싶어요."

우리보다 잘살고, 또 행복지수도 높은 호주라 좀 다를 줄 알았다. 물론 상대적이긴 하겠지만, 그 어느 때보다 실업난이 심각하다고 한다. 부러운 것은 사회보장제도가 우리보다 발전한 나라이기에, 취업을 단순히 먹고살기 위한 수단이 아니라 행복을 지향하는 방편의 하나로 생각하고 있다는 점이다. 그녀에게 행복이 무어냐고 물어봤다.

"글쎄요. 기쁜 것? 만족하는 것? 정확히는 잘 모르겠어요. 근데 제 친구들이 말하는 행복을 들어보면 그것은 좀 아니다 싶어요. 좋은 차를 사거나 좋은 옷을 입는 것이 행복이라는 친구들 보면 참 웃겨요. 쾌락과 구별을 못 하는 거지요. 아직은 잘 모르겠지만, 단순히 '갖는 것'은 아닌 거 같아요. 더 노력해봐야지요. 진짜 행복이 뭔지도 알고, 또 그렇게 되려고 말이에요."

행복은 물질적인 것으로 이룰 수 없다. 리처드 이스털린Richard Easterlin 이란 미국 경제학자의 연구에 의하면 "행복은 일정 수준까지 수입과 비례하지만, 그 이상이 되면 행복과 돈은 전혀 상관이 없다"고 한다. '이스털린 패러독스Easterlin Paradox'라고 불리는 이 유명한 연구가 시사하는 바는 물질만능주의에 대한 경고이기도 하다. 행복은 돈으로 살 수 없다는 것이다.

샐리와 조이 모녀와 함께 걷다보니 어느덧 내 목적지인 수비리Zubiri 에 도착했다. 마을 입구에 다소 투박한 돌다리가 보였다. 이 다리에는 전설이 있다. 다리를 건너면 공수병에 걸리지 않는다는 것이다. 공수병은 '광견병'이라고도 불리는 질환으로, 병에 걸린 동물에게 물리면 걸리는 인수공통전염병人獸共通傳染病이다. 병에 걸린 사람은 물을 두려워한다고 하여, '공수병恐水病'이라고 불린다.

마을은 한적했다. 마을 어귀에 깨끗해 보이는 식당에서 샌드위치를 먹었다. 여종업원은 굉장히 친절했다. 식사중인 우리에게 와서 어디서 왔느냐고 묻는다. 한국과 호주라고 하자, 약간 부끄러워하면서 혹시 자국의 동전이 있으면 좀 달라고 했다. 여러 나라 동전을 모으는 것이 취미라고. 가방을 뒤져 백 원짜리 동전 하나를 주었고, 호주 모녀도 기꺼이 잔돈을 선물했다. 한국 돈을 보더니 신기해하며 무척 고마워했다.

식사를 다 하고 나도 겨우 12시 30분. 26일 만에 산티아고를 완주해야 하는 그들을 따라, 5킬로미터 떨어진 라라소아냐Larrasoana까지 가보기로 했다. 그곳의 알베르게는 지저분하기로 악명이 높기는 하지만, 걸음을 멈추기에는 너무 이른 시간이었다.

다시 전설의 다리를 건너 2킬로미터 넘게 왔을 무렵, 실수를 저질렀음을 깨닫고 가슴이 철렁 내려앉았다. 식사비를 지불하지 않고 나온 것이다. 아침의 수건에 이어 두번째 실수. 걸음을 멈추었다. 모녀에게 내 실수를 이야기하자 "너무 많이 왔으니, 그냥 가자"고 했다. 무슨 소리! 식당에서 내가 한국인인 것을 다 알고 있을 텐데……. 머릿속에 '해외에서는 모두가 외교관!'이라는 건전 표어가 맴돌았다. 잠시 주저하다가, 모녀에게 곧 따라가겠다고 이야기하고 용감하게 되돌아갔다. 일부러 안 준 것도 아니고, 또 돈을 떼어먹을 의도도 없었지만, 명백히 내 잘못이다. 게다가 내게는 얼마 안 되는 돈이고 한끼 식사 값이 굳은 정도일지도 모르지만, 그녀에게는 하루 벌이의 일부를 웬 한국 도둑놈에게 뜯긴 꼴이 되지 않는가. 그녀에게 신뢰가 얼마나 중요한 인생의 덕목인지도 보여주고 싶었다.

길을 거슬러올라갔다. 마주치는 순례자마다, "올라!"와 함께 왜 거꾸로 가느냐고 묻는다. 그저 웃을 수밖에……. 다시 공수병 다리를 건너 마을 입구의 식당에 들어갔다. 들어가자마자 아가씨는 아름다운 미소로 나를 맞아주었다. "미안하다"는 내 말에 "꼭 돌아올 줄 알았어요!"라며 안아주었다. 시간을 보니 벌써 2시가 넘었다. 다시 돌아가려니 엄두가 안 났다. 그런데 아뿔싸! 호주 모녀에게 라라소아냐에서 보자고 하지 않았던가. 그들과의 신뢰도 내겐 중요한 문제였다.

하루에 네 번이나 공수병 다리를 건너다니……. 그렇지만 다시 돌아가는 길은 가벼웠다. 수비리로 돌아오던 길 내내 못난 나를 마음속으로 꾸짖고 구박했지만, 식사비를 제대로 지불하고 나니 마음이 너무 가벼웠다. "꼭 돌아올 줄 알았어요!"라는 식당 아가씨의 말이 귓전을 맴돌아 뿌듯했다. 그리고 또 하나의 소득이라면…… 난 절대 공수병에 안 걸릴 자신이 생겼다는 것.

라라소아냐에서는 악명 높은 공립 알베르게를 제외하고 다른 숙소를 찾았다. 순례자에게 그리 인기 있는 마을이 아니어서인지 숙소 잡기가 힘들었다. 깨끗해 보이는 호텔에는 방이 없었다. 다른 한 곳은 공사중이라고 닫았다. 또다른 한 곳은 하룻밤에 무려 50유로를 요구했다. 가난한 순례자가 묵을 곳은 오직 공립 알베르게뿐.

내게 배정된 방은 본 건물이 아닌, 좀 떨어진 창고 같은 곳이었다. 제길, 창고에서 잠을 자야 하다니……. 본관을 나서는데, 헉! 어제 알베르게 침대 1층에서 자던 거구의 '칼자국'이 떡 버티고 앉아 있지 않은가! 슬쩍 눈을 치켜뜨면서 멈칫 서 있는 나를 보는데, 예사롭지 않은 눈빛이다. 최대한 얌전히 고양이 걸음으로 무리를 지나쳤다. 지나치며 언뜻 들어보니, 아마도 본관에서 묵을 작정인가보다. 전화위복! 누추한 창고면 어떠한가! 본관에서 칼자국과 함께 묵지 않는다는 사실만으로도 감사했다.

2층으로 이루어진 창고에 들어서니, 1층은 침대가 몇 개 보이지 않았다. 론세스바예스 알베르게처럼 지정을 해주지 않으니, 어떤 침대로 할지 결정이 쉽지 않았다. 일단 1층은 샤워실과 화장실이 있어서 사람들 들락날락하는 소리에 쉽게 못 잘 것 같아 2층으로 올라갔다. 파란색 시트가 깔린 2층 침대가 스무 개쯤 되어 보였다. 아래쪽 침대가 좋을 거 같다. 아무래도 오르내리려면 힘이 들 테니까. 창문 쪽으로 갔다. 추우면 어쩌나 잠시 걱정했지만, 오래된 창고 특유의 고약한 냄새가 진동하는 이곳에서는 오히려 추운 것이 더 견딜 만하지 않을까 생각했다. 고민 고민하다가 일상처럼 침낭을 깔고 다시 방충제 의식을 치루고 나서 샤워를 했다. 다시 내 자리로 돌아와보니 침대는 거의 다 찼다.

카메라와 노트북을 챙겨 숙소를 나서는데, 다시 비가 오기 시작한다. 판초를 입고 동네 슈퍼에 들러 물과 맥주를 하나 샀다. 슈퍼 밖에 비치되어 있는 긴 책상에 앉아 어제 오늘 일들을 정리하기 시작했다. 옆 테이블에는 노부부들이 다음날 계획을 세우며 수다를 떨고 있었다. 그때 뒤에서 나를 부르는 소리가 들렸다.

"벌써 왔군요! 뭐라던가요? 좋아하지요?"

샐리와 조이 모녀였다. 반갑게 인사를 하고, 안 갔으면 참 후회 많이 했을 거라고, 덕분에 이제 공수병 따위는 두렵지 않다고 이야기하며 함께 웃었다. 조이가 참 좋은 사람이라고 칭찬을 해주었다. 나이가 들어도 칭찬은 좋다. 저녁에 레스토랑에서 만나서 식사를 같이하기로 했다.

저녁 시간에 행운이 따랐다. 마침 오늘이 마을에서 제일 나이 드신 분의 장례식 날이라, 식당 메뉴가 업그레이드된다는 것이다. 식당 안이 꽉 찼다. 절반은 순례자였고, 또 절반은 마을 사람들이었다. 음식은 썩 맛있지는 않았지만, 그래도 먹을 만했다.

우리 테이블에는 나와 동네 할아버지, 그리고 샐리와 조이가 있었다. 아까 슈퍼에서 본 노인들도 옆 테이블에 앉았다. 우리 세 사람은 순례길에서 얻은 기쁨에 대해 이야기를 나누고 있었다. 옆 테이블 딸기코 노인이 갑자기 끼어들었다.

"호주 사람? 와, 반갑네. 나도 호주 사람이오!"

수다쟁이 할아버지였다. 근데 이 할아버지 영어는 도통 알아듣기가 힘들었다. 우스갯소리지만, 낮에 호주 사람은 피해야 한다는 말이 있다. 만나면 "잘 죽어!"라고 인사를 한다는 것이다. '굿데이Good day'를 '굿다이Good die'라고 발음하기 때문에 생긴 농담이다. 그러고 보니 샐리와 조이와 이야기할 때 그런 불편함을 못 느꼈던 것은 그들이 나를 위해 애써 발음을 알아듣기 쉽게 해준 덕이었다. 딸기코 할아버지의 수다는 계속되었다.

"그렇게 많은 사람이랑 한 방에서 자본 적 있어? 난 처음이야. 코 고는 놈, 이 가는 놈 어찌나 많은지! 하루 자보고는 다음부터 알베르게는 절대 안 가. 펜션이나 호텔로 가지. 알베르게에서 자는 사람들 정말 대단해."

충분히 이해가 되는 이야기다. 군대를 갔다 온 나도 그렇게 많은 사람들과 자본 적은 없다. 하지만 어울려 자는 재미도 틀림없이 있다. 모두가 한 목적지를 향해 간다는 것은 신기한 경험이다. 새로운 친구를 쉽게 만날 수도 있다. 물론 다음날 코를 곤다며 놀림감이 될 수도 있지만 말이다.

조이가 할아버지에게 말을 건다.

"할아버지 몇 살이세요?"

"나? 일흔다섯! 왜?"

"여기 무슨 이유로 오셨어요?"

"아! 나 은퇴했잖아. 그래서 주로 쉬고 놀고 해. 그런데 어느 날 아내가 〈더 웨이The Way〉란 영화 있잖아, 그 미국 영화……. 뻔한 내용인데, 암튼 그것을 보고는 산티아고 순례길을 걷자는 거야. 아까 이야기 했지? 나 은퇴했다고. 그래서 따라왔어. 따라와보니 이거 장난이 아니야. 왜 이렇게 나같이 늙은 사람들이 많은 거야? 다들 은퇴해서 할 일이 없나보지? 뭐 사실 이런 게 행복 아니겠어. 이제 일도 없고 의무도 없으니 좀 행복하게 즐기다 가는 거지 뭐.'

무척 유머 넘치는 할아버지다. 버킷리스트로 오래전부터 계획을 세워온 것도 아니고, 또 모녀처럼 삶의 결정적인 사연이 있는 것도 아니다. 단지 재미있게 지내려고, 또 즉흥적인 발상으로 왔다는 것이다. 이

왕 온 이상 완주를 목표로 하기는 한다고 했다. 하지만 너무 힘들면 고민하지 않고 돌아가려던다고 했다. 즐기러 온 길에서 스트레스 받고 싶진 않으니 말이다.

우리나라에서 노년의 삶은 어떨까? 나이가 들어 즉흥적으로, 그리고 재미를 위해 이 먼 곳까지 올 수 있을까? 아니, 오고 싶다고 해서 올 수 있는 사람들이 얼마나 있을까? 노후를 여행으로 만끽하는 경우도 있겠지만 많지는 않을 것이고, 더구나 이렇게 힘든 일에 도전하는 사람들은 더더욱 많지 않을 것이다. 물론 이곳 산티아고에서도 적지 않은 한국 어르신들을 만날 수 있다. 하지만 다른 나라 사람에 비하면 많지 않다. 더 부러운 것은 은퇴 후에도 자식 걱정하는 우리나라 대부분의 노인들과 달리 '나, 은퇴했잖아. 이제는 즐겨야지!' 하는 태도다.

즐겁게 이야기하면서 저녁을 먹었다. 어제 혼자 앉아 먹던 저녁도 나쁘지 않았지만, 함께 어울리는 것이 더 좋았다. 아침에 언제 떠날지 서로 물어보지는 않았지만, 내일도 보겠지 하는 기대와 함께 헤어졌다.

알베르게로 돌아와 빨래를 정리하고 있는데, 아뿔싸! 식당에 가방을 두고 왔지 않은가! 한걸음에 식당으로 달려갔다. 다행히 식당 주인이 잘 보관해주었다. 안쪽에 들어 있는 돈이며 카메라며, 있던 그대로였다. 감사를 표하자 "순례길은 정직한 곳"이라며 완주를 기원해주었다. 벌써 몇 번째 분실 사고인가……. 이제 그만할 때도 되었잖아, 이 칠칠맞은 양반아!'

눈을 떠보니 새벽 3시. 여전히 잠을 제대로 잘 수가 없다. 어떻게든 좀 자보려고 뒤척이는데, 발치에 있던 다섯 명의 미국 녀석들이 5시가 되자 움직이기 시작했다. 불을 켜는 대신 헤드랜턴을 사용했지만, 짐을 꾸리기 위해 이리저리 움직이는 불빛은 간신히 잠든 나를 깨우기에 충분했다. 결국 나도 짐을 챙기고 알베르게 앞에 있는 자판기로 갔다. 샌드위치 하나와 물 하나를 사서 들어왔다. 길에서 먹기에는 날이 너무 춥다.

이른 새벽부터 맛있게 음식을 먹고 있으려니, 앞쪽 침대에서 사과와 주스를 먹던 독일 여자가 씩 웃으며 말을 건넨다.

"저도 아무것도 안 먹으면 꼼짝도 할 수 없답니다."

제법 건강한 내 몸의 비법은 거르지 않는 아침식사와 운동이다. 가족이 생기고 나서는 일종의 의식과도 같다. 가장의 책임감은 든든한 아침식사에서 시작한다.

짐을 지고 내려와 등산화를 갈아 신으려는데, 생장에서 커다란 배낭을 지고 가던 일본인 켄과 그의 부인을 만났다. 그저께 론세스바예스에서도 잠깐 눈인사를 한 사이였다. 어제 같은 알베르게에서 잠을 잤는데 서로 몰랐던 것이다. 반갑게 인사를 하고 내가 준비하는 동안 기다려준다는 것을, 화장실을 들렀다 가야 한다며 먼저 출발하라고 했다.

또 비다. 판초를 꺼내 입었다. 마을을 벗어나자 우리나라의 농촌 풍경처럼, 길은 경작지를 따라 계속되었다. 3일째 진흙탕 속을 걸었다.

얼마 가지 않아, 예의바른 일본인 부부를 따라잡았다. 10여 분을 함께 걸으려고 애썼지만, 그들의 걸음은 확실히 느렸다. 답답해하는 내 마음을 눈치챘는지 자신의 걸음에 맞추지 말고 먼저 가기를 권했다.

누구나 걷는 속도가 다르다. 아무리 마음에 맞는 친구를 만나도, 걷는 속도가 다르면 몹시 지치고 힘들다. 한 사람이 속도를 줄이거나, 아니면 다른 사람이 속도를 더 내야 한다. 빨리 걸어야 하는 사람은 힘에 부쳐서, 늦게 걸어야 하는 사람은 리듬을 놓쳐서 모두 힘들다.

켄 부부에게 첫번째 나타나는 바에서 만나자고 약속을 하고 걸음을 재촉했다. 한 시간쯤 후, 경작지를 지나 어느 작은 농가의 담을 끼고 돌자마자, 장작을 피워 빵을 굽는 멋진 바를 발견했다. 아침에 부산을 떨던 미국 아이들이 먼저 자리를 차지하고 음식을 먹고 있었다. 또다른 테이블에는 샐리와 조이 모녀도 있었다. 커피를 한 잔 시켜 들고 자리를 잡고 앉아 있으니 켄 부부가 도착했다.

"우린 벌써 4개월째 여행을 하고 있어요. 시작은 남미부터였어요. 여러 나라를 거쳐 프랑스의 루르드Lourdes에서 순례길을 시작했어요. 이 길을 다 걸으면 다시 일본으로 돌아가야지요. 우리에겐 마지막 길이에요."

아! 그래서 짐이 컸구나. 숙박이 비교적 잘된 곳에서야 필요 없겠지만, 그렇지 못한 곳에서는 비박도 하고 텐트도 치고 해야 하기에, 남편의 짐은 다른 순례자와는 비교도 되지 않게 크고 무거워 보였다. 더구나 그들은 주로 식사를 직접 요리해 먹는다고 하니, 짐이 산만할 수밖에 없었다. 11월부터 걷기 시작했으니 6월까지 약 7개월을 여행으로 보내는 것인데, 보통 직장을 다니면서 가능할까?

옆에서 우리 이야기를 듣고 있던 샐리가 아침부터 복잡한 이야기 그만하고 이제 즐길 시간이라며 길을 재촉했다. 진한 커피에 정신 번쩍 든 나와 일행은 앞서거니 뒤서거니 걸음을 재촉했다. 출발은 같이 했지만 몇 시간 걷다보면 길고 긴 길 위에 흩뿌려진 점들처럼 또다시 혼자가 된다.

헤밍웨이와 광란의 소몰이 도시 팜플로냐Pamplona에 도착했다(헤밍웨이의 소설 『태양은 다시 떠오른다』의 배경은 팜플로냐와 소몰이 축제다). 아스팔트길과 높은 빌딩들, 그리고 회색빛 보도블록으로 둘러싸인 공원. 불과 3일밖에 지나지 않았으나 도시가 낯설어졌다. 오랜 시간 나의 일상이 되었던 도시의 풍경이 이렇게 어색할 수가 있을까.

팜플로냐에서는 혼자 자기로 했다. 쉽지 않은 길 때문에 다리가 아프고 등뒤의 배낭 때문에 어깨가 짓눌리는 것보다, 물건도 잃어버리고 말도 제대로 못하는 고통이 더 위험하게 느껴진 것이다. 양질의 수면이 필요한 시점이다.

작은 팬션(1인용 침실이지만 공동 욕실과 화장실을 사용하는 작은 호텔)을 찾아 짐을 풀고는 주린 배를 채우기 위해 카페 이루냐Café Iruña를 찾았다. 헤밍웨이가 종종 들러 글을 쓰던 장소라고 해서 오기 전부터 설렜다. 찾는 것은 어렵지 않다. 멀리서도 눈에 띄게 하얀 차양막에 커다란 검정 글씨로 'IRUÑA'라고 쓰여 있다. 타파스 몇 개와 생맥주를 시켜놓고 야외석에 자리를 잡았다. 노트북을 켜고 글을 쓰기 시작했다. 이 카페에서 글을 썼던 헤밍웨이는 어떤 기분이었을까? 혹시 내가 앉은 이 테이블에서 소설을 쓰지 않았을까?

헤밍웨이 놀이를 하다보니, 어느새 2시가 넘었다. 오늘의 미션인 유심 칩 구입을 위해 휴대전화 매장을 찾아나섰다. 독하게 마음먹고 완전한 휴식을 위해 휴대전화를 포기하려고 생각도 했었다. 하지만 휴대전화에는 먼 곳의 사람에게 소식을 전하는 기능 이외에도 너무나 중요한 역할이 많다. 수십 권의 책과 순례 계획표, 그리고 무엇보다 길 찾기 서비스가 있다. 길을 잃거나 도움이 필요할 때 꼭 필요할 것이다. 카미노에서 휴대전화는 소통이 아닌 생존의 도구인 셈이다. 문제는 비용이 만만치 않다는 점이다. 그 비용을 절약하기 위해 현지에서 유심칩을 사기로 했다.

휴대전화 매장을 찾는 데 무려 두 시간이 넘게 걸렸다. 게다가 시에스타(스페인의 유명한 점심 휴식시간으로 바를 제외한 웬만한 상점은 문을 걸어 잠그고 쉰다. 보통 4시가 넘어야 문을 연다)에 걸려, 또다시 두 시간을 바에서 소모해야 했다. 매장에 같은 목적으로 방문한 순례자도 몇 명 보였다. 미국 시애틀에서 온 59세의 다이앤은 건축가라고 했다. 은발에 안경을 코끝에 걸친 모습이 학자풍이었다. 그녀는 혼자 이 길을 걷고 있다고 했다. 위대한 건축물을 돌아보고 새로운 사람을 만나는 것이 그녀가 길을 걷는 이유이다. 그런데 만만치 않다고 푸념을 늘어놓는다. 물집이 잡힌데다, 아직 어색한 시에스타 때문에 시간낭비도 너무 많고, 유심 칩 사기도 힘들다고 불만이 잔뜩이다.

유심 칩을 갈아끼우고 나니 만족스러웠다. 한국에서 데이터 로밍서비스를 받으면 하루 1만 원 정도의 돈이 들지만, 단 2만 원 정도의 유심 칩이면 충분히 한 달을 버틸 수 있다는 사실! 엄청난 돈을 절약한 기분이 들면서, 반나절을 버리면서 애를 쓴 것이 아깝지 않았다. 전화번호가 바뀐다는 사실을 몰랐을 때까지는 말이다.

잠시 공황상태가 되었다. 다시 한국 유심으로 바꿀까 고민도 했지만, 오히려 잘된 일로 받아들이기로 했다. 꼭 필요한 사람들에게만 새로운 전화번호를 알려주고, 내 휴대전화는 오로지 이 길을 탐험하는 모험가의 지도와 자료로만 사용하기로 했다. 6주간 과거의 인연과 단절하는 모험을 생각하니 짜릿하면서도 동시에 불안이 몰아닥쳤지만, 이미 내친 길 끝까지 가보리라고 다짐했다.

웅장하고 화려한 팜플로냐 대성당을 들러 숙소를 향해 가는데, 이제는 멀리서도 쉽게 찾을 수 있는 크리스토퍼를 발견했다. 반가운 마음에 큰소리로 "크리스토퍼!" 하고 부르고 한 걸음에 달려갔다. 녀석은 신발이 너무 오래돼서 불편하다며, 새 신발을 사서 신고 있었다. 새 신발은 카미노에서 금지 품목이다. 발에 익숙하지 않아 쉽게 피곤해지고, 물집이 잡힐 확률도 높아지기 때문이다. 하지만 물이 새고 너무 커서 헐렁거리는 현재 신발의 상태를 고려하면 새 신발을 허락해도 좋을 듯싶었다. 녀석이 길에서 만난 이탈리아 여자, 스페인 여자, 심지어 한국 여자들에 대한 평을 늘어놓고 있는데, 또 반가운 친구를 만났다. 바로 켄과 그의 부인이었다. 우리는 의기투합하여 카페 이루냐에서 저녁을 함께하기로 했다.

다시 길을 재촉하는데, 어느 순간인가 뒷골이 서늘하게 느껴졌다. 이럴 수가! 뒤를 돌아보니, 순례 첫날 밤 론세스바예스 알베르게의 침대 1층에 있었던 무시무시한 칼자국이 나를 보고 있지 않은가! 이미 여러 번 보았던 얼굴이라, 설마 나를 치기야 하겠냐는 심정으로 웃어 보였다. 나와 눈이 마주친 칼자국은 여전히 아무 반응 없이 내 앞을 지나쳐 갔다. "올라"라고 아주 작게 이야기했지만, 녀석은 인사를 못 들었는지 나를 무시하고 간다. '뭐 이런 자식이 다 있어! 나이도 어린 것이……'라고 성질을 내려다보니(물론 마음속으로만) 녀석에게서 왠지 쓸쓸함이 묻어났다. 그리고 보니 몸도 무거워 보이고 지쳐 있는 듯 보였다. 조금만 덜 무서웠어도 말을 붙여보거나 저녁을 같이하고 싶었는데 용기가 나질 않았다. 이상하게 무서우면서도 정이 가는 녀석이다.

저녁 7시. 내가 제일 먼저, 그다음에 켄 부부가 나타났다. 크리스토퍼는 무슨 일이 있는지 나타나지 않았다. 걱정이 되었지만 30분이 지나도 오지 않아, 우리는 음식을 시키고 이야기를 나누었다. 켄이 먼저 입을 뗐다.

"제가 집사람에 비해 너무 나이가 많아 보이지요? 올해 마흔입니다. 집사람은 서른이 되었고요."

그러지 않아도 아내에 비해 나이가 좀 많아 보인다 싶었는데 열 살 차이라니! 자랑인 듯 부끄러움인 듯 애매하게 이야기를 하는 그에게, 혹시 일본의 결혼 풍속도가 그런지 물었다.

"유명한 사람만 그렇습니다. 물론 저는 돈이 없습니다만, 하하하."

어떻게 오랜 기간 여행을 할 수 있을까? 부러움을 가득 담아 물어보았다.

"직장이 좀 남달라서 겨울에는 문을 닫아요. 여름이 되어야 바빠지고요. 아주 바쁘기 전에만 돌아가면 돼서요. 휴가를 냈어요."

켄은 일본 나가노에 있는 높은 산의 산장에서 일을 한다고 했다. 추운 겨울철에는 문을 닫고, 봄부터 초여름에는 자기가 없어도 산장이 돌아갈 수 있다는 것이다. 몹시 부러웠다. 그런데 돈이 한두 푼 드는 일이 아닐 텐데…….

"6년을 준비한 거예요. 결혼 전에 저 혼자 5년을 준비하고요. 결혼하고서 같이 1년을 준비했지요. 집사람도 같은 직장에서 일을 해요. 거기서 만난 거고요."

켄은 주로 산장을 수리하거나 짐을 운반하는 일을 맡고(그래서 그렇게 엄청난 짐도 거뜬하게 들었구나!), 아내는 룸메이드 일을 한다고 했다. 이 여행에 대해 아내는 어떤 생각을 하고 있을까?

"사실 결혼 전부터 남편의 꿈이라는 것을 알았어요. 저도 대찬성이지요. 물론 돈을 모아야 집도 사고 아이도 낳고 키우고 하겠지만, 이런 도보 여행은 지금 아니면 못 하는 거잖아요. 그리고 어쩌면 인생의 가장 아름다운 순간에 하는 여행이야말로 가장 빛나지 않을까요?"

요즘 일본 젊은이들은 불행하다고 했다. 장기침체의 결과로 부모 세대와 비교할 수 없을 정도로 경제적으로 힘들다고 한다. 화려함은 사라지고 실속이 더 각광받는 시대다. 그러다보니 여행도 럭셔리 콘셉트보다는 진지함과 가벼움이 공존하는 것으로 바뀌었다. 유럽 유명 관광지의 고급 호텔과 레스토랑을 찾기보다는, 새롭고 의미 있으며 그리 값비싸지 않은 산티아고 순례길 같은 여행지가 더 인기라고 한다. 동시에 사람들의 가치관도 변해서, 성취보다는 과정을 즐기는 젊은이들이 많아졌다고 한다. 그래서 수년 전부터 일종의 트렌드처럼 장기 여행족들이 늘고 있다. 여행을 즐기는 것도 중요하지만, 무엇보다 자신과의 대화를 통해 좀더 깊이 있는 인생을 살길 바라기 때문이다. 켄 부부도 앞으로 여행 후에 어떤 삶이 전개될지 모르지만, 일자리도 있고 또 이제 의지할 사람도 있으니 큰 걱정은 안 한다고 했다.

"오늘은 오늘 걷는 길에서 즐거움을 얻고 행복해하는 게 가장 중요하죠."

맞다. 행복은 강도가 아니고 빈도가 중요하다. 행복은 일상이어야 한다. 특별한 이벤트처럼 몇 날 몇 시에 한 번 행복하고 말면 진정한 행복이 아니다. 이 길을 걷는 일본인 켄 부부는 행복해 보였고, 앞으로도 그럴 것이라는 생각이 들었다.

"이제 그만 마시지요!"

한창 수다를 떨다보니, 술이 떨어졌다. 와인을 한 병 더 주문하려 하자 켄의 아내가 말렸다. 켄은 일본말로 좀 저항을 해보는 듯하지만, 여느 한국 남편들처럼 꼬리를 내렸다.

"제가 아내한테는 꼼짝 못합니다. 하하하."

맛있는 음식과 와인, 그리고 좋은 사람들과 이야기를 나누고 나니 기분이 좋아졌다. 벌써 광장에는 어둠이 드리워져 있었다. 하늘은 암청색으로 빛났다. 세상에서 가장 아름다운 밤하늘을 보며 숙소로 돌아왔다. 쥐죽은듯 조용한 내 방. 이것도 오늘 오후의 도시만큼이나 낯선 느낌이지만 너무 좋다. 오늘은 잘 잘 수 있겠지!

넷째 날 길은 모두에게 다른 말을 건다

편안한 밤이었다. 그리 오래 자지 않았는데도 새벽이 개운하다. 단지 잠자리만 바꾸었을 뿐인데, 휴가 나온 일병 같은 기분이 들었다. 6시도 안 된 시간이지만, 헤드랜턴을 켜고 길을 나섰다. 이른 새벽인데도 도시 공원에는 운동을 하거나 산책을 하는 사람들이 드문드문 보였다.

도시는 길 찾기가 어렵다. 특히 이른 새벽이나 늦은 밤, 불빛이 사라지고 나면 길을 잃기 쉽다. 온 신경을 집중해서 노란 화살표를 찾아나가고 있었다. 혹시 길을 잃은 것이 아닐까 걱정하고 있었는데, 불길한 예감은 틀리지 않는다. 갑자기 화살표가 사라져버린 것이다. 길을 잃어버릴 것을 대비한 나름의 비책이 있었다. 표지판이나 화살표를 지나고 15분, 그러니까 약 1킬로미터를 걷는 동안 그다음 표지가 없다면 뒤로 돌아오는 것이다. 물론 그 사이 사람을 만나면 길을 물어보면 되고, 그러지 못한다면 이전 화살표까지 걸어가면서 좀더 자세히 방향 탐색을 하는 것이다. 몇 블록쯤 더 왔을까? 다시 돌아가야 하나 불안해하던 차에, 커다란 검정 도베르만과 산책을 하던 아저씨가 나를 불러세웠다. "보아하니 순례자 같은데, 길을 잘못 들었으니 한 블록 뒤로 가서 길을 건너 우회전을 하라"는 것이었다. 이방인의 친절한 배려가 고마웠다. 동시에 주의깊지 못하게 화살표를 놓쳐버린 내가 부끄러워졌다.

노란 화살표가 떡하니 있어도 길을 잃으니, 친절한 화살표 따위 없는 우리 인생에서 길을 잃지 않으려면 얼마나 신중해야 할까? 그 위험천만한 길에서는 천천히 자신의 발걸음을 돌이켜보고 또 미래를 고민하며 살아야 한다. 얼마나 빨리 가느냐가 중요한 것은 아니다. 얼마나 올바른 길로 가느냐가 중요한 문제다.

살다보면 누구나 길을 잃고 당황할 때가 있다. 때로 잘못 들어선 길에서 우리는 불행과 맞닥뜨릴 수도 있다. 몰라서 당하는 것은 어쩔 수 없지만, 스스로 잘못된 길에 접어들었음을 알고도 고집스럽게 전진만을 고집한다면 너무 안타까운 일이다. 스스로 잘못된 길은 아닌가 의문이 생기면 무조건 물어보아야 한다. 이 길을 걸었던 또는 이 길을 잘 아는 사람에게 물어본다면, 길을 잘못 들어 놓쳐버린 시간과 노력을 보상받을 기회가 생긴다.

다시 도시를 벗어나기 시작한다. 길에는 아무도 없다. 정말 아무도 없다. 홀로 길을 걷는다. 갑자기 가슴이 울컥한다. 살면서 흔히 느껴보지 못한 감정의 출렁임. 이건 뭐지? 뭐가 나를 이렇게 센티하게 만들까. 남자도 갱년기가 온다던데, 혹시? 그러고는 갑자기 집에 가고 싶어졌다. 내가 왜 여기까지 와서 이렇게 궁상을 떨고 있을까 하는 생각이 든다. 외롭다. 이 먼 곳까지 와서 이 무슨 고생일까? '집 나가면 개고생!'이란 광고 카피가 떠오른다. 휴식을 위한 여행이었으니 차라리 카리브 해나 몰디브 같은 곳이나 갔으면 어땠을까? 가족들과 같이 갔다면 좋은 남편, 좋은 아빠 소리 들었을 텐데…….

물론 '길 한번 원 없이 걸었으면 됐지!' 하고 쿨하게 받아들이겠지만, 센티한 감성은 쓸데없는 걱정을 만든다. 만약에, 만약에 말이다. 혹시 이 길이 끝나고, 정말 아무것도 찾지 못하면 어쩌지?

오전 내내 만만치 않은 비탈길을 올랐다. '용서의 언덕'으로 가는 길이다. 워낙은 바람이 거센 곳으로 유명하나, 다행히 오늘은 바람이 그리 심하지 않았다. 산티아고 순례길의 시그니처 코스 중 하나인 이 길은, 가파른 이 언덕을 오르면 죄를 용서받는다고 해서 이름 지어졌다고 한다. 오르는 사람에 따라 '용서'의 의미는 제각각이다. 용서를 빌어야 하는 사람을 떠올리기도 하고, 용서를 해주어야 할 사람에 대해 고민하기도 한다.

나는 내가 용서받아야 할 일을 떠올렸다. 우선 이 길을 걷게 해준 사건의 당사자인 환자에게 용서를 빌었다. 순간적이고 인간적인 허점이었지만, 그녀에게는 많은 상처가 되었을 것이다.

'상처를 줘서 미안합니다. 마음의 여유가 너무 없었습니다.'

그리고 시도 때도 없이 신경질을 부리던 나를 지난 몇 년간 별말 없이 묵묵히 지켜봐준 아내에게 용서를 빌었다.

'남편 참 못났다, 그치? 미안해.'

그리고 사춘기 방황의 시절 아빠에게 "죄송해요. 말씀드리고 싶은

게 많은데 잘 못하겠어요"라며 도움을 청하던 큰아이에게 용서를 빌었다.

'좀더 인내하고, 좀더 따뜻하고, 좀더 신뢰를 주지 못했던 아빠를 용서해다오.'

고집이 유달라서 초등학교 시절 선생님께 대드는 담대함(?)을 매로 다스렸던 둘째 아들에게도 용서를 구했다.

'체벌을 한다고 더 좋은 사람이 되는 것도 아닌데. 조금 더 설득하지 못했던 아빠가 잘못했다.'

부모님에게도 용서를 빌었다. 그저 부모라는 이유로 타인에게보다 더 독한 말을 해대고 눈을 부라렸으니……. 정말 못된 자식이다.

'아버지 어머니, 죄송해요.'

중학교 시절 철없는 욕심에 친구가 팔겠다고 하던 시계를 덜컥 사들고 들어와 아버지께 된통 혼이 난 적이 있다. 다음날 시계를 그 친구에게 돌려주었다. 그런데 그 다음날부터 녀석은 보이질 않았다. 졸업할 때까지 그 친구는 학교에 나오지 않았다. 내게 돌려줄 돈이 없어서였는지, 아니면 다른 이유였는지 모르겠지만, 그 친구에게도 용서를 빌었다.

'욕심부려 미안해. 네게 시계를 사지 않았다면, 좋은 친구로 남았을 텐데.'

용서는 현재에서 과거로 거슬러올라갔다. 큰일에서 작은 일로, 개인적인 일에서 사회적인 일로, 점차 용서를 빌 일들이 스크린의 영상처럼 흘러지나갔다. 행복을 연구한다면서도 멈출 줄 모르고 터지는 자살에 대해 적절한 해결책을 못 내놓는 전문가로서의 무능함에 대한 용서, 정치로는 불가능한 이 사회의 변화를 이끌 사회적 세력에 대해 심정적 지지로만 일관하는 비겁함에 대한 용서, 그리고 다친 마음을 따뜻하게 보듬어 상처를 아물게 해주려는 노력보다는 '내가 누구요'라고 자랑하고픈 미성숙함에 대한 용서······. 내게 기대를 품고 지지해준 많은 사람들에게도 용서를 빌었다.

마음이 편치 못했다. 무엇인가 또 용서를 빌어야 하는데, 어느새 '용서의 언덕' 정상에 도달하고 말았다. 줄지어 늘어선 풍력 발전기가 눈에 거슬렸다. 마치 고전 영화에서 누군가 실수로 선글라스를 쓰고 나온 것처럼 옥에 티로 보였다. 거친 바람을 맞으며 언덕을 오르는 순례자 행렬을 역동적으로 표현한 녹슨 금속 조형물은 그다지 감동적이지는 않았다. 마음이 편치 못하니 무엇을 봐도 시큰둥했다.

한참을 생각했다. 도대체 무엇 때문에 마음이 무거울까. 물론 언덕 하나를 오른다고 모든 용서를 구할 수는 없다. 하지만 이 답답함을 떨쳐낼 방법이 없었다. 그리고 안타깝게도 떠나야 했다. 긴 길의 위 어느 지점에서 정답을 찾을 수 있으려나. 길 위에서 숙제가 하나 늘었다.

터벅터벅 무거운 발걸음으로 산을 내려왔다. 한참을 또 걸어 우테르가Uterga 마을에 들어섰다. 시끌벅적 많은 사람들과 차들 속에서 자란 도시 놈에게는 마치 유령 마을처럼 스산하기조차 했다. 마을 끄트머리 벤치에 앉았다. 잠시 후, 누군가 말을 붙여왔다. 곧게 치켜든 턱선, 굵은 목덜미, 떡 벌어진 어깨와 가슴, 언뜻 보아도 스포츠맨 티가 났다. 이름을 '유한'이라고 밝힌 중년의 독일인은 밝게 웃으며 친근감을 표시했다.

"한국 사람이에요? 나 차붐이랑 함께 축구하던 사람이에요! 차붐 알지요?"

뭐라고? 차붐? 독일 축구계에서 '갈색 폭격기'로 불리던 차범근 전 국가대표 감독이 자기 친구란다. 말도 안 되는 이야기라고 생각하고는, 웃으면서 나도 한마디 대꾸해주었다. "아! 전 싸이 친구입니다!"

유머라고 했지만, 안타깝게 그는 싸이가 누군지 모르는 눈치였다. '강남스타일'을 읊조리며 말춤 흉내를 내보았지만, 역시 무슨 짓인가 하고 바라만 보았다. 머쓱해졌다. 다행히 나의 유머가 형편없어서라기보다는 그저 서로 언어가 안 통해서 이해를 못 하는 것으로 여기는 것 같았다.

이야기를 좀더 해보니, 진짜 그는 축구선수였다. 레버쿠젠에서 차붐과 같이 뛰었단다. 보기보다 나이가 많아 예순 살이나 되었다. 미드필더였던 그는 15년간 선수 생활을 하고 25년간 코치 생활을 했다고 한다. 서울은 물론이고 부산도 가보고 한국 사람들도 잘 안다며 너스레를 떨더니, 정말 빠른 걸음으로 내달린다. 내 걸음도 느린 걸음은 아니지만, 차붐의 동료는 다르긴 달랐다. 간신히 따라잡아 물었다. 이곳에는 왜 왔을까?

"일이 너무 고되고 힘이 들어요. 안정이 필요해서 왔어요."

승부의 세계는 냉혹하다. 승리가 아니면 패배, 단 두 가지뿐이다. 모두가 승리를 원하고, 모두가 패배를 두려워한다. 긴장의 끈을 놓을 수가 없다. 단단히 당겨진 줄이 끊어질 것 같아서 무조건 떠났다고 했다. 며칠 걷지 않았지만, 이곳에서는 친구들이 많이 생겨서 좋단다. 전혀 긴장 없이 서로의 생각과 감정을 나눌 수 있는 것이 좋다며, 요즘 젊은이들은 특히 경제적인 고민이 많다고 자신이 들은 이야기를 들려주었다.

"이 길에는 유럽 사람도 많지만, 한국, 미국, 일본 등등 다양한 나라 젊은이들이 있더라고요. 중국 사람만 못 본 거 같네요. 그런데 모두 경제적인 어려움은 마찬가지인가 봐요. 결혼 걱정까지 하더라고요. 돈 없어서 결혼도 포기했다는데……."

돈이 없어서 결혼을 못 한다……. 들어도 들어도 가슴 아픈 이야기다. 그저 돈 때문에 가정을 이루어 행복해질 수 있는 기회를 박탈당한 것이다. 사실 결혼도 결혼이지만, 아이를 낳아서 양육하는 데 돈이 너무 많이 든다.

"그런데 내 생각에는 자녀 양육 때문에 결혼을 포기하는 것은 미친 짓 같아요. 양육에 드는 비용 중에 가장 많이 드는 것이 교육비 아니에요? 대학에 안 가고 돈 벌면 다 해결되는 문제 아닌가?"

축구선수답게 간결하고 확고한 결론이었다. 특히나 그에게서 진정성과 현실감을 느낄 수 있었던 것은, 실제로 그의 아들도 대학을 가지 않고 졸업 후 바로 공장에 취직했다는 점이었다. 대학 보낼 비용과 그 기간 동안 버는 수익을 합치면, 대학 진학을 한 사람들과 현격한 차이가 난다. 그의 아들은 회사 생활을 하다가 스스로 필요하다는 절실함이 생겨 대학을 다녔다고 한다.

우리의 현실로는 어려운 해법이겠지만, 사회가 추구하는 가치관이 변화한다면 꼭 남의 이야기만은 아니다. 우리는 세상에서 가장 변화무쌍한 민족이고, 세계는 하나가 되어가는 시절 아닌가.

유한은 페이스를 올리기 시작했고, 나는 그를 보내야 했다.

우테르가를 지나 오바노스Obanos를 가려면 두 가지 길이 있다. 왼쪽으로 가면 3킬로미터 정도 돌게 되는데 에우나테Eunate의 멋진 성당을 볼 수 있다. 고민 끝에 성당을 보러 가기로 했다. 햇볕은 너무 뜨거웠고 그늘도 없는 길이었다. 멋진 들판과 아름다운 억새 숲이 있지만, 눈에 들어온 성당은 걸어도 걸어도 가까워지지 않았다. '과연 이 먼 길을 돌아가는 수고를 할 가치가 있을 것인가?' 하고 후회를 하려는 찰나, 눈앞에 소박한 12세기의 성당이 들어왔다. 서른세 개의 돌 아치 속에 들어선 8각형의 석조 성당은 작았다. 내부에는 소박한 십자가와 제단만이 있었다. 화려하거나 웅장한 것과는 거리가 먼 소박하고 간결한 맛에서 종교의 진심을 본 듯했다. 도시에서 본 웅장한 성당은 서민의 위에서 군림하는 소위 종교 권력 같아 압도당했지만, 에우나테의 소박한 성당은 언제든 드나들 수 있는 내 집 옆의 작은 예배당 같아 좋았다. 후회는커녕 돌아오길 잘했다는 생각이 들었다.

살다보면 남이 잘 안 가는 길을 걸어야 할 때가 있다. 매너리즘에 빠져 삶이 고달프거나, 삶의 의미를 잃고 그럭저럭 살아갈 때, 가끔은 나만의 길로 걸어봐야 한다. 색다른 길에서 발견한 것의 가치 때문이 아니다. 다른 길을 걷는 과정이 스스로를 돌아보게 하기 때문이다. 에우나테의 작은 성당이 다른 어떤 화려한 성당보다도 내 머리 속에 깊이 남게 되었다면, 그 이유는 남들이 가지 않는 길을 걸었던 덕분이다.

소박한 성당이 내게 준 깨달음이 또 있다. 에우나테로 돌아가는 길에서는 표지판이 가끔 헷갈렸다. 모두가 가는 길은 나름대로 정리가 잘되어 있다. 길치인 나도 절대 잃어버리지 않을 만큼 말이다(길치는 어디 가도 길치라는 것을 훗날 깨닫게 되지만). 길이 두 갈래로 나뉘는 가운데 노란 화살표가 있다. 무의식중이지만, 우리 마음은 거칠지 않은 길을 바란다. 그런데 카미노로 향하는 올바른 길은 예측을 할 수 없다. 쉬워 보이는 길을 선택하면 흙탕물 범벅인 길로 급변하거나, 거꾸로 돌길인가 하고 실망을 하면 곧 폭신한 들풀이 깔려 있는 길로 안내하기도 한다. 올바른 방향으로 걷고 있다면 길의 난이도는 중요치 않다. 누

군가 먼저 가보았으니 길이 만들어진 것이고, 그렇다면 나 또한 갈 수 있다. 단지 어떤 때는 발이 좀 아프고, 또 어떤 때는 걷는 것이 신날 정도로 아름다운 길이 펼쳐질 뿐이다.

순례길에서 가장 아름다운 다리가 있는 푸엔타 라 레이나Puenta la Reina에 도착하니 비가 완전히 개었다. 침대를 배정받고 침낭을 깔아놓고 샤워를 하고 빨래를 한다. 이제는 좀 손에 익는 듯하다. 가볍게 차려입고 마을 입구에 있는 알베르게를 출발해서 반대쪽의 '여왕의 다리'를 보러 갔다. 마을 끝에는 제법 큰 바와 레스토랑이 있다. 그 길을 지나 마을이 끝나는 부분에 다리가 있었다. 11세기에 지어진 로마네스크 양식의 이 다리는 순례자들이 아르가 강River Arga을 무사히 건널 수 있도록 지어졌다고 한다. 명성만큼이나 아름다운 이 다리는 유채꽃과 어우러진 모습이 품위 있어 보였다.

간단한 산책을 하고 돌아와서 알베르게에 앉아 글을 쓰기 시작했다. 오늘 일곱 시간 동안 25킬로미터를 걸었지만, 걷는 것말고는 할 일이 없으니 시간이 남는다. 오기 전에 계획했던 대로 글을 쓴다.

가장 행복한 시간 중 하나가 글을 쓸 때이다. 현실적으로 글에 몰입하려면 여러 가지로 조건이 맞아야 한다. 시간도 시간이려니와 집중력도 좋아야 하고, 그러려면 환경도 좋아야 한다. 아주 조용하면 집중이 더 잘될 것 같지만 실은 그렇지 않다. 아주 시끄러운 경우보다야 낫겠지만, 너무 조용하면 잡념이 더 많이 떠오른다. 오히려 약간의 소음이 공존할 때 더 집중이 잘된다. 또 잠옷이나 속옷 차림처럼 지나치게 편안한 복장도 글쓰는 데 그리 좋지 않은 것 같다. 그런 면에서 커피 전문점은 최적의 글쓰기 장소다. 이 마을의 바가 딱 그랬다. 바쁠 일도 없고, 잘 알아들을 수 없는 외국말들이 조금씩 들려오고…… 사고의 속도와 정확성은 오히려 낯선 환경에서 더 높아진다. 너무 행복한 순간들이다.

잠시 쉬러 침대로 돌아왔다. 모두 여덟 개의 침대가 있는 방이었다. 옆자리 주인은 아까 마을 입구에서 보았던, 오른쪽 팔에 깁스를 한 금발의 안경잡이 청년이었다. '티모'라는 이름의 이 친구는 독일인이었다. 직업은 응급구조사라고 한다.

잠시 후 문이 열렸는데, 이게 누군가. 크리스토퍼다! 팜플로냐의 이루냐 식당에서 저녁을 같이하기로 하고 나타나지 않은 후로 볼 수 없었다. 마치 오래된 친구를 만난 양, 우리는 포옹을 하고 서로 겪은 지난 일들(비록 이틀이지만) 이야기를 했다. 그날 문 앞에서 10여 분을 기다리다 카페 안에 있던 우리를 발견 못하고는 그냥 돌아갔다고 했다.

옆에서 듣고 있던 같은 독일인 티모도 끼어들었다. 티모는 손이 부러져 이 길에 왔다. 4개월의 병가가 주어졌는데 마땅히 할 일이 없었다. 꼭 걷고 싶은 길이었으니, 좀 불편하더라도 이참에 걷기로 했다. 그는 영성과 문화에 관심이 많았다. 고대 그리스어를 배우고 싶고, 유물 발굴가가 되는 것이 꿈이란다. 녀석은 남다른 희망처럼 생각이 참 독특했다.

크리스토퍼는 그간 사귄 이탈리아 여자의 무리와 저녁을 하러 마을로 가고, 티모와 나는 알베르게의 뷔페로 갔다. 생각보다 괜찮은 뷔페였다. 다른 순례길 메뉴와 마찬가지로 와인이 공짜인데다 맥주까지 공짜! 이것저것 골라 먹는 재미도 쏠쏠하다. 특히 소꼬리찜 비슷한 음식 라보 데 토로Rabo de toro가 맛있었는데, 종업원이 1인당 두 개씩만 직접 접시에 담아준다. 더 먹고 싶은 욕심에 종업원에게 부탁을 했다. "이 음식이 말이지, 한국에 똑같은 것이 있거든! 근데 맛도 똑같아. 정말 맛있네!" 하며 치켜세워주고는, "그래서 말인데, 한두 개만 더 주면 안 될까?"라면서, 최대한 향수병에 젖은 노인네의 눈망울을 만들어보였다. 여종업원은 내 칭찬에 으쓱해졌는지, 아니면 별 비굴한 짓(?)을 다 하는 내가 불쌍했던지, 꼬리찜 두툼한 것 두 덩어리를 하사했다.

저녁을 먹으며 티모와 이야기를 했다. 말이 많은 친구였다. 한국을 잘 안다며 녀석이 보인 최대 관심은 한국군의 제도였다. 몇 년 근무하는지, 월급은 얼마를 받는지, 휴가는 며칠인지……. 마치 내일모레 입대할 장정처럼 별의별 것을 다 묻는다. 게다가 영어가 서툰 서로를 위해, 대화 하나가 끝나면 정리를 해서 다시 물어보고 확인하는 수고까지 아끼지 않는다. 그다음에는 통일의 현안, 한글의 역사와 원리, 한류의 흐름과 최신 이슈 등 끊임없이 질문을 쏟아냈다. 아…… 피곤해진다. 길에서 만난 친구들이 다 좋은 것은 아니다. 때로는 티모처럼 호기심 가득인 친구는 피곤해질 공산이 크다. 내일은 어떻게든 이 녀석을 피해 가야겠다. 이 길에서 사람을 피하는 방법은 쉽다. 아주 빨리 걷거나, 매우 천천히 걷거나, 그들과 발걸음을 맞추지 않으면 된다. 거꾸로 친구를 사귀는 것 또한 쉽다. 함께 걸으면 된다.

순간 뒤에서 한국식 영어 발음이 들린다. 아! 저녁을 먹기 전에 비에 젖은 생쥐 모양을 하고 우리 방에 들어왔던 여성이다. '한국 사람인가?' 하는 생각이 들었지만, 나를 쳐다보고 별 이야기가 없기에 신경쓰지 않았는데……. 가만히 생각해보니 론세스바예스에서 피레네 지옥을 맛본 일행 중 한 사람이었다. "한국 분이시군요!" 하고 말을 걸었다.

"아! 아저씨도 한국 사람이세요? 난 일본 사람인 줄 알았어요!"

약간의 취기가 있던 그녀는 들뜬 목소리로 그날의 무용담과 국제적 우정을 늘어놓기 시작했다.

"저 혼자 왔거든요. 근데 생각보다 너무 힘이 든 거예요. 길에 멍하니 앉아 있는데, 이 친구들을 만났어요."

합석한 자리에는 스페인 남녀 네 사람이 있었다. 피레네를 넘느라고 지치고 힘들어 막 울음이 터지려고 하는 순간, 스페인 친구들이 "혼자서 힘들어 보이니 함께 걷자"고 했다는 것이다.

"너무 좋은 거 있지요. 너무 친절하고 너무 멋있어요. 이런 경험 처음 해보는데, 순례길을 이래서 걷는구나 하는 생각이 들어요."

스페인 친구들이 비가 오면 우비도 빌려주고, 물집이 잡히면 반창고를 붙여주고, 비상식량도 나누어주고 했단다. 이 길에서는 인간애가 넘쳐나기는 한다. 누구라도 힘들면 도움을 준다. 아마도 목적이 동일하다보니 일종의 공동체 의식이 생겨서 그런 듯하다.

그런데 곰곰 생각을 해보았다. 물론 그녀의 자세한 내막을 모르니 지나친 비약일지도 모르겠지만, 이렇게 힘든 길을 걸으며 우비도 반창고도 심지어 비상식량도 준비를 안 해오다니, 걱정이 되었다. 나쁘게만 보자면, 배짱이 두둑해 보인다기보다는 준비성이 없어 보였다.

의존심이 반드시 나쁜 것은 아니다. 유아기 때의 의존심은 생존의 필수이다. 부모로 하여금 좀더 아이를 적극적으로 돌보도록 독려하는 힘을 지닌다. 연애 때는 양념과 같다. 자신에게 의지하는 연인에게 좀더 애정이 솟게 한다. 하지만 나머지 대부분의 경우는 물론이고, 자칫 생존의 문제가 될 수도 있는 경우에는 다르다. 그녀는 자신이 "so kind"라고 표현하는 그들에게 커다란 짐이 될 수도 있다. 그렇다고 무슨 큰 문제가 당장 벌어진다는 것은 아니다. 하지만 만약 어느 날 그 좋은 스페인 친구들이 그녀를 짐으로 여긴다면 어떻게 할까? 결국 또 다른 누군가에게 의존하는 수밖에 없을 것이다. 이것이 의존적 성향의 사람들이 살아남는 방법이다. 그렇게 된다면 결국 그녀는 완주를 통해 얻을 수 있는 게 아무것도 없을 수도 있다는 것이 속상할 따름이다.

"너무 다행이지요. 이런 사람들을 만나서! 전 참 재수가 좋아요!"

안타깝지만 인생의 소중한 시간을 남에게 기대서 사는 그녀를 뒤로 하고 잠을 청하러 들어왔다. 갑자기 퀴퀴한 냄새가 났다. 옆에 누워 잠든 티모가 범인이다. 손이 부러져 제대로 씻지 못한 탓이다. 빨리 자야겠다. 냄새를 잊으려면.

다섯째 날 언젠가 나이가 들면…

정말 잘 잤다. 6시가 넘은 시간. 옆자리 티모를 비롯한 다른 순례자들은 아직도 한밤중이다. 출발을 준비하는 부스럭 소리에 크리스토퍼가 깨어난다.

"제임스! 다른 사람들 자는데 소리가 너무 큰 거 아냐?"

자식! 이제 좀 안다고 훈계를 해대려고 한다.

"6시 넘어서 이제는 출발해도 되는 시간이고 나름 조용히 하는 거니 너도 그만 자고 일어나"라고 일러주었다. 녀석이 머쓱해하며 준비를 한다.

아직 밖은 어둡다. 비가 오고 있었다. 아침을 먹으러 카페테리아로 갔다. 4유로에 빵 하나, 커피와 주스. 결코 착하지 않은 가격이지만, 아침을 못 먹으면 꼼짝 못하는 사람이라……. 곧이어 크리스토퍼가 들어온다. 영어도 잘 못하면서 꼭 농담까지 치려드는 녀석. 식당 주인이 빵값을 알려주자 비싸다고 화들짝 놀라는 시늉을 한다. 같이 식사하는 여러 사람들이 웃는다. 크리스토퍼 덕분에 아침 분위기가 밝아졌다. 옆에서 식사를 하던 미국인 할아버지가 크리스토퍼에게 말을 건다.

"오늘 얼마나 가시나?"

빵과 커피를 들고 돌아서던 크리스토퍼는 "한 20킬로쯤 가려고요" 하고 답한다.

"그래? 난 300킬로미터 가려고. 바르셀로나까지!"

속으로 '헉! 300킬로미터? 말도 안 돼!'라고 생각하는데, 역시나…….

"농담이야. 하하하. 무릎이 너무 아파서 더이상은 못 걷겠어."

머리가 희끗희끗한 노인이었다. 몸집도 작지 않은데다 무릎까지 성치 않으니, 이 길이 얼마나 힘들까? 바르셀로나에서 남은 시간 여행을 하고 그 이후에 미국으로 갈 생각이라고 했다. 4일 정도 걸었는데 포기해야 하다니, 얼마나 마음이 안 좋을까? 조심스럽게 물어보았다.

"뭐 마음이 그냥 그래. 처음이 아니거든. 이번이 네번째인데……. 실은 지난번에도 실패했어. 그때는 반대쪽 무릎이 몹시 아팠거든."

크리스토퍼가 끼어들었다.

"할아버지, 다음번에는 꼭 성공하세요!"

할아버지는 '글쎄?' 하는 표정으로 입을 찡긋해 보이고는 말을 이어나갔다.

"내가 나이가 일흔넷이야. 그리고 이미 완주를 해본 길이니까 성공에 대한 미련은 없어. 이 길은 완주하는 사람들만의 길이 아니잖아. 그저 걷는다는 것만으로도 만족하고 행복하거든. 실패? 결코 아니야. 생각해봐. 길은 계속 걷는 거니, 끝내지 않는 한 실패는 아니지. 내가 또 언제 카미노에 올지, 아니면 다시 못 올지 모르겠지만, 길을 걷고 있다면 그걸로 만족이야. 그게 카미노든 아니든 말이야."

할아버지는 '태어나면 한 번은 꼭 걸어야 하는 길'이라고 하면서, 우리 둘에게 "부엔 카미노!Buen Camino, 그대로 번역하면 '좋은 길'이라는 뜻이지만, 성공적인 순례를 기원하는 뜻으로 사용된다"라며 응원해주었다.

아침을 다 먹은 크리스토퍼가 출발하자고 했다. 하지만 화장실을 가야 출발할 수 있다. 바가 나타나지 않으면 생리현상을 참는 수밖에 없는 것이 현실이다. 소변은 가끔 길옆 풀숲에서 해결하지만 아직 큰일은 어렵다. 물론 순례자들에게 생리현상을 해결하는 것은 그곳이 어디든 자연스러운 일이다. 그래서 배낭이 땅에 가지런히 세워져 있고 사람이 안 보이면 그냥 모른 척 걸어가는 것은 순례자의 예절이기도 하다. 먼저 출발하는 크리스토퍼와 따뜻한 악수를 나누고 인사를 했다.

"또 보자고!"

푸엔테 라 레이나의 다리를 건너 마을을 벗어나니 비가 오기 시작한다. 길은 질척였다. 길에는 또 나 혼자 남았다.

아침의 평온했던 할아버지의 얼굴이 떠올랐다. 바르셀로나로 떠난다는 말을 들었을 때, 약간은 '아니, 너무 가볍게 포기하는 거 아냐?'라는 생각을 했었다. 만일 내가 할아버지처럼 포기를 해야 할 상황이 온다면? 그럴 일은 없겠지만, 포기라니……. 생각만 해도 창피하다. 이 길을 걷기 위해 준비한 많은 시간과 이 길을 떠날 때 말리거나 응원을 해준 내 주위 많은 사람들을 생각하면 말이다.

그런데 할아버지는 평온했다. 이미 성공한 사람의 여유라고 할 수도 있지만, 진심으로 성공이나 실패에 대한 미련과 후회가 없어 보였다. 심리적으로 안정이 돼서일 것이다. 이미 아등바등 집착을 해보았자 안 될 일은 안 되는 것이고, 또 안 된다고 한들 삶에 크게 지장을 주지 않는다는 사실을 깨달았기 때문일 것이다.

점심때쯤 되자 비가 그치고 뜨거운 태양이 대지를 달구기 시작했다. 비가 올 때는 옷이 젖고 눅눅해져서 불편했는데, 이번에는 순식간에 더워지기 시작한다. 판초를 벗어 배낭에 묶었다. 날씨가 변덕스러우니 길 역시 다양한 변화가 생긴다. 왼편으로 나무가 줄지어 늘어선 길이었다. 나무 그늘이 없어 해가 쨍쨍 내리쬐는 오른쪽은 바짝 마르기 시작했다. 하지만 나무 그늘 쪽은 시원한 대신 바닥은 온통 진흙탕이다. 넓지도 않은 길 위에 두 가지 세상이 길게 펼쳐졌다. 더위를 피하자니 진흙과 물웅덩이가 발길을 붙잡고, 걷기 수월한 길을 선택하자니 화상을 입을 것같이 더웠다. 늘 겪는 우리 삶과 마찬가지다. 하나를 선택하면 하나는 버려야 하는 것이 이치다. 그렇다고 완벽한 선택이란 것도 없다. 최고의 선택이라도 후회의 여지는 늘 남아 있다. 인생이나 길이나 그런 것이다.

열매가 달려 있는 올리브 나무가 보이기 시작하니, 지중해 기후권에 접어든 모양이다. 시라우키Ciraugui에 들어서자 다시 비가 오락가락하더니 얼마 지나지 않아 순례길을 걸은 후로 가장 좋은 날씨가 되었다. 마을에 접어들어 길가에 의자와 테이블을 펼쳐놓은 바를 발견했다. 유럽에 온 기분이 제대로 났다. 그런데 이게 누군가! 바에서는 먼저 출발한 크리스토퍼가 식사를 하고 있었다. 반갑게 인사를 하는데, 녀석이 약간 어색한 미소를 보낸다. 아, 옆자리! 이탈리아 사람으로 보이는 예쁘장한 아가씨를 그윽한 눈초리로 보고 있다. 평소 같으면 같이 먹자고 불렀을 텐데…… . 나와 식사하고 걷는 것보다야 당연히 아름다운 아가씨와 함께하는 것이 좋을 나이다. 마음이 흐뭇해졌다. 다음 마을에서 먹겠다고 하고는 그의 건투(?)를 빌어주었다. 그리고 이것이 순례길에서 크리스토퍼를 본 마지막이었다.

내친 김에 로제와인이 좋다는 에스테야Estella까지 가볼 작정이다. 무더운 한낮이었지만 바람이 시원하게 부니 한결 걷기가 수월했다. 순례 5일째. 사람들은 왜 이 길고도 험한 길에 열광하는 것일까? 여러 가지 이유가 많겠지만 그중 하나는 일을 안 하기 때문은 아닐까? 늘 바쁘게 무엇인가 하면서 살아온 인생. 아무것도 안 하고 쉬는 행복한 하루는 정말 가뭄에 콩 나듯 한다. 그런데 여기서 할 일이라고는 그저 걷는 것뿐이다. 걷고 먹고 마시고 자고 또 걷고……. 물론 그냥 집에서 놀기만 하면 눈치가 보였을 것이다. 혼자 여행을 다녀온다면 원망을 들을 게 뻔하다. 하지만 순례길을 걷는 것은 다르다. 우선, 나는 순례자다. 그냥 걷는 것이 아니다. 영혼의 안식을 얻는 이 역사적인 순례길을 걷고 있는 것이다. 이만한 명분이 어디 있겠는가? 놀기에는 완벽한 조합이다. 그래서 이 길은 즐겁다.

언덕 위의 아름다운 중세의 석조 성당을 지나, 에스테야에 들어섰다. 길에서 만난 알베르게 안내판에는 산티아고까지 600여 킬로미터가 남았다고 알려준다. 이제 유명한 로제와인을 음미해봐야겠다. 휴대전화로 검색을 해서, 나름 평이 괜찮은 식당을 찾았다.

맛있는 와인과 달달한 디저트를 먹고 나니 용기가 백배 솟았다. 사실 점심 전까지 좀 힘든 시간이었다. 오늘부터 좀더 많이 걷기로 했기 때문이다. 내게는 32일의 시간이 있다. 원래 계획은 32일 만에 산티아고에 입성하는 것이었다. 그런데 피니스테레Finisterrae에 대한 욕심이 생겼다. 산티아고에서 100킬로미터 떨어진 이곳은 신대륙이 발견되기 전 유럽인들이 생각했던 '땅끝'이다. 유럽의 서쪽 끝이라는 역사적인 흥미뿐만 아니라 근사한 일몰을 볼 수 있고, 그곳까지의 길 또한 너무 아름답다는 이야기에 유혹당했다. 28일 만에 산티아고를 완주할 수 있다면

4일이란 시간이 남는다. 4일이면 유럽의 땅끝에 걸어서 갈 수 있다. 그래서 조금씩 더 많이 더 빨리 걷기로 했고, 오늘은 31킬로미터를 걸어야 하는 것이다. 빨리 걷다보니 길에서 혼자가 되는 시간이 길어졌다.

식당 앞 다리를 건너 순례길로 접어들자, 다시 비가 오기 시작한다. 굵은 빗줄기는 아니었지만 끊임없이 쏟아지는 비에 지치기 시작할 무렵, 산티아고 순례길의 두번째 시그니처인 이라체Irache 수도원에 다다랐다. 이 수도원은 놀랍게도 입구 담벼락에 '포도주 꼭지'가 있다.

포도주 꼭지? 혹시 수도꼭지에서 물이 나오는 것처럼 포도주가? 맞다. 이라체 수도원에는 유명한 포도 양조장이 함께 있다. 입구에는 다음과 같은 안내판이 있다.

"순례자여! 산티아고까지 힘차고 활기차게 걸어가려면, 이 훌륭한 와인을 한 모금 하시오. 행복이 넘쳐나도록!"

안내판 옆 철문 안에는 꼭지가 두 개 달려 있다. 오른쪽 꼭지에서는 물이 나오고 왼쪽에서는 포도주가 나온다. 포도주는 나쁘지 않았다. 1800년대 말부터 이런 황홀한 서비스 시설이 있었다니. 유명해지지 않을 수 없었을 테고, 오늘도 여지없이 관광객들은 이라체 포도원 투어를 하고 있었다.

이라체를 지나니 비는 점점 거세지기 시작했다. 비야마요르 데 몬하르딘Villamayor de Monjardin 입구에 도달했을 때는 눈을 뜨기 힘들 정도의 폭우로 바뀌었다. 간신히 찾은 알베르게는 이미 만원이었다. 벽난로 앞바닥에 매트리스를 깔면 두 자리 더 나올 수 있다고 하지만 도저히 잘 수 없을 듯했다. '낭만적인 경험이 될 것'이라는 주인장의 유혹을 뿌리치고 언덕 밑의 알베르게로 달려갔다. 아침을 포함해서 15유로로 다른 알베르게보다 비쌌지만, 다행히 그곳에는 내가 쉴 자리가 있

었다. 알베르게를 못 잡는 불상사를 피하려면 좀 서둘러 다녀야겠다고
생각했다.

　어느새 비가 그쳤다. 높은 곳에 위치한 알베르게와 맑아진 하늘 덕
에 멀리 아름다운 스페인의 풍경이 들어왔다. 뜨거운 물로 샤워를 하
고 나니, 졸음이 살살 온다.

　꾸벅꾸벅 졸고 있는데 아까부터 나를 살피던 얼굴이 눈에 들어왔다.
왠지 인자해 보이는 한국 할아버지였다. 내가 한국인임을 확신하고는
밥을 같이 먹자고 했다. 여지껏 살아오면서 다른 나라 사람들과 허물없
이 이야기를 나눌 기회가 좀처럼 없어서, 순례 동안 가능하면 한국인
과의 접촉은 최소한으로 줄이기로 했었다. 그렇다고 피할 이유는 없기
에, 흔쾌히 저녁을 같이하기로 했다. 할아버지가 성당에 다녀올 동안,
알베르게 응접실에서 오늘 하루 있었던 일을 정리했다. 컴퓨터로 연신
자판을 누르는 나를 보고 있던 이탈리아인 리카르도가 말했다.

　"작가라 하더니, 진짜 타자를 빨리 치네."

　용서의 언덕에서 혼자 사과를 먹고 있어서 내게 밉보였던 친구였다.
녀석에게 '리, 카, 르, 도'라고 한글로 이름을 써서 보여주었다. 너무 멋
있다고 호들갑을 떨면서 자신의 휴대전화에 담아간다. 옆에서 지켜보
고 있던 이탈리안 알피니스트(등산가) 마르코, 오스트리아에서 온 맥
스, 마지막으로 나와 고난의 비를 맞으며 언덕을 올랐던 키아라의 이
름을 모두 한글로 적어주었다.

　리카르도는 자유를 찾기 위해 순례길을 걷는다. 카미노야말로 자유
를 누리기에는 최적이라고. 산을 워낙 좋아하는 마르코는 여유롭게 시
간을 잊고 스스로와 이야기하기 위해서 좀더 긴 길을 택했다. 맥스는

엔지니어인데 일이 너무 많고 힘들었다고, 일단 모든 것을 멈추고 정리하기 위해서 왔다. 살면서 해야 할 것과 하지 않아도 될 것이 무엇인가 하는 궁금증을 풀기 위해 걷고 있었다. 마지막으로 키아라는 이번이 다섯번째 순례길이었다. 왜 그리 많이 왔느냐고 하자, 자신은 늘 정신적 불균형을 느끼는데 균형을 잡기에 순례길이 최고라고 했다. 생각 같아서는 이 길에서 살고 싶지만, 가족도 있고 먹고살아야 하기 때문에 고향에 돌아가 슈퍼에서 일을 해야 한다고…… 한창 수다를 떨고 있는데, 한국 할아버지가 나타났다. 오랜만에 한국 사람을 만나니 긴장이 풀리는 듯했다. 할아버지는 초등학교 교장선생님을 하다가 정년퇴임을 했다. 워낙 걷는 것을 좋아해서, 이미 3년 전 제주도 올레길을 두 번이나 완주했다고 한다. 배 좀 넣어보려고 10년 전부터 마라톤을 시작한 분이다. 할머니는 어쩌시고 혼자 오셨을까?

"우리 집사람은 아직도 현직에 있어. 그래서 이번에는 할 수 없이 친구들이랑 같이 왔어. 곧 정년퇴임 할 거야. 나보다 더 팔팔해. 마라톤도 나보다 먼저 시작한걸! 다음에는 같이 와야지!"

밝게 웃는 할아버지에게서 소년의 모습이 보였다. 이곳에 와서 정말 많은 노인들이 카미노를 걷는 것을 보면서 참 부러웠다고 한다.

"나는 그래도 축복받은 사람이잖아. 은퇴를 했지만 연금도 나오고, 속썩이는 아이들도 없고…… 하지만 평범한 한국 노인네들이 어디 이런 곳에 나오기 쉽겠어? 물론 순례가 돈이 많이 드는 것은 아니지만, 없는 사람들에게는 호화사치지."

그 말대로였다. 순례길에서 보는 노인들은 모두 행복한 사람들이다. 교장선생님은 그게 마음에 걸린 모양이었다.

"나도 미안한 생각이 많이 들어. 젊었을 때 고생한 덕이라고 생각하기는 하지만, 비슷한 노인들이 삶에 힘겨워하는 것을 보면 눈물이 난다고. 가능하면 모두 함께 가야지."

저녁을 다 먹고 와인을 한 병씩 다 비웠다. 긴장이 풀려선지 취기가 올라온다. 주변을 살펴보았다. 건너편 옆자리에 머리가 희끗한 스페인 아저씨가, 오른쪽 옆자리에는 중년의 미국 여성과 매력적인 아일랜드 아가씨가 앉아 있었다.

앞쪽 스페인 아저씨 호세는 붉은색 얼굴에 주먹코와 동그란 눈을 하고 있는 호남형이었다. 그는 산티아고 순례길을 스물네 번이나 완주했다고 자랑스럽게 말한다. 종교적인 이유로 삼십대부터 거의 매년 한 차례 이상씩 이 길을 걷는다고 하는데, 대단한 사람이다. 한 번도 힘든 이 길을 무려 스물네 번이나! 믿기지 않았지만, 그가 괜한 이야기를 하는 것 같지는 않았다. 술잔을 보니 처음 보는 술을 마시고 있었다. 노란색이 도는 술인데, 이름이 '오루호Orujo'라고 한다. 모든 술꾼들이 그러하듯 호세도 술이 소화와 수면에 도움이 된다며, 40도짜리 독주를 권했다. 이 말에 호기심이 발동한 할아버지는 오루호는 자신이 사겠다며 두 잔을 주문했다. 기분을 내시려는지 호세에게도 한 잔 권했지만, 그가 누군가! 스물네 번이나 순례길을 완주한 호세는 점잖게 거절한다. 할아버지는 거나하게 취했는지, 먼저 들어가 자겠다고 나갔다. 그러고는 자신의 밥값과 약속대로 오루호 두 잔 값을 치렀다. 하지만 우리가 마신 오루호는 각각 두 잔씩 해서 모두 네 잔이었으니, 더치페이를 한 셈이다. 할아버지는 '내가 한 잔 샀네!' 하시며 자랑하겠지만 말이다.

주근깨 많은 아일랜드 아가씨 질리언은 자신은 그저 튼튼해지기 위해서 걷는다며, 더이상 말을 섞지 않으려는 듯했다. 바바라 역시 미국 사람이었다. 그녀는 라이프 코칭을 하는데 일이 너무 많아서 스트레스를 받는다며 이 길을 걸으면 행복을 찾을 수 있을 거라 믿는다고 했다. 12년 전부터 꿈꾸던 길이었고, 지금이 너무 행복하다고 말했다. 이런 이야기를 나누다보니 벌써 8시 무렵. 이제는 자야 할 시간이다.

'코골이 오케스트라'를 감상하면서, 오늘 인상 깊었던 두 할아버지를 생각했다. 오늘 하루 300킬로미터를 걷겠다며 순례길 완주의 실패를 유머러스하게 받아들인 미국 할아버지와 은퇴 후 도보여행을 즐기는 교장선생님. 언젠가 나도 나이가 들어 그분들처럼 실패도 여유 있게 받아들이고, 쉽지 않은 길을 혼자서 용감하게 걸어갈 수 있을까?

젊은 시절 세상에서 제일 바쁘게 살아간 퇴직자가 상담을 와서 얘길 나누어보면, 그들이 제일 힘들어하는 것이 시간 관리다. 시간은 많은데 할 일이 없는 것처럼 그들에게 비참한 것은 없다. 하지만 다른 시각으로 보자면, 행복을 만끽하기엔 가장 좋은 시기 아닌가? 시간은 절대적인 자산이니까 말이다. 비록 육체는 병들고 인지기능은 퇴화해도, 나이가 들면 감정적으로는 좀더 성숙하고 안정이 된다. 미국의 철학자 대니얼 클라인은 그의 에세이 『철학자처럼 느긋하게 나이 드는 법』이라는 책에서, 노년에는 항구에 정박한 배처럼 느긋한 삶을 누리기를 권하고 있다. 먼 나라를 항해하며 힘차게 살던 시절도 아름답지만, 항구에 정박하여 여유를 즐기고 인생을 돌아보는 시간도 결코 나쁘지 않으며, 오히려 이 시기에 진정으로 인생을 즐길 수 있는 것이다. 그 시간이 오면 성공과 실패보다는 과정이 더 소중하다는 것을 굳이 말하지 않아도 몸으로 알고, 행복하게 삶을 즐길 수 있으리라.

으악! 잠을 잘 수가 없었다. 방에는 2층 침대가 여덟 개, 모두 열여섯 명이 자고 있었다. 틀림없이 모두 코를 고는 모양이다. 코 고는 소리에 깨 있었지만, 잠들었으면 나도 마찬가지로 코골이 합창에 동참했으리라. 가만히 들어보니, 교장선생님이 단연 1등이다. 이어폰이고 이어플러그고 다 소용이 없었다. 그래도 시차는 극복되었는지 한숨 못 잔 거 치고는 컨디션이 나쁘지 않았다.

어제 비가 와서, 걱정한 대로 빨래가 다 마르지 않았다. 날이 화창하면 배낭에 옷을 걸어 말려야겠다. 문제는 양말이다. 다른 의류보다 두꺼워서 잘 마르지 않기에 여분으로 두 켤레를 더 갖고 있지만, 어제 비에 다 젖어서 하는 수 없이 세 켤레를 모두 빨았다. 덕분에 완전히 마른 양말이 없다. 그나마 제일 잘 마른 양말을 신을 수밖에. 걷다보면 마르지 않을까.

출발 준비를 하고 식당에 내려왔다. 침대 값에 포함된 아침은 바게트와 잼, 오렌지, 주스, 우유와 커피가 전부였지만 나름 진수성찬이었다. 먹을 수 있을 만큼 든든히 먹고, 오렌지는 하나 가방에 챙겨넣었다.

밖은 몹시 추웠다. 가져갔던 오리털 조끼를 꺼내 입었는데도 으스스했다. 비가 온 뒤라서 바람이 매섭다. 길에는 아무도 없었다. 내리막길을 하염없이 걷는다. 세 시간쯤 걸어 로스아르코스Los Arcos에 다다르자, 하늘은 언제 그랬냐는 듯 맑아졌다. 태양이 나오니 뜨거울 정도로 더워졌다. 지랄맞은 날씨다.

갑자기 발바닥이 화끈거린다. 어제 좀 무리를 해서 그런 듯하다. 한번도 힘든 줄 몰랐는데⋯⋯. 500여 킬로미터 남은 거리는 무리하지 말고 걸어야겠다.

마을에 접어들었다. 이른 아침의 마을 거리는 늘 한산했다. 등산용 스틱 소리가 쩡쩡 울린다. 사람들 잠을 깨울지 모른다는 생각에 마을에 들어서면 스틱을 접어 넣는다.

하루 30킬로미터 정도를 걷기로 한 두번째 날. 걸음이 빨라질수록 사람들 만날 기회가 적어진다. 길 위의 순례자들을 하나씩 앞서간다. 서로에게 "올라! 부엔 카미노"라고 인사말을 전할 뿐, 나는 내 길을 간다. 며칠 동안 주변 사람들과 대화를 나누고 그들의 이야기에 귀를 기울이느라, 정작 나 자신에게는 소홀했던 듯하다. 외로운 길에 서니 오히려 스스로를 돌아볼 기회가 더 많아졌다.

또다시 왼쪽 발바닥 앞쪽이 따가워진다. 걸을 때마다 길바닥이 일부러 뾰족한 무언가로 발바닥 제일 약한 부분을 찌르는 것 같다. 바에 들러 양말을 벗고 살펴보았다. 큰일이다! 작은 물집이 생겼다. 이리저리 발을 살피고 있으니, 지나가는 사람마다 조심하라고 한다. 바늘과 실, 일회용 밴드는 가지고 있었지만, 물집이 잡히리라 예상은 못 했다. 순례길 준비 훈련을 하는 동안 아무 일도 없었기 때문이다. 서울 성곽길 한 바퀴를 하루에 돌아볼 때도, 3일간의 지리산 종주 때도 멀쩡했던 발바닥인데……. 예상을 못 해서인지 더 당황스러웠다. 작은 물집이지만 걸을 때마다 느껴지는 통증은 만만치 않다. 완전히 마르지 않은 양말을 신은 것이 화근이었다. 더 커지지만 않는다면 물집은 가라앉는다. 다만 앞으로도 한참을 더 걸어야 하는데 이상이 없을지 걱정이다. 만약 더 커지기라도 한다면……

옆에서 내 모습을 지켜보고 있던 프랑스 여학생이 말을 걸었다. "혹시 콤피드Compeed 가지고 있어요?" 없으면 자신의 것을 주겠다며 배낭을 열고 밴드 같은 것을 하나 주었다. 물집 위에 붙였다가 저절로 떨어질 때까지 놔두면 웬만한 물집은 다 해결된다고 했다. 다만 혹시 더 커지면 그때는 약국에 가서 더 큰 콤피드를 붙이라고 알려주었다. 감사한 마음에 뭔가 보답하고 싶다고 하자, 그녀는 손사래를 친다.

"여기는 카미노잖아요!"

감동이었다. 가슴에서 뭔가 울컥하며 따뜻해지는 느낌. 다른 사람을 돕겠다며 기부금을 낸다든지, 노숙인들에게 무료 식사를 제공하는 봉사는 하지만, 오히려 주변 사람들의 다급한 도움은 왠지 선뜻 나서서 돕기 힘든 것이 도시민의 정서다. 누군가 빙판길에 미끄러졌다고 해보자. 아주 크게 넘어져 꼼짝하지 못하는 경우가 아니고서야, 선뜻 도움을 주기가 민망할 것이다. 일면식이 없는 사람, 그것도 약간은 창피해하고 있을 사람에게 "괜찮아요? 도와줄까요?" 하고 말을 거는 것은 좀처럼 쉽지 않으니까.

누구를 돕는다는 것은 우선 공감이 필요한 일이다. 도시에서는 모두 다른 목적을 가지고 거리를 걷는다. 각자의 목적이 다르니 공감하기가 쉽지 않다. 하지만 이곳 카미노를 걷는 사람들은 모두 같은 목적을 가지고 있다. 바로 산티아고에 도착하는 것이다. 그래서인지 모두 발바닥 물집에 대해서는 동병상련의 마음을 갖고 있다. 생색을 내려는 것도 아니고, 상대의 무능력에 대한 원조도 아니다. 그저 같은 아픔을 느끼니 선뜻 도움을 주는 것일 뿐이다.

콤피드를 붙이고 나니 조금 나아진 느낌이다. 조심조심 걸어갔다. 산솔Sansol을 지나 오늘의 목적지인 비아나Viana에 이를 때까지, 거의 하루종일 침묵의 시간이 흘렀다. 날은 무척 좋았고 오히려 덥기까지 했다. 비아나 입구에 있는 작은 사립 알베르게에 자리를 잡았다. 이 마을에는 3층 침대로 유명한 공립 알베르게가 있지만, 아픈 발을 끌고 언덕에 자리잡은 알베르게로 가기는 좀 불편했고, 떨어지지 말라고 만들어놓는 안전 사이드바조차 없는 침대에서는 도저히 불안해서 못 잘 것 같았다.

짐을 풀고 씻으러 갔다. 헉! 이것은 또 어떻게 받아들여야 할까. 샤워실에 들어가는데, 브래지어조차 안 하고 팬티 바람으로 씻으러 들어가는 중년 여성과 맞닥뜨렸다. 조금의 미동도 없이 내 앞을 지나가는 그녀, 그리고 몰래 훔쳐본 사람처럼 방향을 못 잡고 헤매는 내 눈동자. 귀로 들릴 정도로 쿵쾅거리는 가슴. 한마디로 문화적 충격이 아닐 수 없었다.

놀란 마음을 진정시키고, 노트북과 카메라를 들고 우선 약국을 찾았다. 그런데, 시에스타! 문이 닫혀 있었다. 약국도 예외는 없었다. 낮잠을 자는지 뭘 하는지 모르겠지만, 24시간 편의점은 물론이고 심야식당이 성업중인 나라에서 온 이방인에게는 불편함을 넘어 때에 따라서는 분노마저 일게 하는 관습이다. 팜플로냐에 이어 두번째로 시에스타에 당했다. 최근 스페인에서는 경제적인 이유로 시에스타를 폐지한다고 하지만, 반대하는 의견도 만만치 않다. 낮에 충분한 휴식을 취하니 오히려 경제활동에 더 도움이 된다는 것이다. 그래서인지 대부분의 상점들은 문 닫는 시간이 8시가 넘는다. 사실 화낼 일도 아니다. 로마에 오면 로마의 법을 따라야 하는 것.

다른 여느 마을처럼 비아나 역시 언덕 위의 성당을 중심으로 마을이 형성되어 있다. 성당 옆으로는 상점과 식당들이 즐비하다. 햇빛을 받아 더욱 아름다운 11세기 고딕 양식의 성모 마리아 성당 앞 바에 들어섰다. 생맥주 한 잔과 샌드위치를 주문하고 노트북을 열었다. 많은 생각이 떠오르고, 많은 이야기를 써내려간다. 참 행복하다.

카미노는 어떤 면에서는 심심한 곳이다. 뜨거운 해를 피해 아침 7시쯤부터 시작하면, 30킬로미터를 걸어도 늦어도 오후 3~4시면 일과가 끝이 난다. 저녁 9시에 잠이 든다고 해도 대여섯 시간은 여유롭게 보낼 수 있다. 문제는 도시에 비하면, 시간을 보낼 수 있는 방법이 그리 많지 않다는 점이다. 카미노에서 제일 흔한 방법은 친구와 떠드는 일, 두 번째는 주변의 훌륭한 문화유적이나 건축물을 구경하는 일, 세번째는 낮술을 하거나 낮잠을 자는 것뿐이다. TV는 알아들을 수 없으니 별 도움이 못 되고, 책은 배낭의 무게를 줄이다보니 고작 한두 권 정도 휴대가 가능하다. 내게는 아주 좋은 방법이 있다. 바로 글쓰기이다(이 책도 이때 써놓았던 글들이 기초가 되었다).

글을 쓰는 것이 좋고 재미있다. 글을 쓰다보면 스트레스가 풀린다. 누가 시켜서 한다면 싫겠지만, 자발적으로 그것도 재미있어서 하니 지루하지 않다. 물론 억지로 글을 써야 하는 때도 있고, 마감이면 쫓기는 마음에 긴장이 되기도 하지만, 그래도 글쓰기는 내게 기분 전환의 도구다. 더구나 카미노에서 생각하고 느낀 것을 적는 것은 부담이 없다. 지켜야 할 마감도 편집 방향도 없다. 또 당장 보여줄 독자들도 없다. 부담이 없는 곳에서 여유롭게 즐기는 것. 어쩌면 내 생애 최대의 행복일 듯싶다.

글에 집중을 하다, 잠시 고개를 들어보았다. 처음에 들어올 때는 텅 비다시피 했던 바가 제법 사람들로 북적인다. 젊은 친구들을 보니 도시는 도시라는 생각이 들었다. 세 명의 친구들(배낭을 멘 모습으로 봐서는 순례자 같은데……)은 한 테이블에 앉아 각자 휴대전화만 보고 있다. 무엇을 열심히 적기도 하고, 자기들끼리 의견을 나누기도 하지만, 누가 보아도 친구들에게 관심이 있는 것은 아니다. 한 테이블에 있어도, 각자 다른 생각을 하고, 다른 감정을 갖고, 다른 사람에게 무관심한 모습. 이것도 관계라고 할 수 있을까? 차라리 혼자 외로운 것이 낫지 않나?

인간은 관계의 동물이다. 혼자서는 살아남기 힘들기에 관계를 맺는다. 일종의 생존을 위한 진화적 본능인 셈이다. 이뿐만 아니라 관계 속 소통을 통해 정서적 안정을 얻게 된다. 혼자로서는 감당하기 힘든 감정적 고통을 위로받을 수 있다. 이해받고 배려받는다는 것은 생존의 감정적 필수조건이다.

그런데 오히려 관계가 스트레스가 되기도 한다. 데일 카네기의 '인간관계론'을 비롯해, 자기계발 또는 처세술에서 관계를 강조하는 것은 꽤 오래된 이야기다. 일단 문제가 생기면 제일 먼저 관계에서 해결책을 찾는다. '줄을 잘못 서서' 제대로 평가를 못 받으니 관계를 개선해서 해결해야 하는 것으로 믿고 있다. 물론 대인관계가 나빠서 불이익을 당할 수는 있을 것이다. 하지만 모든 것이 관계의 책임만은 아님에도, 온갖 SNS의 '친구'가 몇 명이냐가 마치 가장 필수적인 성공의 조건인 것으로 여겨지고 있다. 수첩이나 휴대전화에 몇 명의 연락처가 들어 있느냐에 따라 불안하기도 하고 안심이 되기도 한다.

카미노에서 만난 많은 사람들 또한 관계에 집착한다. 도시의 친구들과 실시간으로 SNS를 통해 소식을 주고받는다. 끊임없이 메시지 도착을 알리는 알람이 울리고, 이것을 확인하느라 정신없는 순례자도 있다. 자신을 찾기 위해 시간과 여러 비용을 들여 찾은 이 길에서 말이다. 이 정도면 관계는 공해다. 편히 숨쉬기 힘들 정도의 관계망에서 때로는 탈출이 필요하다. 그래서 여행을 권한다. 그것도 혼자 말이다. 도시 속 관계에 휩싸여 있을 때는 스스로에게 집중할 수 없다. 여행을 와서도 동행에게 신경을 쓰다보면 나를 놓치기 쉽다. 특히 스스로에게 집중할 필요가 있을 때는 더욱더 그렇다. 혼자 하는 여행이야말로 내면의 안정과 발전에 특효약이다.

산티아고를 간다고 했을 때, 의외로 가족들은 반대하지 않았다. 2년 전 너무 지치고 피폐해졌을 때 마음먹었던 여행의 기간은 무려 1년이었다. 일종의 안식년을 꿈꾸었다. 산티아고 순례는 물론이고, 3개월간 다양한 지역에서 스쿠버다이빙을 하고, 그후 6개월간은 전공 분야를 더 공부해 안식년 이후의 삶에 대비하고자 했다. 1년간 혼자서만 지내겠다고 우겼다. 그런데 무려 1년이 한 달 반 정도로 줄어드니, 가족들로서는 반대할 이유가 없었다. 물론 그 이전에도 혼자 여행이 허락됐었다. 다른 가족들이 혼자 여행을 한다고 해도 반대하지 않는다. 아내도 아이들도, 여건이 되면 혼자 여행을 떠난다.

첫 며칠은 약간 후회도 했다. 누군가 동행이 있었다면 외로움이나 괜한 걱정이 덜했을 것이다. 다행히 길에서 만난 친구들이 그 역할을 훌륭히 해주었다. 크리스토퍼나 아까 바에서 콤피드를 건네준 프랑스 여학생이나……. 시차가 회복되고 두려움은 줄어들고 슬슬 욕심이 나기 시작하자, 혼자가 더 행복해지기 시작했다. 혼자 걷는 길인 동시에 동행이 존재하는 여행인 셈이다. 혼자의 시간은 혼자대로 즐기고, 동행이 생기면 또 나름대로 즐겁게 보낼 수 있다. 기존의 관계처럼 지나치게 끈끈해지기보다는 서로를 배려하고 도울 수 있는 선에서 동업자 정신으로 뭉칠 수 있으니 말이다. 걸음걸이가 다르니 함께 걷기가 힘들고, 모두 혼자만의 시간을 즐길 권리가 있다는 것을 인정해주니, 헤어져도 아프지 않고 다시 만나도 들뜨지 않게 된다.

서울에 있을 때 관계는 내게 중요하지만 평범한 일상이었다. 누군가처럼 성공을 위해 연락처를 수집하지도 않고 SNS를 열심히 하지도 않는다. 관계의 대부분은 마음의 고통을 함께하는 사람들이고, 그 수도 적지 않다. 다행히도 그들에게는 내가 도움이 되는 인간인 듯하다. 도움을 줄 수 있어 늘 감사하고 행복하다. 하지만 때로는 내가 도움을 받고 싶을 때도 있다. 언제든 달려와줄 친구도 있다. 그럼에도 불구하고 나는 혼자 있어야 한다. 워낙 성격적으로 사람을 사랑하고, 상담을 하는 직업이 어울리는 사람이지만, 내게 가장 필요한 것은 혼자 보내는 시간이다.

그래서 평소에도 그런 시간을 갖기 위해 애쓴다. 가능하면 점심을 혼자 먹으려 하고, 운동을 가서도 친한 사람을 만들지 않는다. 휴일 아침이면 운동을 하거나 글을 쓴다. 어쩌면 2년 전 가장 힘들 때 혼자 하는 여행을 꿈꾼 것도 그런 이유 때문일 것이다.

오늘 혼자 걸으면서 생각한다. 잘했다고. 내면의 소리에 귀를 기울이려면 철저히 차단되어야 한다. 깨달음을 얻기 위해 깊은 산속을 찾는 도인들을 보면 알 수 있다. 자기성찰을 방해하는 속세의 번뇌에는 단절이 가장 편한 해결책이다. 세상 모든 일과 연을 끊을 수 없다면, 적어도 어느 기간 동안 인간관계만이라도 멈추어보는 것이 좋다. 그저 혼자 있다는 것만으로 자유를 얻는다.

스스로에 대한 집중은 인위적으로, 그리고 짧은 시간만으로는 이루기 어렵다는 것 또한 걸으면서 깨달았다. 혼자 걸으며 '나는 누구일까?' 생각한다고 치자. 처음에는 그럴듯한 철학적 사고나 과거의 경험에서 답을 찾으려 애쓴다. 하지만 그러다보면 꼭 삼천포로 빠진다. 생각과 생각이 꼬리를 무는 것이다. 처음에는 이 길을 걷기만 하면 나에 대한 모든 것을 알 수 있을 것 같았다. 완벽하지는 않더라도 이미 알고 있던 내 모습과는 조금은 다른 무엇인가를 찾을 수 있을 줄 알았다. 근데 자꾸 생각은 며칠째 주변을 맴돈다. 변두리에서 헤매다가 다시 집중을 해서 나를 찾기를 반복하니 이 또한 여간 힘든 일이 아니다. 많이 당황했다. 그러다가 퍼뜩 떠오른 생각이 있었다.

'내버려두자!'

생각의 방향을 잡지 말고 내버려둬보자. 복잡한 일들은 대부분 시간이 답이지 않던가! 설사 생각 가는 대로 내버려두어 나 자신을 찾는 데 실패하더라도 일단은 내버려두기로 했다. 최소한 사고의 자유로움이라도 만끽하고 싶었다. 변두리 순회가 끝나면 나 자신으로 파고들 것이라는 확신이 들었다. 그래서 자신을 찾는 여행은 충분한 시간이 필요한 것이다.

종업원 아가씨가 맥주가 다 떨어진 것을 보고는 한 잔 더 마시겠느냐고 묻는다. 벌써 다섯 시간이 훌쩍 지나갔다. 자리를 정리하고 일어나 약국을 찾았다. 만일에 대비해서 좀더 큰 콤피드를 하나 구입했다.

저녁 시간이 되어 마을 중심가에 있는 식당을 찾아보았다. 순례자로 보이는 사람들이 모두 옹기종기 모여 식사중이다. 혼자 식사할 거냐고 종업원이 묻는다. 식당 안을 살펴보니 아는 얼굴도 있다. 하지만 오늘은 혼자 있고 싶다. 혼자 있는 것이 즐겁다. 생선튀김이 주메뉴인 저녁도 맛있었고 곁들인 포도주도 최고였다. 천천히, 누구의 방해도 받지 않고, 음식과 술을 음미하며 하루를 마감했다.

잠자리에 누워 발을 점검했다. 아까보다 물집이 약간 더 커진 것 같다. 새로 산 큰 콤피드로 바꿔 붙였다. 이제 더 커지면 안 되는데……

일곱째 날~열다섯째 날

길 위에서 만난 마음들

조금씩 노인이 처지기 시작한다. 돌아보니, 걱정 말고 먼저 가라고 손짓을 한다.
또각또각 등산용 스틱 소리만 길을 채운다. 그가 내 뒤에 있음에 안심이 된다.
그의 존재뿐만 아니라 나의 존재도 확인할 수 있다.
그래서 외롭지 않다. 길에서 만난 친구는 존재만으로도 힘이 된다.

도시가 싫은 이유가 여러 가지 있겠지만, 가장 큰 이유 중 하나는 도대체 새벽에는 방향을 구분할 수 없다는 것이다. 화살표가 보이지를 않는다. 또다시 길을 잃었다. 구글 맵을 켜고 노력해봤지만 작은 카미노를 찾는 것은 불가능해 보였다. 한참을 헤매다가 길을 물어보기 위해 용기 내어 바에 들어갔다.

남자들은 길 물어보는 것이 영 어색하다. 그런데 모처럼 용기를 내서 길을 물으러 간 내게 청소를 하고 있던 스페인 아저씨가 인상을 찌푸린다. 자존심이 상해서 속상해하는 찰나 아저씨는 내 머리를 가리켰다. 아, 헤드랜턴! 아저씨가 눈이 많이 부셨나보다.

"죄송합니다!"

얼른 용서를 구했다. 그리고 아는 스페인어를 모두 동원했다.

"돈데 에스테 카미노(카미노가 어디예요)?"

아저씨가 내 팔을 끌었다. 바 밖으로 나와서는 스페인어로 뭐라고 열심히 설명을 해주었다. 잘은 모르지만 "길을 따라 죽 가다가 오른쪽 내리막길로 가다보면 화살표가 보일 것"이라는 뜻인 듯했다. 스페인어를 못하는 이방인이 영 못미더운지, 아주 열심히 몇 번인가를 다시 설명해주었다. 마음속으로는 '갈림길까지 좀 데려다주시면 안 될까요?' 하고 외치고 있었지만, 얼굴로는 정확히 알겠다는 표정을 나도 모르게 지어버렸다. 아저씨는 다행이라는 듯 고개를 끄덕이고 악수를 청하더니 바로 들어가버렸다.

다시 혼자. 가르쳐준 대로, 아니 가르쳐주었을 것이라고 상상하는 대로 길을 걷다보니, 신기하게도 오른편으로 갈림길이 나왔다. 그리고 갈림길 입구에서 큰 화살표가 나를 반겨주었다. 한숨 돌렸다. 벌써 두번째로 길을 잃었다. 물론 짧은 시간이었지만, 그리고 카미노의 안전함에 대해 충분히 들었지만, 길을 잃었을 때의 당혹감은 감당하기 쉽지 않다. 그래서인지 누군가의 도움으로 길을 찾았을 때, 그 고마움은 가슴을 따뜻하게 만들고 행복하게 해준다. 길 잃은 사람을 봤을 때는 어떻게 행동해야 할지 명백해진 새벽이다.

길 잃은 사람에게 길을 알려주려면, 길에 대한 정보는 물론 표현도 정확해야 한다. 하지만 언어가 다른 사람일지라도, 공감과 배려만 있으면 훌륭한 길잡이가 될 수 있다. 어떤 면에서 내 직업은 공원에서 만난 할아버지나 바의 아저씨와 비슷하다. 인생에 대한 풍부한 지식과 통찰도 중요하겠지만, 상담의 핵심은 공감과 배려의 태도다. 누군가 길을 묻는다면, 그의 불안을 공감하고 함께 고민하는 배려가 중요하다.

해가 떠오르는 것 같은데 그리 밝아오질 않는다. 길에는 달팽이가 무지 많다. 비가 오려나보다. 아니나 다를까, 비가 오기 시작했다. 처량하게 추적추적 걷다보니 차들이 나타나기 시작했다. 로그로뇨Logroño가 지척이라는 뜻이다. 길거리 카페에서 할아버지와 젊은 여자가 열심히 대화를 하고 있었다. 젊은 여자는 어제 저녁식사 때 만났던 질리언이었다. 무엇이 저리도 즐거울까? 괜히 부러웠다. 서로 통성명을 하고 잠시 같이 걸어보기로 했다.

할아버지 마이크는 호주에서 왔다. 얼굴과 손등에 검버섯이 잔뜩 핀 노인이었지만, 키가 나보다 커서 묵직한 느낌이 들었다. 밝게 웃는 모습이 좋았다. 질리언은 스포츠 의류 광고에서나 나올 법한 타이트한 녹색 워킹 팬츠가 잘 어울렸다.

함께 걸은 지 얼마 되지 않아 로그로뇨에 도착했다. 일행을 따라 카페에 들어가 몸을 녹이기로 했다. 해가 뜨면 한여름이었지만 비가 오면 춥게 느껴졌다. 따뜻한 커피를 한 잔 마셨다. 카페에는 질리언의 친구들이 있었다. 네덜란드에서 온 팀과 사라 커플이었다. 모두 이곳 카미노에서 만난 사이라고 했다.

팀은 좀 유별난 녀석 같았다. 만나자마자 자신이 "지성 박 형"이라는 것이다. 순간 며칠 전 만난 차붐의 친구 유한이 생각나, "그럼 혹시 너도 분데스리가에서 뛰고 있는 독일 축구선수냐?"고 물었다. 녀석은 정색을 하더니, 내가 두 가지 실수를 했다고 지적을 한다. 우선 자신은 독일 사람이 아니고, 더구나 축구선수도 아니라는 것이다. 순간, 그의 정신세계가 이해가 안 되었다. 지금 하는 것도 농담인지, 아니면 내가 정말 큰 실수를 한 것인지 헷갈렸다. '독일인과 네덜란드인 사이가 정말 나빠서 그런건지' 또는 '축구선수는 아무나 하는 것이 아니라는 뜻인지', 아니면 '축구선수 따위로 보이냐는 뜻인지' 도통 알 수가 없었다. 아무튼 처음 보는 사람에게 정색을 하고 나오는 건 결코 예절바른 짓은 아니다. 더구나 아침부터 기분이 썩 좋지 않은 나였다. 이런 녀석을 다루는 법이 있다. 나 또한 정색을 하고, 눈을 똑바로 보고 '그래서 어쩔 건데!' 하는 표정을 지으면서 "진심으로 사과한다"고 말했다. 순간 녀석은 당황해하는 표정이 역력했다. '아, 녀석! 농담을 한 것이구만!' 하는 생각이 들었지만, 얄미워서 모른 척했다.

비가 좀 잦아들었다. 좀더 쉬고 오겠다는 팀과 사라와 작별을 하고 우리 세 사람은 다시 걷기로 했다. 함께 걷는 것이 쉬운 일은 아니지만, 대신에 많은 이야기를 나눌 수 있다. 삼십대 중반인 질리언에게 무슨 일을 하느냐고 물었다.

"전 적십자 소속이에요. 분쟁 지역에서 일해요. 아프가니스탄, 방글라데시, 최근에는 짐바브웨에 있었어요. 카미노를 걷고 나면 고향에 자리를 잡을지도 몰라요."

특이한 직업이었다. 그녀는 영어, 프랑스어, 스페인어, 이탈리아어를 할 줄 안다. 주로 분쟁 지역에서 정부군과 반군 등 대립 관계에 있는 집단을 만나, 적십자와의 통역을 담당한다는 것이다. 너무 훌륭한 직업이라고 칭찬해주었다.

"실은 그래서 제가 이 길을 걷고 있는 거예요."

뜻밖의 이야기였다. 자신이 위험한 분쟁 지역에서 평화와 난민구제를 위해 일을 한다고 하면, 누구나 '인류를 위해 필요한 일을 한다'며 칭찬을 한다. 하지만 어느 누구도 자신과 같은 일을 하고 싶어하지는 않는다. 그러고 보니 친구들은 가정을 꾸리고 재정적으로 안정이 되고, 무엇보다 정착을 하고 사는데, 자신은 늘 불안정한 상태였다. 어느 날 문득 '내가 옳은 일을 하고 있나?' 하는 생각이 들었다고 한다. 일종의 정체성 위기를 겪던 그녀는 치유의 길을 선택했다.

정체성은 청소년기에 확립된다. 질풍노도의 시기를 거치면서 삶의 방향과 자신이라는 존재에 대한 확고한 틀이 생긴다. 폭풍우 속의 든든한 함선처럼, 혼란과 방황의 시기는 정체성의 확립으로 잔잔해진다. 그런데 살다보면 또다른 청소년기를 맞기도 한다.

질리언에게는 그런 위기가 닥친 것이다. 신념과 양심으로 행동했던 스스로의 도덕적이고 이타적인 삶에 대해 의구심이 들기 시작한 것이다.

그녀에게 물었다.

"당신이 그런 삶을 선택한 것은 그렇게 믿기 때문인가요?"

"어릴 때부터 그렇게 사는 것이 옳다고 배웠고, 그래서 선택한 거지요. 누가 시킨다고 분쟁 지역에서 살아가기는 쉽지 않을 걸요!"

그녀는 비범하다. 믿는 대로 생각하는 것은 용기이며 능력이다. 옳다고 믿는 대로 사는 것은 행복한 일이다. 물론 사람마다 옳다고 믿는 것은 다르다. 어떤 사람에게는 안정된 가정을 이루는 것이 가장 중요하고, 어떤 사람에게는 분쟁 지역의 사람들을 위해 사는 것이 가장 중요할 수 있다. 많은 이들이 겉으로는 '나도 그게 중요한 줄은 아는데 용기가 없어!'라고 이야기하지만, 그들에게는 아마도 더 중요한 게 있을 것이다. 그렇다고 나와 다른 삶이 틀렸다고는 할 수 없다. 그녀에게 삶의 다양성에 대해서 물었다.

"맞아요. 내가 보기에도 친구들이 위험을 무릅쓰며 살 거 같지는 않아요. 언제 무슨 일이 터질지도 모르는 아프리카에서 흙먼지를 뒤집어쓰고 오지 마을까지 지프차로 100킬로미터를 달려볼 수나 있겠어요? 브라운 토마스(아일랜드 수도 더블린의 백화점)에서 쇼핑하는 게 더 어울리겠죠! 하하하."

삶은 공평하다. 하지만 공평하다는 것이 똑같다는 뜻은 아닐 거다. 질리언의 삶이나 그녀 친구들의 삶이나 어떤 면에서는 공평하다고 할 수 있다. 서로 상대의 삶을 부러워하니 말이다. 하지만 행복의 정도는 똑같지 않을 것이다. 굳이 행복 점수를 매긴다면, 단연 질리언의 삶에 더 높은 점수를 주고 싶다. 이타적인 삶, 봉사와 희생의 삶은 그렇지 못한 경우보다 더 행복하다. 더구나 그녀의 행동은 타인의 감사와 함께한다. 생면부지, 관계도 없는 사람들을 위한 봉사와 희생은 반드시 감사로 돌아온다. 감사는 하는 사람은 물론이고, 받는 사람도 행복해진다. 즐거움과 편안함만을 행복으로 착각하는 사람이 아니라면, 그녀의 삶이 부럽기도 하고 대단하다 하지 않을 수 없다.

"행복하기는 해요. 이 일을 하면서 제 존재에 대한 믿음, 자긍심 같은 것이 생겼으니까요!"

그렇다면 그녀는 행복을 위해 일을 시작했던 걸까? 아마도 의식하지 못했을 것이다. 행복을 좇는 것은 어찌 보면 본능적인 움직임이므로 당연한 일이다.

"그럼, 결국 저는 저를 위해서 살고 있다는 말이지요? 행복해지려고 하는 일은 아니지만, 결국에는 내가 행복해지니까 말이에요. 음……맞는 이야기 같은데, 좀더 생각해봐야겠어요."

마이크도 내 의견에 맞장구를 쳤다.

"그 나이에 그런 경험을 한 것만 해도 충분히 존경받을 만해. 대단한 일을 하고 있어!"

고맙다고 인사하는 그녀의 눈빛은 진지해 보였다. 갑자기 그녀가 책을 한 권 보여주었다. 이곳으로 오기 전 혼란한 마음속에서 절망감마저 들었을 때, 동생이 권한 책이라고 했다. 『Men Searching for Meaning』, 우리나라에서는 '삶의 의미를 찾아서'라는 제목으로 번역되어 있다. 정신과의사 빅터 프랭클Viktor Frankl이 저자인데, 아우슈비츠에서의 경험을 토대로 하고 있다. 그 스스로 우울증과 자살충동을 극복했는데, 결국 살아남은 사람은 건강하거나 강한 사람이 아니라, 살아가는 의미를 정확히 알고 있는 사람이었다는 메시지를 담고 있다(이 경험을 바탕으로 로고테라피라는 새로운 우울증 치료법을 개발하였다).

이 책을 권한 질리언의 동생이 정신과의사란다. 아일랜드에서 공부를 하고, 마침 산티아고에서 일을 하고 있다고 했다. 뜨끔했다. 자신들의 고민을 스스럼없이 털어놓는 사람들 앞에서 뭔가를 숨기고 있다는 생각이 드니 갑자기 부끄러웠다. 마치 나만 거짓과 위선에 가득찬 느낌.

사실을 고백하지 않을 수 없었다. 두번째 직업이 무엇이냐고 묻지 않아서 그랬지, 실은 정신과의사라고 말이다. 사람들이 내가 정신과의사라고 하면 자꾸 숨기려 하거나 아니면 상담을 하려고 해서 본의 아니게 숨겼다고 털어놓았다. 그랬더니 이번에는 질리언이 놀라운 이야기를 해주었다.

"아이고! 정신과의사 진짜 흔하네요. 이 세상엔 정말 정신과의사들이 많이 필요한 모양이네요! 하하하. 우리 엄마도 정신과의사라는 거 알아요?"

그녀의 어머니는 은퇴 기념식 날에도 상담에 늦을까봐 걱정한 전형적인 정신과의사였다. 어릴 적 엄마처럼 되고 싶었겠다고 하자, 동생은 속아서 정신과의사를 하고 있지만, 자신은 똑똑해서 절대 의대는 안 가겠다고 버렸단다.

잠시 대화를 멈추고 각자의 걸음으로 로그로뇨를 벗어나고 있었다. 그런데 웬 젊고 아름다운 백인 여자가 뚜벅뚜벅 내게로 걸어와 말을 걸어왔다.

'세상에! 걷다보니 별일이 다 생기네!'

그녀는 내게 혼자냐고 물었다. "뒤에 오늘 만난 친구들이 있지만, 오기는 혼자 왔다"고 (굳이 안 해도 될 말을) 했다. 자신은 어제까지 친구와 같이 있었는데 오늘 아침에 떠났다고, 괜찮으면 같이 가도 되겠냐고 물었다. 왜 안 되겠어!

그녀는 에스토니아에서 온 헬레나였다. 몇 주 전에 대학원을 마쳤다고 한다. 졸업 후에 어떻게 살지 고민이 되어서 카미노를 걷는다.

도시를 벗어나 나와 마이크가 한 팀, 헬레나와 질리언이 한 팀이 되었다. 빨리도 걷는다. 중간에 잠시 쉬어가는데, 로그로뇨 카페에서 만났던 네덜란드 커플이 나타났다. 모두 여섯 명이나 되고 나니 함께 걷기에 부담스러워졌다. 게다가 물집 잡힌 발이 아프기도 해서 좀 빨리 걸었다. 무리의 앞쪽에서 좀 떨어져 걷고 있었다. 언덕을 넘는데 팀이 달려왔다.

"혼자 걸으니 외롭지 않아요?"

'왜 또 이러나?' 녀석의 표정은 말을 걸고 싶어하는 눈치였다. 하지만 아까 카페에서의 일이 떠올라, 녀석을 좀 멀리하고 싶었다. 아직 녀석이 어떤 사람인지 모르겠다. 어설프지만 농담을 즐기는 재미있는 사람인지, 아니면 까칠하고 다른 사람 신경쓰이게 하는 사람인지 말이다. 여러 나라에서 여러 이유로 오는 카미노니, 이상한 사람 하나 있는 것이 놀랄 일도 아니다.

나는 또다시 정색을 해보기로 했다. "그러니까…… 나를 위해서 왔다는 거야? 외롭지 않게 이야기하자고?"라는 까칠한 내 반응에 녀석은 깜짝 놀랐다.

"아니 뭐…… 달리기도 하고 싶어서……."

이 녀석 생각보다 순진하다. 아까 카페에서 보였던 모습은 당황해서였던 것이 확실하다. 같이 걸으면서 자기소개를 했다. 자신은 길랑바레 증후군Guillian-Barre Syndrome, 급성 염증성 탈수초성 다발성 신경증이라는 질병으로 온몸의 근육이 점차 마비된다 환자들을 위해 걷는다고 했다. 페이스북에 매일 자신이 걸은 길에 대해 올리는데, 그것을 읽고 사람들이 기부를 한다. 순진한 녀석이 착하기까지 하다. 아까의 무례한 행동을 용서해줄 만했다.

"혹시 '욕'이라고 알아요?"

욕? 이건 또 무슨 소리인가?

"우리는 서로 친해지려고 재미있는 이야기를 많이 해요."

아하, 조크 joke의 네덜란드 발음이 '욕'인가 보다. 팀은 처음 보는 사람과 친해지기 위해서 일부러 '욕'을 많이 한다고 했다. 아마도 내가 아까 카페에서의 일 때문에 기분이 나빠서 자신을 보고 일부러 무리에서 벗어난 거라 판단한 모양이다. 나름 사과라고 하는 모양인데, 좀더 놀려주고 싶었다.

"무슨 말인지 모르겠어. 한국에서는 '욕'이 욕 slang이야. 특히 처음 보는 사람에게 욕하면 아주 나쁜 사람이지!"라며 이번에도 좀 심각한 표정을 지으면서 말했다.

녀석이 너무 난감해한다. 운동선수와 같은 근육질 몸에 각진 얼굴을 지닌 마초 같은 녀석이, 동양에서 온 이방인의 놀림감이 되고 말았다. 놀려먹은 만큼 놀려먹었으니 이제는 좀 풀어줘야겠다 싶었다. "하하하. 실은 네가 한 이야기 다 이해했어. 지금 나도 '욕'하는 중이야!" 하자, 녀석은 안도의 표정을 지으며 웃었다. 사람의 성격과 행동양식은 나라마다 다르지만, 이곳에서는 배려가 기본이다. 길 위에서 만난 동양인의 기분을 헤아려주는 곳. 행복한 길이다.

여섯 명이서 이런저런 이야기를 하다보니 나바레테 Navarette에 도착했다. 나와 헬레나는 바에서 뭔가를 좀 먹고 가기로, 마이크와 질리언은 계속 가기로, 팀과 사라는 이곳에서 머물기로 했다. 헬레나와 내가 이리저리 바를 찾아 다니는데 세 명의 한국 젊은이들이 급하게 길을 물어왔다. 둘은 남자였고 하나는 여자였다. 일행 중 다친 사람이 있어서, 버스를 타고 인근 마을인 나헤라 Najera에 가야 하는데 혹시 버스 정류장 가는 길을 아느냐고? 알 리가 있나! 난감해졌다.

헬레나나 나나 스페인어를 몰라서, 별수없이 가던 길을 되돌아가 질리언에게 도움을 청했다. 성당 구경을 하던 질리언은 흔쾌히 도움을 주었다. 일행 중 아가씨가 다리를 절고 있었다. 많이 아프냐고 물었더니, 자기가 다친 게 아니란다. 정작 다친 사람은 안경을 쓴 총각이었다. 그럼 이 아가씨는? 나를 보고 고맙다는 이야기를 하는데, 발음이 분명치 않다. 뇌성마비 같은 질환을 앓은 것 같다. 언뜻 보아도 걷는 것부터 불편해 보였다. 얼굴 표정과 손동작도 자연스럽지 못했다.

'아, 그 몸으로 카미노에 도전하다니!'

더 놀라운 사실은 그들이 길에서 친구가 된 사이라는 것이었다. 혼자서, 게다가 아픈 몸을 이끌고 800킬로미터를 걸을 결심을 하다니. 대단한 사람이라는 생각이 들었다.

세 사람을 보내고, 질리언이나 헬레나나 모두 다리를 저는 아가씨는 완주하기가 어려울 것이라는 짐작을 표했다. 그녀를 응원하지만, 나 또한……

질리언과 헤어지고, 헬레나와 나는 점심을 먹고 다시 걸음을 재촉했다. 벤토사Ventosa까지 이런저런 이야기를 하며 걸었다. 잠시 고민을 잊게 하는 즐거운 길이었다. 그녀가 벤토사에 도착했는데도 피곤하지 않다며 좀더 걸어볼 생각이라고 하자 왠지 좀 서운해졌다. 작별 인사를 하고, 알베르게로 가서 배정받은 문 옆 침대로 찾아갔다. 늘 하던 정리를 마치고 잠시 쉬고 있는데, 아니, 이게 누구야! 헬레나가 들어온다. 다음 마을에 변변한 알베르게가 없어서 이곳에서 하루 더 묵기로 마음을 바꿨단다.

침대에 걸터앉아 아픈 발을 보니 물집이 더 커져 있었다. 앞 발바닥을 벗어나 발가락 밑까지 물집이 침투했다. 조금만 더 커지면, 발바닥 앞쪽의 반을 물집이 차지할 정도다. 막막해졌다. 과연 이 발로 걸을 수 있을까? 걱정이 이만저만이 아니다. 어찌할까? 고민을 하고 있는데, 어라, 마이크와 질리언이 다가온다. 같은 알베르게에서 지내나보다. 질리언이 전문가이니 도움을 받으라고 마이크가 권한다. 질리언은 이리저리 내 발가락 사이와 발바닥을 살펴보더니, 콤피드는 떼지 말고 'RICE!' 하라고 한다. 응급처치 교육 시간에 배웠다며, 손과 발에 상처가 나면 Rest, Ice, Compression, Elevation 하라는 것이다. 휴식, 얼음찜질, 압박, 상처 부위를 높이 올리기. 그녀의 조언대로 일단 콤피드 위에 휴지(거즈가 없어서)를 덧대고, 반창고로 압박을 해놓았다. 다리를 올리고 좀 쉬기로 했다.

5시쯤 되었을까, 질리언이 다가왔다. 걱정스러운 눈으로 나를 보며, "괜찮냐?"고 묻는다. 그러더니 배가 고프다며 같이 뭘 좀 먹으러 가자고 했다.

그녀와 함께 바에 갔다. 이미 마이크와 사울이 와 있다. 참 유쾌한 사람들이다. 어울려 술을 마시다보니 정말 기분이 좋아졌다.

길에서 몇 번 마주쳤던 사울은 핀란드 사람이었다. 현재 아프리카에서 봉사활동을 하고 있다고 한다. 주로 낙후된 지역 주민들을 위한 구호단체에서 행정적인 일을 한다고 한다. 너무 지치고 힘들어 자신도 누군가의 도움을 받아야 할 지경에 이른 것 같아 카미노를 걷는다고 했다. 카미노를 걷는 사람들 중에는 자기치유를 위해 걷는 사람이 적지 않다. 일상의 긴장과 압박감에서 벗어나서 혼자만의 시간을 보내면서 자신의 깊은 곳으로 내려오면 자기도 모르게 에너지가 충전이 된다. 이야기는 밤늦게까지 계속되었다. 적지 않은 양의 맥주를 마시고, 오루호 한 잔에 배가 뜨겁다고 킬킬거리고, 모두 조금씩 취했다.

이제는 몸이 적응을 한 모양이다. 서울에서의 생활처럼 6시가 되면 알람이 없어도 눈이 떠진다. 어젯밤에는 즐겁게 마신 맥주와 오루호 덕택에 코 고는 소리의 공습을 알아채지도 못했다. 아침에 정리를 하고 슬쩍 헬레나의 침대를 보았다. 세상모르고 잔다. 어제저녁에 들어와서 보니 다른 친구들과 한잔한 모양인데……

　그녀를 두고 길을 나서기로 했다. 로비에서 짐을 추스르고 있는데 마이크가 나온다. 나이 많은 노인이라 느리지 않을까 걱정했는데, 생각보다 걸음이 빠르다. 키가 크니 보폭이 넓어서이기도 하지만, 기본적으로 씩씩한 노인이다.

　바람이 습하지 않다. 오늘은 비가 안 오길 바라며 길모퉁이를 돌아 나오니 해가 솟기 시작한다. 갑자기 눈앞에 처음 보는 작은 나무숲이 들어온다.

　"제임스! 이게 뭔지 알아?"

　작은 나무숲은 어릴 적 집에서 키우던 포도나무를 닮았다.

　"맞아. 포도나무야. 키가 작지만 열매가 열린다고. 저기 보이는 검은 호스는 물을 주는 거야. 포도는 물을 많이 먹는데 건조하면 잘 안 자라지. 근데 건조해서 잘 자라지 않은 포도가 당도는 높아! 그런 포도로 담근 와인이 더 맛있고!"

　이렇게 멋진 곡선을 본 적 있느냐며 태블릿 PC로 포도밭을 찍으면서 연신 "원더풀!"을 외친다. 포도밭의 이랑은 지형의 굴곡을 따라 아름답게 흐르고 있었다. 마이크는 포도와 와인에 보통 해박한 것이 아니었다. 그는 호주에 큰 농장을 가지고 있다. 물론 포도밭도 있고 양

같은 가축들도 사육한다. 젊은 시절 군인이었는데, 공병으로 베트남에도 파병됐다. 제대 후에 특기를 살려 건축 일을 한다. 지금도 친구와 함께 '원주민 문화센터'를 건립할 계획중이다. 게다가 취미는 회화란다. 짐도 많은데 태블릿 PC까지 가지고 온 건 사진을 담아가서 화폭에 옮기기 위해서라고. 카미노에는 아내와 함께 오려 했는데, 두 달 전 아내가 무릎관절 수술을 하는 바람에 어쩔 수 없이 혼자 왔다.

"어느 날 심심해진 거야. 허전한 느낌 같은 거. 난 삶에 매우 만족하고 살지만, 뭔가 새로운 것이 필요했지. 그런데 우연히 산티아고 순례길을 알게 된 거지. 듣자마자 작년부터 아내랑 준비를 했어."

노인에게 허전함을 채울 무엇이 필요하다? 당연히 노인도 그럴 이유가 있기는 하지만 낯설다. 노인의 허전함은 그저 참아야 한다는 편견이 있었다. 노인에게도 성취가 필요할까? 이미 다 이룬 것은 아닐까? 또다른 성취에 대한 욕심은 사람을 더 늙게 하지는 않을까? 실패에 대한 두려움은 없을까?

"무슨 소리야! 노인도 성취가 필요한 거라고. 앞으로 10년 후에 어쩌고 하는 것은 꿈도 못 꾸지만 말이야! 하하하. 왜, 희망을 잃지 말라고 하잖아! 꼭 이루지는 못해도 소망을 한다면 삶에 긍정적인 영향을 준다고 말이야. 물론 맞는 말이지. 하지만 그거 생각해봤어? 소망만 하는 것보다는 성취하는 것이 더 긍정적이란 걸!"

노인에게도 성취는 삶의 원동력이 될 수 있다. 젊은 시절 '성취'가 삶의 목표이자 삶의 이유인 적이 있었다. 중년이 되면서는 성취의 욕구는 있지만, 그것이 삶의 목표는 아니었다. 이루면 좋고 이루지 못하더라도 크게 아프지나 않았으면 하고 바랄 뿐이다. 그런데 나보다 나이가 한참 더 많은 이 노인은 성취가 더 중요하다고 강조한다. 삶의 목표는 아니지만 삶의 강력한 원동력이다. 불편해 보이는 발의 상태에 대해 물었다.

"양쪽 발에 다 물집이 잡혔어. 베트남에서는 밀림을 헤치고 다녀도 끄떡없던 발바닥인데. 내가 너무 많이 써먹어서 그런가! 하하하."

마이크는 양쪽 엄지 쪽으로 밤톨만한 물집이 생겼다. 그런데도 속도를 늦추거나 포기하지 않고 열심히 걷는다. 한참을 걷다보면 입이 벌어지고 어깨가 밑으로 처지고 상체가 약간 앞으로 기운다. 힘이 들어서다. 그럼에도 불구하고 속도를 줄이자고 안 한다. 같이 걷는 사람에 대한 배려이기도 하고, 자신과의 싸움이기도 하다. 물론 성취에 대한 의지가 그를 강하게 만들기 때문이다. 헤밍웨이의 소설 『노인과 바다』가 생각이 났다(아! 소설 속 주인공 노인의 이름이 '산티아고'다). '인간은 패배하기 위해서 태어나지 않았어. 파멸할 수는 있겠지만, 패배할 수는 없어'라는 구절을 외우고 다니던 시절도 있었다. 결코 포기하지 않는 인간의 의지에 대한 가장 강력한 표현이다.

날이 무더워졌다. 땀이 몹시 흐르기 시작한다. 원망스럽던 비라도 왔으면 할 정도로 덥다. 조금씩 노인이 처지기 시작한다. 돌아보니, 걱정 말고 먼저 가라고 손짓을 한다. 또각또각, 또각또각…… 등산용 스틱 소리만 길을 채운다. 그가 내 뒤에 있어 안심이 된다. 어느 순간에는 그 또각거리는 소리가 청진기로 듣는 심장음같이 들린다. 살아 있음을 알려주는 심장음. 그의 존재뿐만 아니라 나의 존재도 확인할 수 있다. 그래서 외롭지 않다. 길에서 만난 친구는 존재만으로도 힘이 된다.

오늘의 첫 마을인 나헤라에 도착했다. 휴식과 음식이 필요했다. 이른 아침이라 아직 문을 연 곳이 없었다. 다행히 골목 안에 숨어 있는 바를 찾아냈다. 마이크와 함께 크루아상과 커피를 한잔했다. 한숨을 돌리는데 질리언, 헬레나, 사울이 차례로 입장을 한다. 참, 인연이다. 많은 바 중에 골목 안 조그만 바를 어찌 찾아서……

기운을 차리고 이제는 다섯 명이서 앞서거니 뒤서거니 하면서 걷는다. 마을을 벗어나자 걸음 빠른 두 여자는 금방 눈에서 사라졌다. 다리가 안 좋은 사울은 뒤로 처졌다. 마이크와 나만 남았다. 두번째 마을인 아소파Azofa의 잘 정리된 흙길을 걸었다. 커다란 표지목이 앞으로 남은 거리가 555킬로미터라고 알려준다. 500킬로미터도 더 남았다는 사실에 기가 죽지만, 200킬로미터 이상을 걸었다는 사실에 위안을 삼았다.

한 떼의 젊은 친구들 무리가 큰소리로 떠들며 걷는다. 다른 사람들은 안중에 없는 듯……. 불쾌해지기 시작했다. 길에서 소변을 보느라고 (이 길에서는 흔한 풍경) 뒤처진 마이크가 잰걸음으로 다가온다.

"쟤들 어제 밤새우고 놀았대. 어린놈들이라 호르몬 냄새 팍팍 나지! 하하하."

아이들은 처음 만난 사이인데, 밤새 술을 마시고 친해진 모양이었다. 자세히 보니 여자아이 둘, 남자아이 셋이다. 십대 후반으로 보이는데, 그 시절의 호르몬은 장난이 아니다. 몸과 마음은 물론 영혼까지 지배하니! 당연히 남자 세 놈은 서로 잘난 척하느라 술도 과하게 마셨을 터이고, 아침부터 존재감을 드러내서 환심을 끌기 위해 큰 목소리를 내는 것이다. 왠지 마이크는 그들을 부러워하는 것 같았다.

한참을 걸으니 야트막한 언덕이 나왔다. 급하진 않아도 꽤 긴 언덕을 오르니 신도시의 풍경이 눈앞에 펼쳐졌다. 높은 언덕 위에 새롭게 지어진 집들이 마치 우리나라의 빌라촌처럼 똑같은 모습으로 늘어서 있다. 마을 입구, 현대식 카미노 조형물 앞에서 이탈리아 사람들이 사진을 찍고 있었다. 지나가는 우리를 보고는 사진을 찍어달란다. 오케이, 하고 내가 다가서는 순간, 옆에 있던 마이크가 "내가 하지" 하면서 얼른 카메라를 받아든다. 친절하게도 여러 장을 찍어주고 찍은 사진을 검사(?)받고, 다시 함께 걷는다.

이즈음에서 맥주를 한잔하기로 하고 카페를 찾았다. 골프장 클럽하우스인 카페는 초현대식이라 낯설었다. 순례자 복장의 우리 또한 낯선 존재였을 텐데, 카페 안의 사람들은 늘 보던 광경을 보는 듯 관심도 없다. 어느 틈엔가 헬레나와 질리언이 나타나 수다를 한차례 떨었다. 맥주로 갈증을 달랜 마이크와 나는 내리막길을 지나 한참을 걸었다. 발이 너무 아팠다. 마치 유리조각 위를 맨발로 걷는 차력사가 된 기분이었다.

드디어 산토 도밍고 데 라 칼사다Santo Domingo de la Calzada에 도착했다. 거대한 알베르게가 있었다. 이른 시간이지만 30킬로미터 이상을 걸었기에, 마이크와 나는 이곳에서 묵기로 했다. 도시 입구에서 다시 만난 질리언과 헬레나는 더 가보겠다고 한다. 아직 대낮이고 자기들은 다리가 멀쩡하다고…….

질리언이 악수를 청했다. '아!' 갑자기 마음이 짠해졌다. 잡은 손을 놓을 수가 없었다. 머릿속에서는 '안아줘. 그리고 등을 토닥여줘!'라고 하는 것 같은데, 그런 행동의 이유를 설명할 수 없어 주저했다. 한참을 잡았던 손을 놓고 돌아서는데 마음이 무겁다. 이유 없이 그녀를 안아주고 싶었는데, 왜 그랬을까? 슬픈 감정과 더불어 답답함에 가슴이 먹먹했다.

알베르게에서 자리를 배정받았다. 여기서는 40~50명이 한 방을 쓴다. 잠자리 준비를 하고 씻고 빨래를 하는 똑같은 일상을 반복한 후에, 침대에 앉아 발을 살펴보았다. 동여맨 왼쪽 발바닥은 더하면 더했지 가라앉을 기미가 없는데다, 이젠 뒤꿈치마저 아프기 시작했다. 하루에 수만 보를 걸으니 반복적인 충격으로 염증이 진행된 모양이었다. 동생을 한의사로 둔 덕에 얻은 침밴드(반창고에 작은 침을 붙여놓은 것)가 있었다. 혹시나 해서 가져온 것인데, 뒤꿈치에 붙이고 나자 통증이 덜했다. 훨씬 걸을 만해졌다.

옆방의 마이크 역시 물집 치료를 하고 있었다. 뭔가 좀 도와주고 싶은데 선뜻 내키지가 않는다. 이리저리 살펴보던 마이크가 내게 바늘을 건네려고 했다. 나는 고개를 저으며 못 하겠다고 했다. 그는 눈으로 "너 의사 맞아?" 하는 표정을 지었고, 나 역시 눈으로 "무서워요!" 하는 마음을 전했다. 바늘로 물집을 따는 것은 가장 효과적인 치료인 동시에 가장 위험한 치료이기도 하다. 특히 감염이라도 되면 큰일이다. 감염으로 인해서 발을 절단한 케이스도 있다고 들었다. 더구나 일반인들이 손대서 문제가 생기면 운이 나빴으려니 하지만, 의사가 손을 대서 문제가 생기면 '의료과실'이다. 실제로 의사 친구 중에는 미국행 비행기 안에서 응급 환자를 진료했다가 '무면허 진료'로 고발을 당한 일도 있다. 비록 같은 의사라도 미국 의사 자격증을 소지한 것은 아니었기에 벌어진 소동이다. 마이크의 물집을 본 순간 이런 복잡한 생각들이 들었다. 자신의 물집을 한참 쳐다보던 마이크는 일단 저녁이나 먹고 처리를 해야겠다며 상처를 정리했다. 몹시 서운한 눈치였다.

밖으로 나왔다. 이곳에 왔으니 그 유명한 '닭'을 봐야겠다. 이곳 산토 도밍고 데 라 칼사다라는 긴 이름의 도시에는 전설이 있다. 순례길을 나섰던 부자父子가 누명을 쓰고 그중 아들이 교수형에 처하게 되었다. 절망 속에 혼자 산티아고에 도착한 아버지에게 성인이 나타나, 아들이 무사하다고 했다. 그 말을 듣자마자 그는 순례길을 거슬러 이곳까지 와서 확인을 해보니, 진짜로 교수형에 처해졌던 아들이 죽지 않고 살아서 교수대에 매달려 있었던 것이다. 교수형을 당하고 적어도 한 달은 지났을 시점인데 말이다. 아버지는 아들을 구하기 위해 그곳 성주에게 달려가 아들이 아직 숨이 붙어 있으니 제발 살려달라고 간청했다. 마침 식사중이었던 성주는 이 말을 듣고 "만약 네 아들이 지금까지 살아 있다면, 식탁의 닭이 일어나 춤을 출 것이다!"라고 했다. 그러자 갑자기 요리된 닭이 벌떡 일어나 춤을 추었다고 한다.

흔한 기적의 전설이다. 다만 털이 뽑히고 바삭하게 구워져 있을 닭이 춤을 추었다는 것을 상상하면, 괴기스럽고 웃긴 것만 빼고 말이다. 아무튼 전설의 '닭춤'을 기리고자 이곳 성당 안에서는 닭을 키운다. 예전에는 제단 앞에 '닭장 안의 닭'이 있었다. 그런데 닭이 소란을 피웠다나, 무지하게 몰려드는 순례자며 관광객의 기세에 눌려 닭이 제대로 연명하지 못했다나. 요즘은 2층에 안이 들여다보이는 커다란 닭 전시관을 만들어놓았다. 닭은 생각보다 컸다. 털 뽑히고도 충분히 춤출 만한 덩치였다. 다른 여느 성당과 큰 차이가 없었음에도 불구하고, 스토리가 있어서 왠지 친근한 느낌이었다.

저녁 시간까지 한 시간 남짓 남았다. 사울이 걷는 모습이 영 불편해 보였다. 사울은 정강이 앞쪽에 근육통을 앓고 있었다. 나도 순례 준비를 하면서 장시간 걷게 되면 잘 안 쓰던 정강이 앞쪽 근육이 아팠던 경험이 있어 그 고통을 잘 안다. 안타까운 마음에 "내게 침이라는 것이 있는데, 한번 시도해볼래?"하고 사울에게 물었다. '피부를 뚫고 지나가는 치료도 아니니 불법 의료에 해당하진 않겠지'라고 생각하면서 말이다. 사울은 좋아라 하면서 따라나섰다. 알베르게로 돌아와 침대에 눕혀놓고 아픈 부위를 살펴보았다. 아픈 부위에는 약간의 부종과 열감이 있었지만, 아직 심각한 상태는 아니었다. 정성스레 동생이 준 침밴드를 붙여주었더니 녀석은 진심으로 고마워했다. 혼자 걷는 길에 누군가 도움을 주는 것은 정말 고맙고 행복한 일이다. 더구나 통증이나 질병은 순례자의 마음을 극도로 불안하게 만든다. 이 길을 걷는 이들 중 누구 하나 소중하지 않은 시간을 보내는 사람은 없다. 평생 한 번 올까 말까 하는 사람들이 대부분이다. 특히 사울이나 나 같은 중년에게는 두번째 순례길이란 쉽게 현실화되기 어렵다. 불의의 통증이나 질병으로 포기하게 된다? 생각만 해도 싫다. 물론 죽자고 이 길을 걸을 일도 아니고, 이 길을 완주하지 못해도 그 과정을 생각하면 그것만으로도 행복하겠지만, 완주를 포기하는 것은 무척이나 실망스러울 것이다. 생각조차 하고 싶지 않다. 사울은 진심으로 고마워했다.

다시 바로 돌아오는 길, 사울이 물었다.

"제임스! 이게 바로 좋아질 수도 있어?"

침의 장점이 무엇이던가! 피부의 특정 부위를 자극하면 아주 짧은 시간 안에 통증이 가라앉는다. "물론이지!"라고 답해주자 녀석은 통증이 많이 가라앉았다며 훨씬 정상적인 걸음걸이를 보여주었다.

"내가 저녁 살게! 고마워, 고마워!"

헉! 이러면 부담이 되는데……. 괜찮다고 했지만, 사울은 자기가 꼭 저녁을 사겠다고 우겼다. 나와 마이크, 사울, 네덜란드 커플, 그리고 영국인 스티브, 모두 여섯 명이 저녁을 먹게 되었다. 와인을 곁들여 저녁을 거하게 얻어먹으니, 이번에는 마이크에게 미안한 마음이 들었다.

아까 물집을 못 따준 것이 미안했다. "실은 무서워서 그랬어요" 하고 둘러댔더니 웃겨 죽는다.

"제목이 뭐였더라……. 아 늙으니까 참 불편해. 제목이 생각 안 나네. 암튼 미국 드라마인데, 외과의사가 나와. 근데 이 의사가 문제가 좀 있어! 그게 뭔지 알아? 하하하하. 피를 못 보는 거야! 피만 보면 무서워서 후들후들……. 하하하!"

정말 내가 겁쟁이라고 생각하는지, 아니면 드라마가 정말 재미있어서인지는 모르겠지만, 오해를 하거나 기분이 상하지 않은 것 같아 마음이 놓였다. 돌아가면 성심껏 시술을 해주겠노라고 했다.

식사를 끝내고 방에 돌아오자마자 마이크를 침대에 앉히고, 바닥에 앉아 물집을 살펴보았다. 양쪽 엄지발가락 쪽으로 큰 물집이 두 개나 생겼다. 하나의 사이즈로 보면 내 것만 못하지만, 그가 겪었을 통증이 충분히 느껴졌다. 이미 오는 길에 몇 개의 물집은 스스로 처리했다고 한다. 아무래도 간이 I&D^{Incision&Drainage, 절개 및 배농}를 해야 할 듯했다. 전문 용어를 쓰니 거창해 보이지만, 실을 꿴 바늘로 물집을 통과시킨 후 물집에 실을 남겨놓아 진물을 빠지게 하는, 누구나 다 아는 아주 간단하고 일반적인 치료법이다. 여전히 '의료과실' 문제로 조금 찝찝했지만, 아까 사울이 기뻐하며 고마워하는 모습을 생각하며 용기를 냈다. 그러고는 내가 갖고 있던 바늘에 실을 꿰는데……. 아, 물집 따는 것보다 바늘귀에 실을 꿰는 것이 더 문제였다. 노안이 왔는지 도저히 실이 바늘귀를 찾지 못했다. 한참을 끙끙거리고 있는데, 내려다보던 마이크가 낄낄 웃었다.

"의사 선생! 알고 보니 눈도 안 좋으셨군!"

부아가 치밀어 슬쩍 눈을 치켜떠 봐주고는 또 끙끙거리며 애를 쓰는데, 마이크가 주섬주섬 자기 짐을 열더니 바늘을 하나 내밀었다. 세상에! 주먹도 들어갈 만한 커다란 귀가 달린 바늘이었다. 바늘에도 노인용이 있었나보다.

그에게 바늘로 물집을 뚫고 지나가면 실의 한쪽은 물집 안에, 그리고 다른 한쪽은 물집 밖으로 꺼내놓을 거라고 했다. 마이크가 알았다고 끄덕이기에, 반짇고리에 있는 다양한 색깔의 실들을 그의 눈앞에 펼쳐놓았다. "어떤 색깔로 해줄까?"

무슨 중요한 결정이라도 되는 듯한 표정을 지어보이자, 그는 잠시 진심으로 고민을 하며 망설였다. 그러고는 잠시 후, 내가 장난을 치고 있다는 것을 눈치채고는, 둘이 한참을 웃었다. 그런 그가 좋았다. 서로의 농담을 이해해주고 받아주는 사람을 만난다는 것은 참으로 복이다.

소독약으로 물집 부위와 바늘과 실을 충분히 소독하고, 주먹만한 귀의 바늘에 빨간색 실을 꿰어서 물집을 따고 다시 소독을 한 뒤, 붕대와 반창고를 붙여주었다. 완벽하게 마무리를 하고 고개를 들어보니, 어느새 적지 않은 사람들이 구경을 하고 있었다. 신이 난 마이크가 구경난 사람들에게 또 농담을 던졌다.

"이 사람 의사인데, 전공이 뭔지 알아요? 블리스터 스페셜리스트 Blister Specialist, '물집 전문의'라는 뜻으로, 실제로 이런 전문의 따위는 없다라네요!"

정말 긴 하루였다. 잠자리에 누우니 생각이 많아졌다. 사울이나 마이크에게 시술 부작용이 생기면 어쩌나? 질리언과 헤어지며 몰려왔던 답답한 내 마음의 정체는 무엇이었을까? 이런저런 고민을 하다가 나도 모르게 잠이 들었다.

몇 시쯤 되었을까? 아직 깊은 새벽인데, 누군가 조심스럽게 나를 흔들어 깨웠다. 깜짝 놀라 눈을 떠서 보니, 세상에! 금발의 미녀가 나를 보고 웃고 있는 것이 아닌가!

'도대체 이게 꿈이야 생시야?' 하고 일어나 뭔가 대꾸를 하려고 하는데, 그녀의 속삭임에 잠이 달아나고 얼굴이 화끈거렸다.

"코 좀 그만 골아요!"

화들짝 놀란 마음에 잠이 오는 둥 마는 둥. 마치 이 방안의 모든 순례자들의 잠을 깨워놓은 장본인이 된 것 같은 생각이 들어 6시가 되자마자 식당으로 피신했다. 좀 이르긴 했지만 자판기 음식과 음료로 간단하게 식사를 했다. 식사 도중에 혹시 마이크나 사울 또는 다른 친구들이 나타나면 같이 갈까 했었지만, 아무도 나타나지 않는다. 어제 마이크와 함께 걸어보니 마음이 훨씬 가벼웠다. 또각또각 등산용 스틱 소리만 들리는데도 외로움이 덜했는데, 오늘은 친구 운이 없나보다. 홀로 도시의 골목을 지나 다시 자연으로 들어갔다.

오전 이른 시간. 멀리서 보니 마을 어귀에 한 여자가 앉아 있었다. 직감적으로 나를 기다리는 게 아닐까 느껴졌다.

"같이 걸어도 돼요? 제가 개를 무서워해서요. 마을에 개가 어찌나 많은지, 짖는 소리가 너무 위협적이에요. 멀리서 보니 당신 걸음이 무척 강인해 보이던데요."

"슈어! 와이 낫!"

나 또한 가볍게 이야기를 나눌 상대가 필요한 아침이 아니었던가! 강인해 보인다고? 이 나이가 들면 아부라는 것을 알면서도 기분이 좋은 법이다.

그녀는 독일에서 온 크리스티나였다. 얼굴 골격이 뚜렷해 누가 봐도 독일인처럼 생겼다. 카미노는 벌써 다섯번째인데, 의외로 아직까지 완주를 못 했다. 휴가나 이런저런 시간이 날 때마다 산티아고 길을 조금씩 걷고 있다고. 처음에는 비교적 산티아고와 가까운 사리아Sarria에서 순례를 했다. 사리아는 산티아고에서 100킬로미터쯤 떨어진 도시인데, 모든 죄를 사해준다고 하는 순례 증명서를 받으려면 적어도 100킬로미터를 걸어야 해서 순례의 시작 지점을 사리아로 잡는 사람들이 적지 않다. 그런데 만나는 사람마다 뒤쪽(생장에서 사리아까지 오는 길)이 더 아름답다고 해서, 몇 해 전부터 순례길의 시작인 생장부터 해마다 100여 킬로 정도씩 걷기 시작했다고 한다.

크리스티나와 이야기를 하다보니, 유럽에서 온 순례자들과 한국, 호주, 미국과 같이 먼 곳에서 온 순례자들은 이 길을 대하는 태도 자체가 다른 것 같았다. 독일에서는 기차를 타고 몇 시간이면 올 수 있는 순례길이지만, 나만 해도 거의 하루를 날아와야 했다. 이 거리감 자체가 순례길과 순례를 대하는 무게감을 다르게 만든다. 더 멀리 있을수록 경험의 기회는 적을 터이고, 당연히 오기 어렵고 힘든 곳이라고 느끼게 된다. 따라서 유럽 순례자보다는 한 걸음 한 걸음이 더 소중하게 느껴질 것이다. 가까운 곳에 순례길이 있다면 마음만 먹으면 쉽게 올수 있겠지만 일상적인 것에서는 감동을 받기 어려운 것처럼, 먼 곳에서 온 우리들이 느끼는 깊은 환희와 깨달음을 유럽 사람들이 얻기는 쉽지 않을 것이다. 반대로 일상에서 얻는 즐거움을 통한 변화는 가끔 얻어가는 교훈이 주는 변화보다 더 근원적일 수밖에 없다. 결론적으로 나는 순례길을 지척에 두고 사는 그들이 부럽다. 물론 우리라고 기죽

을 것은 없다. 아름답기로 치자면 산티아고 순례길 못지않은 제주 올
레가 있다. 그 길 또한 일상 속에서 충분히 즐거움을 선사하고 있지 않
은가!

크리스티나에겐 여러 번의 순례 경험으로 쌓인 노하우가 있었다. 거
친 돌길 구간을 소화해야 하는 순례길의 특성 때문에 대부분 사람들
이 등산화를 신는데, 그녀는 운동화를 신고 있었다. 자신이 걷는 구간
에는 도로가 더 많기 때문이라고 한다. 또 순례 필수품이라고 여겨지
는 등산용 스틱도 그녀에게는 없는데, 밤길을 걷다가 굴렀을 때 등산
용 스틱으로 인해 더 많이 다쳤던 경험 때문이다. 경험이 풍부한 만큼
배울 것이 많은 선배 순례자였다.

그녀의 순례 이야기를 듣다보니 어느새 점심시간이 되었다. 오전 내
내 수다를 떨며 함께 걸었더니 배가 몹시 고팠다. 우리는 만국기로 장
식을 한 길가의 바에 들렀는데, 그녀는 배가 고픈 듯 커다란 샌드위치
를 정말 눈 깜짝할 사이에 먹어치웠다. 피곤하다고 연신 하품을 하는
그녀의 모습은 처음 마을 어귀에서 봤을 때와는 너무도 달랐다. 눈은
쏙 들어가고 입술에 핏기가 없으며, 곧 쓰러져 잠들 듯 지쳐 보였다. 그
녀도 왜 이렇게 피곤한지 모르겠다며 연거푸 커피를 마셨다.

"이런 적이 없었는데……. 정말 너무 피곤하네요. 제임스 먼저 가요!
계속 오르막길이라 아무래도 나는 근처에서 머물러야 할 거 같아요.
내일 기력을 회복하고 따라갈게요. 부엔 카미노!"

피곤하니까 일단 쉬고 본다. 이 또한 선배 순례자의 노하우이기는
하겠지만, 멀리서 온 우리들에게는 어려운 일이다. 정해진 시간 내에
순례를 끝내려면 하루 일정을 계획대로 소화해내야 하기 때문이다.

그녀와 작별을 하고 완만한 경사를 열심히 걸어올랐다. 노란 유채꽃

이 아름답게 핀 길을 따라 벨라도르Belador를 지날 무렵, 머리를 두 갈래로 땋은 소녀를 발견했다. 옆을 지나치며 인사를 했는데 주근깨가 가득한 얼굴이 언뜻 봐도 영국 아이 같았다.

그녀는 막 고등학교를 졸업한 열아홉 살의 에미였다. 대학에 합격은 했는데, 휴학을 하고 1년간 보낼 작정이란다. 산티아고에 간다고 하자 아빠와 오빠가 결사반대를 했다. 800킬로미터를, 그것도 어린 소녀 혼자서 여행을 하는 것은 너무 위험하다는 것이 반대의 이유였다. 가족의 마음이 이해가 갔다.

순례 준비를 하며 순례길에 그다지 위험한 것이 없다는 걸 여러 경로를 통해 들었다고 한다. 그러나 사실이 아니다. 간혹 있어서는 안 될 사고가 일어나기도 한다. 알베르게에서의 도난 사고는 흔한 일에 속한다. 어제까지 같이 술 마시고 인생과 우정과 순례를 이야기하던 친구가, 아침에 일어나면 내 귀중품과 함께 보이지 않는다고 한다. 숲길에서 절도를 당하거나 강도를 만나기도 하고, 심지어 교통사고를 당하는 일도 적지 않다. 순례길 주변에 무덤이 가끔 눈에 띄는데, 길을 걷다가 죽는 경우도 있다. 병이나 사고가 대부분이라고 하지만, 안전에 신경이 쓰이지 않을 수 없다. 사실 절대 안전하다고 믿는 것이 바보다. 사람 사는 곳인데 어떻게 사고가 없겠는가! 순례길을 걷고 있다고 모두 순례자는 아닐 것이다. 요즘의 일만이 아니다. 역사적으로 봐도, 템플 기사단이 만들어진 유례도 돈과 목숨을 노리는 악당들이 들끓어 순례자들을 보호하기 위한 것이었다. 두말하면 잔소리겠지만, 당연히 자신의 안전을 위해서는 스스로 주의를 기울여야만 한다. 다만, 여태껏 지내온 짧은 경험으로 봤을 때 이 길이 다른 곳보다는 비교적 안전한 것은 맞다. 우선 몇몇 큰 도시를 제외하고는 유흥을 즐길 만한 곳이 없다. 순례자들의 지갑이 얇다는 것은 행색을 봐도 뻔하다. 더구나 범죄자들이 푼돈이나 뜯어보자고 오기에는 지나치게 힘든 길이다. 특히 누가 아프거나 어려움을 당하면, 동병상련의 한마음으로 서로를 도우려하니, 다른 휴양지나 관광지보다는 안전할 수밖에 없다.

그럼에도 불구하고, 부모의 입장은 다르다. 아무리 안전한 곳이라도 십대 소녀를 보내기에는 험하다. 딸이 혼자 여행을 나선다니 당연히 반대를 했을 것이다. 에미도 무려 한 달이나 투쟁을 했다. 영국도 자식 이기는 부모는 없나보다. 결국 허락을 하지 않을 수 없어, 에미에게 조건을 내걸었다고 한다.

"글쎄, 아빠가 비상알람이나 GPS 추적기 중 하나는 꼭 가져가야 한다는 거예요! 말이 돼요? 절대 못 한다고 했지요!"

자식과의 전쟁에서 부모는 아무 소득도 없이 백기를 들고 말았다. 속으로 '그냥 하나만이라도 들고 오지 그랬어!' 생각했지만, 부모 편을 들어주기에는 에미가 너무 열을 내고 있었다.

부모의 뜻을 어기고 온 순례길에 그녀가 기대하고 있는 것은 한두 가지가 아니었다. 우선 앞으로 생물학을 전공할지 사회학을 전공할지 결정해야 한다. 또 사람들과 사귀면서 그 관계 속에서 자신을 찾아보고 싶다. 무엇보다 반드시 산티아고 순례길 800킬로미터를 완주해서 좀더 강한 여인으로 거듭나고 싶어했다. 자신의 장래에 대한 진지한 태도가 마음에 들었다.

상담을 하다보면 청소년들은 물론, 심지어 청년들 중에서도 자신이 무엇을 하고 싶은지 모르는 경우가 많다. 어떤 직업을 갖고 살고 싶은지 물어보면 그나마 나름의 생각을 이야기하지만, 어떻게 살고 싶은지에 대해 물으면 입을 꾹 다물고 만다.

왜 자신의 삶에 대해 방향성이 없을까? 부모의 과잉보호 때문이 아닐까? 아이가 원하기도 전에 부모가 다 해주니까 스스로 무엇을 결정하거나 선택할 필요가 없고, 그러다보면 그럴 능력도 없어지는 것이다. 그렇다고 평생 자기 앞가림조차 못하고 살아야 하나? 스스로 노력하는 수밖에 없다. 에미처럼 억지를 써서라도, 혼자 부딪혀보고 느껴봐야 한다. 스스로의 결정과 선택에 책임과 보람을 느껴야 한다. 바뀌려고 노력하면 안 될 것도 없다. 노력하는 자만이 비뚤어진 삶의 방향을 바로잡을 수 있다. 스스로 노력하는 에미의 모습이 대견스러웠다.

오늘 머무르기로 한 비야프랑카 몬테스 데 오카Villafranca Montes de Oca로 가는 길은 오르막길의 연속이다. 다음날 아름답기로 소문난 오카 산을 넘어야 하는데, 이 마을은 그 중턱에 있다. 에미는 주방이 있는 알베르게로 가고 싶어했다. 자기는 엄청 많이 먹는데, 사먹는 것보다 해먹는 것이 절약된다고 한다. 녀석, 또 한번 기특하다는 생각이 들었다. 내가 선택한 알베르게는 호텔에서 운영을 해서 다른 알베르게보다 깨끗한데다 그리 비싸지 않아 좋았지만, 안타깝게도 주방이 없었다. 에미와 또 만나기를 기대하며 헤어졌다.

이번 알베르게는 두 종류의 침대 중 하나를 선택할 수 있었다. 일반적인 2층 침대는 5유로, 단층 침대는 10유로를 내야 한다. 쾌적한 수면을 위해 단층 침대를 선택했다. 방에는 침대가 열 개쯤. 건너편에는 일본인 노부부가 자리를 잡고 있었다. 늘 하던 대로 침대 정리, 샤워, 빨래를 했다. 벤토사를 지나고부터는 물집에 물이 안 들어가도록, 한 발로 서서 샤워를 하는 기예를 부리고 있다.

오늘도 35킬로미터를, 그것도 오르막을 걸어올랐더니 몹시 갈증이 나서 호텔에서 연결된 복도를 지나 바에 갔다. 맥주를 시키려고 하는데, 컴퓨터를 사용하고 있는 누군가의 뒷모습이 많이 익숙했다. 한참을 쳐다보고 있었더니 상대도 시선을 느꼈는지 뒤를 돌아봤다. 아! 이게 누군가! 질리언이 앉아 있었다. 반가운 마음에 우린 서로 누가 먼저랄 것 없이 포옹을 했다. 순간, 알 것 같았다. 어제 그녀를 보내면서 왜 그렇게 답답했는지 말이다.

그녀에게 하고픈 말이 있었다. 누구보다도 훌륭한 일을 하면서도 왠지 잘못 살고 있다고 느끼는 그녀에게 조언을 해주고 싶었다. 그런데 그녀가 먼저 떠나버리고 나자 전할 길이 없었다. 꼭 하고 싶은 말이 있을 때 표현하지 못하는 답답함. 사랑의 고백도 아닌데 안 하면 후회할 것 같은 기분. 살면서 한 번쯤은 누구나 느낄 그런 답답함이었다. 그녀의 손을 잡고, '내가 말하지 못한 것'에 대해 이야기하자, 그녀도 사뭇 진지해졌다. "넌 최고야! 네가 어떤 삶을 살던 말이야. 지금처럼 신중하고 긍정적으로 원하는 대로 살 수 있다면, 짐바브웨에서 살든 더블린에서 살든 넌 최고가 될 테니까 걱정하지 마! 스스로가 최고라는 것을 잊지 마!" 순간, 그녀의 눈에 눈물이 비치는 것을 보았다. 내가 한 이야기에 진정으로 감격하고 기뻐해주니, 나도 약간 울컥했다.

"제임스, 정말 고마워요. 이런 말을 들을 줄은 몰랐어요. 그냥 뭐랄까……. 머릿속에 있던 실타래가 조금 풀려가는 느낌이에요."

미리 할말을 준비했던 것은 아니다. 그냥 그녀를 보는 순간 떠오른 말이었다. 어떤 직업을 갖고 사느냐가 중요한 것이 아니고, 어떤 태도로 살아가느냐가 더 중요하다고 말해주고 싶었다. 박애주의자로 살든 이기주의자로 살든, 자기가 옳다고 생각하는 대로 사는 것이 우선 중요하다. 나의 삶과 다른 삶을 비교하는 것은 아무 의미도 없다. 선택한

삶에 충실한 것이 어떤 삶을 살지 선택하는 것만큼 중요하다.

그녀는 어제 산토 도밍고 데 라 칼사다를 지나 다음 마을인 그라뇬 Grañón까지 갔다고 했다. 그곳에는 순례길에서 제법 유명한 알베르게가 있다. 성당에서 운영하는 알베르게인데, 저녁마다 나름의 이벤트로 순례자들에게 감동을 준다. 질리언은 비록 성당 부속건물 바닥에 매트리스를 깔고 잤지만, 성당 종탑에서 올린 촛불 예배는 너무나 감격스러웠다고 한다. 나도 마이크와 사울을 치료해주었던 모험담(?)을 풀어놓았다.

이런저런 이야기로 회포를 푸는데, 옆자리에 있던 잘생긴 금발 청년 브래드가 합석을 했다. 질리언과는 어제 그라뇬에서 같이 자서 알게 되었다고 한다. "여기서는 참 같이 잤다는 이야기를 쉽게 한다"며 함께 웃었다. 브래드는 캐나다 사람으로 생물학자인데, 요즘은 북극해 생물에 대한 연구를 하고 있다고 했다. 학자풍의 조용한 친구로, 왠지 믿음이 갔다. 우리 모두 의기투합해 함께 저녁을 먹기로 했다.

마을의 가게에 들러, 치약과 휴지, 내일 먹을 아침거리를 좀 샀다. 동네가 오르막 내리막이 많아서 그런지 발이 너무 아팠다. 슬슬 발 걱정이 되기 시작한다. 물집 때문에 순례를 중단한 사람들 이야기가 남일 같지 않다.

저녁은 산토 도밍고 데 라 칼사다에서 처음 만난 스티브가 주도했다. 영국 사람으로 무역 일을 한다고 했는데, 언뜻 봐도 좀 차가운 사람 같은 느낌이 들었다. 질리언과 헬레나, 네덜란드 멋쟁이 피터, 브래드와 그와 함께 다니는 듯한 미국 여자, 그리고 헝가리 청년 둘, 모두 아홉 명이 식사를 했다.

어쩌다보니 내가 긴 식탁의 한쪽 끝에 앉게 되었다. 사람들 관찰하는 게 취미이자 특기이자 직업적 습관인 내게는 나름 재미있는 자리였다. 이렇게 각국의 사람들을 한꺼번에 보고 관찰할 수 있는 경우는 극히 드물다. 무슨 '비정상회담'도 아니고……. 모든 사람들의 관심을 받을 수밖에 없는 위치라 조금 긴장되기는 했다.

우리는 질리언의 아프리카 구호활동의 실상으로부터, 브래드의 해저 생물과 지구온난화에 대한 걱정, 피터와 스티브의 점점 어려워지는 세계 경제에 관한 이야기까지 정말 다양한 화제를 공유했다. 이렇게 여럿이서 이야기를 나누는데도 모두가 집중하고 이해하려고 노력하는 게 놀라웠다. 더구나 나를 비롯한 몇몇은 영어가 모국어가 아닌데도 말이다. 남의 나라 말을 하는 우리도 쩔쩔맸지만, 우리의 그 요상한 발음과 표현을 듣고 이해하려면 그들도 고생깨나 했을 것이다.

이야기꽃을 피우다보니 주문한 음식이 나왔다. 나는 이 지역 별미인 '모르시야 데 부르고스Morcilla de Burgos'를 주문했다. '돼지 피에 쌀, 양파, 돼지기름, 소금, 후추, 파프리카를 섞어 만든 매운맛의 부르고스 전통 소시지'라고 메뉴에 적혀 있었는데, 우리나라의 순대와 똑같이 생겼다. 약간 맵고 기름진 것 빼고는 맛도 순대와 매우 비슷했다. 양이 적어서 순례자의 배를 채우기에는 모자랐지만, 오랜만에 고향의 음식을 먹는 것 같아 좋았다. 한국에 있을 때보다 훨씬 많이 먹고 있는데도 늘 배가 고프다. 12킬로그램이 넘는 짐을 지고 하루 30킬로미터 정도를 걷다보니, 거의 매일 저녁 와인과 기름진 음식으로 식사하는데도 배는 쏙 들어갔다. 어머니와 함께 호주에서 온 조이가 했던 말, 우리 몸이 책상 앞에서 하루 여덟 시간씩 앉아 있으라고 만들어진 게 아니라는 말이 진짜 실감났다. 어쩌면 우리는 만성 운동부족 상태로 평생을 살다가, 자신의 몸의 능력이 얼마나 되는지도 모르고 죽게 되겠다는 생각이 들었다. 자신의 몸을 다시 보게 해준다는 의미에서 순례길은 또다른 축복이었다.

약간 취한 우리 일행은 누군가의 권유(?)로 질리언이 말아주는 잎담배를 피워보았다. 나는 2002년 코미디언 이주일씨가 폐암으로 사망할 때, 담배를 끊었다(당시 금연운동에 불을 붙인 사건이었는데, 사실 이주일씨의 폐암은 담배와는 무관했다). 하지만 드물게 사회적 관계 때문에 피울 때도 있다. 오래된 골초 친구들이 우르르 몰려나가 한 대씩 피워대면 혼자 앉아 있기 어색해서, 또 나이가 들다보니 모임에 나가면 제일 연장자인 경우가 적지 않은데 그럴 때 참석자들이 왔다갔다하는 것이 불편해 보여서 나도 한 대 달라고 한다(요즘은 어차피 나가 피워야 해서 모임에서는 담배를 거의 피우지 않는다). 아무튼 오랜만에 담배를 피우며 환담을 하다가, 차례차례 숙소로 향하기 시작했다. 몇 발자국 떨어진 곳에서 조용히 언쟁을 하던 브래드와 미국 여자가 처음으로 사라졌고, 담배 연기가 싫다던 나이 많은 스티브와 영어가 잘 안 통하는 헝가리 친구들이 떠나고, 어찌하다보니 질리언과 마지막으로 남게 되었다. 잠깐의 침묵이 흐르고, 그녀가 말을 꺼냈다.

"오늘, 순례길 오길 참 잘했다는 생각이 들었어요. 아까 한 말 기억할게요. 덕분에 제 삶에 대한 자긍심이 돌아왔어요!"

행복했다. 상담을 직업으로 하는 사람이어서 그렇기도 하지만, 나는 사람들 이야기를 들어주고 같이 고민하는 것이 좋다. 물론 그냥 재미만 있었다면 벌써 20여 년 같은 일을 꾸준히 해낼 수 없었을 것이다. 재미와 더불어 보람이 있기에 가능했다. 상대가 변화하고 또 행복해지는 과정을 지켜보는 것에 자부심 같은 것을 느낀다. 내게는 가장 의미 있는 일이다. 스스로 쓸모 있는 사람, 괜찮은 사람이라는 생각이 들게 한다.

우리나라에도 질리언 같은 친구들이 적지 않다. 남녀를 불문하고(흔히 골드미스라고 불리는 사람들에게 많다. 물론 남자도 적지 않다) 누가 봐도 괜찮고 잘 살고 있는데, 갑자기 삶의 의미를 상실하는 이들 말이다. 연인과 헤어지고 나서 모든 것이 변했다는 사람, 친구 또는 비슷한 나이 또래의 죽음을 맞이하고 살아갈 의미가 없어졌다는 사람, 심지어 아무 이유 없이 사는 것이 자신 없고 불안하다는 사람들도 적지 않다. 일종의 정체성 위기다. 누구나 이런 상황이 되면 무척 당황하게 된다.

이런 위기를 겪는 이들의 몇 가지 특징이 있다. 우선 사춘기를 별 탈 없이 잘 넘겼다. 그럴듯한 반항 한 번 제대로 못 해보고 사춘기를 보낸 경우가 많다. 또 부모와의 관계가 그리 만족스럽지 못하다. 부모가 나쁘다, 양육이 잘못되었다는 의미가 아니다. 부모와의 사이가 먼, 즉 부모와의 감정적 교류가 원활치 않은 유소년기를 보낸 경우가 흔하다는 뜻이다. 낮에 만난 영국 소녀 에미는 정체성 문제만큼은 별 탈이 없을 것 같다. 부모에게 반항도 해보고, 부모와 서로 의견교환도 자연스럽게 할 수 있으니 말이다.

"문제가 풀렸으니, 이제는 즐기기 위한 순례를 할 수 있겠다"는 질리언의 말을 끝으로 우리는 숙소로 돌아왔다. 그녀를 본 것은 이날이 마지막이었다. 소문에 의하면 그녀는 그전까지보다 더 빠른 속도로 걸어가 산티아고를 거쳐 피니스테레까지 완주를 했다고 한다.

아직도 어두운 새벽녘인데 흠칫 놀라서 잠이 깼다. 왼쪽 발이 축축했다. 영 기분이 좋지 않았다. 주방으로 가서 콤피드와 반창고를 붙여놓은 왼쪽 발바닥을 살펴보니, 새끼발가락을 중심으로 흥건히 젖어 있었다. 끈적함은 없었지만 냄새가 고약했다. 결국 물집이 터져서 진물이 흘러나온 것이다.

차라리 물집을 완전히 제거하는 것이 좋겠다는 판단이 들어, 마이크에게 해주었던 시술을 하기로 했다. 약품상자(카미노에는 약국과 병원이 있지만 접근하기가 어려워서 간단한 상비약과 반창고 등은 준비를 하는 것이 상식이다)를 뒤져보니 아뿔싸, 상처 치료의 기본인 붕대와 반창고가 없다. 이런 바보 같으니라고! 배낭 무게를 줄이느라 마지막에 붕대와 반창고를 두고 온 것이다. 자만했다. 절대 물집 따위는 생길 리 없다고 착각했다. 평생 물집이 잡혀본 적이 없었다. 군 시절 산악훈련과 백리 행군에도 끄떡없었고, 지리산 종주와 서울 성곽길 일주도 잘 견딘 발인데…… 가게 문을 열려면 10시는 되어야 할 텐데 걱정이었다. '무슨 일 있겠어!' 하는 안이한 마음으로 어제 마을 가게에서 붕대와 반창고를 봤으면서도 그냥 지나친 것이 후회됐다.

10분쯤 흘렀을까? 의자에 아픈 왼쪽 발을 올려놓고 망연자실하고 있던 차에, 일본인 할아버지가 부엌으로 들어왔다. 갑자기 무슨 용기가 솟았는지, 반창고와 붕대를 빌릴 수 있겠냐고 부탁을 했다. 할아버지는 발바닥을 슬쩍 쳐다보더니, 사무적인 말투로 반응했다.

"병원 가보지, 안 좋아 보이는데. 큰일나요, 욕심 부리면……"

순간, '사랑과 배려와 박애'라고 믿었던 '산티아고 스피릿'에 대한 기대가 와르르 무너지는 소리를 들었다. '아이고! 이게 웬일이에요!'라고 위로를 해주며 짐 속에 있을 붕대와 반창고를 꺼내주길 바랐던 터라, 무척이나 냉정하게 느껴졌다. '역시 일본 놈들! 겉으로만 친절한 척! 내가 무슨 일이 있어도 병원에 안 가고 걷고 만다!'

할아버지의 무관심한 태도에 오히려 오기가 치솟아 못된 마음을 먹고 있는데, 일본인 할머니가 들어왔다. 할머니를 보는 순간 내 얼굴은 자동적으로 '슈렉의 고양이'로 바뀌면서 시선을 내 상처 부위로 유도했다. 참 바보 같은 행동이지만, 사람이 아프면 퇴행이 된다. 거절 아닌 거절을 당했으면 자중해야 하는데, 결과야 어떻든지 일단 위로부터 받고 싶어지는 것이 사람 마음이다. 그리고 만약 한번 더 거절당하면? 더 바보같이, 분노가 치밀 것이다.

"어디 봅시다. 아이고, 이거 대단하네. 내가 비상약품 가지고 있어요. 반창고랑 붕대……."

아, 구세주! 드디어 또 한번 산티아고 정신에 감격하게 되다니! 그런데, 할머니가 배낭을 뒤지면서 할아버지와 일본말을 몇 마디 주고받았다. '아! 두 분이 부부셨구나!'

"할아버지가 병원 가보래요. 우리는 카미노가 세번째라 나름 경험이 쌓였거든요. 보통 바늘로 구멍을 내고 거즈 붙여놓으면 웬만하면 좋아지는데, 어휴, 이렇게 큰 물집은……. 아무튼 할아버지 조언은 응급처치하고, 아침에 병원 가서 치료하고 출발하시라네요. 기회는 다음에도 있고, 만약 잘못되면……."

할머니는 며칠 동안은 충분히 버틸 만한 양의 거즈와 반창고를 주면서 신신당부했다. 잠시나마 할아버지를 오해했던 것이 부끄러워졌다. 할아버지는 표현이 직접적인 것이었을 뿐, 실제로는 경험에 근거한 걱정과 조언을 해준 것이었다.

살다보면 누구나 위기가 있고, 그 위기를 극복할 수 있는 도움이 필요할 때가 있다. 할아버지의 조언은 적절했다. 잘못했다가는 큰 위험으로 빠질 가능성이 높으니, 당연히 병원에 가보라는 것이 적절한 충고이다. 그런데 나는 속이 상했다. 내가 필요한 것을 다 얻지 못한 느낌이었다. 왜일까? 누구나 마찬가지겠지만, 걱정과 두려움에 쌓인 마음의 위로를 원했던 것이다.

가장 이상적인 답은 위로와 조언일 것이다. 하지만 조언은 할아버지와 나의 경우처럼, 받아들이는 사람의 입장에 의해 결정된다. 대부분의 경우 조언을 구하는 자가 원하는 것은 적절한 조언이 아니다. 조언자의 의견과 자신의 의견 일치다. 즉, 이미 대책은 마음속에 있고, 그 대책에 대한 지지를 원할 뿐이다. 겉으로는 "어떻게 할까요?" 하지만, 속으로는 '이게 좋겠지요!'다. 다시 말해서 위기에 빠진 사람들이 원하는 것은 대개 '조언'이 아닌 '위로'다. 할아버지는 조언을, 할머니는 위로를 내게 건넸고, 위기에 빠진 나는 조언은 곱지 않게, 위로는 감사하게 받아들인 것이다.

하지만 세상을 좀더 현명하게 살려면 달콤한 위로보다는 차가운 조언과 충고에 더 귀를 기울여야 한다. 특히 사랑하는 사람들, 가족이나 연인, 그리고 진정한 친구들의 진심 어린 충고와 조언이라면, 비록 당장 속 쓰리고 상처받고 짜증이 나도, 있는 그대로 판단하는 태도가 필요하다. 물론 현명한 조언자라면, 우선 위로를, 그리고 나중에 상대의 마음이 열리면 그때 조언을 해주겠지만.

발 상태는 나빴다. 학술 자료에서나 봤음직한 커다란 물집. 일단 소독을 철저히 하고 처치를 했다. 할머니가 준 거즈와 반창고로 단단히 동여맸다. 조심스레 등산화를 신고 발을 디뎌봤다. 악! 어제까지 사금 파리를 깔아놓은 바닥을 맨발로 걷는 느낌이었다면, 오늘은 불에 한 껏 달궈진 철판 위를 걷는 느낌이었다. 오늘 계획했던 40킬로미터를 과연 완주할 수 있을까 걱정이었다. 카미노에서 제일 오래 걷기로 한 날 아침인데, 참으로 막막했다. 일단 걸을 수 있는 데까지 걸어보기로 했다. 혹시 중간에 너무 아프다든가, 도저히 못 걷게 되면 거기서 짐을 풀기로 했다.

오카 숲은 정말 아름다웠다. 모든 것을 감싸안으려는 듯 조용하게 녹색으로 내려앉았다. 어제 내린 비 때문에 길은 질척였지만, 걸을 만 했다. 나지막한 오르막과 내리막이 반복되며, 몇 시간을 끊임없이 올랐다. 길은 오로지 나만의 독차지였다. 정상이 가까워지자 안개가 바람에 흘러다닌다. 높은 곳에 오르니 가슴이 시원해졌다. 새들의 지저 귐을 듣고 있자니 외로워졌다. 멀리 앞쪽으로 아기 사슴이 나타났다. 잠시 나를 쳐다보는 듯하다가 순식간에 건너 숲으로 뛰어들어갔다. 안 개가 깔려 더욱 신비로웠던 이곳은 카미노에서 잊지 못할 풍경이었다.

첫번째 바를 만났다. 아침식사를 하기 위해 잠시 들른 바는 마치 숲 속의 피난처 같은 느낌이었다. 커피와 빵 한 조각을 하는 동안 드문드 문 사람들이 들어왔다. 숲이 제법 높이가 있고 거리가 길어 다들 피곤 해 보였다. 조금 쉬다가 다시 걷기 시작했다.

으……. 걷기 시작하니 다시 발바닥에 불이 붙은 듯하다. 휴식도 부 담스럽다. 앞서서 걷던 자그마한 체형의 아가씨를 따라잡았다. 오늘 첫 말 상대였다. 스위스에서 온 루스는 이십대 초반이었다. 정말 걸음이 느린 아가씨였다. 스위스 사람은 카미노에서 처음이었고, 이야기도 잘

하고 해서 웬만하면 같이 좀 걷고 싶었는데, 걸음이 느리다는 것은 힘든 정도가 아니고 고통이 따르는 일이었다. 너무 느리거나 너무 빠르거나 너무 경사가 심하면(특히 내려갈 때) 발바닥이 너무 아팠다. 그녀에게 양해를 구하고 내 속도로 걷기 시작했다. 떠나면서, 혹 그녀가 상처를 받을까 페이스에 대한 이야기를 해주었다.

"루스! 사람들은 각자의 페이스가 있어. 그러니 걸음이 늦다고 자책하지 마! 늦는 것은 불편할 뿐이지 뭔가를 할 수 없는 것은 아니잖아. 더구나 아마도 너는 나보다 카미노의 일면들을 훨씬 많이 볼 거야! 빨리 걷느라고 지나치는 것들 말이야. 부엔 카미노!"

그녀는 말없이 손을 흔들어주었다. 그리고, 그렇게 헤어지고 영영 못볼 법했던 루스는 이후 순례길에서 내게 큰 놀라움을 준 사람 중 하나가 되었다.

걸을 때마다 발바닥으로부터 전해오는 통증을 즐기며(?) 걷다보니, 부르고스에서 12킬로미터쯤 떨어진 오르바네하 리오피코Orbaneja Riopico에 도착했다. 발바닥 상태로 보아, 아무래도 이곳에서 머물고 가야겠다는 생각이 들었다. 일단 카페에 들러 생맥주 한 잔과 점심을 먹기로 했다. 예상치 못한 마을이었기에 음식을 기다리며 알베르게를 알아보기 위해 휴대전화로 검색을 했다. 그런데, 이게 웬일! 누군가의 블로그에서 마을을 벗어나 조금만 더 가면 부르고스까지 버스를 타고 갈 수 있다는 정보를 발견하였다. 최소한 10킬로미터 이상을 버스로 이동하게 되면 두세 시간이 절약이 되는 것이다. 잠시 머릿속이 복잡해졌다. '치사하게 완주하지 않고 버스를 탄다고? 말도 안 되지!'라며 양심의 소리가 귓전을 때렸다.

'모든 과정에는 순수함이 중요해. 비록 완벽하지는 못해도, 최소한 자신과의 약속은 지켜내야 한다고. 나는 이 길을 걸어서 완주하려고 온 거야. 물론 어쩔 수 없다면 버스를 탈 수도, 중간에 포기할 수도 있겠지. 하지만 지금이 어쩔 수 없는 상황인가? 그렇지 않잖아. 나는 아직 걸을 수 있었고, 내 오른발은 아주 새것처럼 완벽하다고! 아픈 왼발도 시간만 지나면 좋아질 수 있고 말이야!'

그렇게 잠깐 생각했다. 아주 잠깐. 웃음이 터지기 시작했다. 멈추려해도 멈추어지지 않는 웃음. 심지어 소리내어 킥킥거리기까지 했다. 세상에 이런 복이 다 있을 줄이야! 더이상 양심의 소리는 들리지도 않았다. 800킬로미터 중에 10킬로미터 버스를 탔다고 순례자가 '순자'나 '례자'가 될까? 말도 안 된다. 자칫 무리해서 걷다가 더 아프면 진짜 포기할지도 모르는 일 아닌가! 안 될 일이다. 아주 잠시만 순례의 굴레에서 벗어나 현대 도시민으로서 문명의 이기인 버스를 이용해보는 거다. 걸어서 완주한 순례길만 아름다울까! 잠시 버스를 탄 순례길도 틀림없이 아름다우리라! 일찍 도착하면 자리를 잡고 부르고스 대성당을 보는 거다. 이 길에서 제일 아름답다는 성당인데. 걸어서 도착하면 그냥 지나쳐야 할지도 모르니 말이다. 그리고 바에 가서 맥주도 한잔 진하게 할 거다. 친구들과 밤새워 수다도 떨고 말이다.

마음이 너무 가벼워졌다. 숨막히게 강렬했던 햇볕도 더이상 뜨겁지 않았고, 천근만근이던 발걸음도 가벼워졌다. 발도 훨씬 안 아픈 것 같았다. 이 마을만 벗어나면 된다니!

마을을 지나 얼마 가지 않아 마침내 멀리 버스 터미널이 보였다. 없던 힘도 저절로 솟았다. 지나가는 젊은 청년에게 부르고스행 버스를 타는 터미널이 맞느냐고 물었다.

"맞기는 한데, 지금 탈 수 있을까요? 다음 버스가 6시 30분에 있을 텐데……."

헉! 지금은 3시가 조금 넘은 시간. 세 시간 30분 후에나 출발한다니!

"순례자지요? 그럼, 그냥 이 길로 쭈욱 올라가요. 다 온 거예요. 나 같으면 걸어가겠어요!"

'나 같으면? 나 같으면이라니! 당신이 내 사정을 알기나 해! 난 이미 지칠 대로 지쳤다고! 이미 30킬로미터나 걸었단 말이야! 그리고 내 발이 어떤 줄은 알아? 발바닥에 물집이 잡혔어. 내 평생 한 번도 본 적 없는 사이즈의 물집이란 말야! 얼마나 크냐고? 발바닥의 반이 물집이라면 믿을래? 그리고 말이야, 버스 타려는 생각에 얼마나 기뻤는지 알기나 해! 태어나서 몇 번 안 되는 기분, 로또 맞은 기분이었단 말이야!'

마음속의 말을 그대로 이야기하고 싶었지만, 입이 떨어지지 않을 정도로 비탄에 잠겼다. 5분 정도 생각에 잠겼다. 결정을 내려야 했다. 버스를 타고 7시쯤 부르고스에 들어간다? 그럼 알베르게는 일단 포기해야 한다. 사람들이 많아서 침대를 못 잡는다면? 생각하고 싶지도 않았다. 이 마을에서 머무는 것도 선택이다. 하지만 10킬로미터 정도 앞인데…….

다시 이를 악물었다. 내 순례길에 반칙은 없나보다. 내 영혼이 순수해서가 아니고, 인생이 이렇게 꼬이는 덕분이다. 10킬로미터? 까짓것 걸어보자.

버스 시간 때문에 본의 아니게 '순수 순례'를 선택했지만 만만치 않았다. 부르고스는 카미노에서 몇 안 되는 대도시 중의 하나다. 도시는 끝이 보이질 않았다. 이미 도시에 들어와 있으나, 알베르게까지 가려면 도시의 또다른 끝으로 가야 한다는 사실이 더 힘들게 했다. 마을과 마을 사이 지치고 힘든 순례자를 달래주던 푸른 숲과 아름다운 새소리와 상큼한 바람은 회색 빌딩과 질주하는 차들의 굉음과 시꺼먼 매연으로 변해 발걸음을 몇 배는 더 무겁게 만들었다. 태어나서 가장 힘든 길을 걸었다(그때는 이 길이 가장 힘든 줄 알았다).

부르고스의 알베르게는 거대했다. 여느 때처럼 침대를 배정받고 하루의 일과를 정리했다. 발을 살펴보니 생각보다는 나쁘지 않았다. 비록 피가 보이기 시작했지만 더러워지거나 하지는 않았다. 내일쯤 상처를 돌보기로 하고, 일단 오늘은 가만두기로 했다.

다리를 쩔뚝이며, 콘크리트나 돌로 만들어진 무심한 도시의 길을 밟으면서 거리로 나왔다. 약국에 들러 반창고와 붕대를 구입했다. 몸도 말을 잘 안 듣고 말도 제대로 안 통하니 모든 것이 늦어졌다. 아프고 짜증나고…….

저녁거리를 고민하면서 숙소로 돌아가는 길에 반가운 얼굴을 만났다. 헬레나와 네덜란드 멋쟁이 피터가 나를 발견하고는 저녁식사에 초대했다. 하지만 오늘은 영 컨디션이 엉망이었다. 다리도 너무 아프고, 특히 마지막 버스의 희망이 사라진 후 도심을 정말 힘들게 걸었던 터라 기분이 급속히 가라앉았다. 누구와 만나서 대화를 하며 식사를 같이하기에는 내가 너무 힘이 들었다. 컨디션이 안 좋아 오늘은 혼자 먹고 싶다 하자, 헬레나가 간청했다.

"저 내일 에스토니아로 돌아가요. 오늘이 제게는 순례길의 마지막이에요. 같이 식사하며 축하해주세요. 즐겁게 먹다보면 다리 아픈 것도 많이 좋아질 거예요."

헬레나가 순례길에서 떠난다니 가슴이 아팠지만, 오히려 그 자리에 내가 방해가 될 거 같았다. 일단 각자 저녁을 먹고 에너지를 충전한 후에, 혹시 기회가 되면 보자고 했다. 어디서 보자는 약속도 없었지만, 왠지 꼭 볼 수 있을 것 같았다.

그들과 헤어져 잠시 한숨 자고 혼자 저녁을 먹으러 알베르게를 나섰다. 워낙 큰 도시라 먹을 것이 많겠지만 찾아볼 여유도 없다. 너무 지치고 힘들었다. 광장의 파에야 집을 찾았다. 음식을 주문하고 돌아보니, 내 앞 테이블에서 아버지와 아들이 식사를 하고 있었다. 남자라서 그런가, 아니면 부자 사이라서 그런가. 둘은 한마디도 없이 식사를 했다. 문득 아이들이 보고 싶어졌다.

가족들에게 미안한 이야기지만, 학회든 여행이든 혼자 떠나오면 두고 온 가족들을 그리워하는 성격이 아니다. 내가 한국에 있고 아이들이 떠나 있으면 많이 보고 싶지만, 거꾸로 내가 떠나오면 그런 법이 없다. 그런데 오늘은 너무 보고 싶다. 말 한마디 없이 각자의 음식만 쳐다보는 부자의 모습에서 아이들에 대한 그리움이 깊어지다니……. 함께 있지만 외로워 보이는 그들로 인해 내 안의 외로움이 더 커진 듯하다.

쓸쓸하게 식사를 마치니 해가 저물어갔다. 거리는 젊은 순례자들로 넘쳐나기 시작했다. 혼자서 절뚝이며 알베르게로 돌아왔지만, 바로 잠을 자기가 싫었다. 자판기에서 뽑은 무알코올 맥주(국립 알베르게라서 그런지 알코올 성분은 팔지 않는다)로 마음을 달래고 있었다. 그런데 멀리서 금발의 천사가 와인 병을 흔들어 보이면서 내게 다가왔다. 그것도 '한 잔할까요?' 하는 안경 너머 옅은 밤색의 눈망울로 신호를 보내면서 말이다. 헬레나였다.

저녁을 먹고 다들 시끄러운 바로 옮겼다는데, 그녀는 피곤해서 바에 조금 있다가 들어오는 길이라고 했다. 같은 일행 중에 한 사람이 송별 기념으로 와인을 한 병 선물했단다. 마침 나를 발견하고는 쉬려는 마음을 버리고 한잔하기로 했단다. 와인은 좋았다.

술이 한 잔 돌자 마음이 느긋해졌다. 피로도 가시고 복잡했던 마음도 누그러들었다. 이래서 술을 마시기는 하지만……. 그녀에게 무슨 마음으로 로그로뇨에서 내게 말을 걸었는지 물었다. 내가 그렇게 매력적이더냐고?

"하도 쳐다보길래요! 하하하하."

그녀도 내 농담에 재치 있게 대꾸하는 것을 보니 떠나는 이별의 아픔을 잠시 묻었나보다.

그녀는 스포츠 댄스를 전공하고 일본 오사카에서 6개월간 일을 했다. 그리고 몇 해 전 다시 에스토니아로 돌아와 대학원에 다녔다. 산티아고에 온 이유는 몸과 마음을 가다듬고 싶었기 때문이었다. 3, 4년 전 몹시 스트레스를 받아 살이 많이 쪘는데, 운동을 통해서 몸매를 다듬었던 경험이 있어서 살을 빼고픈 욕심도 있었다. 실제로 나 또한 걷는 동안 못해도 3~4킬로그램은 빠졌을 것이다. "그래서, 다이어트는 성공적이었어요?"

헬레나는 갑자기 박장대소를 하더니, 다이어트 실패의 원인을 설명했다.

"하루종일 걸으니까 살이 빠지는데요. 스페인 음식 때문에 실패했어요! 여기 음식 너무 맛있지 않아요? 게다가 와인까지 마시니……. 배는 들어간 거 같은데 몸무게는 모르겠어요. 더 쪘을까봐 걱정인데요. 하하하."

'너 너무 먹어서 그래. 나보다 더 먹잖아!'라고 해주고 싶었지만 꾹 참았다. 점심으로 샌드위치 하나 먹는 내 앞에서, 보란듯이 전식, 본식, 후식으로 이어지는 코스를 시켜 먹는 여자다.

"이건 안 했던 이야기인데요. 저 7월에 결혼해요!"

그동안 무리지어 다니면서 각자의 이야기들을 많이 했지만, 서로 다 털어놓지 않은 이야기도 틀림없이 있었다. 그녀는 같은 일을 하는 에스 토니아 청년과 3년간의 연애 끝에 올 7월에 결혼을 한다고 했다.

"그런데, 아직도 고민이에요. 잘하는 것인지 모르겠어요. 결혼 말이 에요. 이제 돌아가면, 일사천리 진행될 텐데…….."

오늘이 순례의 마지막 날인데 아직도 그녀는 결혼과 직업 사이에서 고민중이었다. 졸업 후 일본으로 돌아가지 않은 것도 결혼 때문이었다. 일본으로 가면 보수뿐만 아니라, 일하는 환경, 음식, 사람들도 너무 좋은데, 남자친구와 헤어질 것 같다.

에스토니아에 남는다는 그녀가 참 대단해 보였다. 청년 실업이 우리 나라만의 문제는 아니다. 유럽, 특히 그녀가 속해 있는 북유럽은 우리 보다 더하면 더했지 결코 덜하지 않다. 더구나 에스토니아는 그다지 발 전한 국가도 아니다. 그녀에게 자기 나라 자랑을 해달라고 하자, "추운 것"이라고 농담했다가 실은 "자연"이라고 할 정도다. 잘은 모르지만 오 사카에서 탄탄한 직업을 가졌던 그녀는 어쩌면 친구들에게 선망의 대 상이었을지도 모른다. 그런 그녀가 직장을 포기하고 온 것이 단지 아름 다운 선택이기만 했을까. 가슴속에서 찡한 것이 올라왔다. 어렵게 내 린 큰 결심이었으리라.

"그래도 행복해지려면…… 지금의 남자를 놓치면 안 될 것 같아요! 다만 앞으로 행복해질 수 있느냐가 문제인데……."

헬레나의 용기가 부러웠다. 당장의 행복을 위해 모든 것을 포기할 수 있다는 것. 말은 쉽다. 헬레나에게 그 선택이 옳다고 말해줬다. 행 복은 지금 현재가 중요하고, 그 행복을 향한 선택은 결코 다른 어떤 것과 바꿀 수 없다고. 또 아마도 어릴 적에 누려본 행복의 경험이 지금 그녀가 가는 방향을 결정지었을 것이고, 경험은 여간해선 배신을 하지 않는다고 했다. 더구나 1인 1직업의 시대는 끝났다. 미래학자들은 앞으로는 한 사람의 직업이 평생 6~8번까지 바뀌는 시대에 살게 된다고 했다. 그렇지만 배우자를 6~8번씩 바꿀 수는 없는 노릇 아닌가! 몇 년 후에는 헬레나가 지금 다니는 대학의 교수가 될 수도 있고, 더 훌륭한 안무가가 될 수도 있는 일이다.

아름다운 에스토니아의 자연과 함께, 행복한 사람들의 조건에 대해 이야기하다보니, 어느덧 시간이 흘러 식당에는 우리 두 사람과 먼 테이블의 또다른 한 무리 순례자들만이 남았다. 와인도 다 떨어지고 둘다 기분이 좋아졌다. 그녀에게 진심으로 고맙다고 했다. 여태껏 마셔본 와인 중에 최고였고, 내가 만나본 가장 아름다운 금발의 여자와 이렇게 늦게까지 술을 마시게 되어 영광이라고 했다.

"알아요! 지난번에도 이야기했어요! 내가 당신이 알고 있는 유일한 금발의 여자라면서요! 하하하."

내일 아침 다시 보기로 하고 잠자리로 올라와보니, 늦은 시간인데도 침대에는 빈 곳이 많았다. 도시는 젊은이들의 밤을 신명나게 만드는 힘이 있나보다.

열한째 날 생각을 바꾸기란 쉽지 않다

으……. 온몸이 아프다. 어제저녁의 그 편안함은 와인의 마법일 뿐이었나. 온몸을 스캔해보니 발가락이 또 젖어 있다. 왼쪽 발가락 물집에서 진물이 나왔나보다. 아직은 풀어볼 이유가 없을 것 같아 거즈를 좀 더 덧대고 채비를 하고 내려왔다.

식당에 들어서니 브래드가 나를 찾는다. 오늘 헬레나와 함께 마드리드로 떠난단다. 헬레나가 나를 찾고 있다며 잠시 기다렸다 가라고 했다. 브래드와 이런저런 이야기를 나누는 동안 헬레나가 나타났다. 악수를 청하니 눈에 눈물이 그렁하다. 마치 오래된 친구를 떠나보내는 기분……. 그녀가 안아보면 안 되겠냐고 한다. 가볍게 포옹했다. "헬레나, 행복한 결혼이 되기를 바라요!"라고 응원을 해주었다. 브래드와도 악수를 하고 돌아서는데, 녀석이 서운해하는 것 같아서 한번 안아주었다. 버스를 타고 마드리드로 스물두 시간이나 간다는데 헬레나가 동행이라니, 조금 부럽기도 하다.

또다시 불에 덴 듯한 한 걸음 한 걸음을 옮겼다. 컨디션이 엉망이다. 어제 오후 버스를 타고 '점프' 할 수 있다는 어설픈 희망이 무너지고는 몸과 마음이 다 지쳤다. 헬레나와 나눈 와인이 없었다면 가장 힘든 하루로 기록될 뻔했다. 가능하면 짧은 거리를 가기로 결심했다. 원래 계획은 산볼San Bol까지였지만, 오르니요스 델 카미노Hornillos del Camino까지 고작(?) 20킬로미터만 걸을 예정이다.

부르고스 알베르게를 출발하니, 바로 성당이 눈에 들어왔다. 어제 시내에서 우연히 재회했던 호주 모녀, 헬렌과 조이가 강력히 추천한 곳이다. 갈 길이 바쁜 핑계로 겉모습만 보았는데도, 그 웅장함과 화려함이 주는 인상이 대단했다. 그래도 왠지 도시보다는 시골의 자연환경이 더 마음을 끌었다. 한시라도 빨리 도시를 벗어나고 싶었다.

카미노의 자연은 아름답다. 둘째 날 론세스바예스에서 수비리까지 걸으면서 본 아침 안개, 넷째 날 용서의 언덕을 뒤덮은 노란색 유채꽃

밭, 열째 날 오카 산 정상의 장엄한 숲, 그리고 부르고스를 떠나는 날의 하늘. 어느 하나 마음을 빼앗기지 않은 풍광은 없었다. 아침 안개에서는 포근한 신비로움이, 유채꽃에서는 여인의 살결과 같은 부드러움이, 숲에서는 무서우리만치 무거운 침묵이 느껴졌다. 그러나 만약 이곳 스페인에서 무엇이든 단 한 가지만을 가지고 돌아가라면, 나는 단연코 하늘을 택하겠다. 비록 시시각각 변화하는 하늘이지만, 그 깊숙한 곳에 존재하는 절대적인 높고 푸르름 때문이다. 낮게 드리워진, 그리고 최근에는 회색빛으로 물들어버린 서울의 하늘과는 비교할 수 없이 깊다. 어릴 적 아주 운좋은 가을날에나 볼 수 있는 하늘을 하루도 빠짐없이 볼 수 있다.

이곳에 오기 전까지 내가 제일 좋아하는 자연은 바다였다. 좀더 범위를 넓혀보자면 물, 액체였다. 물은 섹시하다. 차갑고 뜨겁고 딱딱할 때도 있다. 본질적인 부드러움이 시시각각 극단적인 변화로 성질을 완전히 바꾼다. 마시는 것도 샤워를 하는 것도 수영도, 심지어 바다 속 스쿠버다이빙도 사랑한다. 바닷사람이었으면 하고 바랐다. 언젠가는 바다가 보이는 높은 언덕 위에 하얀 집을 짓고 살고 싶다는 바람도 젊은 시절부터 품어왔다(모나코에서 니스로 내려오는 해안도로를 달려갈 때 언덕 위에 지어진 하얀 돌담집을 본 사람이라면 누구나 그럴 것이다).

이곳에서는 하늘이 최고다. 하늘 역시 여러 가지 변화를 갖고 있다. 하늘이 품은 바람과 구름과 비와 천둥은 물보다 더 다이내믹하다. 물이 내 곁에 있다면, 하늘은 저 멀리 있다는 것만 다를 뿐. 멀리 있어서 더 가까이 가고 싶고 더 갖고 싶은 것. 날아가는 꿈도 자주 꾼다. 몸이 비행의 기술을 익혀 발로 대지를 박차고 솟아오르면 적당한 높이로 날 수 있다. 몸의 근육을 움직여 방향을 틀고 추진력을 얻어 속도를 내기도 한다. 흥분으로 소름이 돋기보다는, 온몸이 이완되는 상태가 된다. 어떤 때는 꿈속에 있다는 것을 알면서도 그 이완에서 벗어나기 싫어 더 머물기를 바란다. 날아다니는 꿈은 인간의 욕망을 의미한다고 한다. 현실에서 벗어나 더 높은 위치에 오르고 싶은……. 하지만 한편으로 하늘의 꿈을 꾼다는 것은 발이 땅을 단단히 딛고 있기 때문이다. 만약 정말로 새처럼 날 수 있다면, 하늘은 생존의 환경이지 환상의 공간은 아닐 것이다. 새가 부러운 것은 내가 새가 아니기 때문이듯. 새라면 하늘을 느끼지도 못했을 것이다. 우리가 땅을 잊고 사는 것처럼 말이다.

타르하도스Tarjados에 도착했다. 발바닥은 지금 걷는 곳이 만만치 않다는 사실을 쉴 없이 일깨워주었다. 날은 정말 좋아 벌써 5일째 햇볕만 쨍쨍하다. 손등이 까맣게 그을리기 시작했다. 카미노의 태양은 유난히 뜨겁다. 그늘 한 점 없는 들판이 더욱 힘든 이유다. 한참을 걷는데 노부부 둘이 번갈아가며 돌무덤 앞에서 연신 사진을 찍는다. 무덤이라기보다는 돌로 만든 조형물인데 일부러 만든 예술품은 아니고, 아마도 지나가는 순례자들이 마음을 모아 쌓다보니 만들어진 듯했다.

점잖아 보이는 할아버지에게 "사진을 찍어드릴까요?"라며 말을 걸었다. 정답게 인사를 주고받고는 서로를 카메라에 담았다. 다음달에 75세가 되는 해리와 그의 어린 아내 장 부부였다. 미국에서 온 그들은 나이가 드니 시간이 많이 남아 가능하면 천천히 즐기고 싶다고 했다.

부러웠다. 28일 만에 산티아고에 입성하고 남는 3일로 피니스테레까지 가보는 것이 소원이고 목표지만, 천천히 걷는 사람들을 보면 나도 좀더 천천히 즐기며 걸어야 하는 것은 아닌지 조바심마저 든다. 물론 목표만 유연하게 수정한다면, 다시 말해 '계획대로 되면 좋고 안 되면 어쩔 수 없고'라고 마음먹는다면, 내 길도 여유로워질 수 있다는 것을 안다. 그런데도 실천이 안 된다. 왜 그럴까?

우선 내 불안 때문이다. '혹시?' 하는 생각 때문이다. '무슨 일이 생겨서 완주를 못하면 어떡하나?' '무슨 일'이라니? 도대체 무슨 일이란 어떤 것이 있을까 생각해보자. 사고? 질병? 천재지변이나 전쟁? 실은 일어날 확률이 적은 극단적인 상황을 빼면, 절대 완주 못할 이유가 없다. 생기지도 않을 일에 대한 걱정이 불안하게 만들고, 그 불안이 실천의 발목을 잡고 있다.

그리고 내 욕심 때문이다. 순례자 사무실에서 준 지도를 보면 34일에 완주하는 것으로 구간 계획을 짜놓았다. 시간이 없다 하지만, 그 구간 계획을 소화할 만큼의 시간은 충분하다. 더구나 현실적으로 무리하지 않는다면 32일 안에는 걸을 수 있다. 그런데 피니스테레를 가겠다는 욕심이 나를 몰아붙인다. 산티아고 800킬로미터를 완주한 것만으로도 특별한 일이다. 100킬로미터 더 걷는다고 크게 잘난 일도 아니다. 살다보면 하고 싶은 일이 어디 한두 가지인가? 그 모든 것을 다 하고 살 수 없음에도, 또 그 어떤 것을 못 한다고 해도 삶에 큰 해가 되지 않음에도, 늘 '조금만 더, 조금만 더' 욕심을 낸다. 그 욕심에 '생각의 실천'은 눈이 가리워진다.

또 하나, 자존심 때문이다. 진정한 자존심이라면 타인의 시선을 의식하지 않아야 할 테지만, 실상은 다른 사람을 의식하지 않을 수 없다. 나이가 든다고 크게 바뀌지도 않는다. 흔히 중년이 되어서 다른 사람의 시선 따위는 신경을 안 쓰니 편하다고 하지만, 새빨간 거짓말이다. 눈치를 보는 대상 또는 범위가 줄기는 한다. 반면 그 강도는 높아지기 마련이다. 그래서 나이가 들면 '다른 것은 몰라도 이것만은!'이라는 외고집 한두 가지가 꼭 생긴다. 남들 눈치는 덜 보는 대신 스스로에 대한 검열은 더욱 강화된 결과다. 아무도 뭐라 하지도 않는데 스스로 완주에 대한 부담을 어깨에 얹고 다니는 셈이다. '생각을 실천'하기에는 너무도 복잡해졌다. 불안과 욕심, 게다가 잘난 자존심까지, 훼방꾼이 한둘이 아니니 말이다.

해리와 장 부부에게는 여느 미국 사람들이 보이는 특유의 과장이 느껴지지 않았다. 목소리도 조용했다. 함께하는 내내 차분했다. 한국에서 왔다고 소개하자 북한에 대한 관심을 보였다.

"실례가 될지 모르지만, 한국에 살면 불안하지 않아요?"

해리가 눈치를 주는데도 장이 내게 물었다. '지금 네가 살고 있는 곳이 불안하지 않니?'라고 묻는 것은 실례가 될 법하다. 그들에게는 뉴스에서 나오는 흥밋거리겠지만 우리에게는 현실이니까. 요즘은 여러모로 더 좌충우돌하는 북한이다. 코앞에 있는 우리가 어떻게 불안하지 않을 수 있나? 하지만 놀랍게도 우리는 불안을 안고 살지는 않는다. 지속적으로 불안에 노출되면 무감각해지는 '탈감작脫感作, desensitization' 효과 때문이다. 마치 아무 일도 없는 사람들처럼 핵 따위는 관심도 없다는 듯, 그렇게 살고 있다. 어쩌면 우리가 웬만한 사고에는 눈 깜짝도 안 하는 것이, 북한의 위협으로 인한 생존에 대한 불안이 너무 커서일지도 모르겠다.

"어떤 종류의 책을 쓰나요? 아니면 칼럼?"

호기심이 많은 장이 내 직업을 물어 '작가'라고 하자, 구체적으로 어떤 글을 쓰는지 궁금해한다. 심리학에 관련된 책을 쓰고, 간간이 정신과 질환에 대한 칼럼도 쓴다고 했다.

"아! 그럼 우울증에도 관심이 많겠네요? 혹시 아론 벡Aron Beck이라고 알아요?"

아론 벡은 미국의 정신과의사로 우울증의 원인과 치료를 인지적인 측면에서 연구했던 위대한 인물이다. 장은 심리학자인데(남편 해리는 사회사업가였다), '벡 인지행동치료 연구소Beck Institute for Cognitive Behavior Therapy'에서 일했다고 한다. 그녀와 인간의 심리에 대한 많은 이야기를 나눴다. 특히 비만에 대한 그녀의 인식은 학자다웠다.

"비만이 질병이라고요? 난센스예요! 비만이 질병이 아니라, 비만으로 인해 생기는 여러 가지 신체적인 문제가 질병이지요. 비만 자체는 사회가 만들어낸 부정적 인지랍니다."

언뜻 보기에도 무척 마른, 그것도 미국 여성의 입에서 그런 이야기가 나온 것은 좀 의외였다. 미국은 세계에서 가장 비만한 나라다. 오래 전부터 비만을 공공의 적으로 선언하고, 비만 퇴치를 위해 국제적으로 앞장서는 나라 아닌가!

전문가의 입장에서는 우리나라 젊은이들도 걱정이다. 지나치게 외모에 집착하기 때문이다. 어느 때부터인가, 우리의 내면은 지나치게 위축되었다. 늘 불안하고 열등하다고 여긴다. 그렇다면 내면의 회복을 통해 발전해야 하거늘, 외모를 통해 극복하려고 부단히도 애쓰고 있다. 미용과 성형, 그리고 체중감량까지, 한국의 외모 집착증은 그 끝을 모른다. 장과 나는 '스스로 불만이나 불편이 없다면 굳이 살을 빼려고 하지 않는 것이 더 행복해지는 길'이라는 의견에 동의했다. 인간의 행복은 외모가 아닌 내면에서 온다.

장과의 대화는 재미있었다. 남편 해리 역시 평소 이런 주제에 관심이 많았고, 그 또한 사회에 대한 나름의 깊은 통찰을 갖고 있어 이야기가 끝이 없었다. 일반인에게 익숙하지 않은 심리학 또는 정신의학 용어를 써가며, 인간의 정신세계를, 그것도 외국인과 이야기하는 것은 흔치 않은 경험이다. 물론 해외 학회에 가면 가능한 그림이기는 하지만, 스스로를 치유하기 위해 떠난 이 길에서 깊이 있는 의견을 나누는 것은 참으로 흥분되는 일이었다.

어느덧 오르니요스 델 카미노에 도착했다. '오르니요스'는 '화로'라는 뜻이다. 마을 이름을 그대로 해석하자면 '카미노의 화로'이니 얼마나 덥겠는가! 4월의 마지막 날임에도 마치 한여름처럼 푹푹 찌기 시작했다. 해리와 장 부부를 마을 입구 호텔에 남겨두고 나는 좀 떨어진 곳에 있는 알베르게를 찾았다. 사람 좋아 보이는 알베르게 주인이 술냄새를 풀풀 풍기며 맞아주었다. 2층 한구석에 자리를 잡고는 침대 정리를 하고 샤워를 했다. 침대에 앉아 거즈를 벗겨보니 생각보다 발은 나쁘지 않았다.

"아이고 대단하네. 나는 명함도 못 내밀겠네. 한국 사람이지요?"

고개를 들어보니, 사람 좋아 보이는 오십대 중반의 한국 분이 걱정을 해주었다. 원주에서 왔다는 이분에겐 두 명의 동행이 더 있었다. 모두 원주에 있는 성당에서 온 분들이었다. 리더 격인 막내가 58세인데, 이번이 두번째 순례라고 했다. 두 분 형님들은 62세와 65세였다. 막내 형님은 가이드 겸 총무 역할을, 내 물집을 보고 놀라는 둘째 형님은 재무 담당이란다. 늘 돈주머니를 차고 시장을 바쁘게 오간다. 큰 형님이 요리를 담당했는데 저녁을 함께하자며 초대를 해주었다. 2주 만에 처음 한국 사람들과 함께 저녁을 먹게 되었다.

잠시 후 옆 침대에 한국인 부부가 자리를 잡았다. 두 사람 모두 출판사에서 일하는 분이라고 했다. 통성명을 하고 나니, 남편인 정선생은 나와 동갑내기였다. 전쟁터 옛 동지를 만난 기분이었다.

절뚝거리는 나를 본 둘째 형님이 자기가 장을 보고 올 테니 좀 쉬라고 했다. 하지만 얻어먹기가 영 불편해 뒤따라가 음식 재료와 와인을 함께 구입했다. 저녁은 큰형님이 솜씨를 냈다. 감자와 채소볶음, 스크램블드 에그, 쌀밥으로만 구성된 단출한 식사였지만, 정선생의 깻잎 통조림이 더해진데다, 오랜만에 한국 사람들과 함께한 식사라서 꿀맛이었다.

저녁을 끝내고 시계를 보니 아직 4시밖에 안 되었다. 와인을 기울이며 이야기꽃을 피웠다. 2년 전 산티아고를 다녀온 막내 형님에게 그 감동을 전파당한 형님들이 합심하여 두번째 길을 온 것이었다. 중년을 지나 노년으로 접어든 이분들은 종교적인 이유 때문에 왔다. 군인 출신인 둘째 형님은 한 달에 20만 원씩 적금을 들고 거기에 아내의 곗돈과 자녀들의 용돈으로 여비를 마련했다. 그런데 카미노 길이 생각했던 것만큼 재미가 없었나보다.

"다신 안 와! 이게 웬 고생이야! 이거 봐, 발에 물집도 잡히고 말이야!"

나이가 드신 분들에게 부러운 것 중의 하나가 솔직함이다. 자신의 감정을 숨김없이 표현할 수 있다는 것은 그만큼 심리적으로 안정되어 있다는 뜻이다. 타인에게 불편함을 주는 감정 표현은 오히려 심리적으로 불안정한 상태에서 나온다. 둘째 형님이 보여준 물집은 내 것에 비하면 진짜 작기는 하지만, 그 투덜댐에는 듣는 사람으로 하여금 고개를 끄덕이게 하는 솔직함이 있었다. 원주 형님들은 큰 도시에는 이틀 정도 머물고, 힘들면 짐을 차로 부치기도 하고, 다리가 아프면 '점프' 하기도 한단다.

"평생 다시 못 올 곳인데, 꼭 완주가 중요한 건 아니잖아! 스페인도 좀 즐기고 싶어. 여기 봐! 얼마나 좋은 구경거리가 많아! 이것을 놓치는 것도 아니지 싶어."

틀리지 않은 이야기다. 노년기에 접어들면 하루하루가 소중하다. 다행히 세 분 모두 건강해서 순례길에 도전할 수 있었지만, 내년에도 가능할지는 아무도 모른다. 그런 분들에게 스페인의 아름다운 성당과 맛있는 음식은 당연히 특별하다. 삶을 지탱하는 아름다운 추억이 반드시 순례길 완주만일 수는 없다. 완주도 좋고, 점프도 좋다. 원하는 바를 얻는 것이 행복이다.

저녁을 끝내고 나왔는데, 여전히 대낮이다. 알베르게 앞에 앉아 햇살을 즐기고 있는데 정선생이 나타났다. 한 손에는 와인 병을 들고, 한 손에는 담배를 들고…… 아무래도 동갑이라 그런지 낯설지 않고 정겨웠다. 한때 운동권에 몸담았을 법한 아우라를 풍기는 그는 고관절염을 앓고 있었다. 어느 의사의 권유로 인디언 걸음(무릎을 살짝 구부리고 허리를 곧추세우고 멀리 보며 걷는데, 무게의 중심은 뒤쪽에 두는 걸음)으로 걷는다고는 하지만, 쉽지 않을 것이다. 그래서인지 배낭에는 그가 약이라고 부르는 와인 한 병이 늘 꽂혀 있다고 한다. 비록 술의 힘을 빌린다고 하지만, 길고 긴 이 길을 완주하는 것이 결코 쉽지 않을 것이다. 동갑내기 친구여, 완주하기를…….

열두째 날 몸이 마음을 지배한다

"와! 비가 안 온다!"

기분이 좋아졌다. 아침 일기 예보로 기분이 좌우되는 것을 보니, 이제 나도 자연인인가보다. 비나 땡볕을 피할 곳이 있는 도시와는 달라, 자연과 일대일로 맞서야 하는 이 길에서는 날씨가 정말 중요하다. 비가 와서 판초를 입어도 온몸이 젖고 진흙탕이 질척거리는 것은 아주 질색이다. 물론 과유불급이라고 때론 비보다 못한 태양도 있다.

오랜만에 맛본 한국 음식 덕분인지 다른 때보다 기운차게 일어났다. 준비를 하고 나와서는 알베르게 앞 벤치에서 대충 배를 채웠다. 배낭을 메고 기분좋게 출발하려는데 아차, 안경을 잊었다. 무거운 짐을 내려놓고 배낭을 열고 안경을 찾아 쓰고 다시 배낭을 멘다. 아차, 이번에는 장갑. 다시 배낭을 풀고 멨다. 생각해보면, 매일 이런 일이 반복된다. 이런 내가 싫다. 매일 하는 일인데 이렇게 서툴 수가 있단 말인가! 벌써 12일째인데 아직도 일상의 습관이 익숙하지 않다.

얼마 걷지 않은 것 같은데 배가 고프다. 참 많이 먹는데도 자주 배가 고프다. 가만히 보니 배낭의 허리 벨트가 헐렁해졌다. 배낭이 등허리에 딱 달라붙어야 힘들이지 않고 걸을 수 있어서, 배낭에는 허리 벨트와 가슴 벨트가 있다. 그런데 허리 벨트를 제일 짧게 줄여도 겉돌았다. 가슴으로 시선을 옮겼는데…… 아니, 이런. 가슴이 없어졌다. 만져보니 절벽이 되어버렸다.

평소 꾸준히 운동을 한다. 생존과 행복을 위해서다. 몸이 아프면 즐겁게 일하기가 힘들고, 즐겁게 일하지 못하면 나를 찾는 사람들을 돌볼 수 없다는 생각으로 거의 매일 피트니스 클럽을 찾는다. 10여 년도 넘은 오래된 습관이다. 근력 운동과 유산소 운동을 지속한 덕에 좋든 싫든 몸이 비교적 슬림하고 탄탄한 편이다. 평소 체지방 측정을 하면 근육량도 평균에 비해 많고 체지방은 10퍼센트도 안 된다.

그런데 이곳에 온 이후 근력 운동을 한 적이 없다. 하루 평균 30킬로미터를 걷는다면, 성인 남성은 약 1500~2000킬로칼로리 정도 소모가 된다. 물론 평지도 아니고 적잖은 무게의 짐을 지고 있어 더 많은 칼로리를 소모하므로 지방과 근육이 줄어들 줄은 알았다. 한데 이렇게 눈에 확 띄게 빠질 줄이야! 식사량이 충분치 않아서 그런 모양이다. 당장 많이 먹어야겠다. 고기가 먹고 싶다. 평소에 잘 먹지 않은 햄버거도 그립다. 몸이 지방을 원하나보다. 오늘 저녁은 반드시 스테이크를 먹어보리라!(이때까지만 해도 위기를 느낄 정도는 아니었다. 몸무게를 잴 체중계도 없었고, 내 몸을 비춰볼 거울도 없었으니 말이다.)

요 며칠 지나치게 햇볕이 좋았다. 새벽녘에는 약간 쌀쌀하지만, 낮 시간이 되면 한증막이 되었다. 선선한 아침 시간을 잘 이용해야 한다. 좀더 일찍 출발하면 뜨거울 때는 쉴 수 있다. 남보다 일찍 출발하니 대부분 길 위에서는 혼자 있게 된다. 아직 정선생 부부도, 원주 삼총사도, 해리와 장도 보이지 않는다. 더구나 메세타 지역(부르고스 이후부터 시작되는 고원 목초지대)이라 마을이 아니면 휴대전화도 연결이 잘되지 않았다. 길동무는 물론이고 자극이라고는 전혀 없는 지루한 초원지대가 계속되니 생각할 시간이 많다. 처음 이 길을 걷고 싶었던 건 걷다보면 나 스스로에게 집중할 시간이 많을 것이라는 기대 때문이었다. 그동안 바쁘게 살다보니 나를 돌아볼 시간이 너무 적었다. 나와 내 주변, 과거와 미래, 그리고 사회와 우주에 대해 사색할 시간을 마음껏 가질 수 있다니! 생각만으로도 행복했다.

그런데 기대만큼 되질 않았다. 처음에는 시차 때문에 사고 기능이 마비된 느낌이었다지만, 요 며칠 돌아보면 참으로 가관이었다. 주로 하는 생각은 '샌드위치에 초리조chorizo, 스페인식 소시지를 넣어 먹을까, 아니면 하몽jamon, 스페인식 햄을 넣어 먹을까? 아니면 둘 다?', '침대는 1층이 좋을까, 2층이 좋을까?', '샤워하고 먹을까, 먹고 씻을까?' 등등. 아주 사소한, 도시 속에서도 늘 하던 고민을 이 먼 길까지 와서 하고 있다. 사색의 여유는 무슨! 다른 사람들은, 원대한 꿈도 꾸고 격한 감동의 시간도 보내고 인생의 중대한 결정도 하고 그런다는데, 나는 먹고 자고 씻는 원초적 생각에 매달려 있다니 한심했다.

그러다 작아진 가슴을 보고 생각을 바꾸기로 했다. 오랜 기간 금식을 하거나 위기 상황에 빠졌을 때에나 빠지는 게 근육 아닌가? 내 상황이 그런 것이다. 환경에 적응하느라, 또 완주를 이루기 위해, 얼마나 많이 에너지를 쓰고 있느냐 말이다. 그러니 굳이 사고의 방향을 억지로 몰아가면서까지 에너지 낭비를 할 필요가 없지 않을까. 생각이 조금 유치하고 원초적이라고 해도 놔두어야겠다. 시간은 많다. 그냥 놔두어보자. 늘 무엇인가를 성취하기 위해 의도적으로 방향을 틀어잡았던 삶이었다. 쫓기며 선택한 일들은 언제나 끝날 때까지 불안하지 않던가! 그 인위적인 삶에서 빠져나와 여유를 찾기 위해 시작된 길이다. 선택이 아닌 흐름에 맡겨보자. 지금은 즐기는 것이 제일 중요하다. 그것만으로도 만족이다. 이 길에서만은 억지로 살지 말자. 생각이 유치해? 그럼 언제까지 유치한가 보자!

산볼을 지나는데, 무역 일을 하는 영국인 스티브를 만났다. 그와는 산토 도밍고 데 라 칼사다와 비야프랑카 몬테스 데 오카에서 저녁을 같이했고, 적잖이 대화를 나누었음에도 불구하고 감정 교류가 잘 안 되었다. 그의 얼굴에서는 표정을 읽을 수가 없었다. 아무튼 그를 여기서 만났다는 것은 그가 거꾸로 거슬러오고 있다는 뜻이다. 갑자기 가슴이 덜컹했다. 무슨 일이라도 생긴 것은 아닐까?

"산볼까지 갔었어요. 계획은 부르고스에서 영국으로 돌아가는 것인데, 시간도 좀 남고 산볼이 굉장히 좋은 곳이라고 들어서 갔거든요. 소문만큼이나 굉장했어요."

스티브는 전혀 굉장해 보이지 않는 무표정한 얼굴로 산볼 알베르게의 아름다운 분위기를 전하려 애썼다. 산볼은 자연친화적인 알베르게로 유명한 곳이었다. 카미노에는 몇몇 자연친화적인 알베르게가 있는데, 여기서 '자연친화적'이란 전기도 없고 샤워도 힘들고 화장실마저 물이 안 나오는 곳을 의미한다. 산볼의 알베르게는 최근에야 전기가 들어왔다고 한다. 지나가면서 보니 길에서 좀 벗어나 작은 숲에 둘러싸여 있다. 길옆 안내판이 없었다면 그냥 지나칠 법한 곳이었다. 그는 그곳에서 제대로 카미노를 만끽했다며 만족스러운 눈치였다. 나도 좀 더 걸어서 산볼에서 자볼까 했지만, 무리하기에는 발도 안 좋고 날은 너무 더웠다. 더구나 어제 늦게 도착해서 식당 바닥에 매트리스를 깔고 자는 헝가리 친구들을 보니, 한 마을 앞에서 자리를 잡길 잘 했다 싶었다. 아무튼 밋밋한 작별을 하고는, 스티브는 다시 역주행으로 떠났다.

온타나스Hontanas에서 점심을 했다. 음식을 잔뜩 사들고 카페 마당에 앉았는데, 건너편에 네덜란드 사람 피터가 있었다. 몸에 달라붙는 검정색 반팔티를 입고 회색 등산복을 입은 녀석은 순례길에서는 보기 드문 멋쟁이였다. 선명하고 굵은 선의 얼굴에 검은 뿔테 안경도 매력적이다. 책을 읽고 있는 모습을 보고 있자니, 참 멋있다. 녀석과 잠시 친구들 정보를 나누었다. 질리언은 두 마을 앞에 있고 마이크는 열심히 따라오고 있단다. 사울의 소식은 모르는 듯했다. 스티브와 역방향으로 마주쳤다고 하자, 자신과 함께 산볼에서 묵었다고 한다. 녀석의 산볼 예찬을 듣는 사이 정선생 부부가 도착했다. 다리가 좀 불편해 보였지만, 약(?)의 힘으로 잘 버티고 있는 듯했다.

맛있게 점심을 하고 출발을 하는데, 아! 발이 너무 아프다. 아무래도 오늘도 하루 더 쉬어야겠다. 카스트로헤리스Castrojeriz에 머물기로 했다. 20여 킬로미터 정도밖에 걷지 않았고 아직 많이 이른 시간이지만, 발 상태로 보아 멈추는 것이 좋을 듯했다. 마을이 끝나갈 무렵, 오른쪽 언덕 위에 전망 좋은 알베르게를 발견했다. 제일 처음으로 도착한 나는 잠시 호스피탈로hospitalo, 순례자 숙소의 자원봉사자를 기다렸다. 그는 여기가 기부제 알베르게라며, 나갈 때 반드시 6유로를 '기부'하라고 주의를 주었다. 차라리 '기부'라고 하지 말고 '알베르게 이용료'라는 편이 기분이 덜 상할 것 같았다. 어떤 사람의 말로는 기부를 하지 않고 '도망가는 사람들'이 있기 때문이라고 하는데, 어쨌든 말도 안 되는 이야기다. 기부제로 운영을 한다는 것은 여유 있는 사람은 좀 많이, 여유 없는 사람은 좀 적게 내는 것을 의미하는 게 아닌가? 형편에 맞게 잠자리 제공에 대한 고마움의 표시를 하거나, 또는 알베르게와 순례길을 유지하고 발전시키는 데 도움이 되라는 뜻으로 기부를 하는 것이 옳다. 오히려 강요하듯, 마치 잠재적 도망자 취급을 받는 것은 썩 기분좋은 일은 아니었다.

배정된 내 침대를 보고 마음이 좀 풀렸다. 천장이 높은 방에 모두 스무 개쯤으로 보이는 2층 침대와 열 개 남짓 매트리스로만 이루어진 침대가 놓여 있었다. 시트가 모두 붉은색인 것이 눈에 띄었다. 특별히 감동적이었던 것은 해가 잘 들어오는 넓은 창을 갖고 있다는 사실. 채광과 환기가 잘되는 덕에 어두침침하고 눅눅한 다른 알베르게와는 달리 뽀송뽀송한 느낌이 들었다.

원주 삼총사 형님들의 권유에 따라 일단 햇볕을 쬐며 소독과 통풍을 시키기로 했다. 발을 의자에 올려놓고 물집 일광욕을 하고 있으려니, 지나가는 사람마다 한마디씩 한다.

"아이고 아프겠네요. 너무 고생하지 말고, 내년에 다시 오는 것은 어때요?"

러시아에서 무용을 가르친다는 한 아가씨가 진심 어린 걱정을 해준다. 생장까지 오는 데만 24시간이 걸리고 내년에 또 오면 파산한다는 엄살에, 러시아에서 가져왔다는 약봉투를 옆에 놓고 간다. 진통에 도움이 되는 약이라는데, 미안하지만 왠지 믿음이 안 간다. 직업병이라고 할까. 모르는 약은 절대 먹을 수 없다.

"아이고 징그러워라! 근데 나는 더했다우! 너무 아파서 처량하게 앉아 있었더니, 남자들이 내 배낭을 짊어져주고, 그래도 아팠더니 업고 왔어요! 오래전 일도 아니야. 10년도 안 된 이야기거든. 내가 그때는 예뻤어. 뭐 지금도 봐줄 만하지만. 그건 그렇고……. 이거 어떻게 하는 거유? 사진을 보내고 싶은데, 이 무슨 어플로 보낸다던데."

이번에는 독특한 독일 할머니의 수다가 시작되었다. 어림잡아 일흔 가까이 되어 보이는 할머니는 늘 빨간 립스틱을 짙게 바르고 다녀 별명이 '립스틱'이다. 패션 역시 걸그룹 가수들이나 입을 법한 차림새다. 그녀가 보내려는 사진 역시 대단하다. 내 눈에는 30년 전에나 어울렸을 법한 옷과 표정이었다. "남편에게 보내세요?"라고 묻자, 할머니는 손사래를 치며 여기까지 와서 남편에게 사진 보낼 일 있느냐며 슬쩍 눈을 흘긴다. 할머니는 '사기꾼'으로도 유명했다. '사기'라고 하면 뭐 엄청난 일처럼 들리겠지만 그렇게 큰일은 아니다. 이를테면 짐을 들지 않고 '운반 서비스(차를 이용하여 다음 목적지 마을로 부치는 것)'를 이용한다든가 점프를 한다든가 하는 일인데 이런 행동이야 할머니 연세를 보아 그다지 나쁠 것이 없지만, 문제는 할머니가 극구 부인을 한다는 것이다. 다른 사람보다 나중에 출발했는데도 목적지에 늘 먼저 도착해 있는 할머니. 혹 누가 차를 타는 것을 봤다고 하면, 히치하이킹을 해서 1킬로미터만 얻어 타고 왔다고 우긴다. 하지만 매력도 있다. 어쨌든 늘 웃고 늘 긍정적인 할머니였다.

길 위에서 남들이 차를 타고 다니든, 당나귀에 짐을 싣고 다니든 신경쓸 일은 아니다. 자신의 양심에 맞게 행동하고, 또 순례가 끝났을 때 스스로가 부끄럽지 않으면 된다. 완주가 목표가 아니어도 상관없고, 완주가 목표여도 상관없다. 지금 이 순간을 즐기는 사람이 진정한 순례자가 아닐까!

"와! 또 만났네요! 아…… 물집이 엄청나네요! 그래요, 햇볕에 말리는 것이 최고예요!"

산토 도밍고 데 라 칼사다를 지나 어느 마을 입구에서 만나 점심 먹을 때까지는 씩씩하게 잘 걷다가 갑자기 힘들다며 뒤처졌던 크리스티나였다.

"참, 우리 예전에 만났을 때 기억해요? 그때는 내가 페이스를 놓쳐서 그렇게 피곤했었나봐요!"

벌써 몇 번째 카미노를 걷는데도 자꾸 잊는다고 한다. 몸이 보내는 신호를 들어야 하고 또 자기 페이스를 지켜야 하는데, 나와 이야기하는 것이 즐거워서 오버 페이스를 한 것이 원인이었단다. 다른 경우보다 더 즐거운 이유가 있을까? 페이스를 놓칠 정도로?

"카미노에서는 마음이 쉽게 열려요. 그게 행복하게 하지요. 도시의 삶에서 나를 무장했던 갑옷이 벗겨지니, 가벼워져서일 거예요."

그 말대로다. 하루를 보내도, 한 달을 매일같이 만난 사람처럼 서로에게 관심과 배려를 베풀 수 있다. 도심에서 낯선 사람을 만나면 일단 경계가 시작된다. 어떤 사람일까? 혹시 위험한 사람은 아닐까? 나보다 잘나서 주눅을 들게 하지는 않을까? 형편없는 친구라면 내가 좀 눌러 놓을까? 늘 나와 상대방을 비교한다. 하지만 카미노에서는 이 경계가 무너진다. 타인에 대한 두려움과 낯섦의 경계뿐만 아니라, 나와 남이라는 구분의 경계마저 모호해진다. 물리적 공간도 훨씬 가까워진다. 도시에서 낯선 타인과 만나 헤어지면 멀리 떠날 수 있다. 수백 킬로미터 떨어진 다른 도시로도 갈 수 있다. 하지만 걸어서는 어렵다. 이곳에서는 기껏해야 불과 1~2킬로미터 떨어진 앞뒤 마을에 머물 뿐이다. 공간을 공유한다는 것은 쉽게 친밀해질 수 있는 이유가 된다. 불안과 피곤함으로 채워진 도시에서는 멀리 있을수록 안정이 되지만, 이곳은 다르다. 거리가 가까워지고, 가까워진 거리만큼 마음도 가까워진다.

"몸과 마음이 다르다는 것을 느껴봤어요? 여기서는 몸이 마음의 행로를 결정하기도 해요."

살면서 몸에 집중한 적이 그리 많지 않다. 큰 병을 앓아본 적도 없거니와, 직업이 정신과의사인지라 몸보다는 마음에 더 집중한다. 그리고 아마도 대한민국에서는 '정신력'이 과장되어 있기 때문이기도 하다. 마치 정신력 하나면 무엇이든 다 이룰 수 있고, 누군가 실패라도 하면 정신력이 해이해졌기 때문이라고 한다. 군대를 다녀온 남자들은 '정신력이 강군強軍의 초석'이란 소리를 귀에 못이 박히도록 듣는다. '멘탈'이라는 말도 일상용어처럼 쓰여 어려운 여건을 잘 이겨나가는 사람에게는 "멘탈이 강하다"고 말한다. 자신이 한계라고 여겨지는 것들을 극복하기 위해 정신력은 필수 요소이고, 정신력만 강하다면 무엇이든 극복할 수 있다는 생각을 품고 살아간다.

그런데 정말일까? 정말 정신력만 강하면 모든 것을 극복할 수 있을까? 순례길 위에 선 사람 모두가 알게 된다. 결코 정신력만으로는 전부를 해결할 수 없다는 것을 말이다. 몸이 강하고 직접적인 신호를 보내기 때문이다. 평소에는 있는 줄도 몰랐던 관절 하나하나, 근육 하나하나가 의식이 된다. 삐걱거리고 당기고 붓고 아프니 그럴 수밖에. 무릎이 그런다. "저 언덕 넘을 수 있겠어? 아까 한 시간 전부터 아팠는데 말이야!" 발이 떠든다. "발바닥에 불난 거 같지 않아? 물집이 더 커지겠는걸!"

도시에서는 몸의 소리에 귀를 기울이지 않는다. 몸을 쓸 일이 많지 않아서이기도 하고, 여유가 없어서이기도 하다. 그러니 '정신력' 하나면 다 해결되는 줄 안다.

하지만 카미노는 다르다. 매일매일 무릎이 삐걱거리고 발바닥이 화끈거리는 몸을 마주해야 한다. 더구나 여유가 많으니 몸이 하는 소리를 들으면 자세히 살펴보게 된다. '이렇게 아파서는 내일 못 걷겠군. 하지만 오래 쉬면 전체 일정에 무리가 갈 텐데……' 전에 없던 일이다. 몸이 시켜서 마음이 바뀌는 것이다.

이전 같으면 창피하다고 했을 것이다. 몸이 시켜서 마음이 바뀐다니! 운동선수라면 다르겠지만, 대부분의 건강한 사람들이 몸 때문에 일상에 변화를 주는 건 병에 걸렸을 때뿐이다. 몸이 크게 아프기 전에는 마음을 돌려먹는 것이 쉽지 않다.

크리스티나는 마음으로는 충분히 걸을 수 있어도, 몸이 따라오지 않으면 멈춰야 한다고 했다. 벌써 여러 번 순례길을 걷는다는 그녀의 경험이 말해준 바였다. 몸이 가지 말라고 시켰는데, 이를 어기고 하루 더 갔다가 돌아가서는 일주일 내내 앓았다고.

몸에 집중하면 변화가 생긴다. 몸이 사랑스러워진다. 예전에도 몸을 사랑했겠지만, 그때의 사랑이 '소유의 사랑'이라면, 이 길에서는 '감사와 자부심의 사랑'이다. 아프지 않고 지치지 않고 잘 걷게 해주어서 감사하고 그런 몸이 자랑스럽다. 오늘도 내 사랑하는 몸을 위해 20킬로미터 남짓밖에 걷지 못했지만, 이대로 멈추었다.

"이곳에 온 것도 책으로 쓸 거예요?"

내가 작가인 줄 아는 그녀는 내 다음 책에 관심을 보였다. 순례를 시작하기 전에 이 길이 내 삶에 어떤 형태로든 영향을 줄 것임을 알았다. 구체적으로 어떤 책을 쓸까 궁리도 해보았다. 우선 관심이 많은 '행복'에 관한 책을 쓰고 싶었다. 배낭 하나 달랑 메고 험한 이곳 800킬로미터를 왜 걷는 것일까? 이 길이 괴롭고 힘들기만 한 길이라면 한 해에 26만 명 이상(2015년 산티아고 도착 기준)이 이곳을 찾을 리가 없지 않은가! 카미노가 주는 행복이 무엇일까? 경험담을 들어보면, '버리기 위해' 이 길에 왔다는 경우도 적지 않았다. 마음의 짐을 내려놓고 스스로를 위로하기 위해 이 길을 찾는다. 얼마나 큰일이기에, 또 얼마나 내려놓기가 수월하지 않으면, 이 쉽지 않은 길을 선택했을까? 그런 삶에 대한 이야기도 쓰고 싶었다. 그리고 유쾌한 여행기도 쓰고 싶었다. 언젠가는 빌 브라이슨의 『나를 부르는 숲』과 같은 책을 쓰고 싶었다. 즐겁고 유쾌하고 흥미진진한 책 말이다(길을 다 걷고 나서 생각이 바뀌었다. 내가 겪은 일들과 깨달음에 관한 '내 이야기'를 써야겠다고).

햇볕에 말린 발이 왠지 좋아지는 듯했다. 햇볕에 살균과 치유의 힘이 있다는 설을 아주 부정한 것은 아니었지만, 몇 시간 쬐었다고 좋아지는 것을 느낄 수 있다니! 외과의사들 먹고 살기 힘들다는데, '태양광의 창상치유 효과'가 널리 퍼지면 더 어려워질 것 같다. 몇몇 외과의사

친구들의 노여워하는 얼굴이 떠올랐지만, 그다지 걱정할 일은 아니다. 도시에서 다쳤다고 거리에 나와 햇볕 쬐고 있는 모습을 상상해보라! 말도 안 된다. 그럴 시간도 없고 장소도 없다. 하긴, 햇볕 쬘 곳이 제대로 있는지나 모르겠다!

"올해는 여기까지예요. 난 내일 집으로 돌아가요."

올해의 순례를 마치는 크리스티나와 작별을 하고, 홀로 동네 식당에서 아침부터 고대하던 스테이크 한 덩어리를 먹었다. 그러고는 누구보다도 먼저 자리에 누웠다. 내일을 위해 좀더 많은 휴식이 필요하니까 말이다. 몸을 사랑해야지. 잘 먹고 잘 쉬게 해주어야겠다.

열셋째 날 우리의 미래에 희망은 있을까?

눈이 떠지자마자, 발부터 살펴보았다. 오! 어제보다 상태가 훨씬 좋아졌다. 진물도 거의 나오지 않았고 통증도 가신 듯했다. '물집 일광욕'의 효과는 생각보다 대단하다. 오늘부터는 걸을 만하겠다.

비스킷과 잼, 커피로 아침을 했다. 하루 다섯 끼를 먹기로 마음먹고 나니 든든한 아침에 대한 부담이 줄었다. 대신 처음 나타나는 바에서 무조건 한끼 제대로 하기로 했다. 알베르게를 나서면서 '강제 기부'에 대한 반발심으로 기부함에 보란듯이 10유로를 넣었다. 6유로 이상이면 된다고 했지만 말이다. '돈에 이름이라도 써서 넣을걸 그랬나?'

날씨가 이솝우화 같다. 바람이 불어 서늘한 느낌에 바람막이를 입고 간다. 조금 걷다보면 햇볕 때문에 옷을 벗는다. 그러다 다시 추워 옷을 입게 된다. 배낭을 메고 가면 이게 고역이다. 무엇인가를 배낭에서 빼고 넣는 것이 여간 힘들지 않다. 결국 이솝우화처럼 해가 이겼다. 귀찮은 마음에 겉옷을 다시 빼입지 않았다. 좀 서늘하지만 걸을 만했다.

마을을 벗어나 얼마 가지 않아, 엄청난 높이의 언덕이 나타났다. 이른 아침인데도 벌써 언덕을 오르는 사람들이 적지 않다. 웅장한 언덕의 기세에 압도되어 발걸음이 저절로 느려졌다. 900미터 높이의 언덕을 아주 천천히 올라갔다. 여유 있게 오르니 아름다운 풍경을 지닌 산이 눈에 들어왔다. 누군가 나를 앞질러 올라갔다. 예전 같으면 나 또한 그를 앞지르기 위해 애썼겠지만, 이제 그런 바보 같은 짓은 하지 않는다.

정상에 올랐다. 멀리 지평선이 보인다. 우리나라에서는 볼 수 없는 지평선. 이곳은 메세타 지역이라 주변에 산이 하나도 없다. 낯선 광경에 몸에 힘이 솟았다. 언덕 위에서 오늘 걸을 길을 바라보니 '한줄기 구겨진 넥타이' 같은 순례길은 끝이 보이지 않는다. 그늘 아래 쉬어갈 변변한 나무 한 그루 보이지 않는다. 그럼에도 길은 아름다웠다. '저 길을 다 어떻게 걷지? 도대체 끝이 어디야?' 하는 걱정보다는 마치 한 장의 엽서와 같은 풍경에 가슴이 시원해졌다. 끊임없이 이어진 길은 생각하기 싫어도 생각에 빠지게 하는 마법을 부린다.

이제껏 내게 성취는 아주 중요한 삶의 목표이자 원동력이었다. 하지만 요 며칠은 좀 혼란스럽다. 어제만 해도 몸 생각을 하며 '순례길에서 제일 중요한 것은 완주가 아니야!'라고 했지만, 언덕 위에 올라 웅장한 자연을 접하고 나니 생각이 바뀐다. 확실히 나의 목표는 완주다. 이중적인가? 그렇지 않다.

완주보다는 경험만으로도 충분히 행복하고 가치가 있다는 주장에 동의하지 않는 건 아니지만 어쩌면 그 안에는 완주 실패에 대한 두려움도 조금은 있는 게 아닐까? 일종의 핑계로 과정의 행복을 주장하는 것은 아닐까? 어디를 크게 다치거나 체력적으로 부담이 되거나, 피치 못할 사정이 있다면 '그것만으로도 괜찮다'고 위로의 말을 건넬 수 있다. 타인이 그렇다면, 진심으로 마음속 깊이 이해하고 공감할 수 있다. 결과보다는 과정의 가치가 더욱 소중하다는 것에 이의가 없다.

그런데 내 자신에게는 그럴 수 없다. 2년이나 준비한 이 길을 발바닥 물집 때문에 그만둘 수는 없다. 만약 포기해야 된다면, 아침에 젖은 양말을 신었던 부주의한 행동, 콤피드에 의지했던 섣부른 판단, 그리고 버스의 유혹에 넘어가 부르고스까지 40여 킬로미터를 강행군한 명청한 나약함에 주체할 수 없을 만큼 화가 날 것이다. 자신에게는 관용을 베풀 수 없다. 이해하고 공감할 수 없다. 위로는커녕 자책과 창피함으로 고개를 들 수조차 없을 것이다.

무엇 때문에 스스로를 그리 냉정하게 내몰고 있을까? 남들은 따뜻하게 감싸안아주면서 왜 스스로에게는 야박할까? 부모로부터의 영향이 크다. 내 아버지만이 아니다. 그 시절 어른들은 어릴 적 배가 고팠다. 그래서 자식들은 절대 굶기지 않으려고 근면했고 희생적이었다. 자신들은 배가 고파도 자식들에게는 밥을 주었다. 배고픈 어린 시절의 고통이 희생을 잘 이겨낼 수 있는 동기가 되었다.

그런 아버지가 바라는 자식은 강한 사람이었다. 그들이 바라는 자식은, 절대 배고파서도 안 되지만, 동시에 자신들처럼 희생해서도 안되었다. 게다가 그들이 바랐지만 못 이룬 꿈, 즉 사회적 성공까지도 요구했다. 어떻게 그럴 수 있을까? 그만한 조건들을 충족시키려면 더 강해야 했다. 불굴의 의지와 도전 정신이 필요했다. 일부러 그렇게 키운 것이 아니겠지만, 부모의 경험과 요구 때문에 자식은 그렇게 커왔다.

더 강한 아이로 자라기 위해, 부모의 의사에 반하는 일은 절대 할 수 없었고 약한 모습이나 게으른 행동은 용납되지 않았다.

하지만 아이들은 위로받고 싶었다. 아버지와의 감정적 거리감을 줄이고 싶었다. 그렇지만 안타깝게도 우리 세대는 대부분 그러지 못했다. 위로받지 못한 아이들은 강하게 커가지만, 동시에 스스로에게 야박한 사람이 될 수밖에 없다. 위로받지 않아도 잘 견딘다. 감정적 고립감을 대수롭지 않게 여긴다. 이해받는 것보다는 이해하는 것에 익숙하다. 그래서 나와 같은 많은 중년의 남자들은 다른 사람의 실패는 위로하지만, 정작 자신의 실패는 받아들이지 못한다.

길을 걷다 완주하지 못하고 돌아가게 되는 것을 상상도 못하는 것도 어쩔 수 없는 내 세대의 특성일 수 있다는 이야기다. 스스로를 빈틈없는 잣대로 평가하니, 정공법만을 고집한다. 반드시 걸어서 내 짐은 내가 짊어지고, 절대 중간에 점프를 하거나 짐 운반 서비스를 이용하는 일은 없어야 한다. '순수한 완주'에 대한 열망이 엄청나고 그것을 이루었을 때의 스스로에게 열광한다. 그래서 중년 도전자들의 자부심 가득한 태도가 남들에게는 '융통성 없는 잘난 척'으로 보이기 마련이다.

완전한 완주와 즐거운 순례…… 적어도 내게 이 두 가지가 공존하기는 힘들 것이다. 선택의 문제이다. 우리는 완주를 택하지만 다음 세대들은 즐거움을 선택하기 바란다. 아울러 우리 세대 또한 실패에 대해 조금은 너그러워지고, 즐거움을 즐기는 데 야박하지 않았으면 한다.

보아디야 델 카미노Boadilla del Camino를 지나며 농촌 풍경이 펼쳐졌다. 땅덩어리가 크니 물 주는 기계가 마치 〈트랜스포머〉에서나 봤을 덩치였다. 커다란 바퀴 위에 T자 모양의 긴 파이프가 달려 있고 파이프 곳곳에 분무 장치가 되어 있어, 좌우로 휘저으면 드넓은 밭에 물주기가 어렵지 않아 보였다. 가끔 지나치게 힘찬 물줄기에 순례자들은 강제 샤워를 당한다. 날이 뜨거우니 갑작스런 물벼락에도 기분 나쁘지 않다. 게다가 인공 무지개까지 덤이다.

산티아고가 가까워질수록 사람들이 많아졌다. 가끔 역주행을 하는 사람들을 만나기도 한다. 산볼에서 하룻밤 묵고 거슬러올라오던 스티브를 만났을 때도 그랬지만, 이유 없이 갑자기 불편하고 어색해진다. 혹시 그들이 잘못된 길을 걷는 것은 아닌가 하는 걱정도 든다.

"왜 이 쪽 방향으로 가세요?"라며 힘들게 길을 걷고 있던 반팔 차림의 벨기에 청년을 굳이 붙잡고 물었다. 혹시 길을 잘못 든 건 아닐까 했지만 역시 예상했던 답이 나왔다. 끝까지 다 걷지 않고 집으로 돌아가는 길이라는 것이다. 교통이 편리한 큰 도시까지 거꾸로 걸어가서 기차나 버스를 탈 작정이라고 했다. 그러면서, 드물기는 하지만 카미노를 완주하고 산티아고에서 생장으로 역주행하는 사람도 있다고 알려준다.

참 사람의 반응이라는 것이 우습다. 반대로 걷고 있는 사람을 보면 왜 불편할까? 왜 길을 잘못 든 게 아닌가 하는 의문을 가졌을까? 이 길은 일방통행이 아닌데 말이다. 인생도 마찬가지다. 사람마다 다양한 삶의 방식과 태도가 있다고 하지만, 왠지 나와 다르면 불편하다. 이 불편함을 받아들여야 세상은 공평해진다. 다르다고 틀린 것은 아니다.

"좀더 지나면 훨씬 복잡할거예요. 사람들이 많아지면 알베르게 잡기도 수월하지 않다는데요!"

친절하게도 벨기에 청년은 자신도 가보지 않은(?) 길에 대한 정보를 전해준다. 사아군Sahahgun과 사리아에서 갑자기 순례자들이 늘어난다는 것이다. 사아군은 카미노의 중간 지점인 마을이고, 사리아는 산티아고로부터 100킬로미터 떨어진 지점에 있어서 여기서부터 걸으면 순례 증명서를 받을 수 있다. 알베르게를 잡지 못해 비를 쫄딱 맞은 경험이 있기는 하지만, 긍정적으로 생각하기로 했다. '사람들이 많이 모이면 알베르게도 많아지겠지. 또 음식점과 상점도 많아질 테고!'

오늘의 목적지인 프로미스타Fromista까지는 강과 수로가 있어서 시원했다. 순례자들 얼굴이 훨씬 밝다. 아까 만난 벨기에 청년의 말대로 정말 사람들이 많아졌다. 도대체 이 많은 사람들은 왜 카미노를 걸을까?

종교, 스포츠, 영성, 힐링 등 다양한 이유가 있겠지만, 이구동성으로 하는 말은 순례길이 너무 즐겁고 좋다는 것이다. 그렇다면 왜 순례가 좋을까? 무려 800킬로미터나 되는 길, 그것도 때로는 진흙길을 만나고, 산을 넘어야 하고, 물집이 잡히고, 비를 쫄딱 맞고, 데일 것 같은 태양 밑에서 고통스럽게 걸어야 하는데 말이다.

우선 순례라는 미명하에 일을 하지 않아서 좋을 테고, 또 복잡한 도시를 떠나 자연 속에서 혼자 있는 시간이 많다는 점이 좋을 게다. 하지만 이 길을 걷는 가장 중요한 이유 중 하나는 '자유로움'이다.

이 길이 주는 자유로움은 이전에 상상하던 그것과는 조금 다르다. 이곳에 오기 전에는 일에서의 해방감과 나 홀로 무엇이든 할 수 있다는 기대와 더불어, 낯선 환경이 주는 두려움과 걱정이 떠올랐다. 처음 만나는 사람들, 그것도 세계 각국의 사람들을 대해야 한다는 부담감도 어지간히 스트레스가 되었다. 그래서 자유로울 것을 예상하고 또 기대하면서도, 혹시 그렇지 못하면 어쩌나 하는 걱정이 앞섰다. 하지만 막상 걸으니, 낯선 환경은 자유를 방해하기보다는 더욱 자유롭게 해주었다. 낯설기 때문에 오히려 더 자유롭다. 나를 모르는 사람들한

테서, 불안감보다는 오히려 편안함을 느낄 수 있다. 아마도 순례가 주는 동질감이 서로를 거리낌 없이 대할 수 있게 해주는 듯하다. 더불어 이 길을 벗어나면 다시 보기 힘든 사람들이니, 오히려 숨김없이 적극적으로 스스로를 표현할 수 있다는 이유도 있다.

발바닥이 많이 좋아진 덕에 어제보다 이른 시간에 알베르게에 도착했다. 침대를 배정받는데 사람 대신 배낭이 죽 늘어서 있다. 꼬리표를 살펴보니, 이전 마을에서 운반 서비스로 보낸 짐들이다. 똑똑한 녀석들. 짐도 안 들고, 알베르게도 확보하고……. 이른 시간인데도 침대가 없어서 몇몇은 발길을 돌리기도 했다.

침대를 배정받아 자리를 정리하고 맥주나 한잔할까 하고 거리를 나섰다. 프로미스타는 깨끗했다. 작은 성당에서는 결혼식 준비가 한창이다. 성당 건너편 바에 자리를 잡았다. 맥주 한 잔과 타파스를 좀 먹었다. 기분좋은 시간을 보내고 있는데, 멀리서 반가운 얼굴이 찾아왔다. 호주 노병 마이크였다. 산토 도밍고 데 라 칼사다에서 물집 치료를 해주고는 처음이다.

"덕분에 발이 좋아졌어! 내가 저녁 살게, 이따 보자고!"

마이크도 같은 알베르게에서 묵는다. 저녁 메뉴가 괜찮다고 소문이 난 곳이라며 함께 저녁 먹기로 약속을 했다.

외국 사람들과 지낼 때 가끔 나도 모르게 우리나라에서 흔한 버릇이 나와서 난감할 때가 있다. 예를 들어 "밥 한번 같이하지!"라는 말이다. 물론 진짜로 저녁을 함께하기도 하지만, 그저 말뿐인 경우도 적지 않다. 우리끼리는 '친하게 지내자!' 정도의 뜻이니까. 그런데 서양 친구들은 밥 한번 먹자는 이야기를 진지하게 받아들인다. "미안한데, 별로 생각이 없어!"라든가, "좋아! 언제 할까? 어디서 할 거야?" 등등 구체적인 반응을 해온다. 우리의 경우에는 "아, 예!" 정도로 끝날 일을 말이다. 하긴 진지하게 받아들이는 것이 맞기는 하다. 함께 식사를 하는 일은 아주 친한 사이가 아니면 결코 편할 수만은 없는 일 아닌가. 다시 말해, 밥 한번 같이하는 사이는 특별한 관계인 것이다.

알베르게로 돌아오는 길에 정선생을 만났다. 부부는 음식을 할 수 있는 주방이 있는 알베르게를 구했다. 아내와 함께 오면 음식을 해먹는 재미가 있겠구나. 물론 남편이 아내에게 요리를 해주는 것을 좋아한다면 금상첨화지만 말이다. 저녁식사 후에 "와인이나 한잔할까요?" 하기에, 약속을 했다. 몇 시에 어디서 하느냐고 구체적으로 말이다.

마이크와는 이런저런 이야기를 하며 즐거운 식사 시간을 보냈다. 아주 오래된 친구를 만난 기분이었다. 못 본 동안 각자에게 있었던 일들로 수다를 떨었다. 그는 물집이 거의 다 아물었다며 고마워했다. 십여 일을 걸어서인지 마이크는 조금 피곤한 듯했다. 연신 하품을 하더니 일찍 자겠다며 일어섰고, 나는 정선생의 알베르게를 찾았다.

동갑내기 중년의 와인 파티는 조촐했다. 그가 아끼고 아끼던 국산 참치 통조림과 땅콩, 와인 두 병이 전부였지만, 오랜만에 동시대 친구와 공감을 나눌 수 있는 풍성한 주제가 더 근사한 안줏거리였다.

우리는 한국 정치에 대해 이야기를 나눴다. 우리는 참으로 다양한 사건을 겪었고, 또한 행운도 따랐던 세대였다. 경제적 어려움을 헤쳐나가는 동시에, 민주화 운동으로 대학 시절을 험하게 보내고, 사회에 진출해 나름의 길을 가다 IMF의 처절한 절망을 맛보기도 했다. 그렇지만 지금 세대에 비하면 정말 행복했다. 우리 때는 개천에서 용이 나던 시절이었고 좋은 대학에 진학하면 어느 정도 장래가 보장됐다. 뿌린

만큼 거둘 수 있었고, 사회 진출 후 정의실현을 부르짖을 수 있을 정도로 먹고살 만했다. 비록 민주화와 경제부흥의 주역으로 희생과 노고도 있었지만, 그에 대한 보상도 적지 않았다. 요즘 젊은이들처럼, 먹고살 걱정을 하고 신분 상승의 희망이 보이지 않는 터널 속에 갇히는 암담함은 없었다. 이런 암담한 현재의 대한민국을 만든 장본인으로 우리 세대를 지적하는 이들도 있다. 그런 질타에 어느 정도 동감한다. 그렇지만 우리 전부의 잘못보다는 지금 정치를 하는 사람들의 책임을 묻지 않을 수 없다. 물론 좋든 싫든 비뚤어진 정치와 비효율적인 정부 시스템을 바꾸는 것 역시 우리의 책임이기는 하다.

어떻게 하면 좀더 나은 대한민국이 될 것인가? 개인적인 생각으로는 가치관의 변혁밖에 답이 없다. 세상 사람들의 생각과 삶이 각기 다른 것은 지극히 당연한 일인데, 어떻게 많은 사람이 지향하는 가치관의 최고 정점에 오로지 '돈'만이 존재할 수 있을까? 배곯던 시절에는 그럴 수도 있다. 모두가 생존의 문제를 걱정하며 살아남아야 했으니 말이다. 그런데 이제 그런 시절은 지났다. 여전히 우리 주변에 굶주림으로 고통받는 사람들이 존재하지만, 조금만 배려를 하면 쉽게 극복될 수도 있는 문제다. 바라건대 돈 이외의 다양한 가치로의 회기 또는 발전의 시간이 시작되어야만 한다. 행복을 찾아가야 할 시기에 아직도 돈의 속박에서 벗어나지 못하고 있다.

가치 체계는 인간을 규정짓는다. 스스로가 갖고 있는 가치관으로 세상을 살아간다. 내 배에 탄 승객의 안전이 최고의 가치라고 여기는 선장이라면 최후의 순간까지 배와 함께했을 것이고, 목에 칼이 들어와도 사실만을 말하는 것이 최고의 가치라고 여기는 기자라면 결코 붓을 함부로 놀리지 않았을 것이며, 인간의 목숨을 구하는 것만이 최고의 가치라고 믿는 의사라면 결단코 진정한 의술에 최선을 다했을 것이다. 물론 국민을 섬기고 존경을 받는 것이 최고의 가치라고 여기는 정치가라면 이 나라를 이 꼴로 만들지도 않았을 것이고 말이다. 돈이 최고의 가치이니, 선장은 돈이 된다면 승객의 안전 따위는 뒷전이다. 기자는 돈의 대가로 거짓 기사를 창작해준다. 전문 분야가 무엇이든 돈 되는 미용의학 기술만 발전을 한다. 자기 주머니 채우느라 국민의 삶은 뒷전이다.

가치 체계가 본래의 다양한 모습으로 돌아가지 못하면 우리의 미래는 없다. 현재의 희망 없는 사회는 혁명에 준하는 엄청난 희생과 변화 없이는 소생이 불가능하다고 진단 내린 사회학자들이 있다. 하지만 혁명은 총과 칼로만 일으키는 것은 아니다. 가치 체계의 변화야말로 진정한 혁명이다. 총과 칼이 무서워 행동을 바꿀 수는 있지만, 사고와 감정까지 바꾸기는 힘들다. 문제는 어떻게 우리 사회의 가치 체계를 바꿀 수 있느냐는 것이다. 산업화 이후, 정말 글로벌하게 변해버린 전 세계적인 황금만능주의를 어떻게 고칠 수 있을까?

프란치스코 교황에게서 희망을 본다. 그가 보내는 약자에 대한 사랑과 나눔의 정신, 인간성의 회복과 상호 존중의 가치는 아이러니하게도 혁명적으로 보인다. 여기서 아이러니하다는 것은, 원래 교황이 강조한 인본적인 가치가 돈보다 중요하다는 것을 모르는 바가 아님에도, 그런 행보가 혁명적으로 보인다는 사실 자체가 놀랍기 때문이다. 그의 한마디에 세상이 다 변할 수는 없겠지만, 적어도 우리 마음의 변화는 느낄 수 있다. 우리 사회도 마찬가지다. 진정한 리더가 필요하다. 교황처럼 순수한 의지와 선한 권위를 갖고, 우리 모두의 가치 체계를 인간적인 틀로 바꾸어줄 리더가 필요하다.

우리의 이야기는 길어졌다. 취기를 빌려 어린 시절의 투사처럼, 이 사회를 비난하고 무엇인가 미래의 희망이 나타나기를 열망했다. 여느 때처럼 정선생과 나는 원샷으로 술자리를 정리했다. 답답한 마음을 날려버리기에 원샷만한 것도 없지 않은가!

열넷째 날 우리에게 영성이란?

이곳에서 처음 있는 숙취. 머리가 멍하고 술기운이 느껴진다. 카미노에 와서 좋은 일인지 아닌지 모르겠지만, 술이 늘었다. 하루종일 걸으니 운동량이 충분해서 알코올 분해가 잘되는 것 같기도 하고, 마음의 여유가 있어 천천히 마셔서인 것 같기도 하고. 어제 정선생 말로는 "공기가 좋고 물이 좋아서"라던데. 아무튼 도시에서 어젯밤 정도의 술자리였으면 아침 내내 숙취에 시달렸을 것이다.

아침을 먹기 위해서 마이크와 함께 식당에 갔다. 어제보다 컨디션이 좋아졌는지 아침부터 유머를 잊지 않는다. 내가 말을 시키니 짐짓 안 들리는 척하면서 농을 건다.

"지금 아무 소리도 안 들려. 밤새 옆 침대 친구가 어찌나 코를 골아대던지⋯⋯. 다음부터는 동양인 옆에서 자야겠어. 서양 친구들은 코가 커서 말이지. 하하하하."

평소보다 늦은 7시쯤 마이크와 함께 길을 나섰다. 고원지대라 아침 기온이 6도로, 오리털 조끼를 입었는데도 제법 쌀쌀하다. 바람이 세다. 어제는 하루종일 수로와 강과 함께했던 '물의 날'이었다면, 오늘은 '바람의 날'이 되려나.

이제 카미노를 걸은 지 2주 정도 되었다. 마이크도 나도 말없이 걷기만 한다. 마음의 정리가 필요할 때 침묵의 공간은 반드시 필요하다. 중요한 결정을 내리거나 심신이 많이 지쳤을 때, 혼자의 시간과 공간이 필요하다. 그 침묵의 공간에 누군가 끼어들면 불편하다. 비록 사랑하는 사람일지라도. 그런데 순례길에서는 다르다. 오히려 침묵의 시간이 넘치니, 그 속에 들고나는 사람들에게 신경이 덜 쓰인다. 애초에 낯선 사람들이니 침묵을 깨고 들어오기 힘들고, 언어가 달라 못 알아듣는 척해도 무리가 없고, 걷다보면 피차 지쳐서 서로 말 걸기조차 어려워서이기도 하다. 시간이 넉넉해서이기도 하다. 충분한 시간이 주어지니, 침묵을 깨고 들어오는 침입자가 그리 밉지만은 않다. 마치 반가운 손님 같다. 서로 목적이 같기 때문이기도 하다. 자신과의 시간을 갖고자 하는 사람들이니, 다시 말해 침묵이 필요한 사람들이니, 상대의 입장을 충분히 이해하고도 남는다. 어찌 보면 길을 걷고는 있지만, 모두 성당에 앉아 예배를 드리는 것과 같다. 기도중이라면, 누군가 곁에 왔을 때 굳이 아는 척하지 않아도 결례가 안 된다. 설혹 눈이 마주친다고 해도, 가벼운 미소만 교환하면 굳이 침묵을 깰 필요가 없다. 길은 열려 있고 모두의 공간이지만, 동시에 개개인에게는 침묵의 공간이다.

침묵으로 길을 걸으면 더 많은 소리를 듣는다. 햇살이 숲을 비추면, 숲이 짙은 초록빛을 뽐내며 반응을 한다. 바람이 나뭇가지를 어루만지면 잎사귀는 부드럽게 이야기를 꺼낸다. 새들도 마찬가지다. 알아들을 수는 없지만 서로 이야기를 나누는 것은 분명하다. 그들의 이야기를 추측도 해보고 나도 그 이야기에 끼어들려 하다보니, 어느새 자연과 하나가 된 느낌이다. 전에 없던 여유가 생긴 것을 실감하는 순간이다. 한참을 새와 바람과 놀고 있다가 뒤를 돌아보니 마이크가 보이지 않는

다. 잠시 걱정이 되지만, 그 또한 마음에서 놓았다. 튼튼한 노친네니까 곧 다시 보게 되리라.

중간 지점이 되자 길이 둘로 나뉜다. 도로를 따라 가는 길과 숲으로 돌아가는 길. 도로를 따라 가는 길은 차가 다니는 길을 신설하면서 생겼다. 거리가 짧고 도시인들에게는 오히려 익숙하다. 반면 숲길은 오래된 순례자의 길이다. 좀 돌아가야 하지만, 당연히 숲길을 택한다. 이왕이면 전통의 길을 선택하는 취향 때문에, 여러 번 안 넘어도 될 높고 험한 산을 넘어야 했다.

숲을 벗어나자 길은 강을 따라 걷게 되어 있다. 강둑을 따라 한참을 가는데, 마이크가 나를 따라잡았다. 190센티미터도 넘을 큰 키라 걸음도 빨랐다. 잠시 앉아 땀도 식히고 이런저런 수다를 떨다가 마이크가 먼저 떠났다.

"이래봬도 내가 옛날에 군인이었잖아. 힘이 넘치거든! 노인네 잡으려 무리하지 말고 천천히 오시게! 하하하."

뚜벅뚜벅 씩씩하게 걷는 마이크를 보내고, 다시 혼자가 되었지만 길에는 여전히 동료들이 많다. 지나치며 "올라!" 하고 인사를 한다. 괜한 친밀감이 솟는다. 즐거움이 가득한 얼굴들이다.

처음에는 무조건 완주가 목표였던 내가, 걷다보니 꼭 완주하지 않더라도 과정을 즐기며 편하게 이 길을 걷겠다는 생각을 했고, 또 지금은 가능하면 완주를 하는 것이 내게 큰 의미라는 것을 깨닫게 되었다. 이렇게 정리된 데에는 직접적인 경험의 힘이 가장 컸다. 그 경험을 정리하여, 신념이나 가치로 변화시키기까지는 충분한 시간이 필요하다.

늘 쫓기면서도 좋은 결론을 내리려고 애쓰며 살아왔다. 아이러니 아닌가? 쫓기는 순간에도 좋은 결론을 내려 애쓰는 것은, 재료를 손질하면서 완성하지도 않은 음식의 평을 구하는 것과도 같다. 맛있는 음식을 위해서는 좋은 재료, 넉넉한 시간, 정성이 필요하듯, 좋은 결론은 충분히 생각하고 경험하고 판단하는 과정을 거쳐야 한다.

오늘은 카리온 데 로스 콘데스Carrion de los Condes에 머물기로 했다. 이 마을을 지나면 다음 마을인 칼사디야 데 라 쿠에사Calzadilla de la Cueza까지는 무려 17킬로미터를 가야 한다. 시간으로 보아 무리를 하면 도착할 수도 있겠지만, 아직까지 완전한 상태가 아닌 발 때문에 일찍 짐을 풀었다. 하늘은 끔찍이 아름답다. 시간도 넉넉하다. 오늘 하루는 산티아고 길의 여유를 온전히 내 것으로 만들고 싶다.

마을은 제법 컸다. 로터리에는 순례자의 동상이 있었고, 광장에는 멋진 카페와 바가 여러 곳 눈에 띄었다. 오늘 점심과 저녁은 포식을 하리라! 일단 숙소를 찾아야 했다. 이 마을은 '산타마리아 알베르게'가 유명하다. 11세기에 건축된 아름다운 산타마리아 성당 옆 수녀원을 개조한 알베르게다. 친절하고 영성이 넘치는 곳으로 소문이 나 있다. 12시가 되기도 전에 도착하는 바람에 아직 문이 열리지 않았다. 문 앞에는 이미 배낭이 하나 놓여 있다. 가까운 벤치에 앉아 있는 할머니의 것인 듯했다.

"거기 내 배낭 뒤에 둬요. 순서대로 등록할 거예요."

약간은 경계하는 듯 할머니는 훈수를 두었다. 줄을 세워 배낭을 두고 벤치에 함께 앉았다.

"날씨 참 좋지! 난 지금 거꾸로 걷는다우. 몇 해 전 순방향으로 두 번 완주해서, 이번에는 역방향으로 시도해보는 거야. 그런데 어디서 시작했수?"

영국에서 온 할머니는 오늘 17킬로미터를 걸었다고 했다. 종교적인 이유로 벌써 세번째 걷고 있다. 내가 생장에서부터 걷기 시작했다고 하니, "완전한 순례자!"라며 추켜세웠다.

할머니와 노닥이는 사이 알베르게 문이 열렸다. 1등 할머니가 등록을 했고 나는 기다리면서 찬찬히 사무실을 돌아보았다. 금테 안경을 쓴 아름다운 수녀님이 사무를 보고 있었다. 내 차례가 되어 수녀님이 물었다.

"저녁을 모두 함께하겠어요? 함께하고 싶으면 여기 사인을 하고요. 저녁 시간에 뭐든 하나씩 가져오시면 돼요. 그것을 나누어 먹는 것이 저희의 만찬이에요."

잠시 갈등을 했다. 저녁 시간을 혼자 보내고 싶기도 했고, 또 잘은 모르지만 종교적인 모임이 될 거 같아서였다. 하지만 이곳의 문화라면 좋은 경험이 될 것 같았다. 무엇을 가져오면 되느냐고 물었다.

"어떤 사람은 바게트를 사오기도 하고요, 또 어떤 사람은 와인 또는 치즈를……. 그것도 어렵다면 그냥 와서 주방 일을 도와주시면 돼요."

이곳 바게트 값은 우리 돈으로 불과 천 원이 안 된다. 그 돈으로 한 끼 식사를 할 수 있다고? 정말 어떤 만찬이 될지 궁금해졌다. 혹시 가톨릭 신자가 아닌데 괜찮겠느냐고 물었다.

"물론이지요. 밥을 같이 먹는 시간이에요. 당신만 불편하지 않다면 함께해요. 그리고 저녁 전에 저희끼리 간단한 미사를 드리는데, 참석하면 좋을 거예요. 물론 가톨릭 신자가 아니어도 말이에요!"

아름다운 미소! 미사 참석을 권하는 수녀님의 입가에 걸린 미소 덕분에 마음이 따뜻해졌다. 실제로 가슴을 덥혀주는 느낌이었다. 그저 미소만으로도 위로가 되었다. 무엇에 대한 위로인지는 잘 모르겠지만 알 수 없는 큰 힘이 내게 영향을 준 것은 틀림이 없었다.

침대 자리를 잡고, 노트북을 들고 나섰다. 너무 이른 시간이라 샤워하기도 좀 그랬다. 우선 아까 보아둔 광장의 바를 찾았다. 시원한 생맥주 한 잔과 타파스로 점심을 때웠다. 충분히 배부르게 먹기로 했다. 한시간 이상 맥주를 마시며 글을 쓰고 있자, 주인장이 관심을 보였다. 때마침 토요일이라 가족들이 많이 와 벅적거렸다. 자리가 모자라지는 않았지만 그렇다고 넉넉한 상태는 아니었다. 그의 관심이 내게는 눈칫밥이었다. 이럴 때는 맥주 한 잔과 타파스를 더 주문하면 해결된다. 주인장이 기분좋게 음식을 내왔다.

세 시간 정도를 바에서 글을 쓰며 보냈다. 배부르고 행복하고…… 내게는 정말 평화롭고 좋은 시간이다. 바에서 나와 가게에 들렀다. 내일 먹을 사과 두 개(한 개는 아침에, 한 개는 내일 긴긴 길에서), 빵 한 개, 주스, 물 한 병을 샀다.

알베르게에 돌아와 샤워를 하고 빨래를 했다. 뒤뜰에 빨래를 널고 의자에 앉아 잠시 발을 살펴보았다. 역시 쉬는 게 약인가보다. 발은 거의 정상이 되어간다.

주방으로 내려왔다. 한 순례자가 와인을 홀짝이고 있었다. 정말 맛있게 먹는다. 갑자기 침이 고이며 출출해졌다. 다시 가게에 가서 와인 두 병과 땅콩을 사고, 알베르게 앞 베이커리에서 견과류를 잔뜩 묻힌 파이를 사왔다. 20여 개 든 조그만 것이 2.8유로! 와인이 1.5유로인데 말이다. 저녁을 수녀님과 함께하면, 와인 한 병과 디저트로 파이를 내놓을 생각이었다.

주방으로 돌아와 와인을 한 병 땄다. 와! 와인 참 맛있다. 병에는 동네 이름과 병입 날짜 정도만 쓰여 있다. 마을마다 와인의 맛이 다른데,

이번에는 약간 스파클링 느낌이 난다. 스페인 사람들이 부러워졌다. 동네마다 각기 다른 품질 좋은 와인을 맛볼 수 있으니 말이다. 와인을 한잔하며 책을 보기 시작했다. 휴대전화에 담아온 책이라 책장 넘기는 재미가 없어서 사실 별로 열심히 보지는 않지만, 심심할 때 도움이 많이 된다.

문득 정신을 차려보니 주위가 조용했다. 어느새 식당과 응접실을 연결하는 문도 닫혀 있었다. 노랫소리가 들리기 시작했다. 아! 아까 이야기하던 미사를 드리나보다. 문틈으로 들여다보니 응접실이 이미 빽빽하게 찼다. 계단에 정선생 부부도 보였다. 문 앞에서 미사가 거행되고 있어, 내가 문을 열고 나가면 모든 사람의 시선이 집중될 듯해 잠시 머뭇거리다 귀로만 미사에 참석하기로 했다. 다시 테이블로 돌아와 자리를 잡고 앉아 귀를 쫑긋 세웠다.

청아하고 영롱한 노랫소리가 들렸다. 여러 사람이 성가를 부른다. 아마추어의 솜씨가 아니다. 어린아이의 청아한 솔로도 들린다. 소리만으로 마음이 평온해졌다. 잠시 기도 소리가 들렸다. 나도 모르게 눈을 감았다. 참석자 한 사람 한 사람 자신을 소개하는 소리가 들려왔다. 한국말도 들렸다. 다시 노래가 시작되었다. 이번에는 참석자 모두가 함께하는 모양이다. 스페인어, 영어, 한국어가 섞여 기묘하게 들렸다. 잠시 후 다시 기도 소리가 들린다. 흐느낌도 들린다.

이런 것이 소위 축복이라는 것인가? 감정적 황홀함과 영적인 충만감. 뜨거운, 그러나 덥지 않은 열기가 느껴졌다. 잠시 후 문이 열렸다. 참석자 모두의 얼굴이 밝게 빛이 났다. 평화로워 보였다. 정선생의 설명으로는 이 마을에 행사가 있을 때마다 참여하는 한 가족의 노래가 정말 감동적이었다고 했다. 아까 들리던 청아한 어린아이의 솔로가 가족 합창의 하이라이트였다.

그런데 이게 웬일인가! 계단에 앉아 있던 많은 순례자 중에 눈에 띄는 한 사람이 있다. 거구의 덩치에 멀리서도 선명한 얼굴의 칼자국! 론세스바예스의 칼자국이 여기 나타난 것이다! 라라소아냐 주방에서 이유 없이 나를 째려보고, 팜플로냐에서 내 인사를 무시하고 지나친 무례한 녀석. 그 무시무시한 녀석이 같은 알베르게에 묵고 있다니! 그런데 왠지 녀석의 얼굴이 예전과 같지 않다. 눈에서 독기가 빠진 느낌이랄까? 아니, 무슨 충격을 받아 넋이 나간 표정 같기도 하다. 자세히 보니, 세상에! 울고 있다. 아! 녀석도 우는구나. 녀석이 나를 발견하기 전에 서둘러 주방으로 들어왔다. 혹시라도 흐느끼는 모습을 들켰다고 내게 시비라도 걸면 어쩌나…….

주방에 점점 사람이 늘어났다. 7시쯤 되니 앉아 있을 수가 없이 바쁘게 돌아갔다. 갑자기 자원봉사자 아주머니가 내게 일을 시키기 시작했다. 포크와 접시를 놓아달라는 것인데, 하고 나니 마음이 편했다. 진두지휘를 하던 이 자원봉사자가 슬쩍 내가 마시던 와인을 집어들더니, 아무렇지도 않게 한 잔 따라 가지고 간다. 미리 한잔 권할 것을 그랬나? 우스운 점은 내게 허락도 없이 따라가는 모습이 너무 자연스러웠다는 것. 마치 모두가 오늘밤 이 성당 공동체의 하나가 되어, 가진 것을 나누고 있다는 느낌에 오히려 즐거웠다.

식사는 감동의 연속이었다. 모두 테이블에 자신이 준비한 음식을 내놓았다. 토마토소스 파스타, 화이트소스 파스타, 채소 카레, 와인, 빵 등 여러 종류의 요리로 가득한 식탁은 재미있는 풍경이었다. 식사를 시작하기 전 수녀님들이 일어나 기도와 합창을 했다. 나이가 적지 않지만, 목소리에는 생기가 흘러넘쳤다. 식당을 가득 채운 성스러운 노랫

소리에 가슴이 벅차올랐다.

식사가 시작되었다. 식사의 백미는 단연 수녀님표 수프였다. 닭고기를 베이스로 한 것 같은데, 초리조를 넣고 끓인 국물에 구운 빵조각을 넣어 한 그릇만 먹어도 배가 부르고 기운이 났다. 아주 오래전 먼 길을 걸어 배고프고 지친 순례자들에게는 말 그대로 '내 영혼을 위한 닭고기 수프'였을 것이다.

정통 수녀원표 수프를 맛보고 몸과 마음이 따뜻해졌다. 어색한 수녀님과의 자리를 부드럽게 하기 위해, 참 맛있다고 인사를 건네자, "주방에 더 있으니 떠서 드셔요!"라고 하신다. 이 수프에 무엇이 들었는지, 아니면 4시부터 포도주와 땅콩을 먹어서인지, 한 그릇만으로도 정말 배가 불렀다. 하지만 수녀님을 실망시킬 수야 없는 노릇 아닌가. '내 영혼의 닭고기 수프' 두 그릇에 영혼은 따뜻해졌을지 모르지만, 숨이 찰 정도로 배가 불러 혼났다.

내가 내놓은 견과류 파이로 디저트까지 먹고 산책이나 가려고 자리에서 일어서는데, 다른 테이블에 앉아 있던 칼자국이 나를 발견했다. 흠칫 놀라는데, 아니 녀석이 웃고 있지 않은가? 게다가 눈인사까지! 잠시 긴장했지만, 나 역시 녀석의 호의에 긴장이 풀어져 헤벌쭉 웃어주었다. 부드러워진 분위기에 용기가 나서 자세히 얼굴을 보니, 처음 봤을 때와는 달리 인상이 부쩍 밝아졌다. 이야기를 하고 싶어 옆에 가서 앉았다. 아직까지 겁이 났지만 술기운 덕분에 참을 만했다.

칼자국의 이름은 마누엘. 스페인 사람이었다. 삼십대 초반인 그는 하는 일마다 안 되고, 스트레스 때문에 몸과 마음이 힘들어서 순례를 왔다고 한다. 하지만 평소 몸 관리를 전혀 안 한 탓으로 첫날부터 너무 힘들었고 이곳까지도 간신히 왔다. 중간에 버스를 이용하기도 했다. 그는 내일 고향으로 돌아간다고 했다.

"포기를 하고 돌아가자니 마음이 착잡하네요. 순례마저도 포기해야 하니……. 제 인생에 대해 좋지 않은 생각이 들었어요. 그러다가 아까 미사를 보는데……. 아까 나 우는 거 봤지요? 너무 감동이었어요. 미사는 늘 축복이겠지만 오늘 같은 축복은 처음이에요. 갑자기 힘이 나는 거예요. 내일 돌아가기는 하지만 순례를 포기한 것은 아니에요. 내년이든 몇 년 후든 다시 올 겁니다. 길은 걷고자 하는 사람들 옆에 있으니까요. 신이 준 선물이지요!"

늘 실패만 하는 인생에서 벗어나기 위해 찾은 순례길. 절망적인 마음으로 그것마저 포기하려던 참에 오늘 이곳 미사에서 생각이 바뀐 것이다. 잘못하고 실패한 것도 많았지만, 결코 그것이 전부는 아니었다고. 나름 성공한 일도 적지 않고, 행복한 시간도 많았다는 것을 깨달은 것이다. 조만간 이 길을 다시 한번 걷겠다고 다짐한 것처럼, 나머지 인생도 잘 살아볼 생각이라고 했다.

이 알베르게에는, 아니 순례길에는 틀림없이 큰 힘이 존재한다. 아까 수녀님의 미소에서 얻은 정체를 알 수 없는 위로도 그렇고, 얼마 안 되는 양으로도 무지막지하게 배가 부르게 만드는 수프 한 그릇, 또 이 무시무시한 칼자국을 엉엉 울게 만들 수 있는 미사까지. 게다가 그 커다란 존재는 우리에게 깨우침을 준다. 칼자국, 아니 마누엘로 하여금 인생의 긍정적 측면을 보게 했고, 내게는 인간에 대한 선입견이 얼마나 바보 같은가를 깨닫게 해주었다.

친구와 길동무, 또는 우정과 인간애

몸이 무겁다. 발이나 무릎, 어깨, 몸 이곳저곳이 아프다. 아픈 곳이 매일 조금씩 달라지는 것 같다. 다행히 30분 정도 걸으면 아무렇지 않아진다.

오늘은 나무 그늘도 없는 메세타 중에서도 가장 악명 높은 구간을 통과해야 한다. 무려 17킬로미터를 논스톱으로 가야만 한다. 중간에 쉴 곳이 없다고 해서 어제 사과와 빵과 물을 넉넉히 준비했다.

마을을 벗어나자 끝없이 펼쳐진 대평원이 눈에 들어왔다. 메세타에 대한 선배 순례자들의 의견은 둘로 나뉜다. 별로 볼 것이 없으니 버스를 타고 큰 도시를 가라고 권하는 사람이 반이고, 거꾸로 메세타야말로 자신을 마주할 수 있는 가장 좋은 구간이라고 강조하는 사람이 반이다. 나? 그냥 걷는다. 좋든 나쁘든, 순례를 나섰으니 가지 못할 상황이 아니라면 당연히 통과해야 한다. 더구나 이제 발도 많이 회복이 되었는데 돌아갈 이유가 없다.

서늘한 아침이라 걷는 것이 그리 힘들지는 않다. 어제 수녀원 알베르게에서 본 일본인도 걷고 있었다. 먼저 말을 걸었다. 일본인 '미나미'는 33세 남자로 도쿄에 있는 유명 스페인 레스토랑에서 일했다. 지난달 직장을 그만두고 두 달 쉬는 동안 스페인 와인을 공부하고 싶어 산티아고를 찾았다. 와인 공부를 하는데 꼭 이 험난한 길을 걸어야 할까? 와인 공부에는 바르셀로나나 마드리드 같은 큰 도시가 더 좋지 않을까?

"그럴 수도 있겠지만, 작은 마을의 특색 있는 와인들은 접하기 힘들지요. 스페인 와인을 제대로 공부하려면, 산지에서 나오는 와인을 맛보고 공부해야 더 깊게 알 수 있을 테니까요. 또 길을 걸으며 앞으로 할 일에 대한 계획도 세우려고 해요."

스페인은 세계에서 포도주 생산량이 제일 많다고 한다. 프랑스가 와인의 나라라고 하지만, 포도를 재배하는 면적은 스페인이 더 넓다. 카미노를 걷다보면 정말 포도밭이 즐비하다. 순례자 메뉴에 와인이 한 병씩 포함되어 있어서 매일 저녁 다양한 포도주를 맛보다보니 스페인 와인의 매력에 빠졌다. 우리 같은 평범한 사람이야 그저 와인이 맛있고 싸면 그만이지만, 미나미와 같이 전문적인 공부를 필요로 하는 사람에게는 그 의미가 남다른 것 같았다. 일에 대한 열정이 강한 그가 결혼에 대해 어떤 생각을 하고 있을까 궁금했다.

"일본에서는 결혼하기에 제 나이가 많은 건 아니에요. 보통 30세 전후에 했었는데, 최근에는 많이 늦어졌거든요. 마흔에 초혼인 사람도 적지 않답니다."

일본 역시 만혼晩婚 추세이다. 팜플로냐에서 저녁을 같이했던 켄도 말했지만, 일본의 경기가 예전 같지 않아서이다. 남녀가 힘을 합쳐 가정을 이루고 자식까지 키우기에 경제적으로 만만치 않다. 그전 세대인 부모들이 경제적으로 세계를 호령하며 떵떵거리던 시절은 이미 끝났다. 이제는 화려하지 않은 소박한 행복을 꿈꾸는 것이 일본 젊은이들의 현실이다. 결혼 역시 그다지 집착하지 않는다.

"제 주위 사람들 대부분 반드시 결혼을 해야 한다는 생각은 없는 것 같아요. 저도 마찬가지고요. 행복한 인생의 조건에 결혼이 꼭 들어가는 시대가 아닌 듯해요."

일본인 특유의 '오타쿠' 정신으로 자신만의 취미에 흠뻑 빠져 지내는 것이 오히려 더 행복하다고 한다. 스페인까지 와서 고생을 하면서 와인의 진면목을 맛보려 하는 것이 남들에게는 유난스럽게 보일지 모르지만, 자신에게는 최상의 행복이라는 것이다. 행복은 제각각이라는 것, 그리고 획일적 삶은 우리 모두를 불행하게 만든다는 사실을 그를 통해 새삼 깨닫게 되었다.

길고 긴 메세타. 끝이 안 보이는 만큼 넓기도 넓다. 그늘도 없고, 그저 새 한두 마리가 우리를 반긴다. 사람을 만나도 그리 놀란 기색이 없는 새들. 그놈들을 해코지할 기운마저도 잃을 만큼 걸음에 지친 인간들에게 익숙해진 걸까? 걸음이 느린 미나미와 오래 함께 걷기는 힘들었다. 다음에 기회가 되면 보자는 인사를 하고 헤어졌다.

지루한 메세타를 벗어나려 빨리 걸은 덕에 어제보다 7킬로미터나 더 왔다. 테라디요스 데 템플라리오스Terradillos de Templarios에 도착하니, 더 위에 지쳐 더 가라고 해도 못 가겠다. 이 마을은 템플 기사단의 거점 도시로 유명해서, 알베르게를 비롯한 마을 곳곳에 템플 기사단의 문장이 선명했다.

이곳 알베르게는 침대 상태도 좋고, 작지 않은 정원도 있어 아늑했다. 어쩐 일인지 방에 짐을 풀고 쉬고 있자니, 한국 할아버지들이 여럿 들어왔다. 점잖게 생긴 할아버지와 인사를 나누고 이런저런 이야기를 하고 있는데, 휴대전화로 누군가와 다투는 다른 할아버지 한 분 때문에 갑자기 소란스러워졌다.

"아! 이 사람아! 좀 빨리 오면 안 돼? 천천히 가면 더 지쳐요!"

같이 온 일행과 하루 정도 차이가 나는 것 같았다. 좀더 빨리 걷고 싶은데 일행이 따라오지를 못한다고 한다. 할아버지는 순례를 경주하듯이 달리는 모양이다. 나와 이야기를 나누고 있던 점잖은 할아버지가 한말씀했다.

"아니, 이보세요! 뭘 그리 빨리 걸어요. 걷다보면 다 만나요. 레온에 가서 하루 놀고 있어요. 그러다 뒤따라오는 사람들이랑 만나서 다시 걸으면 되겠네요. 천천히 가세요. 어차피 하느님이 부르시면 휙 하고 날아갈 텐데, 뭘 그리 서두시오. 하하하."

레온은 순례길에 있는 대도시 중 하나다. 성당이 아름답고 가우디 의 건물이 있어서 관광지로도 유명해, 하루쯤 묵기 좋은 곳이다. 성질 급한 할아버지가 무안했는지 자기가 뒷사람들을 얼마나 챙기는지 설 명해주었다.

"아니, 제가요. 일부러 천천히 걷는 거예요! 더 빨리 갈 수도 있는데 말입니다. 내가 왕년에 군장 20킬로그램을 메고도 한 시간에 10킬로미 터를 뛰어갔던 사람인데! 지금도 마음만 먹으면 끄떡없단 말입니다!"

할아버지 말씀에 다른 사람들은 대꾸를 않고 피식거리기만 했다. 예순이 넘은 할아버지가 군대 이야기를 한다는 것도 우스웠지만, 20킬 로그램 군장을 메고 시속 10킬로미터로 달리다니! 20킬로그램 배낭을 멜 수는 있어도, 한 시간에 10킬로미터를 가는 것이 가능하다고? 보통 군대 행군 속도가 시간당 4킬로미터 남짓인데, 그 두 배 이상의 속도를 내신단다. 웃음을 참던 점잖은 할아버지의 한마디가 이어졌다.

"오다가 길옆에 무덤 봤지요? 자세히 안 본 모양이구만. 묘비를 봤어 야지! 거기 뭐라고 쓰여 있는지 아세요?"

길을 걷다보면 무덤이 가끔 보인다. 질병이든 사고든, 이 길을 걷다 가 사망한 사람들의 무덤이다. 하지만 나 또한 묘비명을 읽어본 적은 없다.

"뛰지 말고 걸어가세요. 특히 노인은! 한 시간에 10킬로미터씩 뛰다

가는 나처럼 됩니다!"

물론 농담이겠지만, 점잖은 할아버지가 들려준 묘비명에 모두 배꼽을 잡고 웃었다. 오랜만에 신나게 웃으며 방을 나와 샤워와 빨래를 했다. 아직 저녁 먹기까지 한참 남아 슬슬 정원으로 나가보았다. 정원에는 테이블과 의자가 놓여 있다. 벌써 삼삼오오 모여 맥주나 포도주를 즐기고 있다. 나도 맥주를 한 잔 시켜 앉았다. 정선생과 아일랜드 아저씨 네 사람과 합석을 했다. 햇볕은 따뜻하고 바람은 시원하니, 맥주 한 잔에 수다를 떨기 좋은 날씨다.

부엌일은 절대 안 하지만 카미노에 와서 빨래까지 한다고 놀림받는 가부장적인 데이비드, 영화배우 안토니오 반데라스를 닮은 패트릭, 대머리를 숨긴 흰색 두건과 일자 콧수염이 잘 어울리는 쉐인, 그리고 부동산업으로 돈 좀 벌었다는 피터(네덜란드 멋쟁이 피터와 동명이인이다). 학교 동창이자 동네 친구이기도 한 이들은 같은 유럽이어서인지, 부담 없이 이 길을 걷는다고 했다. 아내들도 서로 친한데, 이들의 산티아고 순례를 적극 후원해주었다고 한다. 모두 사오십대인 아일랜드 친구들은 붙임성이 좋았다. 그중 데이비드가 물었다.

"아시아 남자들은 집안일 안 한다며?"

과거에 비해 달라지기는 했지만, 여전히 여자들이 집안일을 많이 한다고 말해주었다. 몹시 부러워하는 데이비드와 달리 쉐인은 "불공평한 일"이라며 이야기를 꺼냈다.

"우리 부모 시대에는 여자들이 집안일 하는 것이 당연했잖아. 근데 요즘은 돈을 벌어야 하니까, 당연히 남자들이 도와야 해. 데이비드는 좀 특수한 경우지! 뭐, 부러워하는 친구도 있지만, 그렇지 않은 사람들이 더 많을 거야."

데이비드의 아내만 전업주부였다. 생각도 보수적인 데이비드는 여자가 집안일을 하는 것과 남자가 돕는 것은 차이가 있다고 주장했다. 돕는다는 것은 힘들거나 또는 못할 때 하는 것이다. 아내가 충분히 집안일을 잘 해내고 있으면 도울 이유가 없다는 것이다. 굳이 도움을 요청하지 않으면 도와줄 필요가 없다고 했다.

남자와 여자가 다른 면은 한두 가지가 아니겠지만, 우선 서로 잘하는 일이 다르다. 남자는 사냥을 하거나 농사를 짓는 일에 능하고, 여자는 아이를 낳아 키우고 집안일을 하는 데 더 뛰어나다. 당연히 잘하는 일을 할 때, 자신의 고유한 역할에 집중할 때 효율적이고 발전적이다. 일종의 협업인 셈이다. 문제는 전업주부의 일에 대한 과소평가와 워킹맘보다 능력이 떨어진다는 편견에 있다. 자기가 하고 싶은 일을 해야 행복하다. 집안일을 하는 것이 좋으면 당연히 집안일을 해야 한다. 직업생활을 하는 것이 행복하다면 그리해야 한다. 경제적인 어려움 때문에 자의 반 타의 반 밖으로 밀려나온 여성들이 적지 않아 안타까울 뿐이다. 이런 안타까운 변화는 아마도 쉽게 되돌리기 어려울 것이다. 시대가 변하면 우리도 변해야 한다. 변화하지 못하면 살아남기 힘들다. 여성의 사회 진출이 늘어나는 것이 시대의 변화라면, 당연히 남성의 집안일 참여가 늘어야 한다.

"그런데 아내가 보고 싶지는 않아?"

아직 싱글인 패트릭이 물었다. 다들 답을 안 하고 서로 눈치만 보고 눈만 깜빡거리다 웃음이 터졌다. 다시 패트릭이 물었다.

"아직 얼마 안 돼서일 거야. 좀 지나면 많이 보고 싶겠지. 정선생은 같이 와서 좋겠어!"

정선생은 짐짓 주변을 살피는 척하더니 "아닌 거 알면서 왜들 이러시나” 하고 말했다. 기다렸다는 듯이 아일랜드 친구들은 이구동성으로 도대체 왜 아내와 함께 왔느냐고 물었다. 그는 결혼한 지 얼마 안 된 신혼이고, 산티아고 순례는 아내가 제안한 것이라 어쩔 수 없다고 했다.

"아무튼 참 불편해. 집사람이 비교적 잘 이해해주는 것은 아는데……. 그래도 술 마시는 것, 담배 피우는 것, 다른 사람들과 이야기하거나 개별 행동하는 것. 정말 일거수일투족에 대해 이러쿵저러쿵하는데…… 피곤하지!"

'정말 부부 맞아?'라는 생각이 들 정도로 정선생의 아내는 무심해 보였는데, 당사자 입장은 조금 다른가보다.

"어느 나라나 마누라들은 다 똑같나보구나!"

쉐인의 이 한마디를 시작으로 한동안 중년 남자들의 '마누라 흉보기'가 시작되었다. "아내는 나를 무시해! 내가 어려서 그런가?"라는 피터. "잔소리 정말 심하지. 그 소리 안 들으니 살 것 같아!"라는 데이비드. "지금까지 같이 살았으면, 둘 중의 하나는 죽었을 거야!"라는 이혼남 쉐인. 모두 한마디씩 거들었다. 유일한 싱글인 패트릭도 한마디 했다.

"요 며칠 친구들과 다니면서 보니, 굳이 결혼하지 않아도 되겠어. 부모님들은 지금도 빨리 장가가라고 하시지만, 결혼을 하고 아이를 낳은 후 갖는 책임감이 너무 큰 거 같아!"

패트릭의 말에 모두들 결혼하지 말라고 하는 분위기였다. 다만 이혼을 경험한 쉐인만 오히려 한 번은 해볼 만하다고 했다.

"그렇게 싸웠지만, 근원적인 외로움 같은 것은 덜해. 그게 결혼 생활의 좋은 점 중의 하나야. 애인 사이에서는 느낄 수 없는 거지."

저녁을 먹기 위해 모두 식당으로 향했다. 맛있는 음식과 술로 분위기가 무르익을 무렵, 쉐인과 데이비드 사이에 논쟁이 벌어졌다. 식당에 놓인 TV에서 마침 마이클 히긴스^{Michael D. Higgins} 아일랜드 대통령이 영국을 방문한 소식이 나왔다. 이 뉴스를 듣더니 데이비드는 여왕을 위해 건배를 한 대통령의 행보는 아일랜드의 완전한 독립을 포기한 처사라고 비난을 했다. 그런데 갑자기 쉐인이 데이비드의 의견에 격렬하게 반대하며 분위기가 냉랭해졌다.

"역사는 늘 바뀌는 거야. 좀 긍정적으로 봐. 언제까지 싸움이 계속 되어야 한다고 생각해? 총 들고 싸우고 그런 것이 좋아? 희생이 너무 컸잖아. 그럴 만한 가치가 있다고 생각해?"

아일랜드와 영국의 화해를 바라는 쉐인의 입장과는 달리 데이비드는 강경했다.

"우리 선조들의 피는 생각 안 해? 얼마나 많은 사람이 희생됐는데. 그들이 원하던 것이 이런 식의 화해일까? 나도 화해가 좋다고 생각해. 누가 전쟁을 원하겠어? 하지만 과거에 대한 보상이 부족한 것은 사실 아니야? 전쟁을 원하는 것이 아니고, 제대로 된 타협을 원하는 거지!"

아일랜드는 1921년에 영국으로부터 독립했다. 하지만 북쪽의 6개 주를 영국령으로 남겨둘 수밖에 없었다. 그래서 아일랜드인들에게는 예전의 영토를 회복하자는 염원이 강하다.

옆에서 듣고 있는 나로서는 불안해지기 시작했다. 토론을 벌이는 목소리는 점차 격앙되어갔고, 얼굴마저 벌겋게 달궈진 상태로 서로의 의견을 물고 늘어졌다. 좌불안석인 나와 정선생과는 달리 패트릭과 피터는 느긋한 표정이었다.

"이제 그만하자. 손님들도 계신데!"

점잖게 피터가 말렸다. 사실 이런 말을 꺼내는 것도 염려가 될 정도로 분위기는 살벌했다. 그런데 예상치 못한 반응이 돌아왔다.

"놀라지마! 이게 아일랜드 사람이야! 우린 친구니까 이렇게 치열하게 토론할 수 있는 거 아냐? 친구가 아니라면 오히려 이런 이야기는 꺼내지 않는 것이 예의지!"

당장 주먹싸움을 벌일 것 같던 쉐인이 나를 보고 웃었다. 친구니까 서로 믿고 자신의 의견을 주장하는 거라고. 지켜보고 있자니, 보수적인 데이비드와 진보적인 쉐인, 두 사람은 자주 부딪히는 것 같았다. 이번에도 정치적 입장이 상반된 두 사람이 한 치의 물러섬이 없이 토론을 했다. 마치 끝장을 볼 것처럼 말이다. 나로서는 이해가 안 되는 부분이었다. 흔히 정치와 종교 이야기는 꺼내지 말라고 한다. 아무리 친한 사이라도 뜻이 맞지 않으면 감정이 상하기 쉽기 때문이다. 하지만 이들은 조금 달랐다. 친구 사이의 우정에 대한 개념이 우리와 다른 걸까. 부러웠다. 그렇게 감정적으로 격해질 수 있는 것이 친구에 대한 신뢰 때문이라는 사실이 인상적이었다. 역시 격앙되었던 데이비드도 어느 틈엔가 마음을 누그러뜨리고, 건배를 제안했다.

"때론 의견이 다르지만, 우리는 정말 좋은 친구야! 건배!"

패트릭은 나와 정선생을 카미노에서 만난 좋은 친구라고 했다. 나는 우린 다른 언어를 써서 그렇게 격하게 토론 못하니 걱정 말라고 했다. 모두들 웃으면서, "친구를 위하여!"라며 잔을 부딪쳤다.

"이번이 마지막 잔이야!"라는 말을 서너 번은 더 하고 나서야 자리가 끝났다. 정원으로 나와 별을 보고 있는데 패트릭이 코냑을 들고 뒤쫓아 나왔다.

"아일랜드 스타일이야! 이거 먹고 푹 자자, 친구!"

독한 코냑을 마시고 자리에 들어왔다. 헤어지며 잘 자라는 인사말고는, 내일 어디서 만나자거나 또는 몇 시에 같이 출발하자는 따위의 이야기는 하지 않는다. 처음에는 어색했지만, 내일 어떤 약속을 하지 않아도 길에서 만날 것을 알기에 '잘 자!'라는 인사 외에 더이상 말이 필요 없다.

친구라……. 사실 그들이 말한 친구는 너무 광범위하다. 죽일 듯 싸우지만 서로를 신뢰할 수 있을 정도가 되어야 진정한 친구가 아닐까? 코냑 건배를 하며 패트릭이 내게 건넸던 '친구'의 의미는 도대체 무엇일까? 마이크, 질리언, 헬레나, 피터, 그리고 아일랜드 친구들. 길에서 정을 나누고 좋은 감정을 가졌던 모든 사람들이 친구일까? 이것을 우정이라고 부를 수 있을까? 이 길을 걸으면서도 가끔 생각나는 내 오랜 친구들과 같을 수 있을까?

모두 친구지만 다를 것이다. 그저 좋은 느낌을 갖고 속을 터놓고 즐겁게 이야기 나눌 수 있는 것이 친구라면 순례길에서 만난 사람들도 모두 친구라고 부를 수 있다. 오랜 시간을 함께 보낸 친구보다 오히려 더 친밀하게 느껴지기조차 한다. 그러나 만약 가치관을 공유하고 서로를 위해 기꺼이 희생하고 많은 시간을 함께한, '우정'을 나눈 사람만이 친구라면? 우정은 적지 않은 시간 동안 함께 추억을 쌓아야 한다. 그렇게 보자면, 이 길에서 만난 친구들이란 우정보다는 '인간애'에 기초한 '길동무'라고 부르는 것이 맞지 않을까?

인간에 대한 보편적 사랑. 그것은 사람들을 더 가깝게 만든다. 인류 모두에게 있는 인간애를 바탕으로, 같은 목적을 갖고 걷는 사람들만의 공감대가 더해져 낯설지만 낯설지 않은 일종의 '길동무'가 되는 것은 아닐까?

열여섯째 날~스물셋째 날

누구나 걷는 속도가 다르다

그녀는 걸음이 느린 만큼, 아침 일찍부터 저녁 늦게까지 걷는다.
시계처럼 철저하게 원리원칙을 중시하는 스위스인답게 버스나 택시를 이용하지 않는다.
루스는 그저 "느린 만큼 더 오래 걸어요"라고 했다. 루스가 어서 가라고 재촉을 한다.
내게 폐를 끼치기 싫어서이기도 하지만, 자신의 페이스가 깨지는 것을 경계하는 것이다.

엘렉트라 콤플렉스, 왜곡된 사랑

몸만 허락한다면 오늘은 엘 부르고 라네로El Burgo Ranero까지, 그리고 내일은 레온까지 가볼 생각이다. 그러려면 하루 30킬로미터 이상을 걸 어야 하지만, 발바닥 물집이 거의 다 나아서 가능해 보인다. 큰 도시인 레온에 가면 호텔에서 잘 생각이다. 이제는 비교적 여럿과 함께 잠자 는 데 익숙해졌지만 피곤이 가시지는 않는다. 하루만이라도 편하게 자 면 좋겠다는 생각으로 예약을 해두었다.

길을 나서니 검푸른 어둠이 붉게 물든 지평선 위를 짓누르고 있다. 여느 때처럼 곧 해가 뜰 것이고, 내 그림자는 길게 내 앞에 누울 것이 다. 왠지 만만치 않은 하루가 시작될 것 같다.

사아군에 도착했다. 이곳이 산티아고 순례길의 중간 지점이라고 한 다. 적어도 400킬로미터 정도는 걸은 모양이다. 도시는 제법 컸다. 순 례자를 상징하는 철 구조물이 멋진 '순례자 성당' 앞의 노천 바에 자리 를 잡았다. 호텔을 끼고 있는 바인데 음식이 맛있다. 토르티야와 바게 트 샌드위치, 신선한 오렌지주스로 호강을 했다. 식사를 하는데 빨간 반팔 티의 아가씨가 지나갔다. 얼굴 생김새로 보아 남미 쪽 사람 같았 다. 유럽은 물론이고, 아시아와 남미까지……. 단지 길을 걸었을 뿐인 데 세계가 가까워진다.

큰 마을의 장점은 잘 발달된 상점과 음식점이라고 하지만, 내 생각 은 다르다. 유일한 장점이라면 내가 살았던 도시의 느낌을 받을 수 있 어 타향살이에서 다소간의 위안을 얻는다는 점뿐이다. 머무르는 상황 이라면 도시의 맛난 음식과 멋진 진열대의 물건들이 반갑겠지만, 움직이는 상황에서는 아무짝에도 쓸모없다. 힘이 될 음식을 먹으면 그만이고, 들고 다닐 수 없으니 살 물건도 없다.

사아군을 빠져나오자 다음 마을로 연결되는 큰 도로를 따라서 길이 이어졌다. 간혹 도로를 가로질러야 하는 경우가 있어 좀 위험해 보였다. 도시보다 더 싫은 것이 이렇게 큰 도로를 따라가는 것이다. 매연도 많고 그늘도 없다. 힘 빠지게 하는 길을 한참을 걸었다. 삼거리에 다다랐는데 화살표가 애매하다. 책이나 지도를 봐야 하는데 그것도 귀찮다. 돌이켜보니 요 며칠은 길을 찾는 것에 대한 두려움이 없어졌다. 익숙해져서인지 감대로 가면 길이 나왔다. 혹시 잘못 들어서면, '지나가는 순례자들에게 물어보면 되겠지' 하는 생각으로 그냥 걸었다. 그런데 이번에는 정말 애매했다. 나말고도 여러 순례자들이 고개를 갸웃거린다. 더 헷갈리게 하는 건 앞선 두 명의 순례자가 각각 다른 방향으로 갔다는 것이다.

"혹시 어느 길로 가야 하는지 아세요?"

아까 성당 앞 카페에서 보았던 남미 아가씨가 내게 묻는다. '길 찾기가 귀찮았다고? 전혀!' 시키지도 않았는데, 꺼내기 귀찮다던 휴대전화를 열고 카미노 가이드를 뒤져보았다. 그런데 아무리 봐도 모르겠다. 가이드북을 휴대전화에 넣고 다니니 배낭의 무게를 줄일 수 있어서 좋았는데, 그다지 정확하지가 않다.

"이거 보세요. 제 게 더 정확한 거 같은데……. 이쪽이 맞겠지요?"

그녀가 내민 지도책은 내 것보다 훨씬 정확했다. 스페인어 지도책이라 잠깐 당황했지만, 지도는 지도고 알파벳은 알파벳 아닌가! 대충 보니 오른쪽 길이 맞을 듯싶었다.

"그렇죠! 저도 그렇게 생각했어요. 여기서 한참 헤맸네요. 어디까지 가세요?"

나는 엘 부르고 라네로까지 간다고 했다. 그녀는 어디까지 갈까?

"아! 그러세요! 그럼, 우리 같이 가면 어때요? 저도 거기까지 가는데. 좋은 알베르게 알고 있어요!"

당연히 되고말고! 그녀는 볼리비아에서 온 안드레아였다. 남미 사람답게 쾌활한 성격이라 함께 걷는 길이 즐거웠다.

"이 길을 완주하고 말 거예요. 그래서 자신감을 되찾고 싶어요!"

그녀는 스페인에서 일자리를 얻을 계획이다. 볼리비아에 있을 때 은행에 근무했는데, 여차저차해서 스페인까지 오게 되었다. 그런데 최근에 너무 우울하고 자신감이 없어서 걱정이었다. 그래서 주변 사람들이 산티아고 순례길을 완주하고 나면 자신감이 생길 것이라며 추천을 해주었다고. 그녀의 볼리비아 자랑, 식구들 소개를 듣다보니, 10여 킬로미터가 금방 지나가버렸다. 마을 입구에 있는 카페를 찾았다. 그녀는 에스프레소를, 나는 맥주를 한잔했다.

"아까 사아군 호텔 앞에서 식사했지요?"

앗! 그녀도 나를 봤나보다.

"실례지만, 몇 살이세요?"

호구조사가 시작되었구나. 나이를 말해주니 깜짝 놀란다.

"아! 아빠와 동갑이네요!"

그녀가 매우 반가워한다.

졸지에 딸뻘인 그녀와 다시 길을 재촉했다. 오늘의 목적지인 엘 부르고 라네로까지는 20킬로미터 남짓 남았다. 햇볕은 뜨거웠지만, 유쾌한 동행이 있어 발걸음은 가벼웠다.

"무슨 일 하세요?"

그녀는 내게 궁금한 것이 많았다. 작가라고 하자, 무슨 분야의 글을 쓰는지, 책을 쓰는지 아니면 칼럼을 쓰는지 자세히도 물어봤다. 인간의 심리에 대한 책을 쓰기도 하고, 인간의 내면에 대한 칼럼도 쓰고 있다고 하자, 심리학을 전공했느냐고 물었다. "정신과의사입니다!"라고 고백할 뻔했다. 심리학은 물론이고 의학 관련 공부를 했다고 이야기했다. 그녀는 내 직업에 대한 궁금증이 풀리자 더 깊은 속이야기를 했다.

"저는 나쁜 남자만 만나요. 사랑하는 남자니까 내 모든 것을 다 주는데, 어느 날 돌이켜보면 남자는 내게 빼앗아가기만 해요."

안드레아는 쉽지 않은 삶을 살았다. 그녀가 태어날 때 아빠가 스무 살, 엄마는 열아홉 살이었으니, 부모의 삶도 만만치 않았으리라. 더구나 오빠와 언니(게다가 동생도 하나 있다!)까지 있다고 한다. 그녀의 부모는 너무 어린 나이에 부부가 된 것이다. 볼리비아에서는 십대 후반에 결혼하는 것이 드물지 않다. 안타깝게도 그녀의 부모는 안드레아가 세 살이 되던 해에 이혼을 하게 되었다. 그후 어머니는 스위스에서 새 둥지를 틀었다. 아빠는 은행에서 일을 하며 아이들을 돌보았는데, 특히 그녀에게는 둘도 없는 친구라고 했다.

그녀는 대학에 입학하자마자 남자친구와 열렬한 사랑에 빠졌는데, 어느 날 보니 남자친구는 자기 친구와 바람이 나 있었다. 왜 그랬는지 물어보고 싶었지만, 끝내 남자는 이야기를 해주지 않았단다. 심지어 만나주지도 않았다. 그녀에게는 큰 상처였다. 스스로 큰 결점이 있는 여자인 것은 아닌지 의심이 들었다.

왜 남자들은 헤어지면서 쿨하게 이야기를 못 할까?

첫째, 착해 보이고 싶어서이다. 마치 엄마에게 하듯이, 헤어지는 마당에 여자친구에게도 착한 사람으로 남고 싶어한다. "나 다른 여자 좋아해 그러니까, 이제 헤어져!"라고 말하면 나쁜 사람이 되는 느낌이다 (웃기지 마라. 엄마 앞에서나 착한 척하고 살면 된다. 나쁜 사람이 되는 것을 그대로 받아들여라). 둘째, 헤어지자고 똑 부러지게 이야기하면 상대의 상처가 더 클 것이라는 착각 때문이다. 헤어지자고 하면 버림받았다거나 거절당했다고 생각할 것이고, 그러면 아무 이유 없이 사라지는 것보다 상처를 많이 받을 것이라고 믿는다(착각도 심하다. 질척거리는 것보다는 깔끔한 이별이 백번 낫다. 빨리 결정한 만큼 빨리 회복되기 때문이다). 셋째, 무서워서이다. 이별의 상황이나 고통을 직접 마주치는 것이 두렵다. 혹시 자신이 참지 못하거나, 상대가 심하게 무너질까봐 겁이 난다 (솔직해지자. 스스로 그런 상황을 견딜 자신이 없다고). 넷째, 이 경우가 가장 위험한데, '못되서'이다. 나쁜 남자들은 여자들이 이별의 아픔에 괴로워하는 것을 공감하지 못하거나, 심지어 즐기기도 한다. 자신이 겪은 이별의 아픔을 상대에게 맛보게 하는 '보복성 무통지無通知 이별'을 하는 놈들도 있다.

이런 남자들은 가령 연애 초기에 모질게 군다거나 하는 등의 사인을 보낸다(정말 무시무시한 놈들은 이런 조짐도 없어서, 여자의 입장에서는 결국 심한 고통을 겪고 나서야 도망칠 수 있다). 그러니 사인을 읽었을 때 뒤도 돌아보지 말고 헤어져야 한다. 문제는 그럼에도 불구하고, 나쁜 남자를 잊지 못하는 경우다. 안드레아가 그랬다.

"맞아요. 처음부터 불안하게 한 사람이었는데⋯⋯. 왜 저만 그럴까요? 물론 비슷한 경험을 한 친구들이 있기는 하지만, 내가 아플 것을 알고도 왜 도망치지 못하는 거지요?"

왜 남들은 헤어지라고 하는데, 왜 나는 그러지 못할까? 그렇다면 자신의 문제를 봐야 한다. 그의 문제가 자신의 발목을 잡은 것도 있겠지만, 내 안의 문제 때문에 그 사람 주위를 맴돌게 하는 건 아닌지. 이혼을 한 어머니는 외국으로 새 삶을 찾아 떠나고, 사남매를 키워야 했던 아버지로부터는 원하는 만큼의 사랑을 받지 못했다. 비록 지금은 가장 사랑하는 부녀지간이 되었지만, 필요한 순간에 부모가 곁에 있어주질 못했다. 이런 경우에 반발심으로 비뚤어지는 경우가 적지 않지만, 그녀는 용케 바르게 컸다. 다만 이성과의 사랑 문제에 있어서는 아직도 세 살짜리 아이 같다. 버림받는 두려움이 컸다. 헤어지는 것이 두려울수록 모진 상대를 잊지 못하는 법이다.

"제 문제는 그게 끝이 아니에요. 그다음에는 더 나쁜 남자를 만난 거예요."

안드레아의 목소리가 조금 떨리기 시작했다. 버림받았다는 고통스러운 기억을 잊을 무렵, 이번에는 나이가 다섯 살 위인 남자를 만났다. 이번에도 나쁜 남자였다. 끔찍하게 그녀를 위하는 것 같았지만, 말을 듣지 않으면 폭력을 사용했다. 수년을 사귈 수 있었던 것은 폭력을 휘두른 후에 그가 하는 진심 어린(?) 사과 때문이었다. 무릎을 꿇고 다시는 안 그런다고 애원하는 그에게 여러 번 속았다고……. 몇 번의 폭력과 반성의 반복 후에 그녀는 그의 손아귀에서 간신히 빠져나올 수 있었다. 그가 볼리비아가 아닌 이탈리아로 가게 되어서였다. 그러나 불행은 끝나지 않았다. 이탈리아로 간 그는 집요하게 안드레아를 찾았다. "다시는 그럴 일 없다. 이곳 이탈리아에서 결혼해서 살자. 너를 위해 살고 싶다"고 말이다. 경제적으로 여건이 좋지 않은 볼리비아에서 유럽으로 가는 것은 매력적인 일이다. 다니던 은행을 정리하고 이탈리아로 간 그녀는 일주일도 안 되어 엄청난 실수를 저질렀다는 것을 깨달았다. 폭력은 줄어든 것이 사실이지만, 이번에는 그녀를 외롭게 했다.

동거를 시작했지만, 집에 안 들어오기 일쑤였다. 낯선 이국땅 조그만 스튜디오에 그녀는 홀로 버려졌다. 어느 날, 주변 사람들에게 수소문해서 찾아가보니 그에게는 이탈리아 여자가 옆에 있었다. 심각한 우울증에 빠질 수밖에 없었다.

작렬하는 태양에 흙먼지가 피어오르는 길. 그녀의 이야기에 가슴이 저렸다. 아무렇지도 않다는 듯 애쓰는 그녀가 도리어 안쓰러웠다.

"그때는 내가 정말 쓸모없는 사람이라고 느껴졌어요. 틀림없이 나는 문제가 많은 사람이라고 믿었고요. 죽고 싶더라고요."

한번 당한 나쁜 남자에게 왜 또다시 마음을 주었을까? 이유가 있다. 그녀와 같이 나쁜 남자에게 지속적으로 끌리는 경우에는, 무의식적인 죄책감과 자기처벌 심리가 존재한다. '나는 나쁜 여자니까 벌을 받아야 해!' 하는 심리 말이다.

왜 스스로를 나쁜 여자로 취급할까? 조금씩 다르기는 하겠지만, 나에게 사랑을 제대로 주지 못한 부모(특히 아버지)에 대한 미움과 분노가 있다. 하지만 웬만해서는 부모를 마음놓고 미워하거나 공격할 수 없다. 그런 마음이 들면 '감히 내가 부모를?' 하고 죄책감이 생긴다. 죄를 지었으면 처벌을 받아야 한다. 그래서 대신 나쁜 남자를 만나 모질게 고생하는 것이 일종의 '처벌'인 셈이다. 그래서 의식적으로는 '다시는 그런 놈과 상종을 말아야지!' 하면서도, 무의식적으로는 자기처벌을 하기 위해 자꾸 나쁜 남자를 찾아나서는 것이다.

다행히 스위스에 있던 어머니가 그녀를 감싸주었다. 반년 이상 어머니와 함께 보내는 동안, 그녀는 두문불출 집에서만 지냈다고 했다. 친구도 모임도 취미도 일도 없이, 마치 죽은 사람처럼 보냈다.

"그래서 이 길에 왔어요. 주변 사람들이 그래요. 스스로를 너무 비하한다고요. 그러지 말아야지 하다가도, 돌아서면 또다시 비참한 생각만 들거든요. 누군가 이 길을 걸으면 용기가 생길 것이라는 이야기를 하더군요. 내게 용기가 필요한 거지요?"

맞다. 현명한 그녀의 말처럼 용기가 필요하다. 나쁜 남자에게서 벗어나려면, 다시는 나쁜 남자에게 넘어가지 않으려면 용기가 필요하다. 자신의 상황을 객관적으로 보고 탈출을 해야 한다. 자신을 진정으로 사랑하는 사람들의 말에 귀기울여야 한다. 그리고 돌아서면 절대 뒤돌아보면 안 된다. '혹시나' 하는 기대를 할 필요도 없다. 삶의 반복되는 패턴은 쉽게 바뀌지 않아서 '혹시나'는 없다. 더불어 자신을 사랑하고 아껴야 한다. 나쁜 남자를 놓지 못하는 이면에는 애정에 대한 욕구가 있다. 살아가는 동안 그 애정 욕구를 채워줄 사람이 있을지 없을지는 모른다. 하지만 이것만은 분명하다. 스스로 채우기 시작하지 않으면, 타인은 결코 그것을 채워줄 수 없다. 그러니 자기처벌은 절대 안 된다. 스스로를 먼저 사랑해야 한다.

"그때는 많이 힘들었는데, 지금은 많이 좋아졌어요. 특히 스위스에서 만난 남자친구가 용기를 많이 줘요. 그 사람은 지금까지와는 전혀 달라요!"

스위스에서 우울증이 나아갈 무렵, 지금의 남자친구를 만났다고. 지난달부터 남자친구를 따라 산티아고 인근의 도시에서 살고 있다.

"주말이면 그 사람이 와요. 금요일과 토요일 함께 카미노를 걷고, 일요일에 돌아가고요."

오늘이…… 아! 월요일이구나. 그녀의 남자친구는 어제 떠났겠구나. 주중에는 일을 하고, 주말이면 사랑하는 사람과 함께 카미노를 걷는 남자. 부럽다. 무척.

안드레아와 함께 도착한 알베르게는 기부제로 운영되는 곳이었다. 진흙으로 만들어져 마치 황토방을 연상케 하는 벽채가 이채로웠다. 침대 배정을 받고 안드레아의 제안으로 이른 저녁을 하기로 했다. 30킬로미터 이상을 걸었더니 너무 배가 고팠다. 오늘은 매일 먹던 순례자 메뉴가 아닌 고기 요리를 시켰다. 와인이 함께 제공되지 않아 아쉬웠지만 갈증을 달래줄 맥주가 있었다. 그녀는 특이하게 생맥주에 레몬을 넣어 마셨다(맥주에 레몬을 넣어 만든 스페인식 맥주로 '클라라Clara'라고 한다).

"여기서는 흔히 이렇게 먹더라고요. 볼리비아에서도 그래요. 그런데 술 잘하세요? 저는 맥주 한 잔, 와인 한 잔이에요. 더이상 먹으면 좀 힘들더라고요."

순례길에서 만난 사람들, 한국과 볼리비아 등등 무겁지 않은 주제들로 이야기를 나눴다. 언제 도착했는지, 정선생이 나타났다. 저녁 먹고 술 한잔하자며 우리를 초대했다.

안드레아와 나는 좀더 이야기를 나누었다. 그녀는 오늘 땀을 많이 흘려서인지, 기분이 좋아서인지, 한 잔 더 하겠다며 맥주를 더 시킨다. 천천히 맥주를 마시고 이야기를 나누다보니 해가 지기 시작했다.

식당을 나섰다. 가게에 들러 친구들과 함께 마실 와인과 맥주와 안주거리를 샀다. 그녀는 '레몬에이드'를 집어들었다.

알베르게 식당은 그리 붐비지 않았다. 정선생 얼굴에는 약간 취기가 있었다. 남아프리카에서 온 폴과 대만 사람 페이찬이 동석을 했다. 폴은 나이가 이십대 후반인데, 머리가 나보다 벗겨져 중년 티가 났다. 페이찬 역시 이십대 후반 아가씨인데 미국에서 컴퓨터 관련 일을 한다고 했다.

사온 맥주를 내놓았다. 우리나라 편의점에서 흔히 볼 수 있는 1리터

짜리인데, 특이하게 페트병이 아니고 유리병이었다. 페이찬은 술을 못한다 해서 나머지 세 사람의 컵에 한 잔씩 따랐다. 레몬에이드를 컵에 따르던 안드레아가 나를 보더니 눈웃음을 치며, 레몬에이드 반 맥주 반을 섞어 마신다.

"아주 조금만 더 해도 괜찮겠지요?"

아니, 맥주 한 잔이 주량이라더니, 이미 식당에서 두 잔을 마셨는데 또 하시겠다고? 재미있는 아가씨다.

"하하하. 아까 거짓말한 거예요. 오늘 술 좀 받네요. 취하고 싶은 밤이거든요."

남북 문제부터 세계 평화까지 참 다양한 이슈로 대화를 나누었다. 어느새 술이 떨어지고 모두들 자리를 떴다. 오늘 하루를 정리하려고 식당 테이블에 앉아 노트북을 켰다. 그런데 정리를 하고 나서 노트북 충전 상태를 살펴보니 배터리가 반도 안 남았다. 다시 보니 노트북 충전 램프에 불이 들어오지 않았다. 충전기가 고장이 난 듯했다. 컴퓨터 매장을 찾아봤지만, 카미노 인근 도시에는 수리할 곳도, 충전기를 살 곳도 없다. 바르셀로나 또는 마드리드에나 가야 있다.

서글퍼졌다. 내 가장 큰 즐거움 중의 하나가 사라진 것이다. 그렇다고 카미노를 벗어나 인근 대도시에 갔다 오는 것도 쉽지 않다. 별수없이 휴대전화에 의지하는 수밖에 없다. 메모장과 녹음기를 사용할 수밖에⋯⋯. 마음이 발바닥 물집보다 더 아파왔다.

"어디까지 갈 계획이에요?"

퉁퉁 부은 얼굴로 안드레아가 물었다. 잠을 못 잤단다. 생각이 많아서 그랬다는데, 아마 마음속에 품고 있던 어려운 속내를 꺼내서 밤잠을 이루기 힘들었을 것이다. 듣는 내 가슴마저 힘이 들었는데, 당사자는 어떠했을까?

"레온이요? 너무 멀기는 한데 저도 노력해보려고요!"

그녀는 정강이 쪽에 통증이 있었는데 점점 심해져서 많이 아파했다. 하지만 길을 걷자고 하면 극복해야 할 과제다. 순례길 완주를 통해 자신을 얻고 싶다고 했으니 말이다. 레온까지는 상당히 먼 거리였다. 아마도 지금 상태로는 힘들 것이다.

함께 걷는 길은 즐겁지만 힘들기도 했다. 그녀는 정말 말이 많았다. 쉬지 않고 떠들어댔다. 볼리비아 대통령이 마음에 안 든다느니, 우유니 소금사막에 꼭 가보아야 한다느니, 심지어 현재 만나고 있는 남자친구의 사소한 일상 이야기까지(파스타를 진짜 잘 만든단다) 쉬지 않고 떠들었다. 틈틈이 휴대전화에 있는 사진까지 보여준다. 햇볕이 쨍쨍 내리쬐는 길에서 휴대전화 사진을 보는 것은 짜증이 좀 나는 일이다. 그녀의 이야기는 지친 걸음에 활기를 불어넣어주지만, 도저히 길과 나 자신에 집중할 수 없었다.

그녀와의 동행을 좀더 지치게 한 것은 '관심'이었다. 그녀는 마치 카미노를 걷는 모든 사람들에게 말을 걸어야만 하는 미션이라도 수행중인 것 같았다. "올라! 어디까지 가세요? 어머! 저도요!", "배낭이 멋지네요! 저는 스페인에서 산 거예요!", "아저씨 힘들어 보여요. 다음 마을에서 좀 쉬었다 가세요." 그녀가 앞지르거나 또는 그녀를 앞지르는 사람에게 무조건 말을 건다. 구면이라면 그녀의 관심과 아는 척은 더 길어진다. 그럴 때면 내게 말을 걸지 않아서 한숨을 돌릴 수 있으니 상대적으로 편안하다. 그렇다고 만나는 사람마다 웃고 떠드는 상황이 썩 유쾌하지도 않았다. 얼마 가지 않아, 그녀의 '관심병'이 지나치다 싶어 좀 지겨워졌고, 애처로워 보이기까지 했다.

부모의 이혼이나 남자친구와의 관계로 그녀의 가슴에는 '버림받는 두려움'이 웅크리고 있다. 소위 유기공포fear of abandonment를 가진 사람은 대인관계에서 불안을 느끼기 마련이다. 정말 힘들고 괴로운 상황을 잘 극복하고 있는 배경에는 긍정적이고 적극적인 성격이 버티고 있기는 하지만, 실은 그런 성격 형성의 이면에는 유기공포가 존재한다. 늘 다른 사람들로부터 관심을 받고 싶어하며, 관심을 못 받았을 때의 두려움이 도사리고 있다. 그녀가 이 길의 모든 사람들에게 관심을 두는 이유일지도 모르겠다. 그렇게 놓고 보면, '관심'이 아닌, 다른 사람이 나를 어떻게 평가할까 하는 '눈치'에 가깝다. 미소 가득한 얼굴로 지나가는 사람마다 '올라!'를 외치는 그녀가 안쓰러워 보였다.

아까부터 발을 조금씩 절던 그녀가 갑자기 걸음을 멈추었다.

"아무래도 먼저 가셔야 할 것 같아요. 좀 천천히 걸어갈까봐요."

벌써 늦었다. 그녀와 보조를 맞추다보니 걷는 속도가 줄었다. 오늘 40킬로미터를 걸어야 하는데 이 속도로는 너무 늦다. 최선을 다해 걸어도 쉽지 않은 길인데, 더 천천히 걸을 수는 없다.

일단 다음 마을에서 기다리겠다고 했다. 렐리고스Religos에서 30분 정도 휴식을 할 텐데 그때 보자고 했다.

"네! 좋아요. 하지만 그 시간 넘으면 그냥 가세요. 저 때문에 너무 늦어졌잖아요!"

그녀의 입은 내게 자유를 주었지만, 눈은 절대 자신을 두고 혼자 가지 말라고 분명히 말을 하고 있었다.

마을은 언덕을 넘어 내리막길이 끝나는 곳에 있다. 마을 입구 바에 짐을 풀었다. 강아지 한 마리가 내 주위를 맴돌다 의자 앞에 앉았다. 눈이 참 선해 보였다. 뭔가 먹고 싶은가? 그렇지 않은 것 같다. 무엇을 원하는 눈빛이 아니다. 그저 나를 바라본다. 친구가 되고 싶은가? '그래, 이놈아! 나도 친구가 필요할지 모르겠다.' 녀석이 알아들었는지 꼬리를 흔든다.

어제 마트에서 샀던 볶음밥을 꺼냈다. 배낭에 넣고 가는 것보다 뱃속에 넣고 가는 것이 편하다. 뜨거운 커피 한 잔을 마셨다. 30분이 훌쩍 지나갔다. 떠날 시간이다. 이제부터는 혼자 가야겠구나.

내가 자리를 뜨자, 나를 바라보던 강아지도 자리를 뜬다. 내 뒷모습을 보는 듯싶더니, 다른 순례자 앞에 앉는다. 녀석이 뭔가 먹을 것을 원한다고 생각했는지 순례자가 빵을 흔들어보지만 녀석은 그저 바라만 본다.

그녀를 두고 왜 혼자 갈까? 완주의 욕심이 지나쳐 여유가 없어서일까? 아니면 길에서의 의미를 다시 새겨볼 시간이 모자라서? 정답은 모르겠지만, 그저 마음이 시키는 대로 하기로 했다.

마을과 마을이 연결되는 길은 약간 지루하다. 문득 아이들이 보고 싶어졌다. 내일은 가족들에게 메일을 보내야겠다. 떠나온 지도 벌써 17일째. 나는 어딜 가도 누구든 보고 싶은 사람이 절대 없을 줄만 알았는데…….

만시야 데 라스 물라스Mansilla de las Mulas에 장이 열렸다. 북적이는 것이 꼭 우리 장터와 같다. 값싼 물건도 마찬가지였다. 사과를 세 개나 샀다. 이제는 배낭을 벗지도 않고 물건을 넣을 수 있는 기술(?)을 익히게 되었다. 마을을 벗어나니 성벽이 아름답다. 성벽의 규모로 봐서는 과거 굉장히 큰 도시였을 듯싶다.

어디선가 라일락 꽃 향기가 길을 가득 채웠다. 향에 취해서 걷다보니, 어느새 카미노에서 가장 아름다운 다리 중 하나인 푸엔테 비야렌테Puente de Villarente가 나왔다. 다리를 건너 마을에 들어서는 순간, 갑자기 익숙한 포장지 하나가 나를 흥분하게 했다. 흰색 종이에 노란색 빵 그림, 그리고 커다란 빨간 글씨.

'버거킹!'

세상에! 갑자기 치즈 와퍼를 반드시 먹어야겠다는 생각이 든다. 평소 칼로리가 많고 건강에 이로울 것 없다는 생각에 거들떠보지도 않았는데…… 충동적으로 마을을 뒤지기 시작했다. 하지만 어디에도 버거킹을 찾을 수 없다. 광란의 치즈 와퍼 찾기는 30분이 지나서야 끝났다. 대신 큰 기대 없이 들어간 스페인 식당에서 맛본 타파스와 하몽 보카디요는 정말 끝내줬다.

원기를 회복하고 길을 나섰다. 레온에 점점 가까워질수록 녹색은 점차 사라진다. 차도로 이어지는 구릉을 넘어서자 멀리 대도시가 눈에 들어온다. 갑자기 기분이 다운된다. 오늘은 호텔방의 하얀 시트 위에서 잠을 자고 맛있는 스테이크도 먹을 생각이었는데…… 막상 도시를 보니 힘이 빠진다. 부르고스에서 정말 힘들게 걸었던 기억이 남아서일까? 아니면 혼자라는 생각이 들어서? 회색 도시가 감당하기 힘든 압박으로 밀려온다.

천천히 걷는 한 여성을 앞지르려는데, 옆에서 보니 아는 사람이다. '루스!' 꿈인가 생시인가. 오카 산에서 봤던 걸음이 느린 스위스 소녀 루스. '저 걸음으로 순례를 제대로 할 수는 있을까? 60일도 더 걸리겠는걸!' 하고 생각했던 아이인데.

"안녕하세요! 날씨 덥지요?"

아무렇지도 않게 인사를 하지만, 내게는 꼭 귀신 같아 보였다. 어떻게 내 앞에 있을 수 있단 말인가! 혹시……?

"아뇨! 설마요! 저 스위스 사람이란 것을 잊었어요? 내겐 힘든 길이 긴 하지만, 반드시 내 힘으로 다 걷고 말 거예요!"

그녀는 걸음이 느린 만큼, 아침 일찍부터 저녁 늦게까지 걷는다. 시계처럼 철저하게 원리원칙을 중시하는 스위스인답게 버스나 택시를 이용하지 않는다. 그녀는 그저 "느린 만큼 더 오래 걸어요"라고 했다.

코가 햇볕에 타서 화상을 입은 듯한 루스가 어서 가라고 재촉을 한다. 내게 폐를 끼치기 싫어서이기도 하지만, 자신의 페이스가 깨지는 것을 경계하는 것이다. 인사를 하고 걸음을 재촉했다. 돌아보니 그녀 역시 열심히 자신의 속도로 걷고 있다.

마침내 레온에 들어왔다. 화요일 오후 3시. 그런데 작지 않은 이 도시가 텅 비어 있다. 마치 일요일 같다. 아차! 시에스타. 창문을 통해 본 레스토랑 안에는 사람이 북적인다. 젊은 남녀들이 낮부터 와인을 마시고 있다. 부럽기 그지없다. 도대체 언제 일할까 걱정이 되기도 한다.

멀리 버거킹이 보인다. 아까 사람을 환장하게 만들었던 포장지는 여기서 온 것이리라. 하지만 지금은 생각이 없다. 더 맛있는 것을 먹을 욕심이 들어서가 아니다. 이상하게 막상 도시에 들어서니 모든 게 귀찮아졌다. 도시가 주는 음울한 기운 때문일까?

호텔은 생각보다 괜찮았다. 로비에는 우아한 붉은색 소파가 놓여 있었다. 직원들은 등산복 차림의 순례자에게 익숙한 듯 친절하게 안내해 주었다.

커다란 방에 더블베드. 좀 외로워 보였지만 너무 좋았다. 욕실도 널찍했다. 뜨거운 물을 받아 물속에 들어가려고 옷을 벗다 거울에 비친 내 모습에 깜짝 놀랐다. 17일 동안 내 몸을 거울에 비추어본 적이 없다(알베르게 샤워실에는 전신거울이 없으니). 그곳에는 60킬로그램도 안 되어 보이는 초췌한 중년 아저씨가 옷을 벗고 서 있었다. 배가 등에 달라붙을 정도는 아니지만, 내가 기억하는 한 나의 가장 마른 모습이었다. 마른 몸도 근육이 잡히면 보기 좋았을 텐데, 그나마 아침마다 피트니스 센터를 다니며 만들어놓았던 근육들이 온데간데없이 사라졌으니, 말 그대로 앙상했다. 불쌍해 보였다.

뜨거운 물에 몸을 담갔다. '아! 행복하다.' 소유로 인한 행복이란 무가치하다는 것을 깨달았다. 옷 두 벌, 소박한 식사와 와인 한 잔, 그리고 누울 침대 하나만으로도 충분히 행복하다. 뜨거운 욕조는 달콤한 사치에 속한다. 몸을 씻고 바디로션을 바르면서 내 몸에게 감사했다. 잘 버텨줘서 고맙다고.

옷을 갈아입고 호텔을 나왔다. 밖에서 식사를 하고 싶었지만, 왠지 내키지 않았다. 맛있어 보이는 레스토랑이 있었지만, 그곳에 들어가면 안 될 것 같았다. 이방인이라는 생각이 들었다. 스페인 사람이 아니라서라기보다는 도시민이 아닌 것 같은……. 아스팔트의 도시보다는 오히려 흙먼지가 풀풀거리는 시골길이 더 편안했다. 서둘러 마트에 들러 저녁과 아침거리를 샀다. 차라리 호텔을 즐기자. 실컷 자고 비록 못 알아듣지만 TV도 봐야겠다.

호텔 앞 모퉁이를 돌아서는데 바가 눈에 띄었다. 슬쩍 들여다보니 서너 명의 스페인 사람들이 맥주를 마시고 있었다. 갑자기 맥주가 당겼다. '호텔방 놀이'는 잠시 접고 바로 들어섰다. 약간은 충동적인 이런 행동도 나를 기쁘게 했다. 마음이 내키는 대로 하는 것.

산미구엘 생맥주 큰 컵과 세시나 데 레온Cecina de Leon, 스페인식 저민 육포과 안초비와 치즈로 만든 타파스를 주문했다. 시원한 맥주를 마시면서 휴대전화로 오늘 있었던 일을 적기 시작했다. 노트북이 있었으면 얼마나 좋았을까! 거리가 내려다보이는 바에 앉아 호젓이 글을 쓰는 즐거움이 끝내줬을 텐데. 아쉬웠다.

맥주를 한 잔 더 주문했다. 두번째 잔을 받아들었을 때 옆자리에 있는 스페인 남자가 눈에 들어왔다. 잠시 쳐다보더니 잔을 들고 내게로 왔다.

"괜찮으면 합석해도 될까요?"

인상 좋은 남자였다. 떡 벌어진 어깨와 호남형 얼굴로 보아서는 운동을 즐기는 것 같았다. 삼십대 초반인 브루노는 운전을 한다고 했다. 행색이 궁한 나와 대비되게 깔끔하게 빗어 넘긴 헤어스타일과 흰색 라운드 티셔츠 위에 입고 있는 검은색 슈트가 지나치게 산뜻했다. 이 근처에 사는데 오늘은 비번이라 혼자 맥주 한잔하러 들렀다는 것이다. 나는 한국에서 온 작가라고 소개하고 자리를 내어주었다.

"순례자죠? 저는 스페인에 살고 있지만 한 번도 못해봤습니다. 어디부터 걸었어요?"

오늘로서 480킬로미터쯤 걸었다고 하자, 대단하다고 치켜세웠다. 요즘 이 길을 걷는 것이 인기라서 여러 나라 사람들이 스페인을 찾는 덕에 경제에 도움이 되고 있고, 그래서인지 순례자들을 보면 존경하는 마음과 호의가 생긴단다. 그는 내가 스페인 사회에 대해 궁금해하는 것들을 자세히 설명해주었다.

"스페인뿐만 아니라 유럽 전체가 경제적으로 쉽지 않아요. 독일이나 네덜란드는 좀 나은 것 같은데, 프랑스마저 예전보다 많이 어려워졌죠. 그리스 문제가 심각해요. 그 나라가 디폴트를 선언하면, 유럽이 붕괴될지도 모르지요. 아마 미국도 영향을 받을 겁니다. 다른 나라 입장에서는 EU와 사사건건 마찰을 빚어 꼴 보기 싫기도 하겠지만, 그리스 국민들이 보면 대통령은 존경받을 만해요."

그리스는 외환위기로 IMF의 구제금융을 제공받았다. 우리도 겪었지만 IMF는 강도 높은 경제개혁을 요구했다. 예를 들면 천문학적인 적자를 기록하고 있는 대중교통의 요금을 몇 배 올리라는 것이다. 국가 재정 건전성의 입장에서 보면 당연한 일이다. 하지만 그리스는 반대했다. 나라가 어려워지면 가장 고통받는 것은 일반 국민인데, 그들이 이용하는 교통수단의 요금을 올리면 더 힘들어질 것이 뻔하기 때문이다. 차라리 그리스의 자랑인 고대 건축물과 항구를 팔아서 재정의 어려움을 푸는 것이 더 옳다고 믿는단다. 일반적인 국가경제위기 해법과는 다르지만, 지도자가 국민을 진정으로 위할 줄 아는 그리스가 부럽다. 그런 면에서 스페인은 엉망이라는 것이다. 스페인 역시 재정적자 비율이 EU에서 제일 높아 경제적으로 파산 직전이라고 한다. 이미 은행권에 한해 구제금융을 신청했다.

"스페인 축구 좋아해요?"

스페인 사람들은 축구에 열광한다. 스페인 프로축구 리그인 프리메라리가는 영국, 독일, 이탈리아와 함께 세계 최고 축구 스타들의 각축

장이다. 메시와 호날두 모두 스페인에서 뛰고 있는 것만 봐도 그렇다.

"곧 2014 브라질 월드컵이 열리잖아요! 걱정이에요."

이곳 사람들은 모이기만 하면 월드컵 이야기로 꽃을 피운다. 그런데 브루노는 이런 현상이 그리 반갑지만은 않다. 국가가 경제적으로 어려워 사람들이 희망을 잃었다. 유일하게 희망을 품는 것이 스페인의 월드컵 우승이다. 세계 도박사들도 지난 2010년 남아공월드컵 우승팀인 스페인과 개최국 브라질의 우승을 점쳤다. 그런데 문제는 월드컵 때문에 경제 문제가 자꾸 가려진다. 게다가 만약 우승을 못 하면 그 절망감을 감당하지 못할 것이다.

정치경제에 이어 축구까지 우리의 이야기는 끝이 없었다. 벌써 그가 한 잔 또 내가 한 잔 맥주를 더 마셨다. 이야기에 집중해서일까? 어느새 그가 손을 뻗으면 닿을 만큼 가까이 앉아 있었다. 취했는지 가끔 손을 터치하거나 무릎을 툭 치기도 한다. 눈가의 웃음도 처음 봤을 때처럼 해맑다기보다 질척거린다는 생각이 들었다.

"우리 집이 근처인데, 가서 한잔 더 할래요? 아니면 당신 방에 가서도 좋고……"

아! 잠시 내가 영어를 잘못 들었나 하고, 다시 물어봤다. 부르노는 내 반문에 슬쩍 뒤로 물러선다.

"이야기도 좀더 하고 싶은데, 집이 편하니까요! 오해하지 말고요. 하하하."

그는 동성애자였다. 왜 내게 끌렸을까? "호의는 고맙지만, 나는 스트레이트straight야!"라고 했다. 스페인에서도 이성애자를 스트레이트라고 하는지 모르겠지만, 헤테로섹슈얼리티heterosexuality, 이성애라고 하기에는 좀 어색하지 않은가? 그도 내 말의 뜻을 이해하고는 겸연쩍어했다. "너는 좋은 사람인 것 같은데, 섹스 코드는 서로 다른 것 같아 미안하다!"라고 하자, 긴장했던 얼굴이 풀렸다.

"동양 사람들은 동성애자를 혐오한다면서요?"

사실 내게 접근한 것이 일종의 도전이었다고 한다. 겉모습에 호감이 가기도 했지만(좋아해야 하나?), 편견이 심한 동양 남자라고 생각하니 오히려 더 끌렸다고 한다. 사실 스페인에서도 LGBT(성적소수자를 일컫는 말로, 레즈비언, 게이, 양성애자, 트랜스젠더의 앞 글자를 딴 것)는 그리 환영받지 못하고 있다. 노골적으로 공격을 당한 적도 있단다. 가톨릭 국가인 스페인은 성적인 문제에 대해 보수적이다. 추기경이 동성애자에 대한 노골적인 편견을 피력할 정도이다.

그의 질문에 내가 "No!"라고 하자 움찔했다. 다른 나라는 모르겠지만, 우리나라에서는 대중적인 인기를 끌고 있는 게이 방송인이 있고, 작년에는 한 영화감독이 동성 연인과 결혼식을 공개적으로 치르기도 했다고 하자 깜짝 놀랐다.

브루노와는 마지막 잔을 비울 때까지 좀더 이야기를 나눴다. 이번에는 주로 성에 관한 내용이었다.

"생각해보세요. 남자가 남자 몸을 잘 알겠어요? 아니면 여자가 잘 알겠어요?"

남자끼리의 섹스가 훨씬 훌륭하다고 주장한다. 틀린 말이 아닐 수도 있다. 동성이 느끼는 감각적 느낌이 이성과는 다르지 않을까? 동성의 느낌이 더 정확할 수도 있겠다. 굳이 반격을 하자면, 단 음식을 맛있어 하는 사람도 있지만, 달아서 싫은 사람도 있는 법. 더구나 사랑을 나눈다는 것은 반드시 육체적인 관계만을 말하는 것은 아니지 않은가? 오히려 그녀가 나의 몸을 잘 몰라서, 거꾸로 나는 그녀의 몸을 잘 몰라서 더 사랑할 수 있는 것이다. 서로의 마음과 몸을 알아가는 과정 또한 사랑이며 즐거움이다. 물론 사랑이라는 것, 그 실체는 사람에 따라 다양할 수 있지만, 여전히 현실적으로 LGBT는 주변 사람들과의 관계에서 부정적이다.

"맞아요. 내 애인과 사랑을 나누고 서로를 아껴주고 함께하는 것은 아름다운 것이잖아요. 그런데 주변에서는 괴물 보듯이 하지요. 아직 우리 부모님도 모르세요. 아니, 어쩌면 알고 있지만 모른 척하고 있을지도 모르지요."

몰래 하는 사랑이 즐거울 리 없다. 둘만이 있는 곳에서는 한없이 활활 타오르지만, 타인에게 노출되었을 때 드는 위축감은 현실적으로 없애기 힘들다. 편견은 좀처럼 사그라들지 않으니 말이다. 어디를 가나 눈치를 봐야 하고, 또 눈치를 주는 시선과 싸워야 한다. 커밍아웃을 하고 동성애자로 살아간다는 것은 대단한 용기다. 결국 소수인 그들이 사회적 고립감을 느끼지 않고 살려면, 다수인 이성애자들의 이해가 있어야만 한다. 어쩌면 용기가 필요한 것은 이성애자들일 수 있겠다. 나와 다르다는 것을 받아들일 용기 말이다.

그와 악수를 하면서 "너같이 멋진 스페인 남자를 알게 돼서 기쁘다"고 하자, 그가 갑자기 안으려고 했다. 깜짝 놀라 한발 빼니 그가 웃으면서 이야기했다.

"이보게, 친구! 친구와 애인 정도는 구별할 줄 안답니다!"

여전히 손을 벌리고 안으려고 하는 그를 잠시 바라보다 가볍게 포옹을 했다. 성적인 느낌이 나면 한방 먹이려고 했지만, 정말 쿨한 친구 간의 포옹이었다.

호텔로 돌아오자, 긴장이 풀리면서 외로움이 엄습했다. 흰색 시트가 처량해 보였다. 만남과 헤어짐. 그 사이에 외로움이 있다. 비록 자청한 상황이라 해도 외로움은 힘들다. 하지만 외로움은 인간이 갖는 긍정적 본성 중의 하나다. 그래야 다른 사람과 관계를 잘 맺을 수 있으니까. 그렇다고 늘 관계에 속박될 필요는 없다. 때론 더블베드에 혼자 누워 자는 것이 사랑하는 사람과 함께하는 잠보다 더 달콤하기도 하니까. 이 순간이 그런 밤이다.

열여덟째 날 편견, 올바른 길을 잃는다는 것

제대로 잔 느낌이 이런 것일까? 몸이 가벼워졌다. 어제의 내 몸과는 전혀 다르다. 평소 같으면 6시에 일어나지만, 느긋하게 8시에 일어났다. 뜨거운 물로 샤워를 하고 아침을 다부지게 먹었다. 이제부터는 살을 찌우기 위해서 많이 먹기로 했다. 살찌려고 먹는다니! 이전에는 상상도 못했던 일이다.

　이른 아침이라 공기가 선선했다. 바쁜 일상을 보내고 있는 도시민들을 따라 길을 나섰다. 레온 성당에 가기 직전에 있는, 스페인의 위대한 건축가 가우디의 작품인 보티네스 저택Casa de los Botines은 웅장했다. 건물 앞 벤치에 앉아 자신의 창조물을 감상하고 있는 듯한 가우디의 동상이 더 인상적이었다. 마차에 치어 사망했으나 노동자 같은 옷을 입고 있어서 시체 안치소에서 겨우 찾아냈다는 일화가 슬프기도 하고 감동적이기도 했던 가우디. 그의 옆에 앉아서 건물을 보고 있자니, 마치 오랫동안 찾아헤매던 보물을 만난 기분이었다. 그의 건축물로 상징되는 바르셀로나는 얼마나 아름다울까! 꼭 가봐야겠다.

13세기에 지어진 레온 대성당을 찾았다. 9시인 줄 알았는데 9시 30분에 문을 연다기에, 성당 앞 카페에서 커피를 한잔하며 잠시 기다렸다. 잠시 후 대성당 문이 열렸다. 거대한 성당은 화려하고 웅장한 스테인드 글라스가 압도적이었다. 이른 아침 인적이 드문 성당은 서늘한 바람과 함께 마음을 차분하게 만들어주었다.

넋을 놓고 감상을 하는 것도 잠시. 단체 관광객들이 들이닥치기 시작했고 성당 안이 갑자기 어수선해졌다. 흥이 깨져 의자에서 일어나 밖으로 나가려는데, 누가 나를 부른다! 그것도 큰 목소리로.

안드레아였다. 자신의 목소리가 지나치게 컸음을 인지하고, 그녀는 한 손으로 입을 막고는 마치 오래된 친구를 만난 것처럼 폴짝폴짝 뛰며 내게 달려왔다.

"잠깐만 기다려줄 수 있어요? 저랑 같이 가요."

기다려달라는 그녀의 청에 성당 밖 벤치에 앉아 잠시 생각을 해보았다. 묘한 감정이다. 그녀와 헤어지고 어제 하루 편하기도 했지만 외롭기도 했다. 그녀처럼 배려가 많은 사람은 외로움을 이기는 데 큰 도움이 된다. 말벗으로서도 나쁘지 않다. 수다도 대단하지만 들어주기도 잘하기 때문이다. 말이 많지만 사람들이 싫어하지는 않는 이유다. 다만 그녀와 함께 걸으려면 하루종일 수다를 들어줘야 한다. 듣는 것이 직업인 나지만 쉽지 않은 상대다.

레온 성당 구경을 마친 그녀는 동행들에게 소란스럽게 작별을 고하고는 함께 길을 떠나자고 제안을 해왔다. 다른 무엇보다도 다리가 아프다는 그녀를 마을에 두고 왔다는 죄책감(?) 때문에라도 거절할 수 없었다. 또한 나와 걷기를 원하는 사람이 있다는 것은 즐거운 일 아닌가!

레온 대성당의 화려함과는 대조적으로, 소박하기에 더욱 마음에 끌렸던 이시도로Isidoro 성당도 보았다. 성당 앞에서 산티아고까지 306킬로미터가 남았다고 적힌 표지석을 발견했다. 벌써 약 500킬로미터 남짓 걸은 것이다. 오늘은 오스피탈 데 오르비고Hospital de Orbigo까지 갈 작정이다. 안드레아도 이번에는 꼭 따라가겠다며 의욕을 불살랐다.

"어제 기분이 나빴어요. 어떤 스페인 남자인데, 여기에 섹스를 하러 왔대요. 말이 돼요? 나보고도 자러 가자는 거예요. 술도 많이 안 마셨는데……. 사람을 우습게 보는 거 같아 기분이 더러웠어요!"

"아까 같이 왔던 그 사람?"이라고 물어보고 싶었지만 참았다. 어떻게 보면 성적인 자유를 누리기 좋은 곳이기는 하다. 실제로 순례길 관련 블로그를 뒤지다보면 성적 자유에 대한 에피소드를 심심치 않게 볼 수 있다. 사람 사는 곳인데 그럴 수도 있겠다 싶었다.

"저는 적어도 1년은 사귀어야 잠자리를 할 수 있다고 생각해요!"

그녀는 의외로 보수적인 성적 태도를 지니고 있나보다. 우리 사회도 과거에 비해 성적으로 자유로워졌다. 모든 이혼의 사유가 성적으로 자유로워진 것 때문은 아닐지라도, 상당 부분 영향을 미쳤음은 부인할 수 없다. 너무 서두른다. 데이트도 얼마 하지 않고 잠자리를 하고 서로 뜨거워져 결혼을 서두른다. 섹스라는 것은 쾌락을 동반하는 둘만의 비밀을 만들기에, 상대를 제대로 알지 못하고도 사랑에 빠졌다고 착각하게 만드는 속성이 있기 때문이다. 그 상태로 결혼을 한다면, 서로를 이해 못해 갈등을 겪을 소지가 많다.

그렇다면 얼마를 만나고 잠자리를 해야 할까? 얼마만큼 서로를 알고 육체적인 관계를 갖는 것이 적당할까? 정답은 없다. 다만 순서는 있다. 마음으로 충분히 사랑하고 신뢰할 수 있을 때, 몸 사랑으로 넘어가야 한다. 순서가 바뀐 사랑에 빠지면 자칫 영영 진정한 사랑을 못

하는 경우도 생긴다. 우리 몸은 쉽게 중독되기 때문이다. 진정한 사랑이나 중독된 사랑이나 둘 다 쾌락적이다. 다만 중독된 사랑은 언뜻 정신을 차리게 되었을 때 심각한 외로움과 공허함이 몰려온다. 그러면 다시 쾌락을 찾아나서야 한다. 스스로 문제라고 깨달았을 때는 이미 늦었을지도 모른다. 스스로를 중독 속에 방치하는 것은 자해와 마찬가지다.

옛길과 새길로 길이 나뉘었다. 옛길이 더 아름답고 순례길 같아서, 또 새길은 고속도로를 따라 걸어가서 위험하기 때문에, 안드레아와 나는 의기투합해 옛길로 가기로 했다. 소박한 옛길에는 볼 것이 많았다. 마을 곳곳에 작은 동굴 같기도 하고, 문이 있는 것으로 봐서는 무슨 창고 같아 보이는 곳도 있었다. 마치 〈반지의 제왕〉에 나오는 호빗족의 집 같았다.

"와인 창고예요. 이런 것이 집집마다 하나씩 있었대요. 진짜 와인들 좋아하나봐요!"

안드레아가 아는 척을 했다. 마을을 벗어나면 여지없이 나타나는 와인 창고들. 우리가 저녁마다 마시는 마을 고유의 와인을 보관하는 곳일 것이다.

갑자기 화살표가 없어졌다. 길을 잃어버렸다. 여기저기 말이 뛰놀고 창고들이 보였지만, 길인지 아닌지조차 알 수 없었다. 이미 두어 번 길을 잃어버린 경험이 있어 별 걱정을 하지 않았지만, 한 시간 이상 화살표를 볼 수 없게 되자 불안해지기 시작했다. 그녀를 믿은 것이 화근이었다. 미아가 된 핑계를 그녀 탓으로 돌리고 싶지는 않다. 스페인어를 잘하니 착각을 했다. 언어가 통한다고 해서 늘 올바른 길만 간다고 확신할 수 없지 않은가!

어찌하다보니 도로 공사 현장으로 들어섰다. 해는 뜨겁고 몸을 숨길 곳은 없었다. 음료수마저 바닥이 났다. 그녀마저 웃음기가 사라졌다. 멀리 인부들이 보였다. 그녀가 다가가 길을 묻자 친절히 가르쳐준다. 그들의 말대로 가보니, 이번에는 고속도로 한가운데로 나왔다. 난감해졌다. 너무 위험했다. 멀리 아까 우리가 출발했던 마을이 보였다. 어쩔 수 없다. 위험하지만 그곳까지만 고속도로를 따라가기로 했다. 그녀는 말이 없어졌다.

다행히 잠시 후 순례길을 알리는 노란 화살표가 보였다. 안도의 한숨이 나왔다. 그녀를 돌아보고 표지판을 가리켰다. 갑자기 그녀가 눈물을 터트렸다. 많이 긴장하고 걱정을 했나보다. 두 시간을 허비했으니 그럴 만도 했다.

길을 잃는다는 것은 정말 불안한 일이다. 누구에게 의지하고 싶다. 길을 잘 아는 사람에게 물어보고 싶다. 순례길을 한 번 경험한 사람이라면 길을 잘 알 것이다. 두 번 경험한 사람은 더 잘 알고 있을 것이고 말이다. 하지만 인생은 순례와 다르다. 어느 누구도 인생을 두 번 살 수 없다. 인생의 선배라고 불리는 사람들도 살아가는 동안 완벽한 길을 꿰차고 있을 수 없다. 그래서 스스로 선택해야 한다. 나이가 들면 들수록 스스로 선택해야 할 일은 더 많아진다. 직업적 선택, 결혼의 선택, 노년기 삶의 방향을 위한 선택……. 점점 선택은 중요해지고 어려워진다. 그리고 더욱 남에게 의지할 수 없게 된다.

문제는 혼자 짊어져야 하는 선택의 무게와 그로 인한 두려움이다. 용기가 필요하다. 정보를 모으고 조합하고 결론을 내리는 현명함이 필요하다. 그리고 무엇보다 포기하지 않는 의지가 필요하다. 포기하지 않는다면, 재수가 없어 가던 길로 되돌아가는 한이 있더라도 결국 길을 걷게 된다. 늦더라도 완주는 가능하다. 하지만 포기하면 아무것도 안 된다. 길을 잃었더라도, 힘든 삶을 살고 있더라도 포기하지는 말자.

우리는 다시 여유를 찾았다. 화살표를 찾았고, 이제 다시 산티아고로 가게 되었으니 말이다. 그런데 또다른 문제. 원래 걷기로 했던 옛길이 아니고 새길이었다. 5월의 스페인 태양은 숨을 헐떡이게 만든다. 달아오른 아스팔트는 신발 밑창을 녹일 듯이 뜨거웠다.

마을 어귀에 마트가 나타났다. 시원한 음료도 마시고 점심도 여기서 해결하기로 했다. 에어컨이 있는 듯 없는 듯해서, 바람이 시원한 밖으로 나왔다. 야외 테이블에서 점심을 먹으며 일정을 조율했다. 아침에 길을 잃고 시간을 빼앗기는 바람에 오스피탈 데 오르비고까지 가기는 글렀다. 일단 비야르 데 마사리페Villar de Marzarife에서 하루를 보내는 것이 현명할 듯했다. 게다가 안드레아가 '좋은 알베르게'를 알고 있다고 했다. 풀장이 있다는 것이 그녀가 말하는 좋은 점이었다. 그녀는 유창한 스페인어로 알베르게를 예약했다. 공립 알베르게는 예약이 안 되고 선착순이지만, 사립 알베르게는 예약을 받아준다.

그 사이 100킬로그램은 족히 되어 보이는 여자가 가게로 들어갔다. 잠시 후 야외 테이블에 모습을 드러낸 그녀의 손에는 아이스크림이 두 개나 들려 있었다. 우리를 보면서 겸연쩍게 웃었다.

"하나로는 턱도 없어요. 백 개라도 먹을 수 있지만, 다이어트를 해야 해서. 하하하."

쾌활한 성격의 글로리아는 미국 밀워키에서 왔는데, 60일을 예상하고 온 길이라고 했다. 십대 딸의 갑작스러운 죽음으로 인한 상실감 때문에 길을 나섰다고 했다. 그녀의 아픔이 치유되기를 기원해주었다.

길을 잃은 바람에 놀란 가슴이 가라앉고 기운도 좀 차리고 나서 우리는 다시 길을 떠났다. 안드레아는 글로리아 이야기로 시작하여("너무 뚱뚱하지 않아요? 저렇게 걸으면 무릎이 다 망가진다는데. 하지만 딸 때문에 마음이 아파요. 빨리 회복되었으면 좋겠어요. 그리고……") 끝도 없이 말을 계속했다("아까 길 잃어버렸을 때요. 정말 무서웠어요. 물론 당신이 있어서 안심이 되기는 했는데요. 아까 공사장 인부에게 말 걸 때, 그때도 좀 무서웠어요. 화살표를 발견했을 때의 감격이란. 그리고……"). 더이상은 참을 수가 없다고 생각한 순간, 좋은 아이디어가 떠올랐다. 그녀에게 10년 후의 자신을 생각해보라고 했다.

"10년 후에요? 글쎄요……."

그녀가 조용해졌다. 10년 뒤의 자신의 모습을 생각하는 것은 자존감이 부족한 사람들에게는 부담스러운 주문일 수 있다. 하지만 미래를 긍정적으로 꿈꿀 수 있다면, 치유의 효과가 있다. 나 또한 10년 뒤의 내 모습을 그려보았다.

'늙고 기운이 빠져 있겠지. 아이들은 곁을 떠나 독립을 하기 시작할 것이고. 아, 부모님은 돌아가셨을 수도 있겠구나.' 부모님 생각은 마음을 짓누른다. 그렇다고 부정적인 상상만 있는 것은 아니다. '아이들은 결혼을 해서 손주를 낳았겠지. 나는 은퇴 직전일 수도 있고. 호기심은 여전하고 변화를 두려워하지 않으니 또다른 도전을 하고 있겠지. 어쩌면 이 길을 다시 한번 걷고 있을 수도 있겠구나.'

어느덧 비야르 데 마사리페에 도달했다. 마을 입구, 오른쪽 알베르게가 괜찮아 보였다. 처음에는 이 알베르게가 안드레아가 말하는 '좋은 알베르게'인 줄 알았다. 하지만 그녀는 좀더 가야 한다고 했다. 마을로 더 들어가니, 그녀가 예약한 알베르게가 눈에 들어왔다. 멀리서 보아도 열악해 보였다. 수영복을 싸가지고 왔다는 그녀는 미련을 못 버리는 눈치였다. 일단 가서 둘러보고 마음에 들면 들어가고, 그렇지 않으면 아까 마을 입구에서 본 알베르게로 가자고 제안했다. 그녀가 척후병을 자처하고 나섰다. 잠시 후 키득거리며 그녀가 나타났다. 풀장이 정말 있었을까?

"네. 풀장이 있기는 해요. 근데 하하하……. 비닐로 만든 풀장이었어요. 어떤 것인지 짐작이 가요?"

아! 아이들 물놀이하라고 만든 풀을 이야기하나보다. 공기를 넣어서 사용하는 유아 풀. 그녀는 대체 언제 진짜로 '좋은 알베르게'를 보여줄까? 우리는 뒤도 안 돌아보고 마을 어귀의 알베르게로 향했다. 안뜰에 들어서니 밖에서 보았던 것보다도 더 좋았다. 마당에는 파라솔 아래에서 웃통을 벗고 일광욕을 즐기는 사람들도 있었다. 침대도 깨끗했다. 나는 입구 쪽, 안드레아는 가장 안쪽에 자리를 잡았다. 나는 답답해서, 그녀는 무서워서 그렇게 자리를 잡았다. 이곳에서는 저녁을 주문할 수 있었다. 스페인 전통식인 파에야를 메인으로 하는 풀코스 식사였다. 길을 잃고 지쳐서 어디 나갈 기운도 없고, 알베르게 분위기로 봐서는 음식이 썩 괜찮을 것 같았다. 빨래와 샤워를 하고 맥주 한잔을 하면서 느긋하게 기다렸다.

저녁 시간이 되자 알베르게 식당으로 안내되었다. 식당에는 이미 알고 있는 얼굴들이 적지 않았다. 안드레아가 하도 아는 척을 하는 바람에, 오히려 함께 다니는 내가 그들에게 익숙한 걸지도 모르겠다. 아까 길에서 만났던 글로리아도 건너편에 앉아 있었다. 셰프로 보이는(흰색 요리사 모자를 썼다!) 스페인 아저씨의 환대를 받으며 수프, 샐러드, 메인, 디저트로 진행되는 멋진 식사를 했다. 곁들여진 와인도 나쁘지 않았다.

오랜만에 달콤한 디저트까지 마치고, 자리를 정원으로 옮겨 와인과 함께 수다가 시작되었다. 바람은 선선했고 다들 맛있는 음식과 와인으로 기분이 좋아졌다.

근육통을 앓고 있다는 덩치 큰 영국인은 어느 틈엔가 약국에 들러 근육을 풀어주는 마그네슘 파우더와 큼지막한 양동이를 사왔다. 미지근한 물에 마그네슘을 한 스푼 풀고는 기분좋게 발을 담그고 있었다. 근육의 피로가 좀 가라앉는다며 만족스러운 눈치였다. 역시 다리 때문에 고민인 안드레아가, 마그네슘이 담긴 통의 설명서를 읽기 시작하다가 의아한 눈빛을 보냈다.

"의사 선생님! 질문 있어요. 용법을 보니까 물에 타서 마시는 건데, 저렇게 담가도 효과 있어요?"

빵 터지려는 웃음을 참으며, 아니라며 고개를 가로지었다. 사실 안 그래도 '마그네슘은 피부 흡수가 안 될 텐데, 특수한 방법으로 피부 흡수를 시키는 제품인가?' 하고 의아해하고 있었다. 영국 아저씨는 얼른 발을 빼고, 주변 사람들은 깔깔 웃었다.

그런데 그녀는 내가 의사인 것을 어떻게 알고 있었을까? 그것도 정신과의사인 것을 말이다.

"순례길에는 비밀이 없답니다. 하하하."

내가 정신과의사인 것을 아는 친구들(질리언, 마이크, 사울, 네덜란드 커플 등)과 만나서 들었는지, 아니면 의학과 심리학에 관한 이야기에서 추정했는지도 모르겠다.

스위스, 독일, 캐나다, 남아프리카공화국 등 각지에서 온 사람들이 어울려 다양한 주제에 대해 즐겁게 담소를 나누었다. 대부분 듣는 입장인 나를 위한 배려 차원인지, 독일 아저씨가 말을 걸었다.

"이봐요, 정신과의사 선생! 어때요? 순례길을 걸으니."

길은 치유의 마법을 부린다. 여유와 몰입이 치유의 원동력이 된다. 삶의 스트레스 속에 있을 때는 보지 못하던 자신을 발견한다. 의도적으로 또는 자연스럽게 자신의 내면에 몰입하게 되면, 스스로 해결책을 찾는 경우가 적지 않다. 물론 800킬로미터를 다 걸어도, 마음속 번뇌가 지워지지 않고 고민이 풀리지 않는 경우도 있다. 하지만 최소한 심신의 에너지를 되찾게는 된다. 그래서 집으로 돌아가면, 더 강력하게 도보 여행을 권할 수 있을 듯싶다.

"근데 이것은 독일에 있는 친구에게 들은 실화인데, 산티아고 순례를 하고 너무 좋았던 정신과의사가 환자들과 함께 이 길을 걸었답니다. 우울증, 불안증, 강박증 등 환자를 데리고 말이지요. 근데 며칠 못 가서 다 도망갔답니다. 생각했던 것과 너무 다르다면서요. 하하하."

독일 아저씨 때문에 기분이 나빠졌다. 농담이라고는 하지만 '정신과 환자'에 대한 조롱이 섞여 있었다. 정신과에 다니면 온전치 못한 사람들일 테니, 자신처럼 끝까지 완주할 수 없었다는 이야기인데…… 독일은 선진국이라 정신과 환자에 대한 편견이 없을 것이라고 짐작했던 내 짐작 또한 '편견'이었던 모양이다.

우울증을 비롯한 정신질환은 지구상에 사는 누구라도 걸릴 수 있다. 환경에 의해 지배받기는 하지만, 어떤 사회도 결코 안전하지 않다. 그렇게 편견을 갖고 살다가, 만약 힘든 일 때문에 우울증이라도 걸리면 어떻게 될까? 쉽게 인정할 수 없고, 쉽게 도움을 청할 수 없다. 편견을 갖고 있는 자가 질병에 더 고통받기 마련이다. 나와 다르다는 것을 받아들일 수 있는 것이 정말 성숙한 사람이고, 그런 사람들이 많은 사회야말로 진정 선진국일 것이다.

기분이 언짢아져서 작별인사도 없이 방에 들어왔다. 나 또한 편견에서 자유롭지 못하다. 아침나절, 옛길이 더 안전할 것이라는 편견 때문에 자칫 위험에 빠질 수도 있었다. 스페인어를 잘하니 쉽게 길을 찾아낼 것이라는 편견 또한 걸음을 힘들게 한 원인이었다. 수영장이 있다면 좋은 알베르게일 것이라는 안드레아도 편견에 깜빡 속았다. 자세히 따지고 보면 우리 모두는 편견에서 완전히 자유로울 수는 없을 것이다. 하지만 편견이라고 느꼈다면 바꿀 수 있어야 한다. 편견은 결국 부메랑처럼 나를 괴롭힐 것이 뻔하기 때문이다.

침대에 누워 창밖을 보니 달이 참 밝았다. 내일도 날은 좋겠다. 아니, 내일도 날이 좋았으면…….

열아홉째 날 상실의 하루

아침부터 날이 덥다. 윈드재킷 없이 얇은 티셔츠 하나만으로도 걸을 만했다. 어제 길을 잘못 든 탓에 오스피탈 데 오르비고까지는 아스팔트길을 따라가야 한다. 아스팔트의 뜨거운 열기는 숨이 막히게 하고, 딱딱한 바닥 때문에 발은 물론이고 발목과 무릎관절도 힘이 든다.

일찍부터 따라나선 안드레아는 여전히 말이 많았고 여전히 지나가는 사람들에게 관심을 보인다. 미안한 이야기지만 이제는 좀 혼자 걷고 싶었다. 다행히(?) 그녀의 정강이 근육이 또 말썽을 피워주었다. 미안해하며 내게 먼저 가라고 권유를 했고, 좀 이따 보자고 하고 떠났다. 이미 한 번의 이별을 겪고 다시 본 우리이기에, 반드시 다시 볼 수 있을 거라는 확신이 들었다. 카미노에서 이별과 재회는 흔한 일이다.

걸음걸이에 신경이 쓰이기 시작했다. 보통 사람의 걸음걸이는 90센티미터 정도이다. 약 800킬로미터를 걷는다면, 80~90만 보를 걸어야 한다. 아주 미세하게라도 걸음이 잘못되어 있다면, 자칫 몸에 무리가 갈 수 있다. 두 살 남짓에 두 발만을 사용해 걷기 시작하고부터 지금까지 평생 매일매일 걷고 있지만, 결코 걷는 것을 누구한테 배운 적은 없다. 그래서인지 3주 정도 걷다보니, 나름의 요령이 생겼다.

일단 시선은 먼 곳에 둔다. 가슴과 허리를 똑바로 펴고 몸에 힘을 뺀다. 가능하면 발이 일자가 되도록 걸으려고 노력하고, 발목이나 무릎으로 걷는 것보다는 엉덩이로 걷는 것이 덜 피곤하다. 약간 엉덩이를 씰룩거려야 하지만 말이다. 제일 중요한 것은 어깨에 힘을 빼는 것이다. 한 오디션 프로그램의 심사위원이 '공기 반 소리 반'만큼이나 강조한 '어깨 힘 빼기'는 걸을 때도 중요하다. 인간은 긴장을 하면 어깨와 목에 힘이 들어간다. 역으로 어깨를 축 늘어뜨리면 긴장이 줄어든다. 그렇게 해야 필요 이상의 에너지 소모를 줄일 수 있다.

비야벤테Villavente를 지나 시골길을 쭉 따라가니 기찻길을 넘게 되었다. 철도를 지나 도심에 접어들었다. 입구의 화살표가 헷갈린다. 잠시 멈춰 섰다. 가뿐한 차림의 젊은 남자가 지나가기에 어제의 교훈대로 주저하지 않고 물어보았다.

"이쪽이 오스피탈 데 오르비고 가는 길이 맞아요. 저는 벌써 두번째거든요. 십대 후반에 아버지와 왔었지요. 여기 모퉁이만 돌면 바로 바가 있을 거예요."

이십대 초반의 야스퍼는 덴마크에서 왔다. 아버지와 걸었던 이 길이 좋아서, 또다시 걷게 되었다. 모퉁이 바에서 함께 주스를 마시며 10년 전 일을 회상했다.

"그때 아버지는 맥주를 드셨어요. 저는 콜라를 마셨고요. 그날도 지금처럼 무더웠거든요."

야스퍼의 아버지는 2년 전에 췌장암으로 세상을 떠났다. 췌장암이라는 것이 급격히 악화되는 병이기 때문에, 많은 경우 손쓸 겨를이 없다. 배가 아프고 소화가 안 된다고 해서 병원에 갔었는데 암이라는 진단을 받았고, 불과 6개월 만에 떠났다.

"돌아가시기 전에 이 길을 제일 그리워하셨어요. 당신 소원은 나와 내 아이와 함께 삼대가 순례를 하는 것이었답니다. 마지막까지 산티아고 이야기를 하셨어요. 세상에서 제일 행복했던 때가 저와 함께 길을 걸었던 때라고……."

다른 사춘기 소년들과 마찬가지로 야스퍼 역시 아버지와 그리 친한 사이가 아니었다. 독실한 가톨릭 신자이며 약간 권위적인 아버지는 그에게 인생의 모범이기는 했지만 결코 마음을 나눌 친구는 아니었다. 그래서인지 아버지의 제안으로 10년 전 이 길을 걸었을 당시에는 진짜 내키지 않았다고 했다.

"그때는 그런 생각을 했던 거 같아요. '뭐 어쩌겠어, 그냥 시키는 대로 해야지'라고요. 솔직히 걷는 동안, 그리고 완주를 하고 나서도 그리 좋지는 않았어요. 아, 나쁜 것은 아니었어요. 생각만큼 그렇게 많이 좋지 않았다는 뜻이지요. 또 아버지랑 가까워진 것 같기도 했는데, 그것도 순례 후 불과 몇 달 정도만 그렇더라고요."

순례길은 길을 걷기 전 아버지에게 들은 이야기나 또 본인이 기대했던 것에 못 미쳤다. 좋기는 했지만, 그 감동과 여운이 얼마 가지를 않더란다. 사실 고등학생인 야스퍼에게 순례길은 아주 심심한 놀이터였을 수 있겠다. 그 나이 또래가 그렇지 않은가. 더구나 아버지와 함께한 길이 마냥 즐거울 리만은 없었다.

"그런데 아버지가 돌아가시고 이 길이 그리워졌어요. 갑자기 말이지요. 마치 어릴 적 먹었던 음식인데, 그 맛이 생각이 나지 않아 몹시 그리운 느낌. 그런 것 같았어요."

그래서 아버지를 보내고, 얼마 지나지 않아 산티아고에 가야겠다고 생각했다.

"이제야 아버지가 왜 내게 이 길을 함께 걷자고 했는지 알게 되었어요. 나 자신, 가족과 이웃 그리고 우리가 믿는 신을 좀더 깊게 만날 수 있는 기회를 주고 싶었던 것 같아요. 직접 답을 들은 적은 없었지만 길을 걸으며 그런 확신이 들게 됐어요."

아버지가 틀림없이 그에게 무엇인가 길의 의미를 이야기했을 터인데, 기억이 나질 않는다고 했다. 그때는 그게 중요한지도 몰랐고 또 관심도 없었다. 인생의 지혜는 적당한 때가 되어야 보이기 시작한다. 혼자가 돼서야 이 길이 자신과 인생을 돌아보는 길이라는 것을 알게 되었다.

나는 어릴 적 아버지와 낚시를 많이 다녔다. 큰아들인 나를 친구처럼 데리고 다닌 아버지는 사회에 대한 비판적 시각을 일찍부터 가슴에 품고 살았다. 하지만 성격이 긍정적인 아버지는 늘 새로운 세상에 대한 기대 또한 품고 계셨다. 현실과 기대 사이의 갈등 때문에 낚시에 몰두하셨을 것이다. 아버지도 내게 당신의 눈을 가득 채웠던 무엇인가를 보길 원했지만, 나도 야스퍼처럼 보지 못했던 것 같다. 다른 점이 있다면, 나는 낚시를 꽤나 좋아했다는 것. 아버지는 세월을 낚고 나는 재미를 낚았다.

"이 조가비에 아버지 이름을 적었어요. 아버지와 함께 다시 걷는 거지요."

순례자 사무실에서 구입했을 순례자의 상징인 조가비 뒤에 적어놓은 아버지의 이름을 보여주었다. 야스퍼의 눈에서 눈물을 본 것 같다.

가슴이 울컥했다. 내게도 두 개의 조가비가 있다. 군대에 있는 큰아들과 부모 품을 떠나 타국에서 공부중인 작은아들. 두 녀석이 안쓰러웠기에, 녀석들 몫의 조가비를 가방에 매달아 함께 걷고 있다. 늘 그렇듯이 가족이란 떨어질수록 애틋해진다. 야스퍼도 결혼을 해서 아이를 낳으면 함께 이 길을 걸었으면 좋겠다는 생각을 했다.

"물론이지요. 저도 아버지처럼 제 아이와 이 길을 걷고 싶어요. 당신도 다음에는 아이들과 함께 오세요. 아이들이 자라도 결코 당신을, 그리고 함께한 이 길을 잊지 못할 거예요."

오스피탈 데 오르비고에 머문다는 야스퍼와 헤어졌다. 마을을 가로질러 도달한 곳은 그 유명한 '기사의 다리'. 전설에 의하면 이곳은 사랑하는 여자를 얻기 위해 목숨을 걸고 수많은 결투를 벌인 한 남자의 신념과 용기가 서린 다리이다. 사랑은 때론 사람들을 지나치게 용감하게 만든다. 생각보다 훨씬 긴 돌다리에 올라서니 말을 탄 기사들이 다리 양끝에서 긴 창을 들고 서서 서로를 노려보고 있는 듯하다. 수많은 대결에서 승리한 용감한 기사는 사랑하는 여자의 마음을 얻었을 것이다. 하지만 그 또한 그녀와 헤어졌을 텐데……. 터벅터벅 긴 다리를 건너며, 뜨거웠던 사랑, 그리고 가슴 저린 이별의 이야기들이 머릿속을 채웠다.

마을을 벗어나기 직전, 아스팔트 바닥에 옛길을 뜻하는 'WAY'와 새길을 뜻하는 'ROAD'가 노란색으로 칠해져 있었다. 오른쪽 WAY로 들어서서 걷다보니 비닐하우스, 들판, 수로가 보이기 시작했다. 마치 고향의 농촌 마을을 보는 것 같아 안심이 되었다. 그리고 오랜만에 산들이 눈에 들어왔다. 아마도 메세타를 벗어난 것 같았다. 비야레스 드 오르비고Villares de Orbigo를 지나자 숲길이 나타나 뜨거운 태양에서 벗어날 수 있었다. 푸른 그늘 속에, 가끔 새소리만 들리는 한적함. 돌아가는 길을 선택하길 잘했다. 이게 진짜 내가 원하던 길이 아니었던가! 멀리 눈 덮인 산이 보였다. 산 정상에는 눈이 소복이 쌓여 있다.

한 시간쯤 걸었을까, 숲을 벗어나자 다시 도로가 이어졌다. 잠시나마 즐겼던 숲속의 휴식과 기쁨은 사라지고, 도시가 다가왔음을 알리는 자동차 소리가 주변을 채웠다.

아스토르가Astorga는 카미노에서 만날 수 있는 대도시 중 하나다. 가우디의 건축물과 초콜릿이 유명하다고 한다. 도시 입구 언덕길에 올라서고 얼마 지나지 않아 공립 알베르게를 발견했다. 아직은 이른 시간이기에 알베르게 건물 그늘에 배낭을 내려놓고, 좀더 갈까 말까 고민을 하던 차에 원주 삼총사 중 막내 형님을 만났다. 어떻게 먼저 왔을까? 갸우뚱하는 나를 보고는 "점프"라며 웃는다.

"뭘 더 가? 여기서 쉬어. 다음 마을에는 알베르게도 작아! 내가 안내해줄게, 들어가자고!"

사실 지쳐 있던 터라 이런 유혹에 넘어가지 않을 수 없었다. 아스토르가는 레온처럼 거대하지 않았지만, 건물들의 모양새가 너무 아름다웠다. 돌로 지어진 고풍스런 건축물들과 여유로운 사람들의 표정. 유럽은 선조들의 노력으로 참으로 부러운 삶을 누리는 것 같다.

타종으로 유명한 시계탑 밑으로 광장이 있다. 광장에는 유럽풍의 카페들이 줄지어 늘어서 있다. 우선 배부터 채워야 했기에, 생맥주와 토르티야를 주문했다. 의자를 끌어다 다리를 올리고 한잔하니 천국이 따로 없었다. 너무 이른 시간에 하루를 정리해서 좀 안타까웠지만, 그 안타까움을 보상하고도 남을 여유로운 기쁨이었다.

"제임스!"

갑자기 누가 나를 불러 돌아보니 안드레아였다. 이제는 놀랍지도 않다. 짐을 다 들고 있는 것을 보니 아직 숙소를 못 잡은 모양이었다. 들어오는 길에 공립 알베르게가 있다고 알려주자, 오늘은 특별한 곳에서 자고 싶다는 것이다.

"내일이 금요일이잖아요. 남자친구가 오거든요. 아스토르가에서 하루 더 묵으면 좋을 거 같아요. 근데 남자친구가 오늘 좀 편한 잠자리를 잡으라는 거예요. 스파가 있었으면 좋겠는데, 워낙 비싸서……. 여기 계실 거지요? 어디 가지 말고 있어요! 잠깐 호텔 몇 개만 더 보고 올게요!"

여전히 밝고 수다스러운 그녀는 주말이면 선물처럼 나타나는 남자친구 때문인지 한껏 흥분해 있었다. 나는 다시 느긋함을 즐기며 주변을 돌아보았다. 철제 테이블마다 사람들이 자리를 잡고 앉아 먹고 마시고 있는데, 나처럼 혼자 앉아 있는 사람들이 꽤 되었다. 흘끗 뒷자리를 보니, 짙은 눈화장의 유럽 여자가 담배를 피우며 앉아 있다. 화장만 짙은 것이 아니고 눈썹과 코에 피어싱까지 해서, 외계인과의 전쟁에서 지구를 지키는 여전사와 같이 아주 강한 인상을 주었다. 순간 눈이 마주쳤는데, 선글라스가 없었더라면 화들짝 놀라는 내 모습을 들킬 뻔했다. 그런데 왠지 그녀가 울고 있다는 생각이 들었다. 무엇 때문에 울고 있을까 하고 궁금해하던 사이에 안드레아가 돌아왔다.

"스파가 있는 호텔이 두 곳 있는데, 절대 못 깎아준다네요. 순례자에게는 좀 깎아준다고 들었거든요. 주말이라서 그런가봐요. 할 수 없이 공립 알베르게에 자리를 잡았어요. 대신 내일 묵어갈 곳은 예약했지요. 나도 맥주 한 잔 시켜야지!"

하이톤의 목소리는 물론이고, 가녀린 몸매(우리나라에서라면 보통 마른 정도이지만, 이곳에서는 연예인이나 가질 몸매란다) 때문에 금방 카페에 앉아 있는 사람들로부터 주목을 받는다. 그런 시선에도 아랑곳하지 않고, 그녀답게 앉자마자 주변 사람들에게 관심을 표하기 시작한다. 내게 양해를 구하고는 뒤에 있던 SF 여전사에게 이쪽으로 오라고 손짓한다.

"합석해요. 꼭 혼자 있고 싶어하는 것이 아니라면요!"

잠시 머뭇거리던 그녀는 우리 자리로 와서 합석했다. 레온부터 걷기 시작했다는 스위스 아가씨 라우라는 잠시 어색해하더니, 안드레아와 금세 장단을 맞추어 이야기를 나누며 웃고 떠들기 시작했다. 담배까지 나누어 피우며 금방 오래된 친구처럼 친해졌다.

옆 테이블에 친구들과 함께 있던 한 남자가 슬쩍 우리를 살피더니 합석을 해도 되겠냐고 묻는다. 친구들은 담배를 안 피우는데 안드레아와 라우라가 한 대씩 태우고 있으니 '옳다구나' 하고 자리를 옮겼다. 멋진 금색 수염에, 대머리를 가린 것으로 추정되는 두건을 묶은 덩치가 산만한 친구 게리였다. 캐나다 사람인데, 뉴질랜드 밀포드 트랙 Milford Track에서 산악경찰을 하고 있다고 한다. 유치원에 다니는 두 딸과 더 많은 시간을 보내고 싶어서 일을 그만두었고, 퇴직과 새로운 출발을 기념하기 위해 친구들과 길을 나섰다.

"아내가 돈을 벌고 남편이 아이를 돌보는 게 보편적인 것은 아닙니다. 하지만 제 주변에는 어렵지 않게 볼 수 있습니다. 2년 아니면 3년 정도 아이를 제가 양육할 겁니다. 전통적인 남자의 역할만 한다면, 아이들과 충분히 함께 있을 수 있는 시간이 없으니까요."

산악경찰이란 직업이 너무나 잘 어울리는 게리가 아이를 전적으로 양육하는 모습이 상상되질 않았다. 게리나 나나 모두 라우라의 이야기가 궁금해졌다. 게리가 무슨 일을 하느냐 묻자 스위스에서 경제학을 전공한 학생이라고 했다. 이곳에는 상처를 치유하기 위해서 왔고, 발이 너무 아파서 이틀째 이곳에 머문다고 했다. 혹시 포기하게 될까봐 걱정이란다.

"너무 걱정하지 말아요. 잘될 거예요. 여기 있는 제임스는 주먹만한 물집이 발바닥에 있다고요. 나도 정강이가 아파서 잘 못 걸어요. 좀 늦으면 어때요! 천천히 가도 끝까지 가면 되지요! 내가 도와줄게요! 진짜요."

안드레아의 이야기에 모두 한마디씩 덧붙여 라우라에게 힘을 주려고 했다. 와자지껄 그녀에게 파이팅을 해주는 사이에도, 그녀의 문신으로 시선이 갔다.

그녀의 왼손 손가락 세번째 마디에는 E, I, 그리고 오른쪽에는 로마 숫자로 XVI라는 문신이 새겨져 있었다. 문신을 한 사람들이 선택하는 그림이나 문장은 저마다 깊은 뜻이 있다. 과거에는 문신이란 자존감이 떨어지는 사람이 스스로를 인식시키기 위한 방법이었다. 요즘에는 유행이나 패션처럼 하는 경우도 있지만 말이다. 그래서 대개 문신이란 다른 사람들에게 "나 이런 사람이야!"라고 떠벌리는 것 같지만, 동시에 스스로에게 선명성을 각인시키기 위함이기도 하다. 그녀에게는 어떤 의도가 있었을까?

갑자기 그녀가 울기 시작했다. 강인하고 검은 눈에서 펑펑 눈물을 쏟았다. 모두 당황했다.

"E.I는 제 동생 이름이에요. 에밀 이다Emil Ida요. XVI(16)은 그 아이의 나이고요. 6주 전에 교통사고로 세상을 떠났어요."

그녀가 순례길을 걷는 이유는 상실감을 극복하기 위해서였다. 세상에서 가장 사랑하는 동생을 잃고는 아무것도 할 수 없었다. 사실을 받아들일 수조차 없었다. 차라리 자기가 대신 죽었으면 하는 바람과 함께, 먼저 간 동생을 미워하기도 했다. 그러다가는 모든 것이 자신의 책임이라는 생각에, 따라 죽을까 하는 생각도 했다. 이런 혼란의 구렁텅이에서 빠져나오고 싶었다. 인터넷에서 우연히 이 길을 접하고는 무작정 떠나온 것이다. 눈물을 삼키며 그녀가 말을 이어갔다.

"지금도 죽는 것이 낫지 않을까 하는 생각을 해요. 너무 힘들어서 순례만이 유일한 탈출구라고 생각했고, 이 길을 마치고 나면 다시 힘을 낼 수 있을 것이라는 막연한 믿음도 있었거든요. 그런데 남들처럼 제대로 걷지도 못하는 내 자신을 발견하고는 더 한없이 서러워졌어요."

가뜩이나 심신이 지친 상태인데다 아무런 준비도 없이 와서인지 몸이 말을 듣지 않고 자꾸 아프기만 했다. 무릎도 아프고 발바닥에 커다랗게 물집도 잡혔다. 카미노마저 걷지를 못하니, 마음의 고통은 오히려 더 심해진 것이었다.

"의사 선생님! 결국 잊혀지겠지요? 지금은 그 아이의 숨결까지도 그대로 느낄 수 있지만, 결국에는……. 그게 두려워요. 제가 에밀을 잊어버릴까봐. 아, 너무 힘들어요. 저 우울증 맞지요? 몇 년 전에도 많이 우울해서 치료를 받았거든요. 다 나았다고 생각했는데……."

안드레아의 제보(?)로 내가 정신과의사인 줄 알게 된 라우라가 자신의 상태를 물었다. 전문의가 보지 않더라도 그녀의 상태는 우울증이 맞다. 분석적으로 보자면 우울증이란 사랑하는 대상의 상실로부터 발생하는 일이 많다.

상실은 누구에게나 찾아온다. 상실은 피할 수 없는 삶의 증거다. 상실을 하면 우울해지지만 대부분 일시적이고, 그 애도의 시간 동안에 우리는 성숙해질 기회를 갖는다. 라우라는 동생과 그녀의 죽음을 망각할까봐 두려워하고 있었다. 하지만 망각은 생존을 위한 진화의 산물이다. 생존을 위해서는 기억력이 얼마나 좋은지만큼, 망각을 얼마나 잘하는지도 중요하다. 만약 애도를 통해 상실의 아픔을 잊는 기회를 갖지 못했다면, 인류는 존속할 수 없었을 것이다. 시간이 지나면 잊는 것이 자연스러운 일이고, 그래야 살아갈 수 있다.

하지만 예상할 수 있는 상실과 갑작스럽게 닥치는 경우는 다르다. 또 얼마나 사랑하는 대상이었느냐에 따라 다르다. 연로하신 부모님이 병으로 오래 앓다 돌아가시면 흔히 호상이라고 부른다. 여러 가지 이유가 있겠지만, 상실을 겪는 사람들이 충분히 준비할 시간을 가질 수 있기 때문이다. 그렇지만 교통사고로 인한 사망과 같은 갑작스런 상실은 준비할 시간이 없다. 더구나 동생과 같이 가까운 사이라면 상실로 인한 고통은 더더욱 클 수밖에 없다.

"다시 회복할 수 있을까요? 다시 예전의 나처럼 돌아갈 수 있을까요? 하루하루 마음이 변해가니, 원래 내 모습이 어땠는지도 모르겠어요."

인간의 상실은 다섯 가지 단계로 애도의 과정을 밟는다. 처음에는 사실을 받아들일 수 없어 '부정'한다. 그리고 '분노'한다. 왜 나를 두고 먼저 갔을까? 다음으로는 '우울'해진다. 분노의 화살이 자신에게로 향하기 때문이다. 그다음에는 스스로 '정리'하고 '수용'하게 된다. 이러한 과정은 대개 정상적이다. 사람마다 다르겠지만, 2~6개월 후에는 벗어날 수 있다. 이보다 오래 지속된다면, 틀림없이 일상의 어려움을 겪을 것이고, 그렇다면 질병으로 받아들여야 한다.

라우라의 경우는 분노와 우울이 섞여 있는 단계이다. 아직 받아들일 준비가 안 된 것이다. 많은 순례자들이 라우라처럼 무언가를 잊기 위해 길을 떠난다. '용서의 언덕'은 내게 괴로움을 준 사람을 잊는 곳이고, 앞으로 만날 '철 십자가' 역시 마음의 짐을 내려놓는 곳이다. 어쩌면 순례길 전체가 세상과 인연에 대한 욕심과 집착을 내려놓기 위한 길인지 모른다. 버려야 보이는 것이 진심 아니던가.

게리는 그녀의 기분을 좋게 해주기 위해, 자신의 휴대전화에서 재미있는 동영상을 찾아 라우라에게 보여주고, 덩치에 어울리지 않게 웃긴 이야기를 찾아내기 시작했다. 나 또한 그녀를 위로해주기 위해 애썼다.

우리의 노력에도 울음소리만 잦아들었을 뿐 그녀의 눈은 상실의 고통에서 벗어나질 못했다. 순간 어색한 침묵이 찾아왔다. 오로지 라우라의 훌쩍임만 들렸다. 그때 아무 말 없이 안드레아가 그녀를 안아주었다. 라우라는 그녀의 가슴에 안겨 한동안 통곡을 하다 잠시 후 평정을 찾았다. 고개를 들어 우리에게 감사의 표시를 했다. 여자의 가슴은 남자의 말보다 더 따뜻했다.

"고마워요. 며칠 걷지는 않았지만, 이곳은 너무 따뜻한 곳이에요. 안드레아 말처럼 무슨 일이 있어도 완주를 하고 말겠어요. 그러고 나면 많이 나아지겠지요. 에밀도 그걸 바랄 것이고요."

근처 식당에서 아스토르가 전통 식사(우리의 수육 또는 도가니탕과 비슷하다)를 하고 나니, 어둠이 내렸다. 쏟아질 듯 별이 빛나고 몇몇 순례자들만 오가는 조용한 광장. 그 많던 테이블과 의자들은 한쪽에 정리되어 스산함마저 주지만, 밝지 않은 조명 아래 시계탑만이 은은하게 보였다. 잠시 걸었다. 밤은 점점 깊어져가고 생각이 많아졌다.

누구나 상실을 겪는다. 아버지를 잃은 야스퍼도, 동생을 잃은 라우라도, 그리고 우리 모두 마찬가지다. 살다보면 어느 날, 한 번 이상의 상실을 마주해야 한다. 상실은 피할 수 없는 삶의 한 과정이다. 너무 두려워할 필요는 없다. 인간의 상실은 역설적으로 축복이다. 우리는 상실을 통해서 커다란 아픔을 맛보지만, 그 아픔이 우리를 성숙하게 한다. 삶은 그렇게 상실을 통해 깊어진다.

스무째 날 기도, 응답을 기다리며

순례길 20일째. 오늘 남자친구와 이곳 아스토르가에서 하루 더 묵겠다는 안드레아와 헤어지고 홀로 아침 일찍 나섰다. 혼자 걷고 싶어 시작한 순례길이니, 어찌 보면 다행스러운 일이다.

복잡한 골목길을 지나 아스토르가를 벗어나니 또다시 한적한 시골길이다. 큰길로 접어드는 허허벌판에 아주 작은 성당이 눈에 띈다. 역사적으로 순례길은 가톨릭 성지로 가는 길이었으니 당연한 일이겠지만, 마을마다 성당이 적어도 하나씩은 있다. 하지만 이번 성당은 단층건물에 유난히 소박해 보였다. 가까이 가보니 놀랍게도 한글이 보였다.

"신앙은 건강의 샘."

예전의 종교란 탄압과 억압, 그리고 질병과 배고픔에서 벗어나고자하는 희망을 품고 있었다. 신앙은 결국 자유와 생존을 위한 것이었다. 최근 우리나라는 어떤가? 본래 종교의 뜻에 맞는 길을 걷고 있는지 걱정이 된다.

또다시 길은 끝이 나지 않을 것같이 느껴졌다. 잠시 푸른 숲을 만나

메세타를 벗어났나 했더니, 나지막한 잡목과 꽃나무들이 우거진 오르막길이 끊임없이 이어졌다. 오늘은 순례길에서 가장 높은 산봉우리를 하나 넘어야 한다. 생장에서 넘은 피레네처럼 가파르지 않은 대신 오랜 시간을 서서히 올라야 한다.

태양이 작열하여 한낮에는 체감온도 30도가 훨씬 넘는 힘든 산길을 오르다보니 사람들이 점점 지쳐갔다. 약간의 그늘이라도 있는 곳에서는 어김없이 앉아서 쉬고 있는 순례자들을 볼 수 있었다. 순례자가 늘어서 그늘마저도 만원이다.

점심을 먹고 나서 한두 시간쯤 걸어왔을까? 너무 지쳐서 어디든 주저앉고 싶었지만 보이는 나무 그늘마다 꽉 찬 순례자들 때문에 쉴 수가 없었다. 그렇다고 태양이 내리쬐는 길 한복판에서 쉬는 것은 안 쉬느니만 못했다. 멀리 길 한복판에 있는 높은 조형물을 발견했다. 무슨 목적으로 설치해놓은 것인지는 모르겠으나, 그늘에서 쉴 수 있겠다는 생각이 들었다. 순례길은 동쪽에서 서쪽으로 향하므로, 그늘은 조형물 건너편에 져 있을 것이다. 지친 발걸음으로 간신히 조형물을 지나쳐 그늘에 들어서려니 아뿔싸, 여기도 만원이었다.

주문 시간에 늦을까봐 헐레벌떡 식당에 뛰어왔는데, 음식 재료가 떨어졌다고 할 때, 아예 식당 문이 닫혀 있을 경우보다 백만 배 실망하는 것과 같은 기분이었다. 실망은 금세 놀라움으로 바뀌었다. 세 사람 정도 간신히 더위를 피할 수 있는 그늘에서 낯익은 얼굴을 발견한 것이다.

"제임스! 오, 제임스! 여기서 만나다니 기적이야, 기적! 이리 와서 앉아요."

마이크 할아버지였다. 프로미스타에서 출발한 날 헤어지고 일주일

만인가. 그는 나와 다른 마을에 묵었었다. 몹시 지쳐 보이기는 했지만 여전히 밝고 유쾌했다. 이미 세 명이 앉아 있어서 그늘이 꽉 차 있었지만, 마이크가 비켜준 자리에 엉덩이를 밀어넣었다. 살 것 같았다. 엉덩이가 거의 닿을 정도로 네 사람이 앉아 비좁은 그늘이었지만, 천국이 따로 없었다. 지나가는 순례자마다 그늘 안 우리를 쳐다보고는 같은 마음으로 부러워하면서 지나친다.

"혹시 물 있어? 내가 깜빡하고 물을 놓고 왔는데……."

마이크는 입술이 바짝 말라 있었다. 물을 꺼내 그의 수통에 가득 부어주었다. 행복한 표정의 마이크는 카미노 친구들 이야기를 들려주었다.

"질리언은 우리 앞에 가고 있고, 네덜란드 커플은 바로 뒤에서 쫓아올 거야. 어제 같은 마을에 묵었거든. 그리고 그 몸이 불편한 한국 여학생은 버스도 타고 하면서 요령껏 쫓아오고 있어. 참 사울은 레온에서 입원했다네. 아마 포기했을 거야. 걷기 힘들 정도로 정강이가 부었던데……."

가슴이 철렁 내려앉았다. 산토 도밍고 데 라 칼사다에서 침을 놔주었을 때는 다 나은 것처럼 기뻐했는데. 저녁까지 얻어먹었는데……. 혹시 내가 놓은 침 때문에? "이런 돌팔이 의사야! 네가 놓은 침 때문에 감염이 되어서 절단을 하고 말았어요! 내 다리 물어내!" 사울의 분노에 찬 울부짖음이 들리는 듯했다. 더불어 치사하게 변명하며 뒷걸음치는 내 모습도 떠올랐다. "그러니까 내가 뭐랬어? 정신과의사라고 했지!"

더이상 지쳐서 가기 힘드니 다음 마을에서 짐을 푸는 것이 어떠냐는 마이크의 제안을 뿌리치고 더 걷기로 했다. 마이크는 좀더 쉬겠다고 엉덩이를 뗄 생각을 안 해, 인사를 하고 길을 나섰다.

얼마 가지 않아 작은 마을이 나왔다. 우리나라 국립공원 시작 지점의 마을처럼, 갖가지 순례용품을 파는 작은 상점들, 알베르게, 바가 길게 늘어서 있다.

작은 바에서 주스와 보카디요로 점심을 했다. 슬슬 보카디요가 지겨워지기 시작한다. 여태껏 적지 않게 해외여행을 해봤지만, 길어봤자 10일이었다. 오늘이 20일쯤 되었으니 최장 체류 기간의 두 배가 된다. 평소에는 절대 김치와 라면을 찾지 않았다. '해외에서는 현지식으로!' 가 평소 여행의 소신이건만…… 참으로 라면과 김치가 그립다.

세 시간쯤 더 걸으니 이제 제법 산 같은 순례길이 펼쳐졌다. 산 중턱에 있는 폰세바돈Foncebadon은 설악산의 대피소 같은 알베르게 몇 개로 이루어져 있다. 여기서 머물고 갈 것인가 말 것인가 결정을 해야 했다. 다음 마을로 가기 전에 카미노의 명물인 철 십자가Cruz de Ferro가 있다. '용서의 언덕'만큼이나 순례자의 마음을 흔들어놓는 그곳을 오늘 안에 가려면 폰세바돈에서의 숙박을 포기해야 한다. 그렇다면 4킬로미터쯤 떨어진 다음 마을인 만하린Manjarin에서 묵어야 하는데, 그곳은 독특한 알베르게로 인기가 많아서 이미 만원일 것이다. 그렇다면 그다음 마을인 엘 아세보El Acebo까지 가야 하는 상황. 앞으로 7킬로미터를 더 가야 한다. 지금이 오후 3시. 평지라면 한 시간 반 정도 걸릴 거리지만, 산속은 다르다. 평지의 두세 배는 걸린다. 더구나 산은 해가 금방 진다. 어둑해진다 싶으면 어느새 깜깜한 밤이 되고, 밤의 산은 위험하다. 그리고 제일 큰 문제는, 그렇게 도착했는데 잘 곳이 없는 경우다. 안드레아가 있었으면, 그녀의 유창한 스페인어로 알베르게 예약을 했을 텐데…… 자고 가느냐 그냥 가느냐의 고민 끝에 일단 가기로 결정했다.

조금이라도 더 빨리 도착하면 산티아고를 넘어 피니스테레까지 가기가 수월해지기 때문이다. 그리고 무엇보다도 철 십자가를 한시라도 빨리 보고 싶었다.

누군가에게 부탁해서 예약을 시도해보기로 했다. 길을 걸으며 앞서거니 뒤서거니 하던 브라질 부자가 있었는데 아들은 스페인어에 능숙한 것 같았다. 그에게 부탁을 했다. 천운으로 딱 하나 남아 있는 알베르게를 예약할 수 있었다. 이제 오늘 안에 들어가기만 하면 잘 곳은 있다.

다시 전의가 불타올랐다. 이제 고대하던 철 십자가를 보고, 엘 아세보까지만 가면 된다. 다행히 컨디션이 좋았다. 폰세바돈에서 발바닥의 물집을 살펴보았는데 꾸득꾸득하니 많이 좋아졌다. 붕대를 새로 갈아 붙이고 양말도 새것으로 꺼내 신었다. 서울에서 철 십자가에 걸어달라고 부탁했던 작은 나무판도 확인했다. 군대에서 고생하는 큰아들, 낯선 땅에서 공부하고 있는 둘째 아들, 늘 아들과 남편 걱정하는 아내, 그리고 가족보다도 더 많은 시간을 같이 보내는 병원 직원들. 그들의 소원이 적힌 나무판은 커다란 짐이었다. 혹시 카미노 완주를 실패하면 그들을 볼 면목이 없어지지 않겠는가. 일종의 체면과 의무감을 해결하기 위해, 또 작은 무게나마 짐을 내려놓을 욕심에 서둘러 길을 떠났다.

제법 비탈진 길을 계속 올랐다. 경사보다는 더위에 쉽게 지쳤다. 뜨거운 햇볕에 머리가 타들어가는 것 같다. 입이 바짝 말라붙었다. 멀리 철 십자가가 보이기 시작했다. 눈앞에 바로 있는 것 같은데, 가도가도 잡히지 않았다. 사막에 서 있는 게 이런 느낌일까? 모자를 쓰고 목까지 올라오는 긴팔 등산복을 입고 장갑까지 꼈지만, 살짝살짝 노출된 피부가 금방이라도 타들어갈 것 같다. 모자 속을 채우다못해 넘치는 땀은 모자챙을 따라 방울이 되어 똑똑 떨어진다.

마침내 철 십자가에 도착했다. 기대만큼 신성해 보이지 않았다. 마치 쓰레기 무덤처럼, 글씨를 한 자라도 쓸 수 있는 돌에는 세계 각국의 언어로 무엇인가 적혀 있었다. 나뭇가지나 헝겊을 이용해서 글을 남긴 것도 부지기수이다. 사진이며 액세서리, 심지어 순례길의 조가비도 있다.

과거 순례자들은 고향에서 가져온 돌을 철 십자가에 놓고 '무사고 순례'를 기원했다고 한다. 요즘은 자신의 마음속 짐을 내려놓거나 또는 소원을 비는 곳이 되었다. 어떤 이는 이곳에 죽은 아들의 사진을 가지고 와서 상실감과 죄책감을 내려놓고 가고, 또 어떤 이는 병든 가족의 회복을 기도했으며, 또 어떤 이는 나라와 세계의 평화를 빌었다고도 했다.

나도 그들처럼 서울에서부터 들고 온 나무판들을 가지런히 놓았다. 가능하면 철 십자가에 가장 가까운 명당을 찾아보려고 애썼으나, 이미 놓인 다른 사람들의 물건을 치우지 않으면 불가능한 일이었다. 주변을 돌아보니 좀 늦은 시간이라 그런지 아무도 없었다. 잠시 갈등했지만, 자식들과 아내, 동료들을 위한다는 대의명분(?)을 가슴에 아로새기며, 세계 각국에서 날아왔을 몇몇 사람들의 소원을 희생시킬 수밖에 없었다. 물론 내 소원들 역시 며칠이나 이 자리에 머물 수 있을까 생각하면서……

작은 기도를 드렸다. 나와 나를 아는 모든 사람이 행복해지기를, 이번 순례가 무사히 끝날 수 있기를. 이 길에서 만난 모든 인연들과 함께 말이다.

너무 더워서 서둘러야 했다. 서울로 '인증샷'을 보내고 길을 재촉했다. 철 십자가가 산의 정상에 있는 줄 알았는데, 산 정상은 그후로도 몇 킬로미터를 더 가야 했다. 얼마나 더위가 심한지 어지럽기까지 했다.

힘겹게 산모퉁이를 돌자마자 장관이 펼쳐졌다. 노란색, 분홍색, 백색으로 뒤덮인 엄청난 꽃밭이었다. 조금 전까지 죽을 것 같던 몸과 마음이 편안해졌다. 꽃들에게 위로를 받았다. 끝없이 펼쳐진 알록달록 꽃밭을 감상하느라 잠시 바위에 앉았다.

얼마나 오래 저렇게 피어 있었을까? 아마도 순례길의 역사를 훌쩍 뛰어넘어 산과 지구의 역사와 함께했으리라. 저 들꽃들은 도시의 가로변 화단처럼 누가 일부러 심어놓은 것이 아니다. 지치고 힘든 순례자를 위로하기 위한 것도 아니다. 그저 어느 날부터 이 산꼭대기에 자리잡고 있었을 뿐이다. 그리고 그 자손들은 대대손손 영역을 키워가며, 이 산을 저렇게 아름답게 수놓고 있는 것이다. 생명의 번식이 가져다준 아름다움이다. 갑자기 아이들 생각이 났다. 또다시 가슴이 저려왔다.

한숨을 돌리고 힘을 내어 걷다보니, 얼마 가지 않아 진짜 산 정상에 도착했다. 내리막길이 시작되니 걷기가 좀 수월했다. 이제 한두 시간만 더 가면 오늘밤을 보낼 엘 아세보에 도착한다. 30분쯤 걸었을까, 도로 옆에 자그마한 알베르게가 보였다. 아! 여기가 그 유명한 만하린 알베르게인가보다.

오래되고 낡았지만 평화로워 보이는 나름 독특한 알베르게를 지나는데, 아는 얼굴이 눈에 띈다? '누구였지? 누구더라? 익숙한 얼굴인데…….' 저쪽도 나를 알아봤다. 반갑게 손을 흔들며 나를 부른다. '어…… 어라! 설마?'

시간의 흐름을 거꾸로 만들어놓았다. 스위스 소녀 루스였다. 처음엔 오카 산, 두번째는 레온 입구에서 만난 그녀가 또다시 나를 앞질렀다. 벌써 세번째, 마법과도 같이 내 앞에 나타난 것이다. 마치 토끼와 거북이 같다. 헉헉거리고 달려봤자 쉬지 않고 걷는 자를 따라잡을 수가 없다. 서두른다고 빠른 것이 아니라, 느려도 자신의 페이스를 유지하는 것이 진짜 빠른 비결이다.

사람들마다 걷는 속도가 다르다. 루스처럼 걸음이 느린 사람도 있지만, 무슨 마라톤 선수처럼 뛰어다니는 사람도 있다. 루스도, 마라톤 순례자도, 그리고 나도 순례길을 완주할 수 있다. 완주를 하려면 어떤 속도로 달리느냐가 문제가 아니다. 자신의 페이스만 유지하면 절대 성공 못할 리 없다. 인생도 마찬가지다. 조금 앞서거나 조금 뒤처질 수 있지만, 자신의 페이스만 유지하면 결코 실패할 인생은 없다.

잠시 이야기를 나누고 싶었지만, 루스는 다른 순례자들과 테이블에 앉아 있었고 나는 나대로 마음이 급해 스치듯 간단한 인사만 나누고 지나쳤다. 레온 앞에서 만났을 때 그녀가 했던 이야기가 귓가에 맴돌았다.

"느린 만큼 더 오래 걸어요!"

마침내 산장에 도착했다. 마을의 알베르게가 모두 만원이란다. 미리 예약을 해두어 다행이다. 경사가 제법 되는 내리막에 자리잡은 마을에서는 가게에 가기도 불편했다. 위쪽에 자리잡은 가게에 가서 물을 사가지고 내려왔더니 땀이 흥건하다. 오늘은 너무 무리를 해서 푹 쉬기로 작정했다. 서둘러 씻고 정원에 있는 테이블에 자리를 잡았다. 고양이 두 마리가 한가롭게 놀고 있다. 맥주 한 잔을 들고 그늘에 앉아 산속의 오후를 만끽했다. 짧지만 행복한 오후였다.

알베르게는 음식이 좋기로 제법 소문이 자자한 곳이었다. 6시밖에 안 되었는데 벌써 식당엔 손님이 가득했다. 길에서 몇 번 본 짧은 머리의 중년 유럽 남자에게 함께 앉아도 좋은지 물었다. 왠지 쓸쓸해 보이는 그가 자리를 내주었다.

저녁은 매번 그렇듯이 순례자 메뉴다. 콩으로 만든 전식에, 소고기 구이, 요구르트, 지역 와인. 제법 음식이 맛깔스러웠다. 맛있는 음식과 와인은 지친 순례자에게는 힘을 주고 서먹한 사이를 부드럽게 만들어 준다.

"그러니까 제임스는 정신과의사란 말이지요?"

술잔을 두어 번 부딪히고 나자 말을 걸어온다. 벨기에에서 온 사십 대 중반의 줄리안은 군인이란다. 북대서양조약기구 나토NATO에 근무하고 있다. 금발머리에 잠자리테 안경이 정말 잘 어울리는 그는 마이크와 질리언과도 잘 알고 있어서인지, 나에 대한 정보가 있었나보다.

"주로 어떤 문제를 상담하나요? 아니면 약물만 처방하나요?"

줄리안은 제법 정신과에 대해 정보를 가지고 있었다. 현대 정신의학의 발달로 질병의 치료에는 약물이 자주 사용되고 그만큼 효과적이다. 하지만 마음의 병을 약물로 100퍼센트 치료하기는 현실적으로 어렵다. 더불어 심리상담은 정신과치료의 기본이다. 그런데 이렇게 물어보기 시작하면 대부분 자신의 문제를 상담하려고 든다. 공짜로 말이다. 그도 마찬가지였다.

"한국은 어때요? 벨기에에서는 이혼이 많은데. 그런 상담도 많이 하나요?"

음……. 부부 사이에 갈등이 많거나 이혼을 했나보군.

"실은…… 초면에 이런 이야기하면 미친놈이라고 할지 모르지만, 순례길을 걷는 목적이 그래서……. 아내와 이혼을 한 지 1년쯤 돼요. 아들도 하나 있고. 제 잘못으로 그랬는데……. 헤어질 때는 오히려 시원하다는 생각을 했지요. 그런데 반년도 채 지나지 않아, 너무 후회가 되는 거예요."

　보통 남자의 중년은 후회로부터 시작한다. 여태껏 무엇을 위해 살았나 싶어진다. 가족을 위해 희생만 했다고 믿기 쉽다. 이제부터는 달리 살리라 마음을 먹는다. 나를 위한다고 이기적이 되고 나니 주변이 탐탁지 않아진다. 아내가 괜히 미워지고 이유 없이 모든 게 잘못된 것 같다. 심리적으로 혼돈 상태가 되어 꼭 사춘기 소년 같아진다.

　그도 마찬가지였다. 아내와 대화를 나누고 싶지만 서로 이해를 하지 못했다. 몇 번 시도해보다가 포기하고 나니 다른 여자가 눈에 들어왔다. 우연히 만난 그 여자는 달랐다. 그에게 집중하고 그를 이해하려고 애썼다. 만나면 에너지가 넘쳤다. 직장에서도 신이 나고 삶이 밝아졌다. 어두운 터널을 벗어나 이제야 제대로 된 삶을 사는 것 같았다.

　그러다 아내에게 발각이 되었다. 분노에 찬 아내의 요구에 별다른 대응 없이 이혼을 했다. 사랑하는 아들이 걱정되었지만, 언제든 원하면 볼 수 있으니 크게 마음에 걸리지 않았다. 사랑에 빠져 있던 그는 새롭게 만난 여자 생각뿐이었다.

　한동안은 좋았다. 그러나 한 달 만에 여자친구와 헤어졌다. 여자친구와의 이별도 큰 아픔이 되지는 않았다. 원하면 언제든 다른 여자를 사귈 수 있는 독신의 몸이 되었기 때문이다. '돌싱' 친구들과 어울리면서 마치 10년 전의 자신의 모습으로 돌아온 듯해 기뻤다.

　그렇게 여섯 달이 지날 즈음, 방황을 끝낸 소년처럼 현실로 돌아왔다. 후회가 밀려들었다. 6개월 전에는 상상도 못했던 아내의 고통이 자신의 가슴을 후벼파기 시작했다. 죄책감에 밤을 지새우기 일쑤였다. 아내에게 용기를 내어 재결합 얘기를 꺼냈지만, 아내의 분노만 더 키워놓았을 뿐이다.

우울하고 의욕이 없었다. 친구라면 사족을 못 쓰던 그였는데, 친구조차 만나기가 싫어졌다. 주말이면 집안에 처박혀 술이나 퍼마실 뿐이었다. 어느 날 문득 이러다간 다시는 영영 집밖으로 못 나갈 것만 같았다. 커다란 두려움에 도망을 치고 싶었다. 도대체 지난 1년간 자신에게 무슨 일이 일어났던가 해답을 얻고 싶었다. 그래서 길을 떠났다.

줄리안은 아직도 아내를 사랑하고 있다. 절대 떠나보내서는 안 될 사람인데 떠나보내고 나니 그 소중함을 알게 되었다. '도둑놈 심보'지만, 아내가 다시 그를 받아주기만 하면 그는 전과는 다른 사람이 되어 더 뜨거운 사랑을 할 수 있을 것이다. 하지만 세상은 그렇게 내 마음같이 돌아가지 않는다. 차갑고 비정하다. 아내는 그를 외면했다. 다시 상처받지 않기 위해서라고 했다. 돌이킬 수 없는 결과를 받아들이고 떠난 순례자의 길. 길을 떠나보니 어땠을까?

"아직 해답은 못 찾았어요. 길을 걷다보니, 처음에는 멍했어요. 지난 1년이 주마등처럼 스쳐가는데, 어디부터 잘못이었는지 보이지를 않네요. 좀 지나니까 아내와 아이에게 너무 미안한 생각이 들었어요. 집에 있을 때도 미안하긴 했지만, 지금은 그들의 심정을 100퍼센트 느낄 수 있어서 마음이 찢어지듯 아팠어요. 그리고 며칠 전부터는 생각이 또 바뀌더라고요. 내가 잘못한 것이 당연한데, 용서를 해주지 못하는 아내가 미웠어요. 낯두껍다고 하겠지만, 누구나 한 번쯤은 실수를 할 수도 있는 것 아닌가요? 잘못한 일 없다고 하는 것도 아니고, 한 번만 용서를 해달라고 한 건데……. 10년 동안 한집에서 살아온 사이잖아요."

줄리안은 자신의 운명에 화가 나 있었다. 이제는 어찌해볼 도리가 없는 실수와 상실과 후회. 어차피 돌이킬 수 없다면 있는 그대로 받아들이고 생각을 가다듬어야 한다. 과거를 돌이켜보는 것은 미래를 위해서이다. 그런데 그는 아직도 과거의 아픔에서 헤어나오지를 못했다.

"어차피 돌이킬 수 없으니……. 좀더 걸으면서 생각해봐야겠지만, 요 며칠은 전처가 미웠어요. 그런데 아까 철 십자가를 지나면서 생각이 또 바뀌었어요. 이제 원망하지 않아요."

철 십자가 앞에 설 때까지도 전처에 대한 서운함이 가득했었다. 그러면서도 신께 전처의 마음만 돌아선다면 좋은 남편 그리고 좋은 아빠로 평생 노력하며 살겠노라 다짐했다. 한참을 기도 드리다 '인간에게는 운명이 있다'는 깨달음이 밀려왔다. 자살까지 생각할 정도로 그를 모질게 밀어낸 전처였지만, 그녀 또한 이미 마음이 갈기갈기 찢어진 상태였으리라. 찢긴 마음을 다시 붙일 힘이 있는 사람도 있다. 이런 경우에도 남편이 용서를 빌고 진심으로 사죄하면, 힘들어도 찢어진 마음을 다시 이어붙인다. 하지만 그러지 못하는 사람도 존재한다. 아무리 해도 다시 이을 수 없는 사람도 있는 것이다. 찢어진 마음을 다시 깁지 못한다고 욕할 일은 절대 아니다. 때론 인간의 노력으로도 바꾸지 못하는 운명은 반드시 존재한다. 그래서 우리는 겸손하고 진지하게 살아가야 한다.

그런 그가 받은 기도의 응답은 바로 '기다림'이었다. 운명은 자의적 노력의 결과가 아니다. 다시 말해 억지로 운명을 바꿀 수 없다. 자의적으로 되지 않는다면, 혹시 의지와 상관없이 우리도 모르게 운명이 갑자기 바뀔 수도 있지 않을까?

"기다려보려고요. 전처가 돌아설 수 있을 때까지, 마음의 상처가 아물 때까지요. 물론 안 돌아설 수도 있을 겁니다. 그렇지만 어쩌겠어요. 받아들여야지요. 아무리 빨리 걸어도 하루 만에 순례길을 다 걸을 수 없는 것처럼, 인간의 힘으로 안 되는 것이 있는 걸요. 제가 할 일은 그저 기다리는 것뿐입니다."

각자 와인 한 병씩을 다 마시고 나니 취기가 올라왔다. 매일 이렇게 마시다가는 정말 순례길이 끝나면 알코올 중독 치료를 받아야 하는 것은 아닌지 모르겠다는 걱정 아닌 걱정을 하고는, 줄리안과 헤어졌다.

누구나 기도를 한다. 기도의 대상이 다를 뿐이다. 종교인은 절대자에게 기도를 드린다. 종교인이 아니어도 나름의 존재에게 기도를 드린다.

그리고 기도에는 반드시 응답이 따른다. 종교인들은 신의 목소리를 듣겠지만, 우리는 마음의 소리를 듣는다. 분노, 욕심, 편견에 사로잡혀 들리지 않던 마음의 소리가 기도를 통해 전해진다. 만약 아무것도 들을 수 없다고 해도 실망하거나 화를 내지 말 일이다. 침묵 또한 응답의 일종이니 말이다.

한낮의 철 십자가 밑에서 한 나의 기도는 어떤 응답으로 돌아올까? 쏟아질 듯 반짝이는 별들을 바라보며 응답을 기다린다.

스물한째 날 우리 시대의 결혼과 가정

새벽 6시. 산속이라 여느 때와 같은 시간인데도 훨씬 어둡다. 길이 잘 안 보여 불편하지만 그나마 길은 아래로 아래로. 어제 죽을둥살둥 기어오른 덕에 힘들지 않게 내리막을 걷게 되어 다행이다. 숲길과 물길을 따라 내려오고 또다시 들판을 지났다. 날이 완전히 밝자 먼 곳이기는 하지만 사람들이 보이기 시작한다. 길은 본래 외롭다. 동행이 있으면 다르겠지만, 혼자라면 외로움을 겪지 않을 수 없다. 어느새 숲과 물과 나무와 들판과 하늘을 독차지하고 있다. 그럴 때면 내가 자연과 인간 사이에서 살고 있다는 것을 깨닫곤 한다. 길은 충분히 길어서 외롭다.

아침 9시. 아침을 먹으려고 바에 들어갔다. 이쯤이면 다들 배가 고 파지나보다. 작은 바는 순례자들로 붐볐다.

"같이 앉아도 돼요?"

이탈리아 소녀 키아라. 짧은 머리의 보이시한 스타일로 언뜻 보면 딱 개구쟁이 소년이다. 자리를 내주고 자세히 보니 안경 너머로 주근깨가 가득하다.

"오늘 죽이네요! 이런 기분 처음인데요! 마치 하늘을 날아가는 기분 이라고 할까? 너무 하이high한 거 같아요!"

"오늘 어때?"라는 인사에 갑자기 상기된 표정과 말투로 이야기를 시 작한다. 사는 것이 너무 힘들어서 친구들과 같이 왔는데, 걸음이 느린 그녀는 낙오되었다. 기분 전환하러 왔다가 하찮은 사람이 된 것 같은 생각에 오히려 더 우울해졌다. 사람들이 자신에게 친절히 대해주지만, 왠지 주눅이 들고 말 걸기도 싫었다. 여기까지 오는 데 들인 돈이 아까 워 정말 어쩔 수 없이 걸었다. 그런데 어제 오늘 갑자기 기분이 좋아졌 다. 마음속 안개가 사라진 느낌이었다고. 괜히 웃음이 나오고 사람들 에게 말을 걸고 싶어졌다. 앞에 가는 친구들에게도 오랜만에 메신저로 안부를 묻기도 했다. 발걸음에 힘이 들어가고 기운이 넘쳐흘렀다. 걷는 것이 재미있어지기 시작했다. 다리도 덜 아프고 입맛도 돌아왔다. 주 변 풍경들이 너무 아름답고 하늘과 바람과 꽃들이 꼭 자신만을 위해 존재하고, 심지어 자신에게 말을 거는 것 같은 환상도 느껴진다고 한 다. 왜 사람들이 산티아고, 산티아고 하는지 정확히 알게 된 듯했다.

그녀는 소위 '하이high 상태'다. 달리기를 하다보면 30분 정도 지난 시점에 죽을 듯 힘든 시기가 나타난다. 숨이 넘어갈 듯 심장이 터질 듯, 다리가 천근만근이 된다. 그런데 이 고통의 절정을 조금만 넘어서면, 갑자기 편안함과 즐거움이 나타난다. 숨도 안 차고 힘도 안 들어 오히려 더 달리고 싶다는 생각이 든다. 소위 '러너스하이runner's high'가 나타나는 것이다. 인간의 뇌에는 자연적인 통증억제 시스템이 있다. 통증이 생겼을 때 모르핀보다 몇 배 강력한 엔도르핀이라는 물질이 분비가 된다. 엔도르핀은 통증을 줄여줄 뿐만 아니라 쾌락도 만들어낸다. 드물지만 행복한 환상을 보여주기도 한다. 가끔 '달리기 중독'을 볼 수 있는데, 그 원인이 바로 엔도르핀인 것이다. 키아라의 이야기를 들어보면 딱 러너스하이와 똑같은 현상이다. 달리는 대신에 오랫동안 걸었으니 '워커스하이walker's high'라고 불러도 좋을 듯했다.

덕분에 나도 기분이 좋아졌다. 기분은 전염이 된다. 직업적으로 감정의 전염에 면역이 생긴 나지만, 일부러도 그녀의 유쾌함에 전염되고 싶었다. 그녀는 "당장 너무 걷고 싶어서"라고 하며 일어섰다. 씩씩한 팔자걸음의 뒷모습이 데이트 나가는 선머슴이었다.

숲길이 계속되었다. 두 갈래 길이 나왔다. 그런데 화살표가 보이질 않는다. 이제 길을 잃는다는 두려움은 사라졌으나 당황스럽기는 하다. 대부분 이런 경우는 어느 길로 가든지 만나게 되지만, 웬만하면 큰길 또는 직진 방향으로 움직여야 한다. 이번 길은 직진 방향에 큰길이 나 있어서, 무심코 따라가려다가 흠칫했다. 오른쪽 나무 밑으로 잘 보이지 않는 화살표를 발견한 것이다. 순례자가 잘 발견할 수 있도록 큼지막하게 화살표를 해놓으면 좋으련만, 때로는 '보물찾기'처럼 샅샅이 뒤져야 화살표를 발견할 수 있다. 우회전을 하고 몇 걸음 갔을까? 나를 향해 걸어오는 순례자가 보였다. 불안하고 불길하다. 마주 오는 두 사람 중 하나는 길을 잘못 들었다는 이야기인데…… 내게로 걸어오는 사람은 화가 난 것 같았다. 무표정하게 눈도 마주치지 않고 쌩, 하고 나를 지나쳤다. 무슨 일일까? 뒤를 돌아보니 갈림길에서 내가 발견했던 화살표를 한번 쳐다보더니 잠시 머뭇거린다. 잠시 망설이다가 내게 소리쳤다.

"이 길이 맞아요?"

나도 초행길인데⋯⋯. 발걸음을 돌려 화살표가 시작되는 갈림길로 갔다. 화살표는 조금 애매하기는 해도 틀림없이 좁은 길을 가리키고 있었다. 그의 얼굴을 보니, 당황한 기색이 역력했다. 한참을 간 것 같은데, 길인지 아닌지 모를 오솔길뿐이라는 것이었다. 근데 돌아와서 확인을 하니 화살표의 방향은 틀림없는 오솔길을 가리키고 있어 당황스럽다고 했다. 나를 발견하고도 나 역시 화살표를 잘못 본, 자기처럼 길 잃은 순례자로 생각했다는 것이다. 다른 큰길로 가자니 또 한번 실패하면 어쩌나 하는 두려움이 앞서고, 화살표대로 오솔길로 가자니 이미 한번 확인한 길이라 어찌할 바를 모르겠단다. 가이드북을 펼쳐봤지만 어떤 길로 가는 것이 옳은지 답을 찾을 수 없었다. 나는 화살표가 가리킨 대로 오솔길을 따라가면 어떻겠느냐 이야기했지만, 그는 갈림길에서 다른 순례자를 좀더 기다려본단다. 그러더니 혼자서 버럭 화를 내기 시작한다.

"화살표를 이따위로 만들면 어떡해! 처음 경험하는 이방인들도 많은데! 정말 무책임한 짓이야. 젠장!"

걷다보면 화살표 앞에서 당황하는 사람들을 적잖게 볼 수 있다. 화살표는 800킬로미터의 길을 안내해주는 유일한 표식이다. 길을 알려주는 이 화살표가 헷갈리면, 대개는 내가 화살표를 잘못 보지 않았나 생각을 하게 된다. 그런데 어떤 사람들은 표지판을 제대로 만들지 않았다는 등 화부터 낸다. 순례길에서만 그런 것은 아니다. 살다보면 옳다고 믿고 따라갔지만 제대로 안 될 때가 있다. 이럴 때 남 탓만 하는 사람은 문제의 해결책을 찾으려는 노력보다 소모적인 책임 전가로 세월을 흘려보내는 경우가 잦다. 그런 사람들의 인생은 모나고 불안하다. 이유가 있다. 두려움 때문이다. 화살표에 의지하는 것도 실은 두려움 때문 아닐까! 더구나 그 화살표를 놓쳤거나, 잘못되었다고 의심되는 경우라면, 그 두려움은 몇 배, 아니 몇백 배 올라가기 마련이다. 하지만 냉정하게 봐야 한다. 어떤 결과든 우리의 선택에 달려 있다. 화살표를 믿든 말든 선택은 우리의 몫이다. 두려워만 해서는 안 된다. 나의 선택이 틀렸다면 겸허히 받아들이고, 다음의 선택을 준비해야 한다. 남 탓만 하느라 시간낭비하지 말아야 한다.

작은 오솔길을 지나자 도심이 나타났다. 다행히 올바른 길을 걸은 것이다. 발바닥이 좀 아프다. 요 며칠 자는 도중 발이 아파 깬다. 아침에 걷기 시작하면, 작은 신발을 오래 신은 것처럼 발이 퉁퉁 부어 있다. 발바닥이 쿡쿡 쑤신다. 10여 분 걸으면 통증은 서서히 사라지기는 하지만, 아무래도 족저근막염이 생긴 것 같다.

발이 고생이다. 좋은 풍경과 달콤한 꽃향기와 청아한 새소리를 들으려면 산으로 올라가야 한다. 그런데 그 경이로운 경험을 위해 발은 고생을 한다. 대부분 잊고 살지만 발이 우리를 기쁘게 해주는 근원인 셈이다. 우리가 사는 세상도 마찬가지다. 누군가 애써 고생을 해야 우리가 편하게 살 수 있다. 한 지자체에서 아무데나 쓰레기를 버리는 시민들에게 경종을 울리기 위해 일주일간 거리 청소를 안 한 적이 있다. 불과 일주일 만에 그 지역은 악취와 해충으로 엉망이 되고 말았다. 청소뿐이랴. 누군가 일을 멈추면 우리는 쉽게 고통받는 시스템 속에 살고 있다. 그럼에도 불구하고, 우리는 마치 혼자만 산다는 듯 사고하고 행동한다. 만약 환경미화원이 불행해져서 제대로 일을 할 수 없으면, 당신의 불행은 이미 시작되는 것이다. 쥐들이 들끓고 전염병이 만연한 쓰레기 더미에서 어찌 행복할 수 있을까? 행복은 혼자 만들 수 없다.

카카벨로스Cacabelos의 끝자락에 있는 성당 알베르게에 묵기로 했다. 참 특이한 구조의 알베르게였다. 성당을 중심으로 방들이 원주형으로 있고, 한 방에는 침대가 두 개뿐. 이렇게만 이야기하면 아늑한 구조 같은데, 아뿔싸! 천장이 터져 있다. 방과 방을 나누는 벽의 위쪽이 트여 있어 조명이나 소음을 고스란히 공유하게 되어 있다. 파티션으로 만들어진 방들. 누군가의 코 고는 소리가 벌써 귀에 쟁쟁하다.

방을 찍으려고 카메라를 들었는데, 이런! 퍽 하는 소리와 함께 카메라가 바닥으로 떨어져버렸다. 전원을 켜봤다. 다행히 들어온다. 뷰파인더를 보았다. 다행히 피사체가 보인다. 셔터를 눌렀다. 아…… 찍히지를 않는다. 세상에! 입에서 "오 마이 갓"이 절로 새어나온다.

기록은 내게 중요한 재미다. 특히나 이렇게 여유로운 삶을 살아본 적이 없는 나로서는 서너 시쯤 바에 앉아 그날 찍은 사진을 보며 노트북으로 하루를 정리하는 것처럼 행복한 시간은 없었다. 노트북이 고장 나고 그나마 위안이 되었던 것은 카메라였다. 글 대신 사진으로 기록을 하고 있었는데……. 왜 이리 칠칠치 못한지 내 자신이 몹시도 미워졌다. 도착하면 시원한 맥주 한 잔과 맛난 타파스가 하루를 정리하는 중요한 일과였으나 가기 싫어졌다. 망연자실, 방에 짐을 놓고 침대에 누워버렸다. 어쩌나…….

얼마나 흘렀을까? 잠이 들었나보다. 이렇게 큰일을 저지르고도 참 잘도 잔다. 사람을 긍정적으로 변화시키는 것 또한 순례길의 좋은 점이다. 낯섦, 힘듦, 두려움 등의 부정적인 느낌들은, 하루를 잘 보내고 나면 오히려 긍정적인 힘이 되어준다. 낯선 길에서 인간미 넘치는 친구를 만나게 해주고, 평소 1킬로미터도 잘 안 걷던 이들에게 하루 걷기 신기록을 갈아치우게 해주고, 맛있는 저녁과 와인은 세상에서 가장 편안한 밤을 만들어준다.

이렇게 꿀꿀해져봤자 어쩔 건데! 이제 나머지 3분의 1의 길을 위해서라도 힘을 내야 한다. 이가 없으면 잇몸이라고, 내게는 아직 휴대전화가 남아 있지 않은가! 휴대전화의 비약적인 발달이 이렇게 힘이 될줄이야! 사진의 화질도 나쁘지 않고, 노트북으로는 할 수 없는 간단한 녹음 기능도 있지 않은가!

조심스럽게 휴대전화를 챙겨서 밖으로 나왔다(이것마저 망가지면……으, 생각하기도 싫다). 식사 시간이 많이 지났지만 속속 도착한 순례자들로 식당은 그리 한산하지는 않았다. 케밥 집을 찾았다. 맥주와 함께 맛있게 먹고 나니, '카메라 부상'의 아픔도 조금 가라앉는 듯했다. 가게에 들러 동네 와인과 땅콩 등 견과류를 샀다. 아까 봐두었던 알베르게 마당의 식탁에서 한잔할 작정이었다. 성당과 알베르게 사이에 있는 꽤 낭만적인 공간이었다. 이 마을에 유명하다는 추로스 집을 찾았다. 순박하게 생긴 여주인에게 "당신 가게가 우리나라에서는 유명하다"며 휴대전화로 블로그 사진을 보여주자 너무 즐거워한다. 지구 반대편에 자기의 가게가 소개되었다는 것에 자부심을 느끼는 것 같았다. 여주인의 얼굴에 행복한 웃음이 가득하다. 휴대전화에 이런 좋은 용도가 있다니!

여느 때처럼 샤워와 빨래를 동시에 마쳤다(샤워를 하면서 발로 빨래감을 밟으면 세제와 시간이 절약된다). 한잔하면서 하루 일정을 적기 위해 마당으로 나왔다. 휴대전화의 조그만 화면을 보며 끙끙대고 있으려니, 어느 틈인가 앞자리에 백인 남자가 앉아 있다. 포도주를 한잔하겠느냐고 하자 반색을 한다. 미켈은 스페인 사람이었다.

"결혼하면 좋아요? 한국 사람들은 어떻게 생각하나요?"

47세인 그는 미혼으로 바르셀로나에 살고 있는 건축가이다. 다니던 회사를 그만두고 3년 전 사업을 시작했다. 이번에 꽤 큰 프로젝트를 성공적으로 마무리하고 평소 동경하던 순례길을 걷는다고 했다. 그에게 '결혼을 하면 뭐가 좋을지' 답하기 전에, 결혼을 하지 않은 중년의 삶은 어떨까 궁금해졌다.

"적잖이 싱글이 많아요. 회사 끝나면 친구들과 어울리지요."

우리와 마찬가지로 스페인에도 싱글이 많이 늘었다고 한다. 결혼에 대한 전통적인 가치가 바뀌고 있다. 그 역시 가정을 이루는 것보다 즐기는 삶을 원했다. 그러려면 친구들과의 시간이 소중하다. 중년 싱글의 삶에 친구는 절대적 필수 조건 아닌가. 하지만 우리네 회사처럼 회식이라는 일의 연장에서 친구들을 만나는 것은 아닐까?

"일 이야기는 절대 안 하는 모임이지요. 물론 아주 가끔 늦게 클라이언트를 만나는 날도 있지만, 대부분은 일이 끝나면 친구들과 환담을 하면서 놀기만 해요. 거창한 일들이 벌어지는 것은 아니지만, 그때가 제일 행복하지요."

행복은 소소한 즐거움들이 쌓여 만들어진다. 나 또한 전과는 달리 친구들과 만나면 수다로 시작해서 수다로 끝나는 일이 많아졌다. 젊을 적에는 부어라 마셔라 하고 어깨동무를 하고 비척거리다가 헤어져야 친구와 즐거운 시간을 보냈다고 생각했는데, 중년이 되고는 많이 바뀌었다. 떠드는 것이 재미있다. 이 나이가 되어서야 수다의 즐거움을 알게 되다니, 좀더 일찍 알았더라면……. 산티아고 순례길은 이상한 곳이다. 친구를 사귀는 것이 훨씬 쉽다. 인간에 대한 부정적 선입견을 사라지게 하는 마법을 부려 쉽게 마음을 열게 한다.

"그러게 말입니다. 만약 바르셀로나 같았다면, 밀폐 용기에 포도주를 따라주는 사람과 쉽게 속을 나눌 수는 없지 않겠어요? 농담입니다만, 미친놈인 줄 알고 상대도 안 했을 겁니다. 하하하."

포도주잔으로 쓸 종이컵을 한 개밖에 준비 못해, 결국 미켈에게는 밀폐 용기를 깨끗이 씻어 대접할 수밖에 없었다. 그의 농담에 한참을 웃었다.

이제는 그의 질문에 내가 답할 차례이다. 최근 한국의 상황을 이야기해주었다. 결혼을 기피할 수밖에 없는 사회의 구조적인 문제와 경제적 어려움을 이야기했다. 미켈은 그리 놀라지 않았다. 스페인이나 자기가 알고 있는 여러 유럽 국가들도 마찬가지라고 했다. 꼭 돈 문제뿐만 아니라, 개인적인 삶이 더 중요해져서일 것이란다.

그에게 어제 산을 넘으면서 들꽃으로부터 얻은 깨달음을 전해주었다. 세상 최고의 가치가 행복이라고 생각하지만, 자식을 낳는 것은 그 이상의 가치가 있다는 것을 깨달았다고. 그리고 그런 깨달음은 본능에 더 다가설 수 있게 해준 카미노 덕분이라고.

"새로운 이야기네요. 결혼한 친구들은 안정돼 보이는데, 반은 결혼을 권하고 또 반은 권하지 않던데요. 마찬가지로 자식들에 대해서도 반은 좋다하고, 반은 아니라고 하고……."

맞는 이야기다. 행복의 입장에서 자녀는 두 얼굴을 가지고 있다. 우선 결혼은 행복을 누리기 위한 필수 조건이라는 연구결과가 대부분이다. 물론 요즘은 그 중요성이 덜하다는 연구들도 있지만, 여전히 결혼은 행복의 조건 중 우선순위로 꼽을 수 있다. 자녀의 경우에는 어떨까? 아이가 태어나서 만 2세까지는 결혼생활 중 가장 행복한 시간이다. 하지만 그 이후 행복은 점차 줄어들어, 아이가 15세, 즉 중학교 2학년이 되면 최악에 이른다(그놈의 중2병!). 청소년기를 벗어나면 다시 행복은 증가하고, 아이가 집을 떠날 때쯤이면 수평 상태가 되는 것이다.

"그렇다면, 결혼은 해도 자식은 낳지 말아야겠네요! 그러면 행복이 요동을 치지는 않을 거 아니에요?"

언뜻 생각하면 그렇다. 하지만 우리가 지향하는 것이 과연 행복한 삶뿐일까? 어쩌면 우리의 삶을 이끄는 것은 이성적 가치가 아닌 본능일지도 모른다. 고통을 피하고 즐거움을 획득하려는 본능적 요소도 있겠지만 생존의 본능처럼 강력하지는 않다. 자식을 낳는 것은 생존의 문제이다. 우리 유전자에 엄청난 세월 동안 각인되어 있는 가장 강력한 힘이다. 유전자는 그 자체가 살아남기 위해서라도 우리를 생존의 방향으로 이끈다. 자식을 낳는다는 것은 유전자의 생존을 의미한다.

자식을 키우면서 느끼는 감정은 행복만은 아니다. 미움도 있고 분노도 있고, 때로는 후회와 낙담도 있다. 하지만 성장하면서 자식에게서 볼 수 있는 나의 모습이 있다. 생김새일 수도 버릇일 수도 말투나 사고방식일 수도 있다. 그런 순간에 느끼는 감정은 즐거움이나 놀라움 이상의 어떤 것이다. 순례 이전에는 그 감정의 정체를 몰랐지만, 이제는 알고 있다. 그 감정은 생존의 기쁨이다. 그리고 두 살까지 주는 극단의 행복은 '행복 이상의 것'이라고 확신한다. 아빠를 알아보고 웃고 장난치고 의지하고 사랑하는 모습은 지금까지도 뇌리에 남아 힘든 나날을 이겨나갈 힘이 되어준다. 마치 산 위의 들꽃이 지친 나에게 힘이 되었던 것처럼 말이다. 자식은 결혼을 해서 얻을 수 있는 가장 큰 선물이라는 것을 강조했다. 내 유전자의 반을 세상에 남기는 것이니까 말이다. 그래서 우리는 자식을 위해서 죽음조차 두려워하지 않고 희생한다. 물론 우리의 부모도 그랬듯이. 중년의 용기는 여기서 나온다. '남겼으니 지켜야 한다!'

"그래요? 어느 정도 이해가 될 듯하네요. 행복 이상의 무엇이라는 것⋯⋯."

알베르게 마당의 밤은 깊어져갔고, 포도주는 바닥이 났다. 우리는 서로의 건강과 행복을 빌어주고 각자의 침대로 들어갔다. 아이들이 보고 싶다. 휴대전화를 뒤적여 아이들 사진을 찾았다. 가만히 보고 있자니, 내 모습이 보인다.

스물둘째 날 길을 걷는 이유

최악의 밤이었다. 이미 코 고는 소리에는 익숙하지만, 어젯밤은 상상 이상이었다. 독특한 알베르게 구조 때문에 여러 사람의 소리가 공명을 이루니, 귀청은 물론이고 가슴까지 답답했다. 마치 클럽의 대형 스피커 앞에서 춤을 추다 온 듯 온몸이 저린다.

발바닥 물집은 거의 다 사라졌지만, 요 며칠 전부터는 발뒤꿈치가 욱신거리기 시작했다. 잠자리에서는 발바닥이 아파 괴로웠다. 하지만 계획에 의하면 오늘도 34킬로미터를 걸어야 하고 산도 올라야 한다. 산 정상에 있는 오 세브레이로O Cebreiro의 알베르게에서 하루를 지내기로 했다.

마을의 다리를 벗어나자마자 산길로 접어들었다. 이제 그러지 않을 때도 되었건만, 낯선 길은 늘 걱정이다. 무슨 일이 생기랴만 느긋해지기가 어렵다. 낯선 길을 대하는 마음은 사람마다 다르다. 정도의 차이는 있어도 모두 어느 정도의 걱정이 있기 마련이다. 이 걱정은 길에 집중하고 즐거움을 만끽하는 것을 방해한다.

'무대공포증'이라는 병이 있다. 평소에는 괜찮지만 남 앞에 서면 지나친 걱정과 두려움으로 일을 망치고 만다. 이 병을 앓고 있는 사람들은 지나치게 '완전히 걱정이 없는 상태'에 집착한다. 남 앞에 서거나 또는 낯선 환경을 접하는 경우, 불안하고 걱정이 되는 것은 당연하다. 그럼에도 불구하고 긴장하고 있는 자신을 발견하는 순간 더럭 겁부터 난다. 긴장은 다시 더 큰 긴장을 부른다. 이럴 때는 자신이 할 일에 더욱 집중하는 것이 해결책 중의 하나이다. 몰입이 필요하다.

낯선 길이기 때문에 늘어나는 걱정에서 벗어나려면 길에 집중해야 한다. 그래야 오히려 걱정을 물리칠 수 있다. 인생도 마찬가지다. 살면서 부딪히는 많은 문제를 늘 노심초사 걱정만 하면 제대로 살 수가 없다. 사실 우리의 걱정 중 대부분은 일어나지도 않을 것이고, 일어나더라도 인간의 힘으로는 어쩔 수 없는 것들이다. 일단 문제가 생긴 후에 걱정을 해도 늦지 않다. 길을 잃어버릴 두려움에 떨지 말고, 잃어버리고 나서 걱정하자는 마음으로 헤쳐나가야 한다. 걱정보다 길에 집중을 하면 불안도 훨씬 덜어질 것이다.

어느 때부터인가 화살표가 제대로 나타나지 않고 순례자들도 보이지 않는다. 더구나 산에서는 길을 확인하기가 쉽지 않다. 길인 듯 아닌 듯 이어지는 사람의 흔적을 따라 올랐다. 20여 일을 걷다보니 용기가 생긴 것인지, 아니면 직관이 생긴 것인지, 그냥 이쪽이 맞겠지 하는 심정으로 나아갔다. 고압 송전탑이 내는 웅웅 하는 굉음으로 불안이 더해지고,

혹시 길을 잃었으면 어쩌나 하는 약간의 두려움이 들 무렵인 11시쯤, 오늘 처음으로 사람을 만났다. 이탈리아 사람으로 보이는 중년 부부였다. 내게 초콜릿을 나누어주면서, 길에 표시가 없어 자신들도 고생했다며 올바른 길을 걷고 있으니 걱정 말라고 안심을 시켜주었다.

그들과 이별을 하고, 더워도 너무 더운 오르막길을 오르고 있었다. 언덕이 끝나갈 무렵, 나보다 훨씬 더워 보이는 풍채 좋은 미국 여자아이를 만났다. 그녀는 잔뜩 짜증이 난 표정이었고, 낯선 내게 그 짜증을 쏟아내기까지 했다.

"당신 덥지 않아요? 도대체 왜 꽁꽁 감싼 거예요?"

햇볕에 익지 않기 위해서 긴팔과 긴바지를 입고 있었다. 버프로 목과 얼굴을 감싸고 선글라스까지 끼면 햇볕이 들어올 틈이 없다. 덥기는 했지만, 이런 날에는 햇볕에 노출되는 것이 더 덥게 느껴진다.

서양 사람들은 햇볕을 피하는 것을 이해하지 못한다. 프랑스 파리에서 보니, 해만 보이면 정말 미친듯이 밖으로 나가 해바라기를 한다. 남녀 구분 없이 웃통을 벗어던지고 일광욕을 하고 있어도 어색하지 않을 정도로 사방팔방 해를 바라보고 눕는다. 그런 사람들은 머리부터 발끝까지 완전 무장을 한 동양인들을 보면 이해를 못 한다.

물론 나도 해를 좋아한다. 피부가 타는 것이 두렵지 않다. 우리나라에 있을 때 해를 받으며 등산을 하거나 달리기하는 것처럼 행복한 시간도 없었다. 그런데 카미노의 태양은 질이 다르다. 정말이지 살이 익을 것 같다. 피하는 것이 상책이다. 지난번에 호주 할아버지 마이크가 가부키(일본의 전통 가무극) 여주인공의 사진을 보여주며, 아시아 여자들은 미인이 되기 위해 햇볕을 피하는 것 아니냐고 물었다. 이것도 재미있는 문화의 차이인 것이, 사실 우리는 하얀 얼굴에 열광하지 않는다. 오히려 서양 아이들이 하얀 얼굴에 열광하지 않던가(유럽 여자 귀족들은 하얀 얼굴을 얻기 위해 결핵에 걸리길 염원했다고 한다)! 마이크에게 사진 속 여인처럼 그렇게 얼굴에 하얀 분을 칠하고 거리에 다니면 많은 사람들의 관심을 끌기는 하겠지만, 아름답다는 소리보다는 이상하다는 소릴 듣기 십상이라고 알려주었다. 우리 피부가 너희와는 많이 달라서 쉽게 햇볕에 해를 입는다는 해부학적 차이도 함께 말이다.

오래전부터 의학계에서는 햇볕으로 인한 피부암에 대해 신중한 경고를 하고 있다. 지구의 오존층이 얇아져서 과거보다 피부암이 늘고 있는데, 지나친 햇볕 사랑이 원인이라는 것이다. 실제로 선탠이 일상인 플로리다의 해변에서는 '피부암을 막기 위해 선 블록을 바르자'는 캠페인을 자주 볼 수 있다고 한다. 햇볕에 반응한 피부가 급속히 노화되기 때문이다. 물론 이득도 많다. 비타민 D를 만들어 우리 몸의 건강에 도움을 주고, 멜라토닌을 생성하여 숙면을 돕고, 성기능을 좋게 하고, 특히 기분 전환에 최고라는 것도 잘 알고 있다. 그럼에도 불구하고 세포에 이상이 생겨 암을 유발할 정도로 햇볕이 우리 몸에 주는 악영향은 무시할 수 없다. 결론적으로 내게 햇볕은 과유불급. 피부가 뜨겁다고 신호를 하면 즉시 가려준다.

이 모든 것들을 구구절절 이야기하기 싫었다. 시뻘건 얼굴을 하고 땀을 뻘뻘 흘려대며 '괜히 힘드니까 내는 신경질'이라는 것이 티가 나도 너무 팍팍 나는 이름도 모르는 미국 여자아이에게 "햇볕과 피부는 조화가 필요해"라는 이야기를 길게 늘어놓을 정도로 기분이 좋은 상태가 아니었다. 듣거나 말거나 "아니, 나도 덥지. 하지만 나는 광선알러지가 있거든!" 하고는 멈추지도 않고 지나쳐왔다.

산등성이를 돌고 돌아 웅장한 표지석이 버티고 있는 산 정상 부근까지 올랐다. 이제부터는 갈라시아 지방이다. 내심 기대가 크다. 갈라시아 지방 사람들은 유난히 친절하고 음식 맛이 좋기로 소문이 나 있기 때문이다. 절로 기운이 났다.

얼마 가지 않아 오 세브레이로에 도착했다. 한국어 성경이 있는 성당을 둘러보고, 현대식으로 지어진 알베르게에 자리를 잡았다. 백 명은 잘 수 있을 만한 커다란 방에 2층 침대가 가지런히 놓여 있다. 지대가 높아 바람은 거셌지만 햇볕은 여전히 좋았다. 슬슬 걸어 마을을 한 바퀴 둘러보았다. 출출해서 바를 찾았는데, 오호, 치즈케이크가 다 있지 않은가! 시원한 맥주를 들이키며 자리에 앉아 케이크 맛을 보고 있었다. 알베르게에서 마주쳤던 스페인 남자가 합석을 했다. 자신을 마리오라고 소개한 그는 삼십대 중반쯤으로 보였다.

"뒤에서 보니까 걸음 참 빠르네요! 아시아 사람들은 평지에서 잘 못 걷던데⋯⋯."

걸음걸이에도 동서양의 차이가 있다. 평지에서는 서양인들을 이길 수가 없다. 성큼성큼, 키가 큰 만큼 보폭도 크다. 호주 노인 마이크가 나와 함께 걸을 수 있던 것도 바로 큰 키의 넓은 보폭 때문이었다. 하지만 언덕을 오르면 이야기가 달라진다. 한국 사람들은 다람쥐처럼 산을 빠르게 올라간다. 언덕을 만난 서양인들이 헉헉거리며 처지는 사이, 우리는 재빨리 정상을 향한다. 아마도 사방팔방 산으로 둘러싸여 있어 어디를 가나 오르락내리락하는데다, 국민 레포츠인 주말 등산의 영향도 있을 것이고 짧은 다리의 잰걸음이 언덕에서는 아무래도 유리하기 때문일 것이다.

"오다보니 한국 사람들 참 많던데⋯⋯. 왜 여기에 와 있는 거예요?"

전전 마을부터 내 뒤를 따라오며 의문이 생겼단다. 왜 저 한국 사람은 이곳까지 왔을까? 이 먼 곳까지 무엇을 찾아 왔을까? 그래서 나를 만나면 꼭 물어보고 싶었다고.

왜 왔을까? 이곳에서 만난 친구들에게 내가 묻던 질문이다.

"여기 왜 왔어요?"

질리언은 '삼십대에 겪는 정체성의 혼란을 해결하기 위해', 마이크는 '스스로를 증명해보이기 위해', 안드레아는 '자신감 회복을 위해', 라우라는 '상실을 극복하기 위해' 왔다.

나는 지친 몸과 마음을 달래기 위해 왔다고 답해주었다. 어느 날 삶의 무게로 폭발 직전인 내 모습을 발견했고, 그때 마침 내 노트북 폴더에 버킷리스트가 있었고, 그것이 나를 들뜨게 했기 때문이라고.

"길이 많이 위안이 되기는 하지요. 근데 당신 나라에는 이런 길이 없어요?"

생각해보니 길을 걷고 싶었다면 제주 올레길이나 지리산 둘레길도 충분히 아름답고 좋을 것이다. 만약 펑퍼짐하게 쉬고 싶었다면, 제주도의 펜션이나 동남아의 리조트만한 곳도 없을 것이다. 무엇인가에 몰두하고 싶었다면 집에서 책에 파묻혀 있거나 하루종일 영화를 봤어도 충분했다. 나를 돌아보고 쉴 수 있는 방법은 수도 없이 많다. 잠시 생각이 필요했다. 침묵이 흘렀다. 마리오가 말을 꺼냈다.

"당신을 괜히 더 복잡하게 할 생각은 없어요. 나도 당신처럼 지치고 힘들어서 이 길을 왔어요. 우리나라니까. 이런 이유 때문에 걷는 사람들이 적지 않거든요. 예전처럼 종교적인 길만은 아니니까요. 하지만 하루 들여 비행기를 타고 올 정도로 가치가 있나요? 하던 일을 멈추고 적어도 한 달 이상은 시간을 들인 것일 텐데……. 비난하는 것이 아니고 궁금해서 그래요."

마리오는 한국에서 이 멀리까지 온 것을 의아해했다. 출발할 때 '꼭 그리 먼 곳까지 가야 하나?' 고민을 안 한 것은 아니지만, '뭔가 있겠지' 하는 마음으로 왔다. 그런데 걸어보니 그 뭔가를 깨닫게 된 듯했다.

　시작은 진료실로부터의 탈출이었다. 일상을 벗어나는 것만이 유일한 치유책이었다. 버킷리스트는 탈출용이 아니다. 평생 이루고 싶은 소원의 리스트는 호기심, 부러움, 욕망으로부터 만들어진다. 내 삶에 무엇인가를 더 쌓기 위한 소원인 셈이다. 하지만 카미노는 비우기 위해 왔다. 비우는 것만이 스스로를 치유할 수 있는 유일한 방법이라고 느꼈기 때문이다.

　사실 '느껴서' 시작했다는 것도 나답지는 않다. 나는 늘 '생각하고 판단하는 편'이다. 충동적으로 무엇인가를 한다는 것이 어울리지 않는 전형적인 의사다. 그런데 꼭 그렇지만도 않다는 것을 알았다. 내 속에 충동적인 무엇인가가 나를 움직였기 때문이다. 사람의 마음속에는 자신은 한 번도 보지 못한 큰 힘들이 숨어 있다.

　산티아고 순례길은 비우기 좋은 곳이다. 올레길과 둘레길이라고 해서 비우지 못할 것도 없다. 하지만 이곳은 주변과 차단하고 나 홀로 남기에 아주 좋은 환경이다. 이곳에서는 언어가 달라서, 애써 집중하지 않으면 주변의 대화가 들리지 않는다. 아름답고 낯선 풍경도 한몫을 한다. 쉽게 몰입이 되기 때문이다. 재미있는 책을 보며 밤을 새워본 경험이 있는 사람들은 알 것이다. 뭔가에 완벽히 몰입하면 나를 잊는다. 모두 한마음으로 움직인다는 것도 카미노가 비우기에 제격인 이유이다. 누구는 달로 가고 누구는 별로 가면 마음이 번잡해지기 쉽다. 서로 제 갈 길에 대한 의견을 늘어놓다보면 내 길에 집중이 안 된다. 지금 내 눈에 보이는 모든 순례자는 산티아고로 향하고 있다. 목적지가 같으니 모두 동료같이 느껴져 번잡함과 불안을 덜어준다. 그리고 무엇보다 나를 버리려면 충분한 시간이 필요하다. 경험으로 미루어, 최소한 3~4주 이상이 필요하다. 처음 며칠 동안 의도적으로 나를 버리려 하자 오히려 상념으로 복잡해졌다. 환자와 가족 생각, 미래의 불안 등 버리고 싶은 것들이 많아져 걱정을 더했다. 걷기에 지쳐 사고의 방향성이 떨어지자, 이번에는 시시콜콜한 잡념들이 미친듯이 몰아닥쳤다. 과거의 소소한 추억들, 창피하고 잊고 싶은 기억들, 심지어 먹고 싶은 것까지……. '시간 낭비하러 이 먼 곳을 왔나' 하고 후회한 시간들도 있었다. 그후 한동안은 외롭고 우울했다. 길에 홀로 남아 다음 마을을 찾아헤매며 기분이 바닥으로 가라앉았다. 그러고 나서야 내가 보였다. 비우는 데는 시간이 필요한데, 산티아고 순례길의 여정은 비우기에 적당한 시간들이었다.

"듣고 보니 순례길이 특별한 곳이기는 하군요. 나도 당신과 비슷한 경험을 했으니까요. 이런 곳에 살고 있는 우리가 축복받은 거네요. 근데 뭐 그렇게 빨리 걸어요. 빨리 걸으면 더 빨리 비워지나보지요. 하하하!"

마리오는 뒤에서 나를 따라오며, '저 사람 참 바쁜가보다!' 했단다. 그러고 보니 점점 내 발걸음이 빨라지긴 했다. 이제 갈라시아 지방에 들어왔으니, 일주일 정도가 남은 길인데. 어쩌면 다시 못 올 이 길에서 이렇게 속도에만 신경을 써서는 안 될 텐데…….

목적이 생겨서일 것이다. 산티아고에 도착하면 주말에만 있는 보타푸메이로Botafumeiro를 볼 수 있다. 우리말로 '대향로 미사'라는 이름의 이 전통적인 행사에서는 무지하게 큰 향로가 천장에 매달려 연기를 뿜으며 춤을 추는 멋진 광경을 볼 수 있다. 그러고 나면 바로 100여 킬로미터를 걸어 땅끝 마을 피니스테레에 가야만 한다.

목적 지향적인 빠른 발걸음은 생각을 지워준다. 또 주변 환경에서 멀어지게 만든다. 목적을 지향한다는 것은 욕심이기도 하다. 그래서 3주가 넘어 카미노에 적응한 몸과 마음임에도 어느 순간엔가 예전의 나로 돌아가려고 한다. 마음을 다잡고(아, 이런 것까지 마음을 다잡아야 하는 나 같은 사람이란……) 천천히 걸어야겠다. 순간을 즐기자. 한 걸음 한 걸음 다시 못 밟아볼 텐데……. 여유를 즐기고, 사색에 빠져들어보자. 느린 걸음은 삶을 풍요롭게 한다.

이런 다짐을 하는 사이 마리오의 친구들이 찾아와 헤어져야 했다. 그가 "부엔 카미노"라고 했다. 길을 걸으면서 눈이 마주치면 하는 순례자의 버릇 같은 인사말인데, 이번에는 정말 마음에 와 닿았다. 부엔 카미노……. '좋은 길을 걸어!' 좋은 삶이란 결코 성취만으로는 이룰 수 없듯이, 좋은 길이란 목적지를 향한 빠른 걸음만으로는 결코 만끽할 수 없다.

한참 만에 맛본 달콤한 케이크와 맥주로 오히려 시장기가 더했다. 그럴듯해 보이는 식당을 찾았다. 식당 아주머니가 반갑게 맞아주었다. 한구석에 돼지다리 훈제(하몽)가 놓여 있는 것을 보니, 그래도 꽤 수준 있는 식당일 것이라는 생각이 들었다.

오늘의 메뉴를 시켰다. 와인 한 병이 등장했다. 믹스드 샐러드와 돼지갈비, 꿀을 바른 산양치즈가 순서대로 나왔다. 순례길에서 가장 맛있게 먹은 한끼였다. 갈라시아 지방의 친절한 사람과 맛있는 음식을 기대하라던 순례 친구들의 이야기에 격하게 공감되는 순간이었다.

혼자 술을 마시는 것이 이제는 너무 익숙해졌다. 어떤 날은 동석이 생기기도 해서 즐겁게 이야기를 나눌 수 있어 좋지만, 오늘같이 혼자 마시는 날은 또 그 나름대로 즐거움이 있었다. 식당의 사람들을 구경하는 것도 큰 즐거움이다. 지나치게 뚫어져라 본다고 아내가 타박하지만, 사람 구경만큼 재미있는 것이 어디 있을까! 그들의 얼굴과 표정, 차림새와 음식들, 그리고 가끔 들리는 그들의 이야기를 통해 타인의 삶에 들어가본다.

내 오른쪽 테이블의 유럽 할아버지와 그보다 젊은 중년의 여성들은 이곳에서 처음 만난 사이다. 사는 곳과 직업 등 서로에 대한 궁금증으로 이야기가 진행되고, 듣는 사람의 표정에는 호기심이 가득하다. 할아버지는 어떤 도움을 받았고, 그녀들에게 관심이 있다. 대화가 끊어지는 침묵의 불안감을 없애려고 계속 새로운 주제를 던지고, 그녀들의 식사비까지 지불했다. 이곳에서 누군가의 밥을 사는 것은 지극히 드문 일이다.

앞쪽의 혼자 온 사내는 북유럽 사람인 듯하다. 주로 금발이지만 드문드문 붉게 보이는 갈색의 머리털과 차가운 눈매가 그렇게 보인다. 연신 책을 보는 척하다가, 슬쩍 눈을 들어 이곳저곳을 살피는 모양새가 외로워 보인다. 비싼 아웃도어 옷을 입고 있는 것으로 봐서 도심에서 일을 하는 것 같고, 색색의 팔찌를 보니 사는 곳에서는 멋쟁이였을 것이다.

아까부터 나를 유심히 쳐다보는 이 집 강아지는 리트리버 종류의 흰색 개인데, 부끄러움이 많은지 아니면 점잖은 척을 하는지, 눈은 계속 음식을 요구하면서도 달라는 시늉은 하지 않는다. 시크한 녀석 같으니라고.

와인 한 병이 어느새 바닥을 보이고, 사람 구경도 시들해져서 숙소로 돌아가 좀 쉬기로 했다. 벌써 침대에는 잠이 든 사람도 보이고, 또 일부는 샤워며 빨래를 하느라 바쁘다. 오랜만에 휴대전화로 한국 뉴스도 보고 책도 읽고 하려고 식당 겸 응접실에 자리를 잡고 앉았다. 발바닥 물집이 거의 완치가 되어가지만, 습관처럼 양말을 벗어놓고 발을 앞쪽 의자에 올렸다. 아무도 신경을 안 쓰니 편안하다. 우리나라 같았으면 눈치보느라 불편해도 다리를 못 올렸을 텐데 말이다. 한참을 그러고 있는데 문득 시선이 느껴졌다. 내 발 건너편에 어떤 젊은 여자가 눈에 들어왔다. 한국 사람이 틀림없다. 힐끗거리며 내 발을 보는가 싶더니, 잠시 후에는 아예 대놓고 내 발바닥을 뚫어져라 쳐다본다. 몹시 신기해하거나 또는 궁금해하는 거 같았다. 언뜻 그녀의 발을 보니 발꿈치에 붕대가 감겨 있다. 동병상련을 느끼는지, 물집 선배에게 조언을 듣고 싶어하는지는 모르겠지만, 발이 좋지 않느냐고 말을 붙여봤다.

"아저씨 물집이 엄청나네요. 그 정도는 아니지만 저도 물집 때문에 고생이거든요. 한 걸음 걸을 때마다 발에서 전기가 일어나는데…… 어떻게 걸으셨어요?"

대학생인 그녀는 종교적 목적으로 성당 친구들과 같이 이 길을 걷는다고 했다. 그런데 일주일 전에 생긴 물집으로 도저히 걸을 수가 없게 되어서, 친구들을 먼저 보내고 남았단다. 특별한 일이 없는 한, 순례자 숙소인 알베르게는 하루밖에 머물 수가 없다. 하지만 물집과 같이 몸이 안 좋은 경우에는 예외다. 일단 체크아웃을 했다가 다시 체크인을 하는 수고를 해야 했지만, 하루 더 묵게 되었단다.

일단 소독을 하고 햇빛을 잘 보게 하는 것이 최선이라고 알려주었다. 나처럼 양말을 벗고 바람을 좀 쐬라고 하자 부끄러워하는 눈치였다. 낯선 아저씨에게 맨발을 보이는 것이 부끄러운지, 거대 물집에 비해 초라한(?) 자신의 물집이 부끄러워서인지, 그녀는 말로만 그러마 했다.

"아저씨는 여기 왜 오셨어요? 다른 사람들은 몇 년 계획하고 온다는데, 저는 갑자기 오게 되었어요. 친구들이 간다기에 따라나선 거예요. 사람들이 두렵지 않냐고 하는데, 저는 참 생각이 없거든요. 그런데 이 길이 별로 좋지도 않아요."

똑같은 길을 걷고 경험하면서도 느끼는 바는 모두 다르다. 그녀는 평소에도 별생각 없이 산다고 했다. 그냥 부모가 대학을 가야 하니 공부를 하라니까 했고, 선생님들이 추천해준 대로 대학에 왔고, 남들이 스펙 쌓는다고 휴학을 하기에 자신도 휴학을 했다. 솔직히 삶에 대해 그리 깊이 생각해본 적이 없다고. 카미노를 걷는 것도 성당 친구들이 계획하는 소리를 듣고 있다가, 친구가 "너도 같이 갈래?" 하고 무심코 던진 말에 '할 일도 없는데 그래볼까?' 하고 동참했다고 한다. 낯선 곳에 대한 걱정과 기대, 체력적인 어려움과 일상의 변화에 따른 불편함 등등 흔히 하는 고민도 없었다. 그저 친구들을 따라서 준비를 좀 하다가 시간이 돼서 함께 왔고 막상 와보니 힘이 들었다. 불편한 환경 때문에 피곤하기만 하고 친구들과 보조를 맞추는 것도 쉽지 않았다. 남들은 길 위에서 인생이 어떻고 하는데, 정말이지 한 번도 생각해본 적이 없는 것을 억지로 끄집어낼 수도 없었다. 그렇다고 우울하거나 무료한 것도 아닌데, 그냥 생각 없이 편하게 살던 때가 그리워졌다.

"후회해요. 괜히 왔다고⋯⋯. 솔직하게 말하면요. 그런데 얻은 것도 있어요. 우선 스펙이 하나 늘었어요. 산티아고 순례를 아무나 하는 것이 아니니까요. 그리고 다시는 이런 곳에 와서는 안 된다는 것도 알게 되었어요. 굳이 고생할 필요도 없잖아요."

그녀는 오지 못할 곳에 왔다는 생각이 지배적이다. 내가 보기에도 이 길과 어울리지 않았다. 그녀 말대로 이렇게나마 솔직하게 자신의 경험을 이야기할 수 있다는 것이 발전이라면 발전인 듯했다. 나는 그녀가 쉬러 간다며 자리를 뜨고도 한참을 앉아 있었다.

아무 생각이 없다는 그 여학생의 생각이 잘못되었거나 희한한 것은 아니다. 상담을 하다보면 정말 아무 생각 없이 사는 친구들이 있다. 생각보다 아주 많은 젊은이들이 그저 주어진 환경을 비판 없이 수용하고 있는 듯하다. 그들에게서 공통적으로 발견할 수 있는 것이 있다. 일종의 두려움이다. 삶에 대한 두려움. 비판 없이 무조건 받아들이는 이유는 바로 너무 두렵기 때문이다. 현실에 대한 불만으로 분노하기에는 그 결과가 겁이 난다. 인생을 깊이 고민해봤자 탈출구가 없어서이기도 하다. 그러니 그냥 받아들이는 수밖에 없다. 받아들이면서 고민을 하면 그것 또한 괴롭다. 아무 고민 없이 받아들이는 것이 가장 편안하다. 그렇게 살아온 세월 동안 다행히 아무 탈이 없었다. 부모가 시키는 대로, 학교가 시키는 대로, 사회가 정해놓은 대로 가면, 그다지 불편함도 없었다.

길은 누구에게나 행복을 주는 것은 아니다. 마음속 깊이 원한 것이 아니라면, 오히려 고통일 수도 있다. 낭만적인 환상을 품고 있어도 마찬가지겠지만, 무비판적 수용으로 떠난 길은 자신의 길이 아니다. 행복할 리도 없다. 하지만 두려움을 직면할 용기가 있다면 어떨까? 현실과 미래에 대한 걱정을 똑바로 본다면 말이다. 눈을 부릅뜨고 마주볼 수만 있다면, 힘든 삶 속에도 간간히 희망과 행복이 존재한다는 것을 볼 수 있을 텐데……

어제 사놓은 과일과 빵과 주스를 들고 식당으로 내려갔다. 식당에는 제법 사람들이 많았고, 한국 사람들도 몇 명 눈에 띄었다. 우연히 옆자리에 육십대 후반으로 보이는 할아버지와 동석하게 되었다. 나를 바라보는 시선이 느껴져 "안녕하세요!" 하고 인사를 드렸다.

"젊은 사람을 보니 좋네. 이 늙은이는 이제 힘들어서 어떻게 걸어가나 싶어. 이제 일주일만 걸으면 되지만……. 암튼 뭐든 젊을 때 해야 해!"

익숙하게 바게트를 잘라 잼을 바르며 할아버지는 신세한탄을 하는 동시에 나름 자신의 체력을 자랑하는 듯했다. 나이가 많아 걱정이 되기는 하지만 800킬로미터 정도 완주는 할 수 있다고 말이다.

몇 살로 보이냐고 여쭤봤더니, 할아버지는 나더러 삼십대 아니냐고 했다. 아침부터 기분이 좋아졌다.

"그 나이보다 많으면 힘들지. 처자식 먹여 살리려면 쉬운 것이 아니잖아! 아니면 차라리 나처럼 다 끝내놓고 나오든지."

머뭇거리다 결국 진짜 내 나이를 이야기하지 못했다. 마치 처자식 내팽개치고 자기 좋은 대로만 사는 책임감 없는 가장이 된 듯했다. 카미노를 오면서도 주변의 걱정이 적지 않았다. 평생 처음으로 가져보는 한 달이 넘는 긴 휴가는 커다란 선물이기도 하지만 도전이기도 하다. 용기이기도 하고 만용이기도 하다. 할아버지 덕분에 잠시 현실의 걱정으로 빠져들었다.

할아버지와 헤어져 오늘의 일정을 시작했다. 산 정상에서 내려오는 길은 환상적이었다. 발아래 깔린 안개 덕에 마치 구름 위를 걷는 기분이었다. 산에서 내려올수록, 발아래 안개가 점차 차오르기 시작했다. 마을을 지나 도로를 따라 걸어가야 했다. 멀리 안개 속에서 자동차 전조등 불빛이 비추는가 싶다가 어느 틈인가 굉음을 내며 내 앞을 빠른 속도로 달려간다. 등골이 오싹했다. 순례길 곳곳에서 마주치는 무덤의 주인공들은 대부분 교통사고로 죽었다던데…….

숲으로 접어드니 이제는 안개로 길이 보이지 않는다. 그나마 노란색 화살표는 상대적으로 눈에 잘 들어왔다. 멀리 순례자들의 모습이 보이기 시작했다. 안개 속 그들의 모습은 스산하기도 하고 몽환적이기도 하다. 찻길에서 멀어지자 또각또각 등산용 스틱 소리만 들려왔다.

해는 떠오를 생각을 안 했고 안개는 더욱 짙어졌다. 숲길은 10미터 앞도 구분하기 힘들었다. 또각또각 소리마저 안개 속에 파묻혔다. 산 위에서 안개 가득한 밑을 바라볼 때는 고즈넉하니 낭만적이었는데, 안에 들어오니 두려움이 앞섰다. 『뻐꾸기 둥지 위로 날아간 새』라는 소설에서 폐쇄 병동에 입원한 정신과 환자들이 집단으로 과격한 행동을 하면 눈앞이 보이지 않을 정도의 연막으로 진정을 시키는 대목이 떠올랐다. 그들을 진정시킨 것은 두려움이었으리라. 폭동을 일으켜 문을 부수고 탈출하고 싶지만, 인공으로 만들어 내뿜는 짙은 안개의 위력은 대단하다. 한 치 앞도 분간하기 어려운 상황에서 문을 부수고 나갈 수도 없고 그럴 용기마저 움츠러들었을 것이다. 별의별 두려움이 엄습해왔다. 낮에 보았던 커다란 개들(양치기 개보다 훨씬 위협적인 소치기 개들)이 숲속 안개에서 뛰쳐나올 것만 같았다. 발에 밟혀 부러지는 나뭇가지의 우지끈하는 소리에도 가슴이 철렁 내려앉았다. 사방이 보이질 않았다. 그나마 가끔 눈에 들어오는 화살표가 유일한 위안거리였다.

멀리 말울음 소리 같은 것이 들리는 것 같았다. 마을이 가까운 곳에 있나 했는데, 말발굽 소리가 점점 가까워지는 것을 보니 누군가 이 길을 같이 걷고 있는 것 같다. 어렴풋이 내가 걷는 작은 숲길 아래쪽으로 좀더 넓은 길이 눈에 들어왔다. 그 길에는 한 무리의 사람들이 걷고 있었다. 10여 명은 돼 보였다.

무리의 모습은 어두웠다. 일부는 말을 타고 있었고 일부는 걷고 있었다(순례길에는 자전거와 말은 물론이고 휠체어, 심지어 유모차도 있다). 좀처럼 거리가 좁혀지지 않아 자세히 볼 수는 없었지만, 몇몇이 중세시대의 분장을 하고 있는 것으로 보아서는 종교적인 집단 같았다. 낯선 모습이기는 하지만 누군가와 같이 걷고 있다는 생각이 들어 마음이 놓였다. 거리를 두고 한참을 걸었다. 좀 쉬면서 물도 마시고 싶었는데, 그들을 따라잡느라 몇 시간을 걸었다. 다행히 그들도 지쳤는지 걸음을 멈추고 쉬었고, 나도 얼른 자리를 잡고 앉아 물을 마셨다. 입에서는 허연 입김이 나왔고, 안개의 축축한 기운이 감돌았다.

삼삼오오 사람들은 나무둥지나 풀숲에 앉았다. 말을 탄 남자도 말에서 내려 말을 손질하고는 앉아서 포도주를 한잔했다. 다른 사람들과는 달리 말을 탄 남자는 혼자 앉았다. 아마 무리의 리더인 듯했다.

"가기 싫어. 왜 산티아고에 가야 해? 차라리 이 시간에 그냥 일을 하는 것이 더 현실적이라고!"

누가 봐도 걷기 싫은 듯 느릿느릿 걷던 젊은이 한 사람이 친구에게 하소연을 늘어놓았다.

"쉿! 조용히 해. 무슨 소리야! 이 길은 신성한 길이라고. 오래전부터 우리 선조들이 걸어왔던 길이란 말이야. 순례가 어떤 의미인지 알잖아! 유일한 희망이라고. 믿음을 가져!"

검은색 모자를 쓴 친구가 누가 들을까 작은 목소리로 소곤댔다. 내가 이방인임을 알아서인지, 또는 내 존재를 모르는 것인지, 위쪽에서 내려다보는 나를 의식하지 않는 듯했다.

"믿음이라고? 말도 안 되는 소리 하지 마. 지금 순례의 기적을 믿는 거야?"

느리게 걷던 젊은이가 모자 쓴 친구에게 대들었다. 큰 병에 걸려 죽어가는 할머니가 생명을 얻고, 가난했던 이웃사람이 갑자기 부자가 되고, 늘 불운했던 친구가 사업도 잘되고 장가도 가고 아이까지 낳았다는 등 순례자들의 기적과 같은 축복을 늘어놓는 친구의 설득에도 아랑곳하지 않았다.

"그게 기적이라고? 병은 의사를 잘 만나서 고친 것이고, 그렇게 열심히 일을 하고 살았으니 당연히 될 부자가 된 것뿐이야! 결혼하면 아이 낳는 거 당연하고, 가장이 되었으니 책임감을 갖고 일하니까 잘나갈 수밖에 없는 것 아니야? 그런 것을 순례의 기적이라고 하는 거야? 말도 안 되는 소리 하지 마!"

젊은이는 날카롭고 공격적인 말투로 친구에게 쏘아붙였다. 놀라는 표정이 역력한 친구는 당황해하며 어찌할 바를 몰랐다.

산티아고 순례길은 전설에 의해 만들어졌다. 각자 출발지는 다르지만, 산티아고 성인의 유해가 안장되었다고 믿어지는 산티아고 데 콤포스텔라로 가는 순례의 길이다. 산티아고는 예수의 열두 제자 중 야고보(야곱)의 스페인식 이름이다. 영어로는 세인트 제임스James라고 한다. 이길을 완주하고 나면 공식적으로 순례자로 인정이 되고, 순례자에게는 성인이 함께하여 기적이 일어난다는 이야기다. 오래전에는 공식 순례자가 되면 여태껏 쌓아온 죄를 사해준다고 하여, 순례자 증서를 사고팔기도 했다고 한다. 사실 여부를 떠나서 종교적으로 기적을 일으킨다는 길이다. 역사가 흘렀지만, 그런 기적이 생기기를 비는 사람이 없지는 않을 것이다. 말도 안 된다고는 하면서도 마음속으로는 자신이 겪고 있는 아픔을 치유해줄 기적이 일어나길 바라지 않을 리 없다. 기적을 바라는 마음은 본능적 욕구가 아닐까?

좀 떨어진 곳에서 듣고 있던 말을 탄 남자가 망토를 휘날리며 다가왔다. 모자 쓴 친구는 놀라며 고개를 돌리고 멀찍이 자리를 피한다. 느리게 걷던 친구도 말을 탄 남자가 다가오자, 흠칫 놀라며 위축되는 듯했다.

"친구! 많이 힘들고 지쳤지? 오랜 길을 걸었으니 당연한 일이지. 몸과 마음이 다 소진되었을 거야. 이거 한잔하지 그래!"

낮고 조곤조곤하지만 확신에 찬 목소리였다. 말을 탄 남자는 한 손으로 느리게 걷던 친구의 어깨를 도닥이며 마시던 포도주를 병째로 내밀었다. 말을 탄 남자의 위로에도 불구하고 느리게 걷던 친구는 더 주눅이 들어 보였다. 그러고 보니 왠지 모르게 위로의 말이지만 좀 무섭게 들렸다. 건넨 포도주를 벌컥 들이키고는 용기가 생겼는지, 자신의 생각을 이야기했다. 여전히 무엇이 두려운지 말을 탄 남자의 눈과 마주치지 않으려는 듯 시선은 땅을 보고 있었다.

"생각해보세요! 지금 마을은 엉망이라고요. 농사철인데도 불구하고 젊은 사람들은 다 순례길에 올랐잖아요. 노인들밖에 없다고요. 그렇게 두고 오는 것은 위험한 일이에요!"

커다란 덩치의 말을 탄 남자는 여전히 한 손을 느리게 걷던 친구의 어깨에 올리고 부드럽게 설득을 했다.

"친구! 너무 걱정이 많은 거 아니야? 매년 순례를 떠나지만 큰일이 생긴 적은 없잖아. 그대 말대로라면 벌써 마을은 없어지지 않았을까? 너무 걱정이 많아! 나같이 여러 번 순례를 해본 사람에게는 별일 아니지만, 아마 많이 힘들어서 그럴 거야. 조금만 힘내자고. 이제 거의 다 왔어! 지금까지 걸은 것이 아깝지 않아? 신께서 함께하실 테니 걱정하지 맙시다!"

가만히 듣고 있던 느리게 걷던 친구가 갑자기 고개를 똑바로 쳐들고 말을 탄 남자의 눈을 보기 시작했다. 목소리는 떨렸지만 날카로웠다.

"신이라고요? 신이 있다면 마을에도 있겠지요! 굳이 그곳까지 갈 이유가 있어요? 아…… 그곳, 산티아고 데 콤포스텔라 말이에요."

느리게 걷던 친구의 '그곳'이라는 말에 말을 탄 남자의 얼굴이 일그러졌다. 눈치를 챈 느리게 걷던 친구가 한발 물러서면서 정정을 했다. 신성한 산티아고 데 콤포스텔라를 감히 '그곳'이라고 불러서는 안 된다는 듯했다. 지금이 어느 시대인데 아직도 이런 대화가 오가다니…….

"조심하게, 친구. 말을 함부로 하면 안 되지. 지금 자네가 한 말은 수천 년 동안 지켜온 우리의 역사와 종교와 신념을 부정하는 말이야! 신을 부정해서도 안 되지만, 이런 식의 태도도 안 돼! 이런 식이면 결국 화를 입게 돼 있어! 이제 그만하지!"

말을 탄 남자가 단호하게 이야기했다. 무리 모두가 일어나 두 사람을 에워쌌다. 잘못 보았겠지만, 말을 탄 남자의 손이 허리춤으로 내려갔는데 거기에 긴 칼이 있었던 것 같다. 마치 중세의 기사가 품속의 칼을 보이면서 "입 닥치지 못해!"라고 위협하는 몸짓이었다. 느리게 걷던 친구는 얼굴이 일그러졌지만 별다른 저항을 하지 않았다. 그렇다고 사과도 하지 않았다. 주변 사람들이 개입하면서, 두 사람 사이 일촉즉발의 긴장감은 누그러졌다.

말을 탄 남자는 무리에게 이제 출발하자면서 말에 올랐다. 무리는 길을 떠났다. 느리게 걷던 친구는 여전히 무리의 맨 뒤에서, 느리게 느리게 마지못해 걸음을 옮겼다.

나도 일어나 떠날 채비를 했다. 무리를 따라 걸으며 생각을 해보았다. 흔히 기적은 삶의 희망이라고 하지만, 현실 세계는 아주 정반대다. 기적이 희망이 되면 그 사회는 이미 끝장난 것이다. 기적은 절망으로부터 나온다. 희망이 다 없어진 현실에서는 소망을 더이상 이룰 수 없거나 모진 운명을 도저히 바꿀 수 없을 때, 우리는 기적을 기다린다.

몇몇 통치자들은 이런 기적의 희망을 잘 이용한다. 아마 산티아고 순례길도 마찬가지였으리라. 산티아고 성인의 기적이 유럽 전역에 희망으로 떠올랐을 시기, 유럽은 암울한 중세의 시기였다. 귀족들은 산티아고 길 순례를 권장하고 또 강요했고, 이 길을 걷는 일반 서민들을 대상으로 숙식을 제공하고 수입을 거두는 독점적 지위를 이용하여 많은 경제적 이득을 얻어갔다. 당연히 도적들은 서민들의 봇짐을 노리며 활개를 치고, 귀족들은 또 이 도적들을 잡는다며 자신들 사업의 당위성을 확보했을 것이다. 이곳만이 아니다. 천국과 윤회의 기적으로 얼마나 많은 피지배층 인간들이 착취를 당했을까!

중세의 일만이 아니다. 21세기 현재에도 비슷한 일은 벌어지고 있다. 차라리 현실을 있는 그대로 받아들이고, 기적보다는 인간의 의지에 기대하는 편이 더 현명하지 않을까? 이 길은 하층민의 피와 눈물로 이루어진 길이다. 그럼에도 불구하고, 한 사람 한 사람이 이 고난의 길에서 얻은 지혜와 교훈은 지금까지 우리에게 큰 희망을 준다. 그러니 희망은 기적이 아닌 고난으로부터 온다. 힘겹게 걷고 배고프고 외로우면서 얻는 깨달음이야말로 이 길이 주는 진정한 희망이다.

해가 모습을 드러냈다. 안개의 두려움이 가시기 시작했다. 멀리서 안개가 한 발자국씩 걷혀온다. 햇볕이 다가오는 속도로 말이다. 산등성이 아래로 나와 함께 안개를 뚫고 지나온 무리를 찾아보다가 깜짝 놀랐다. 모두 어디로 사라졌는지 보이지 않는다. 말을 탄 남자도, 모자를 쓴 친구도, 그리고 느리게 걷던 친구도 보이질 않는다. 정말 내가 보고 들었던 것이 사실일까? 아니면 환상일까?

한참을 걸어, 드디어 트리카스텔라Tricastela에 도착했다. 송아지만한 개들이 시체처럼 길에 누워 시에스타를 즐기는 이 마을에서 점심을 먹고 사모스Samos까지 가기로 했다. 사모스로 가는 길은 너무 아름다웠다. 우거진 수풀 덕에 길은 터널 모양으로 만들어졌다. 옆으로 제법 널찍한 냇물이 흐르는 짙푸른 수풀의 터널 안을 걷자니, 기가 막히게 상쾌했다. 단언컨대, 이 길이야말로 꿈에서 그리던 산티아고 순례길 바로 그 자체였다. 카미노 전 구간을 통틀어 가장 아름다운 길이다. 비록 곳곳에 아무데나 큰일을 보지 말라는 노골적인 경고의 그림으로 도배를 했지만 말이다.

산길을 굽이굽이 돌아 사모스에 당도했다. 앞서 걷는 남자의 모습이 익숙하다. 모자를 쓰고 얼굴을 버프로 감싸고 짙은 선글라스에 등산복 바지, 등산용 스틱. 한국 사람이 틀림없다. 무엇이 바쁜지, 나보다 더 빠른 걸음으로 걷는다. 나를 지나치더니 앞에 있던 학생들의 무리마저 지나쳐 정말 바람과 같이 시야에서 사라졌다. 많이 급한가보다. 길에서 큰일을 보지 말라는 경고판이 그의 걸음에 가속을 붙인 것인가?

사모스는 수도원의 마을이다. 장엄한 고딕 양식의 수도원 건물에서는 그레고리 성가가 은은하게 울려퍼진다. 그 수도원 부속건물에 자리한 알베르게를 찾았다. 커다란 방에는 약 50개 정도의 2층 침대가 놓여 있었다. 사람들이 그리 많지 않아 입구 쪽에 자리를 잡을 수 있었다. 아침에 일찍 움직이는 편이라 입구 쪽에서 자면 다른 사람들의 숙면을 덜 방해할 수 있다. 제법 한국말들이 자주 들려왔다. 점차 산티아고로 가까이 갈수록 인구밀도가 늘어나고, 그에 따라 당연히 우리나라 사람들도 많아지는 듯했다.

마을을 한 바퀴 돌았다. 양지바른 골짜기에 자리잡은 사모스는 햇볕이 따사로웠다. 벤치에 앉아 해바라기를 하면서 문어 통조림과 올리브 등 간식거리를 먹었다. 어찌 보면 낭만적이고 여유로운 풍경이지만, 행색을 보자면 영락없는 노숙자 스타일이었다. 헐벗은 채로 벤치에 앉아 깡통을 뜯어먹고 있는…….

씻고 빨래를 하고 깜빡 졸았더니 다시 배가 고팠다. 숙소 건너편에 그럴듯한 레스토랑이 있었다. 저녁 시간까지 시간이 많이 남아, 휴대전화에 하루 일을 정리하면서 맥주를 한잔했다. 아까 사모스 입구에서 나를 따돌리고 바람같이 사라졌던 한국 아저씨와 한 여자가 다가왔다. 같이 맥주를 마시면서 이런저런 이야기를 나누고, 저녁까지 같이하게 되었다.

나보다 조금 나이가 많은 형섭씨는 스포츠맨과 다름이 없었다. 마라톤 완주의 경험도 몇 번 있고, 주말이면 이곳저곳 산을 넘어 다닌다. 순례의 시작은 나보다 늦은데도, 오늘이 지나면 추월당할 것이 뻔하다. 하루에 40~50킬로미터를 걷는다고 했다.

"우리한테 이 정도는 아무것도 아니지요. 3주 내에 완주하는 것이 목표입니다."

형섭씨의 목표는 완주다. 신속하게 산티아고에 들어가는 것이 목표다. 흔한 우리 중년의 모습이다. 앞서 걷는 사람을 인정하지 못한다. 일단 사람이 보이면 무조건 앞질러야 한다.

반면 이 길을 걷기 위해 회사까지 휴직했다는 삼십대 초반의 혜란씨는 천천히 걷는 것이 목표라고 했다. 길을 걷다가 아름다운·곳을 보면 며칠씩 묵어가기도 한다. 벌써 두 달째인데 산티아고에 다가갈수록 아쉬움이 더하다. 이곳에 오기 전에는 미래에 대한 구체적인 계획을 세우려 했는데, 아직 완성하지 못했다. 그런데 벌써 종착점 이야기가 나오니 초조하기까지 하다고……. 이야기 중에 자신이 감동받은 길의 풍경들을 설명하는데, 형섭씨는 전혀 모르는 것 같았다. 빨리 걷는 자에게는 암흑점이 있다. 그는 "산티아고 길을 며칠 만에 걸었다"고 짧고 굵은 한마디로 자랑하겠지만, 혜란씨에게 산티아고 길은 평생 꺼내도 다 꺼내지 못할 커다란 이야기보따리가 될 것이다.

하지만 형섭씨도 부럽다. 나보다 몇 살이나 많은데도 불구하고, 강인한 육체와 도전정신과 목표의식이 뚜렷했다. 점프를 하거나 짐을 맡기는 사람들에 대한 혐오만큼이나, 스스로에 대한 자부심도 대단했다. 남들이 빨리 걸으면 많이 못 본다고 하지만, 그러거나 말거나 들은 척 안 할 수 있는 것도 용기다. 그에게 주어진 삶이 그런 것이라면, 그 삶에 최선을 다하는 것은 아름답다. 천천히 걷는 자만 아름다운 것은 아니다. 이 길 위의 누구나 아름답다.

잠자리에 누우니, 오전에 보았던 환상이 선명하다. 수천 년 전의 장면일 수도 있겠지만, 오늘의 현실과도 다를 바 없다. 세월이 흘러도 바뀌지 않는 것이 있다. 인간의 운명과 역사의 반복 같은 것 말이다. 하지만 우리는 바꿀 수 있다. 바꿔야 한다. 현실을 받아들이고, 자신의 의지대로 살려고 노력해야 한다. 어떤 사람은 목표를 향해, 또 어떤 사람은 많은 경험을 위해 스스로 의지를 불살라야 한다. 기적이 아니고 의지가 희망이다.

스물넷째 날~서른째 날

스스로에게 보내는 위로

속도를 낼 수 없다. 서너 시간을 걷고 오전 간식을 위해 바에 들어갈 때쯤이 되니,
나를 앞지르는 모든 것이 낯설지 않게 느껴졌다.
'그래! 난 아프고 빨리 걸을 수 없어. 이 속도와 통증에 익숙해져야 해!'라고
스스로에게 최면을 걸고 나니, 마음이 조금 가벼워진 느낌이었다.

몸이 하는 말에 귀 기울이지 않으면

수도원 알베르게는 너무 추웠다. 밤새 떨었더니 온몸의 근육이 아픈 듯했다. 그래도 준비를 하고 나선 새벽길은 참으로 맑아 기분이 상쾌해졌다. 마을을 벗어나자 또다시 갈림길이 나왔다. 조금의 주저함도 없이 숲길을 선택했다. 숲속의 개울물에 예쁘게 물안개가 피었다. 어제 본 안개가 두려움을 자아냈다면 오늘은 사랑스럽다. 길은 아름답게 이어졌다. 초록 터널은 오랜 행군으로 지친 나를 위로하고 잊지 못할 추억을 주었다. 내 평생 가장 아름다운 길, 트리카스텔라-사모스-사리아를 잇는 이 길은 결코 잊지 못할 길이다. 사랑하는 사람과 함께 왔으면 얼마나 좋았을까 하는 아쉬움이 들었다.

이제 5일만 걸으면 산티아고에 도착한다. 스스로가 참 용하다는 생각이 들었다. 누구나 장단점을 갖고 살아간다. 실패하지 않는 사람들의 특징은 자신의 단점을 탓하기보다는 장점을 잘 이용한다고 한다. 예전에 출연한 한 방송에서 자신의 장점을 적어보라고 했던 적이 있다. 사회자의 의도는 일반적으로 자신의 장점을 적어보라고 하면 몇 개 못 적는데, 그 이유는 스스로를 비판적으로 보기 때문임을 증명하려는 것 같았다. 하지만 그 사람의 의도와는 달리, 화이트보드에 내 장점을 빼곡히 적어놓았던 기억이 난다. 나는 스스로에게 잘 집중하는 편이라 장단점을 비교적 자세히 알고 있었다.

첫째로 나는 상황을 긍정적으로 보는 장점이 있다. '안 된다, 못 한다!'보다는 '해볼까?'가 우선인 사람이다. 소싯적 나는 겁 많고 수줍은 소년이었다. 사람들이 주목하면 얼굴이 붉어져 어찌할 바를 몰랐는데 커가면서 많이 변한 스타일이다. 두번째로, 먹고 자는 것에 불평이 없다. 주는 대로 먹고 등만 댈 수 있으면 잔다. 무던한 식성과 잠버릇은 인턴 시절 생활습관 덕분이다. 그 시절 무엇을 먹느냐는 중요한 문제가 아니었다. 어떻게든 먹어야 했으니 말이다. 늘 잠이 부족했기에, 틈만 나면 엘리베이터 안에서도 잠이 들었다. 그리고 세번째로, 적응이 빠르다. 환경에 쉽게 동화된다. 불평보다는 참고 익숙해지기를 기다린다. 생존에는 참으로 적합한 장점들이다.

그렇다고 이런 성질들이 언제나 좋은 것만은 아니다. 상황을 긍정적으로 보다보니 손해가 많다. 내가 양보를 하면 된다는 생각에 실질적으로는 손해를 감수해야 한다. 먹고 자는 불평이 없으니 때로는 홀대를 받는다. 우는 아이에게 젖을 물리는 것은 당연한 일. 표현 못하고 조용하면 누가 알아주지 않으니 불편해도 참고 살아야 한다. 시스템이나 환경에 적응을 잘하니, 불만이 별로 없다. 불만이 없으면 발전도 더디다. 보수적인 인간이 될 수밖에 없다. 창조적이지도 못하고 화끈하지도 못하다. 나란 인간은 생존에는 안성맞춤이지만, 뛰어난 사람이 되기는 이미 글렀는지도 모르겠다.

아무튼 이런 성격 때문에 순례길을 별 무리 없이 걷는다고 믿었다. 성공에 대한 확신이 들었다. 다만 문제가 하나 있었으니, '몸이 하는 소리'를 모른 척하고 있는 것이다.

발바닥에 물집이 생기고 족저근막염으로 발바닥에 통증이 생기고 오른쪽 발가락에 감각이상이 생기는 등 여러 가지 징후는 '지금 무리하고 있어!'라고 말하고 있다. 가장 문제가 되는 것은 왼쪽 무릎이었다. 며칠 전부터 조금 안 좋다. 아침에 일어나면 참으로 뻑뻑했다. 조금 걸으면 좋아지기는 하는데, 쉬려고 앉았다 일어나 걷기 시작하면 통증이 따라왔다.

그러던 통증이 오늘 아침부터는 더욱 심해졌다. 덜컥 겁이 났다. 포기하게 되면? 통증으로 인한 고통이나 무릎에 생길 문제보다도, 포기하는 것에 대한 두려움이 컸다. 사실 독일에서 온 크리스티나의 말처럼 몸이 하는 말을 들어야 한다. 그런데 욕심 때문에 자꾸 무시를 한다. 어쩌면 지금도 욕심 때문에 내 한계를 무시하고 있는지 모른다. 성격이 어떠니 저떠니 해도 다 소용없고, 몸이 하는 이야기를 들어야만 하는 것은 아닐까?

능력의 한계는 어디까지이고, 욕심은 어디부터인가? 판단하기 힘들다. 어느 정도가 여유고 어디부터 게으름인가? 이 또한 답이 뚜렷하지 않다. 어느 하나로 정의내리기 힘든 일은 적지 않다. 늘 마음속에 100퍼센트를 넘어서는 것은 욕심이고 110퍼센트까지의 욕심은 수용 가능하다는 입장이었다. 하지만 지금의 내 모습이 110퍼센트인지 150퍼센트인지 구별이 안 된다. 150퍼센트라면 당장 멈추어야만 한다.

무릎 통증을 가라앉히기 위해 나름 노력을 했다. 우선 일반적인 방법으로 파스를 붙이고 소염제를 먹었다. 잠시나마 통증이 완화되는 듯해 마음의 위안을 삼을 수 있었다. 걸음걸이도 조심했다. 가능하면 허리를 똑바로 세우고 어깨의 힘을 빼고 엉덩이로 걸으려 노력을 했다. 뒤에서 보면 오리걸음이라 우스워 보일지 모르지만, 무릎은 덜 무리가 된다. 그런데 문제는 양쪽 어깨를 짓누르는 짐의 무게였다. 무게를 줄이면 좋겠다는 생각이 들었다.

이제는 아무짝에도 쓸모없는 노트북과 카메라 생각이 났다. 돌아가면 수리를 해서 다시 사용할 수 있겠지만, 지금은 그저 고철덩어리일 뿐이다. 무거운 쓰레기를 짊어지고 있다는 생각이 들자 어깨가 더 짓눌리는 것 같다. 혹시 고쳐질까 하고 어제도 그제도 만져보았지만, 고장난 노트북과 카메라는 반응이 없었다. 미련 때문이다. 미련 때문에 고장난 놈들을 다시 만져보는 것이다.

사리아에 도착하자마자, 인포메이션 센터에 물어서 우체국을 찾아갔다. 도착지인 산티아고 우체국으로 카메라와 노트북, 그 부속품들(어댑터, 배터리 등)을 상자에 넣어 소포로 부쳤다. 배낭이 훨씬 가벼워졌다. 불과 2~3킬로그램 가벼워졌을 뿐인데도 발걸음부터 달랐다. 이렇게 가볍고 편한 것을! 도대체 뭣 때문에 짊어지고 다녔을까? 미련하면 사서 고생이다.

길 떠나오기 얼마 전 상담실 정리를 했다. 15년 넘게 변함없던 상담실 인테리어를 조금 바꾸었다. 불과 몇 평되지 않은 좁은 공간에서 끝도 없이 잡동사니들이 쏟아져나왔다. 정말 놀라웠다. 작은 상담실에 이렇게나 많은 짐들이 있는 줄 몰랐다. 몇 년째 읽어보지도 않는 각종 서류들로 사무실 서랍은 빈틈이 없이 채워져 있다. 책상 위에는 뜯지도 않은 각종 간행물로 가득하다. 한 번도 읽지 않고, 읽을 필요도 없는 인쇄물들이다. 노트북 등 가전제품을 사면 따라오는 케이블 등과 다른 사람에게 나누어주면 좋을 영양제나 판촉물들도 방안 가득히 자리하고 있다. 나만 그런 것은 아니다. 주변을 돌아보면 쓸모없는 것들을 저장하는 못된 습관으로 고민하는 사람들이 적지 않다. 버려야 할 것을 버리지 못하고 모아두는 것을 '저장강박'이라고 한다. 혹시 나중에 쓰려고 할 때 없으면 어떡하나 하는 불안이 있다. 쓸모없으려니 하고 버린 것이 나중에 필요할 때 없으면 후회가 막심이다. '괜히 버렸어!'라는 생각이 저장강박을 강화시킨다. 하지만 아주 드문 경우다. 그러므로 '혹시나' 하는 미련을 버리고 아낌없이 버려야 한다. 나누어주거나 재활용통에 넣어 버려야 한다.

미련을 넣고 다니는 것처럼 피곤한 인생은 없다. 무거운 짐에 몸이 피곤하듯이, 감정과 생각의 미련은 마음을 짓누른다. 이미 끝난 일에 마음 상하고, 이미 저지른 작은 실수가 머릿속에서 떠나지 않는다. 과거의 실수를 오늘 되새김질하느라고 가슴이 먹먹하다. '그때 그랬다면'은 단지 그때의 일일 뿐이다. 이미 지나간 일에 대한 미련은 오늘의 삶에 부정적인 영향을 주지만, 동시에 미련만 버린다면 쉽게 해결될 일이기도 하다. 미련은 빨리 잊을수록 약이다.

애정도 마찬가지 아닌가? 사랑하는 사람이 등을 보이면 누구나 가슴이 쓰리기 마련이다. 하지만 돌아선 사람은 다시 찾아오지 않는다. 그럼에도 불구하고 우리는 늘 예전의 사랑이 다시 돌아오기를 기다린다. 그만큼 사랑해서이기도 하지만, 그만큼 미련이 남아서이기도 하다. 만약 미련이라면 아낌없이 버려야 삶에 여유가 생긴다. 그래야 새로운 사랑이 비집고 들어올 테니.

가벼워진 배낭을 메고 또다시 길을 떠난다. 새로운 풍경이 잠시 혼란스럽다. 늘 보아오던 추레한 차림의 순례자들 사이로, 낯선 옷차림의 사람들이 눈에 띄었다. 깔끔한 복장은 물론이고, 때로는 구김 없이 잘 다려진 순백색의 셔츠나 스커트가 보이기 시작했다. 심지어 금발의 노인 한 쌍은 나를 발견하고는 아메리카 대륙에 도착한 콜럼버스가 인디언 원주민을 발견한 듯 급히 카메라 셔터를 눌러댔다. 일부러인지 실수인지, 그것도 연속 촬영으로 눌러대는 탓에 셔터 소리가 요란했다. 옆에서 걷고 있던 다른 순례자와 눈이 마주치자, 서로 피식 웃고 말았다. '이건 또 뭐니?'

순례자에게는 옷이 딱 두 벌이다. 오늘 입은 옷과 내일 입을 옷. 하루에 한 번 빨래를 해야 유지할 수 있는 살림이다. 그런데 흰색 셔츠라니! 흙탕물을 밟으며 진격해야 하는 입장에서 스커트라니! 선글라스 너머로 기분이 언짢아서 찌푸린 내 눈을 보았는지, 카메라를 황급히 내리고는 "올라!" 하며 인사를 보낸다. 나도 "올라"라며 답은 했지만, 어제까지 들은 "올라"와는 많이 다르다. 그다지 진정성이 느껴지지 않았다. 좀 도시스럽다고 할까? 순례자들 사이의 '올라'나 '부엔 카미노'는 공감의 언어이다. 때로는 격하게 감정적일 때도 있다. 내리쬐는 햇볕과 두 어깨를 짓누르는 배낭의 무게로 지쳐 쓰러질 것 같을 때, 초라한 행색으로 웃으며 보내주는 '부엔 카미노'는 기운을 북돋는 청량음료와 같다. 단순한 인사말이라도 공감을 할 수 있는 사람들끼리는 위로와 격려가 된다.

그런데 갑자기 그 인사가 그저 무의미하게 들리는 데는 다 이유가 있다. 이곳 사리아는 두 종류의 순례자들이 섞이는 합류점이다. 나처럼 멀리 약 700킬로미터나 떨어진 프랑스 시골 마을에서 걸어온 '진짜 순례자(우리끼리 붙인 말이다)'와 100킬로미터 정도만 걷고 순례 증명서를 받으려는 '가짜 순례자'가 한 길에서 만난다. 사리아에서 만난 두 무리들은 서로를 보고 신기해한다. 가짜 순례자들은 길어야 일주일만 걸으면 된다. 그래서 그래서 깔끔한 의복과 넘치는 에너지를 유지할 수 있다. 당연히 우리 진짜 순례자들은 공감을 할 수 없는 형색과 목소리다. 갑자기 순례자들이 불어나니 길이 북적인다. 식당과 알베르게는 붐비고 당연히 물가는 비싸다.

약간의 혼란과 신기함 속에서 걸음을 재촉하다 결국 일이 터졌다. 포르토마린Portomarin을 10킬로미터 정도 남겨둔 페레이로스Ferreiros 부근이었다. 무릎이 부서져나갈 것 같은 통증이 엄습을 해왔다. 한 걸음을 떼기도 힘들다. 간신히 발을 질질 끌고 알베르게를 찾아나섰다. 그러나 한 곳의 알베르게는 방이 없었고, 다른 한 곳은 수리중이었다. 일단 눈에 보이는 바에 들어갔다. 좀 쉬면 나으려나…….

바에 들어서자 주인 부부는 걱정스럽게 바라보고는, 내게 "택시를 불러줄 테니 타고 가라"며 충고를 했다. 고마운 제안이지만 왠지 그러면 안 될 것 같았다. 아니, 부끄럽다고 해야 할까? 차라리 근처의 알베르게를 수소문해달라고 했다. 주인 부부는 사리아를 지나고 나면 알베르게 잡기가 힘들다며, 이 마을 역시 알베르게는 이미 만원이라고 했다. 택시를 탈 생각이 없다면 짐이라도 부치라고 했다. 그것도 나쁜 제안은 아니지만, 역시 마음이 찜찜했다. 그들에게 고맙지만 좀 쉬다가 다음 마을로 가보겠다고 했다.

이때 그들의 조언을 받아들여야 했다. 거절을 하면서도 스스로 뭔가 잘못되고 있다는 것을 깨닫기는 했다. 다섯째 날 푸엔타 라 레이나의 알베르게에서 출발하던 새벽. 하루에 300킬로미터 떨어진 바르셀로나로 간다며 농담을 하던 할아버지가 떠올랐다. 그 노인은 쉽게 받아들이던데……. 무릎이 아프니 이제 돌아가서 쉬겠다며 쉽게 포기하던데……. 난 받아들여지지가 않았다. 도저히 받아들일 수가 없었다.

배를 채우고 나자 조금 기운이 생겼다. 무릎도 아주 조금 나아진 듯했다. 일단 조금씩 걸어보았다. 처음에는 한 걸음도 못 걸을 것 같더니만, 열 발자국쯤 비명을 참으며 걸으면 그다음에는 조금씩 나아갈 수 있었다. 그렇게 얼마를 걸으면 통증이 많이 가라앉는다. 아마도 극심한 통증을 감지한 뇌에서 엔도르핀을 다량 방출한 모양이다. 하지만 그 효과가 길지는 않다. 한두 시간 조금 가벼워진 느낌으로 걷고 나면,

그후에 두번째 통증이 시작된다. 두번째 통증에도 참고 걸으면 다시 엔도르핀이 나오는 느낌이고, 통증은 조금 가라앉는다. 하지만 이번에는 불과 30분도 안 되어 더 심한 통증이 엄습한다. 이 순간에 쉬어야 한다. 하지만 쉴 용기가 안 난다. 쉬었다 다시 걸으면 이전의 통증보다 몇 배나 심하게 아프기 때문이다. 이제 쉬게 되면 다시 못 걸을 수도 있다는 겁이 덜컥 나서이다.

처음 통증이 생겼을 때 병원을 찾아야 했다. 몸이 치료를 받아야 한다는 신호를 준 것이다. 그런데 참고 걸어서 통증이 가라앉으면, 미련하게도 또 걸을 수 있다는 안도감이 생기면서 괜찮겠지 하는 생각이 든다. 긍정적인 사람이 범하기 쉬운 실수이다. '무릎이 더 많이 손상되면 안 될 텐데'라고 걱정하면서도 무리하게 앞으로 나가는 것이다. 긍정적인 사람은 '괜찮을 거야!'와 '큰일날 거야!'의 싸움에서 '괜찮을 거야!'의 손을 들어준다. 하지만 긍정이든 부정이든, 그 이전에 합리적이고 이성적인 판단이 필요하다. 긍정이 늘 옳은 것은 아니다. 사실 비합리적 낙천주의는 긍정이라고 할 수 없다. 그저 화를 자초할 뿐인 착각이다.

풍력발전기가 세차게 돌아간다. 바람개비같이 '웅웅' 울음소리를 내며 돌아간다. 나도 울고 싶어진다. 당장이라도 돌아가고 싶지만, 나 자신과의 싸움에서 이기고 싶기도 했다. 바보 같은 생각일지 모르지만 내게 지기 싫었다. 일단 포르토마린까지 가보기로 했다.

그렇게 절뚝거리며 숲길을 걸어가는데, 마을 입구에서 고양이가 물끄러미 쳐다본다. 내 기분이 그래서인지 고양이의 눈이 매우 슬퍼 보였다. 그 슬픈 눈이 나를 위로한다. 길 가운데 서서 나를 살펴보다가, 내가 한 걸음 앞으로 다가서자 앞장을 섰다. '이리로 오세요!' 그리고 다시 몇 발자국 가서는 다시 뒤돌아서 바라본다. '많이 아파요? 그럼 좀 쉬었다 가요!' 쩔뚝거리는 나를 안쓰럽게 쳐다보다, 한 발자국 거리로 다가서면 다시 몇 발자국 앞서간다. 그러기를 몇 번이고 반복했다. 이상하게 마음이 편해졌다. '내가 있잖아요. 조금만 기운을 내요!' 마치 고양이가 친구처럼 내 아픔을 알고 나를 격려하는 듯했다. 마을을 지나 내리막길이 끝나자, 잠시 나를 관찰하는 듯하더니 인사도 없이 오던 길을 거슬러올라갔다. 돌아가는 뒷모습을 한참을 바라보았다. 꼬리를 곧게 새운 뒷모습이 내게 말을 걸어왔다. '힘들지요. 그럼 돌아가도 좋아요. 아직 힘이 남았으면 좀더 걸어보던가요. 그렇지만 언제 그만두어도 괜찮아요. 지금도 많이 왔잖아요!'

얼마를 걸었을까, 곧 꺾일 듯한 무릎으로 한 걸음 한 걸음 조심스럽게 걷다보니, 커다란 강이 보이기 시작했다. 바람이 심하게 불어 몸을 날려버릴 듯한 큰 다리를 건너 포르토마린에 들어섰다. 아뿔싸! 이 도시는 언덕에 자리잡고 있었다. 내리막보다는 나았지만, 무릎이 아픈 내게 오르막은 고통이었다. 순례자들이 늘어 알베르게가 벌써 들어차기 시작했다. 두어 군데 알베르게를 거쳐 여덟 명이 잘 수 있는 작은 알베르게에 짐을 풀었다. 뜨거운 물로 샤워를 하고 나니 좀 살 거 같다. 한국에서 가지고 온 파스를 덕지덕지 붙이고, 등산용 스틱을 지팡이 삼아 쩔뚝거리며 제일 좋아 보이는 레스토랑에서 이른 저녁을 했다. 지치고 힘든 몸에게 좋은 음식을 먹여야 할 것만 같았다. 기대 이상으로 음식은 맛있었지만, 무릎 걱정을 사라지게 할 정도는 아니었다.

레스토랑 밖으로 흐르는 강물을 바라보며 와인을 한잔했다. 갑자기 화가 치밀어올랐다. 몸이 조심하라고 경고했는데……. 도시에 있을 때는 몸의 경고를 들을 겨를이 없어서 그러지 못했다고 치자. 하지만 며칠 전부터는 들을 수 있었다. 좀 천천히 움직이라고, 더이상 무리를 하면 무슨 일이 터질지도 모른다고. 그런데 욕심이 나를 내몰았다.

전에는 욕심도 내 편이라고 여겼다. 욕심을 채우기 위해 남보다 더 열심히 노력했다. 그런 노력들이 높게 평가받기도 했다. 정당화된 욕심과 주변의 칭찬은 더 과감하게 내 자신을 몰아붙이게 하였다. 다행히도 건강한 몸이어서 잘 버텨냈을 뿐이다. 그렇지만 길을 걸으니 달랐다. 오로지 내 두 다리의 힘으로만 오랜 시간 걸어야 하니 몸에 집중할수 있다. 몸의 작은 변화도 감지가 된다. 외부로부터의 자극이 줄어드니 실체가 보이기 시작한 것이다. 그렇지만 오만했다. 욕심은 도시나 이곳이나 똑같이 달콤해 보였다. 조금만 더 빨리, 더 많이 걸으면 유럽의 땅끝 마을까지 걸어갈 수 있다는 욕심은 한계를 넘어서 몸을 망쳐버렸다. 오전에 생각했던 나의 장점? 쳇! 욕심 앞에서는 다 쓰레기 같은 생각들이다. 긍정적이 아닌 비합리적인 낙천주의자다. 먹고 자는데 불편이 없고 쉽게 환경에 동화되는 것이 장점이 되는 것은 육체적으로 건강했을 때의 이야기다.

이제는 땅끝 마을이 문제가 아니다. 한 걸음도 떼기 힘든 상황에서 무슨……. 움직일 수 없게 되자, 욕심에 속은 것을 알았다. 이제는 순례길 완주 자체가 불투명해진 것 같다. 100킬로미터 더 걸어서 유럽 대륙의 끝을 보고야 말겠다는 욕심 때문에 800킬로미터의 대장정을, 아니 내 꿈과 버킷리스트와 자존심을 잃어야 하다니……. 소탐대실. 딱 그대로이다. 스스로가 미워졌다. 늘 자신을 긍정적으로 바라보는 나이기에 더 가슴이 저려왔다. '미련한 놈 같으니라고…….' 창문 너머로 해가 지기 시작한다. 갑자기 겁이 덜컥 났다.

'포기할까?'

눈을 뜨기 싫다. 순례자들의 부스럭거림에도 자는 척 누워 있었다. 모두들 다음 일정을 위해 부지런히 움직였다. 목적지가 얼마 남지 않아서인지 분주함이 더했다.

누구보다 일찍 일어나던 나였다. 가장 일찍은 아니지만(이곳 노인들 역시 새벽잠이 없으며, 순례자들의 적어도 30퍼센트는 노인들로 보인다), 일찍 출발하는 축에 속했다. 집에서와 같이 6시에 일어나 적어도 7시면 출발을 했었는데…… 지금은 9시 가까이 되었다.

10시가 되면 침대를 비워주어야 한다. 어제저녁 알베르게 주인에게 하루 더 묵겠다고 이미 이야기를 해놓기는 했지만, 청소를 해야 하기 때문이다.

씻기도 귀찮다. 먹기도 싫다. 그냥 내가 미웠다. 늦은 밤까지 찜질을 하고 파스도 붙이고 해보았지만, 일어서려니 무릎에 칼을 꽂는 느낌이다. 간신히 씻고 어제저녁 준비해놓은 음식을 꺼냈다. 아무도 없는 알베르게 주방에서 쓸쓸히 식사를 했다.

마을로 내려왔다. 등산용 스틱 하나를 지팡이 삼아 쩔뚝거리며 걸어다니니 꼭 패잔병 같다. 보는 사람마다 측은한 시선을 주고 용기를 내라고 하지만, 고맙다는 인사 한 번 하지 않았다. 마음속에 있던 못된 적개심과 분노가 가라앉지를 않는다. 스스로에 대한 미움 때문이었다.

걸을 수 있는 데까지 마을 구석구석을 천천히 다 둘러보고 나니 점심때가 되었다. 무릎이 너무 아파서 기껏 걸어봤자 동네 한 바퀴에 지나지 않았지만, 어깨에 짐이 없으니 통증이 덜하다는 사실을 깨달았다. 속도도 영향을 미쳤는데 아주 천천히 걸으니 좀더 나았다. 물론 쉬었다 일어설 때는 한 호흡을 가다듬어야 하고, 걷기 시작하면 순간적으로 엄청난 통증이 오는 것은 마찬가지였지만.

마을 이곳저곳을 돌아다니니 마치 관광객 같았다. 아니구나, 노숙자 같겠구나. 귀찮아서 면도도 안 하고, 지팡이(그것도 등산용 스틱을 재활용한)를 짚고 다리는 절뚝거리고, 어제 제대로 빨래도 하지 못해 냄새나는 옷을 입고 있으니, 영락없는 노숙인 행색이다. 마을 중앙에 있는 우체국이 눈에 띄었다. 그래! 엽서를 보내야겠다. 전부터 보고 싶은 사람들에게 연락을 하고 싶었지만, 어찌어찌하다보니 바쁘지도 않은 하루가 금방 지나갔다.

소문에 엽서를 공짜로 준다고 하기에 우체국 직원에게 부탁해보았다. 두 장을 내밀기에, 더 많이 달라고 부탁을 했다. 직원은 약간 난감해하다가 네 장을 더 주었다. 환경이 변하면 사람도 변한다. 우편엽서가 몇 푼이나 하겠는가. 돈을 주고 사면 다양한 엽서를 고를 수도 있으리라. 하지만 입은 옷 한 벌과 입을 옷 한 벌만 지니고 사는 사람은 매 순간 돈을 지불할 때마다 한번 더 생각을 하게 만드는 마법에 걸린다. 흔한 질문 중의 하나가 "800킬로미터를 30일 동안 걷는다니, 비용이 얼마나 들까?"이다. 놀랍게도 킬로미터당 1~2유로밖에 들지 않는다. 만약 킬로미터당 2유로라고 한다면 1600유로밖에 들지 않는 것이다. 그것도 왕복 비행기표를 포함해서 말이다. 1600유로라면 우리 돈으로 많아야 250만 원 정도이다. 유럽까지 왕복 비행기를 저가 항공이나 경유편으로 고르면, 100만 원 내외이다. 150만 원으로 30일을 버티자면, 고작 하루에 쓸 수 있는 돈은 약 5만 원 정도이다. 우리나라라면 하룻밤 모텔비 수준이다. 이곳에서의 알베르게 비용 하루 약 1~2만 원 정도를 제외하고, 남은 돈으로는 식사를 해결해야 된다. 1유로나 하는 멋진 엽서? 사치다. 더구나 공짜 우편엽서가 형편없으면 모를까, 받은 사람마다 감탄을 자아낼 정도인데. 이것 또한 순례길의 축복이다. 돈의 가치를 다시 한번 생각하게 한다. 가진 것이 적을수록 씀씀이도 소박해진다. 거꾸로 이야기하자면 욕심만 버린다면, 소유욕을 낮출 수 있다면, 경제적인 스트레스도 훨씬 줄게 된다. 당연히 더 행복해질 수 있다. 공짜 엽서로 행복해질 수 있는 것. 축복이 아니고 무엇인가!

엽서도 쓰고 점심도 하기 위해 경사로에 위치한 바를 찾았다. 금발의 뚱뚱한 종업원은 위아래로 나를 쳐다보더니, 보던 신문으로 다시 눈을 가져간다. 평소 같으면 그저 불친절한 스페인 여자로 보였을 텐데, 오늘은 나를 무시하는 인종차별주의자로 보였다. 심신이 지쳐서 항의를 하거나 되갚아줄 여유도 자신도 없었다. 그저 구석의 편안해 보이는 테이블에 앉아서 샌드위치 하나와 맥주를 시켰다. 예상대로 샌드위치는 맛이 없었고, 그나마 시원한 맥주가 절망에 빠진 순례자의 쓰린 가슴을 달래주었다.

배를 채우고 낮술까지 하고 나니 머릿속마저 이완이 되는 듯했다. 후회가 밀려왔다. 몸이 멈추라고 했을 때 멈추었어야 했다. 어제 아침에 통증을 심하게 느꼈을 때 바로 쉬었어야 했다. 결국 이 모양이 되었다. 오늘 하루 쉰다고 좋아질 것 같지는 않다. 아직 효과가 있는지 모르겠으나 무릎에 특효약이라는 홍합 통조림을 내일 아침 두 통 더 먹을 생각이다. 그렇다고 무엇이 달라질까? 약국에서 무릎 보호대와 소염제도 샀다. 이 또한 도움이 될까 모르겠다.

포기를 해야 하나? 우리는 한계를 갖고 살지 않는가. 지금이 혹시 나의 한계는 아닐까? 여러 가지 상념이 교차했다.

인간에게 한계가 있다는 것은 축복이다. 완전하지 못하기에 더욱 애쓰는 삶이 우리의 운명이다. 우선 가장 큰 한계는 죽음이다. 만약 인간이 죽지 않는다면 얼마나 교만했을까? 영원하지 못한 것이 스스로를 돌아보게 하고 좀더 잘 살아보려는 다짐을 하게 되는 이유이다. 이별도 한계이다. 만약 영원히 헤어지지 않는다면 이별의 상처는 없겠지만 거꾸로 아예 인연을 맺지도 않으려 할 것이다. 인간은 애착과 더불어 애도를 통해 성장한다. 질병 또한 한계이다. 질병은 일종의 경고이다. 더 큰일나기 전에 스스로를 돌보라는 메시지다. 무릎이 아프면? 당연히 그만 걷고 쉬라는 뜻이었다.

살다보면 누구나 멈추어야 할 때가 있다. 늘 성장과 발전만 있을 수는 없는 노릇 아닌가? 그런데 쉬지를 못한다. 왜? 두렵기 때문이다. 나는 두려웠다. 실패를 할까봐 두려웠다. 비단 순례길에서의 문제만은 아니다. 살면서 그런 두려움을 여러 번 겪어왔다. 레지던트 시절 아버지 회사가 부도가 났다. 제법 큰 회사를 경영하셨던 터라, 부도의 여파도 컸다. 장남인 나는 실패가 얼마나 무서운 것인지를 생생하게 목격할 수 있었다. 다행히 어릴 적부터 독립심을 키워주었던 부모님 덕에 잘 이겨낼 수 있었다. 은행 빚으로 사회생활을 시작했기에, 늘 최악의 시나리오를 먼저 생각해본다. 하지만 최악의 시나리오라도 살아남을 수 있다는 신중한 판단만 서면 그때는 물불 가리지 않고 뛰어든다. 문제는 실패에 대한 예민함 때문에 잘 내려놓지를 못한다. 그래서 중간에 포기를 하는 것이 내게는 참 어려운 문제이다.

두려움은 인간에게 두 가지 방향으로 영향을 줄 수 있다. 하나는 겁쟁이가 되는 것이다. 그런 상황을 피하려고 애를 쓰고, 직면하게 되면 도망만 친다. 또다른 하나는 모험가가 되는 것이다. 두려움을 이기기 위해 오히려 두려운 상황을 즐긴다. 전자의 인생은 소심하고, 후자의 인생은 위험천만이다. 나이가 들면서 더욱 확신하는 것. '인생은 균형'이다. 소심할 것인가 아니면 신중할 것인가? 무모할 것인가 아니면 적극적일 것인가? 두려움에 떨기만 하면 소심하지만, 좀더 고민하고 준비한다면 신중한 것이다. 앞뒤 가리지 않고 두려움 속으로 뛰어든다면 무모한 것이지만, 두렵더라도 한 발자국만 더 나아간다면 적극적인 셈이다.

나는 어떤가? 도시에 있을 때는 신중하고 적극적이었다. 하지만 이곳에서는 소심하지는 않지만 무모하다고 할 수 있다. 그럼 이쯤에서 신중하게 순례를 접어야 하나?

그마나 위안은 무릎 부상이 나를 돌아보게 하는 계기가 되었다는 점이다. 늘 남의 마음을 보느라 스스로에 대한 성찰이 모자랐던 내게는 이런 고통이 행운일 수 있다. 또 어떻게 생각하면······.

'개뿔, 행운은 무슨?'

그저 못난 자신을 위한 자위에 지나지 않는다. 상황이 이러니 좋게 받아들이는 수밖에 없지, 어쩌겠나! 이제 엎질러진 물이니 받아들일 수밖에······.

그래도 그만두기는 싫다. 나는 포기를 싫어한다. 직업적으로도 마찬가지다. 상담을 하다보면 가지가지 이유 때문에 치료를 포기해야 하는 경우가 있다. 아무리 치료를 해도 나아지지 않는 환자라도 치료를 포기한 적은 없다. 절대라고 할 수는 없지만, 내 기억에서는 없다. 포기 없는 치료는 엄청난 스트레스이다. 치료자로서 나에게 문제가 있지는 않나 하는 고민으로 스스로를 괴롭힌다. 이런 나를 쓰러지지 않게 잡아주는 것이 '의지'였다. 최고의 의사는 못 될지라도, 쉽게 포기하는 의사는 되지 말자는 내 '각오'였다.

벌써 두 잔째 낮술을 한다. 우체국에서 얻어온 엽서를 꺼냈다. 여섯 장……. 누구에게 보낼까? 내 인생에서 소중한 사람들을 떠올려보았다. 우선 부모님. 어른이 되어서 좀 소원해지기는 했지만, 내게는 영원히 소중한 분들이다. 그리고 아내와 아이들. 내 삶과도 바꿀 수 있는 보물들. 그들에게 엽서를 썼다.

아버지께

큰아들이에요. 요즘 건강은 어떠세요? 워낙 잘 챙기는 분이니까 크게 걱정은 안 되지만, 욕심이 많으셔서……. 이곳을 걷다보니 휴식과 이완이 얼마나 중요한지 절실히 깨달았습니다. 아버지도 뛰지만 말고 좀 천천히 걸으세요. 누가 봐도 가장 바쁘게 사신 분이시잖아요! 늘 그 모습에 존경을 보냅니다만……. 돌아가면 뵙겠습니다.

2014년 5월 큰아들 진세

어머니께.

잘 지내시지요? 자주 연락 못 드려 죄송해요. 건강은 어떠세요? 이곳에 오니 새삼 부모님께 감사드리게 되네요. 여태껏 경험한 적 없는 단조롭고 검소한 생활이지만, 평생 마음속에 남게 될 것 같습니다. 아픈 데 없고 건강하니 걱정 마시고, 돌아가면 뵈어요.

2014년 5월 포트토마린에서 큰아들이

부모님은 연로하지만, 비교적 건강하다. 아프다고 하면서도 때가 되면 여행도 다닌다. 젊은 시절 격렬하게 싸운 적도 있지만, 지금은 누구보다 서로를 의지하며 사는 모습이 부럽다. 걱정은 하겠지만, 큰아들이 순례를 끝마칠 수 있을 것이라 믿어 의심치 않을 분들이다.

여보!

이곳에 오니 자기 생각이 많이 나더군. 하루종일 걷다보니 주체할 수 없이 생각이 넘쳐나지만, 그래도 잘 정리하고 있어. 나중에 꼭 같이 오자! 그동안 내 발걸음에 맞추어 걸어줘 고마워. 그리고 사랑해.

2014년 5월 포르토마린에서 남편이(놀라지 말 것. 유서 아님^^;;)

아내에게는 할말이 너무 많아서, 엽서가 쉽게 써지지를 않는다. 사남매의 막내로 귀염만 받고 자란 아내는 괴팍한(아내 입장에서) 시부모님 때문에 한동안 설움이 많았다. 나 또한 바쁘다는 핑계로 그다지 잘해주지 못했다. 더구나 성향이 너무 다른 우리 둘은 사랑 하나로 극복을 해야 하는 일이 너무 많았다. '개미와 배짱이'라고 놀려대는 것처럼 아침부터 바쁘고 부지런한 나와는 달리, 아내는 좀 느긋해 저녁이 되어야 잘 움직인다. 하루 라이프 사이클이 다른 부부는 서로를 바라보고 이야기할 시간을 억지로 내야 한다. 그런데 바빠지면 두 사람만의 시간이 점차 줄어들기 마련이다. 그러다보니 나는 늘 끌고만 다녔고 아내는 내 속도에 맞추어 뛰어야 했다. 길을 걷다보니 남의 속도에 맞추는 것이 얼마나 어려운 일인지 깨닫게 되었다. 아내에게 진심으로 미안하고 고마웠다.

큰아들 성태에게!

사랑하는 성태야! 이곳에 와보니 너와 함께 오지 못한 것이 참 아쉽다. 자연과 사람과 문화가 너무 아름다운 곳이다. 언제라도 좋으니 아빠와 함께, 그것이 여의치 않다면 너 혼자라도 꼭 걸어야 할 길이다. 성태야! 사랑은 보이지 않지만, 늘 함께 있다. 아빠 곁에 네가, 지금 네 곁에는 아빠가 있듯이. 사랑해, 사랑해.

2014년 5월 포르토마린에서 아빠가

특히 큰아이 생각이 많이 났다. 평소 명랑하고 친화적인 둘째에 비해 과묵하고 소극적이다. 나와는 아주 다른 성격을 지녔다. 아내와 비슷한 면이 많다. 그래서 이 녀석에게는 극단적인 감정이 앞서왔다. 듬직해 보이면서도 동시에 철이 없어 보여 걱정인 아이. 세상에 물들지 않아서 순수하면서도 동시에 좀 무른 아이. 그런 녀석이 어떤 때는 한없이 든든하면서도 어떤 때는 걱정스럽다. 더구나 지금은 군 생활 중. 애틋한 녀석이다.

성준아!
잘 지내고 있지! 아빠는 이곳에서 하루종일 걷기만 한다. 아주 심심하겠지? 하지만 천만에! 무엇인가에 몰입할 수 있다면 아주 단순한 것이라도 행복해질 수 있단다. 많이 힘들겠지만, 조금만 더 몰입해서 공부하렴! 결과를 걱정하지 말기를……. 다만 어느 날 돌아보고 '그때 좀더 할 것을!' 하는 후회는 없기를 바란다. 사랑한다. 보고 싶다.

2014년 5월 포르토마린에서 아빠가

둘째는 유학중이다. 밝고 친근하고 활동적이다. 매사 밝아 보이지만, 녀석에게도 단점은 있다. 늘 긴장하고 걱정이 많다. 주변 사람들에게 사랑을 많이 받는 만큼, 거꾸로 눈치를 많이 봐서 탈이다. 사랑받는 방법을 터득한 아이지만, 그 사랑을 지나치게 의식하니 삶이 피곤하다.

마지막 한 장. 고민 끝에 나에게 보내기로 했다.

사랑하는 나에게!

힘들지? 오랫동안 기대를 품고 떠나온 길이고, 그리고 곧 도착할 텐데, 그렇게 아파서 어떻게 하니? 좀 살살 하지 그랬어! 평소에 욕심이 많아서 그런 건데……. 욕심이 늘 나쁜 것만은 아니고, 삶의 에너지가 되기도 하지. 그런데 이번에는 좀 실수한 것 같아. 그렇다고 기죽은 것은 아니지? 지금 돌아가도 괜찮아! 이만큼 한 것도 훌륭한 거야. 난생처음이고, 또 아무나 오는 곳이 아니잖아! 순례를 실패했다고 인생이 실패한 것은 아니잖아. 다만, 이번 일을 잘 기억해. 멈추어야 할 때는 멈추는 것이 진짜 용기야! 기운 내!

갑자기 눈물이 핑 돌았다. 어제 무릎이 심각해진 이후로 줄곧 내 욕을 해왔다. "무식한 놈, 몸 좋다고 자랑이나 하더니, 꼴좋다!" 마치 큰 잘못을 저지른 것처럼 마음이 좋지 않다가, 나중에는 그런 자신이 밉고 싫어졌다.

엽서를 쓰면서 내게 위로를 보냈다. 평소 나 자신에게 악감정이 많았다면 엽서를 쓰고 싶지도 않았을 것이고, 쓰더라도 좋은 말이 안 나왔을 것이다. 다행히 나는 나를 비교적 사랑하는 축에 속한다고 믿는다. 아무 생각 없이 나에게 보낸 엽서에 저절로 위로를 담았다.

스스로에게 보내는 위로. 마음이 힘들고 지친 사람들을 치료하는 전문가로서 늘 자신을 남들보다 더 많이 사랑해야 한다고 강조해왔다.

다른 사람들에게 인정을 받는 일에 목숨걸지 말고, 누구보다도 스스로에게 관대해야 한다고 조언했다. 그래야 행복해질 수 있으니까 말이다. 그러면서도 일상에서는 그러지 못했다. 남을 의식해서 한껏 점잖은 척, 잘난 척, 성숙한 척을 해왔다. 하지만 순례길에서는 '척'을 할 필요가 없었다. 내 속으로 깊이 들어온 덕분이다. 낯선 사람들과 함께 걸으며 나를 소중하게 여기지 않으면 지치고 힘들어지기 때문이다.

누구나 실수하지 않는가! 나는 완전한 인간이 아니다. 그러니 실패할 때도 있는 것이 당연하다. 그렇다면 포기하겠느냐고? 절대 아니다. 비록 실패의 두려움 때문에 무리를 해서 걸어왔지만, 이제는 포기를 받아들이고 담담하게 걸어보겠다. 정말 아파서 포기해야겠다는 순간이 오면, 그때는 과감하게 택시를 불러 타고 산티아고로 갈 작정이다. 완주의 욕심도 버렸고, 땅끝 마을도 포기했다. 보타푸메이로도 보면 좋지만, 못 봐도 후회 않기로 했다. 거리도 이제 불과(?) 100킬로 정도 남았다. 더 다행인 것은 앞으로는 오르막 구간이 비교적 적다는 것이다. 산티아고 직전에 산이 하나 있지만, 여태껏 넘어온 산들에 비하면 나지막하다고 할 수 있다.

완전 순례(아무 도움도 받지 않고 두 발로 걸어서 800킬로미터를 완주하는 것)도 포기했다. 우선 짐을 다음 마을로 보내기로 했다. 사리아 이후에는 짐 운반 서비스가 잘되어 있어서, 다음 마을까지 1~2유로만 지불하면 된다. 떠나는 알베르게에 부탁을 해놓으면 도착 예정인 알베르게에 짐을 가져다준다.

짐을 보낸다고 하니 마음이 가벼워지면서도 부끄러움도 몰려왔다. 여태껏 돌아가는 것을 싫어했다. 일부러 험한 옛길을 선택했다. 본래의 역사적 의미도 중요했기 때문이지만, 쉽게 잘 닦인 새길로 가는 것이 탐탁지 않았다. 누구도 뭐라고 할 사람이 없건만……. 고지식한 것이다. 아저씨의 고집. 하지만 그 고집도 버렸다. 지금부터의 순례길은 완전하지는 않겠지만, 내게는 또다른 교훈을 주는 진정한 순례의 길이 될 것이다.

엽서를 보내고(엽서는 공짜지만 우표 값은 치러야 한다), 알베르게에 맡겨두었던 짐을 다시 풀어 침대를 정리했다. 스페인 사람처럼 시에스타를 즐겼다. 한 시간쯤 잤을까? 낮잠을 푹 자고 나니 다시 출출해졌다. 저녁은 어제 갔던 멋진 레스토랑으로 갔다.

오늘도 강이 보이는 자리를 차지할 수 있었다. 어제 눈여겨보았던 두툼한 스테이크와 와인 반병을 주문했다. 고기는 부드러웠고, 한 점 한 점 씹을 때마다 힘이 올라오는 듯했다. 아니 그러기를 희망했고, 그렇다고 최면을 걸었다. 힘을 내야 했다.

내일 떠날 것인가 말 것인가? 포기할 것인가 말 것인가? 일단 해보고 더이상 힘들다고 판단될 때 미련 없이 접는 것으로 결론을 내렸으나, 잠정적 결론은 늘 불안하다. 하지만 어쩌랴! 지금 그만둔다면 후회가 남을 것 같으니까 말이다. 그저 한번 더 기회를 준다고 치자. 붉은 노을을 배경으로 암컷 한 마리를 놓고 싸움판을 벌이는 갈매기들을 보며, 나를 위해 건배를 했다. 망가진 몸에 또다시 기대를 거는 미련한 의지를 위해 건배!

스물여섯째 날 **용기는 머릿속에 있지 않다**

고작 하루 쉬었다고 무릎이 완치될 리 없건만, 약간의 기대를 했나보다. 아침에 일어나 침대에 앉아 발을 딛고 일어서려다 아파서 쓰러질 뻔했다. 참으로 실망스러웠다. 그런데다 난감한 것은 조금 걸으면 통증이 훨씬 덜하다는 사실이다. 포기를 하려다가도 움직여지니 걷게 되고, 일단 발동이 걸리면 걸을 만하다. 우선 체면 불구하고 짐 운반 서비스를 이용하기로 했다. 알베르게 주인에게 2유로를 지불하니 짐표를 주었다. 짐표에 목적지를 적고 가방에 붙여놓으면 끝이다. 걷는 거리도 줄이기로 했다. 가능하면 가깝고 조금 큰 마을에서 머물기로 했다. 작은 마을에 늦게 도착하면 알베르게를 찾기 힘들기 때문이다. 오늘은 팔라스 델 레이Palas del rei까지 25킬로미터만 걷기로 했다.

대충 아침을 해결하고 길을 나섰다. 보조가방에 지갑, 여권, 휴대전화 등 꼭 필요한 소지품만 넣어 들고 걸으니 무릎은 덜 아팠지만 괜한 자존심에 얼굴이 붉어졌다. 큰 강이 있는 습한 곳이라 길에는 안개가 가득했다. 어제보다는 덜 힘든 하루가 되길 기원하며 안개 속으로 들어섰다. 안개는 짐도 없이 절뚝거리는 내 모습을 감추기에는 딱 좋았다.

해가 떠오르며 안개가 옅어져갔다. 하나둘 순례자들이 보이기 시작했다. 그런데 심상치 않은 눈초리가 느껴졌다. 마치 사리아에서 흰색 셔츠를 입고 하이톤으로 "올라! 부엔 카미노!"를 외쳐대는 '가짜 순례자'를 보고 느꼈던 불쾌한 기분이 내게로 전해지자 적잖이 당황스러웠다. 설마 배낭을 안 지고 순례를 한다고 미워야 하겠냐마는, 도둑이 제발 저리다고 스스로 '날라리 순례자'가 된 거 같아 속상했다.

하는 수 없지. 일부러 더 심하게 절뚝이는 수밖에……. 그럼, 그렇지! 사람들이 시선이 안쓰러움으로 바뀐다.

무릎이 아프니 배낭이 없어도 뒤로 처진다. 늘 앞질러 가던 내게는 이 또한 낯설고 당황스러운 경험이다. 건장한 유럽 청년들 한두 명을 제외하고는 늘 내가 앞섰다. 그러지 않으려고 해도 그렇게 된다. 초반에는 우리나라에서 등산이나 둘레길을 걸을 때처럼 무조건 앞질러 갔다. 이런 내가 좀 지나치다 싶었다. 괜한 경쟁심이나 자존심 때문인 것 같아 일부러 속도를 늦춰본 적도 있다. 하지만 내 속도대로 가야 마음이 편하다는 결론을 내렸다.

그런데 이제는 모든 사람이 나를 앞지른다. 젊은이들은 말할 것도 없고, 할머니, 할아버지, 심지어 짐수레를 끌고 가는 마을 주민들도 나를 앞선다. 기분이 묘하다. 한 걸음 한 걸음마다 통증이 괴롭지만, 그럼에도 불구하고 목적지를 향하는 내가 조금 대견하기도 하다. 나를 지나쳐 가는 많은 사람들의 격려의 눈빛이 따뜻하다. 설마하니 내게 이런 일이 생길 줄 몰랐다. 생면부지 타인들의 위로가 큰 힘이 될 줄이야! 서너 시간을 걷고 오전 간식을 위해 바에 들어갈 때쯤이 되니, 나를 앞지르는 모든 것이 낯설지 않게 느껴졌다. '그래! 난 아프고 빨리 걸을 수 없어. 이 속도와 통증에 익숙해져야 해!'라고 스스로에게 최면을 걸고 나니, 마음이 조금 가벼워졌다.

누구에게나 시간은 흐른다. 늙고 병들기 마련이다. 그리고 노화를 받아들이는 것이 행복의 시작이다. 행복하다는 것은 건강한 육체와 정신을 담보로 하지만, 다행히 병이 들고 불행을 당한 사람에게도 행복은 다시 찾아온다. 긍정심리학자들에 의하면 '1년'이라고 했다. 사고를 당해 육신을 제대로 쓰지 못하더라도, 1년이 지나면 대부분의 사람들의 행복은 그 이전의 상태로 복구된다. 또 거꾸로 로또에 당첨되는 엄청난 행운을 거머쥐더라도 그 행복 또한 1년이 지나면 이전의 상태로 내려온다. 이것을 행복의 세트포인트set point라고 한다. 물론 내일 아침이 되면 또다시 불행하다고 느끼겠지만, 불과 몇 시간 만에 기분이 나아진 것을 보면, 다행히 내 세트포인트는 무척 빠르게 작동하는 것 같다. 세트포인트가 빠르게 작동하는 사람들은 회복탄력성이 좋다. 실패를 하거나 힘든 일을 겪어도 남들보다 빨리 일어선다. 긍정적으로 받아들이자. 혹시 다리라도 부러졌으면 어쩔 뻔했나? 그것보다야 백배 나은 상태가 아닌가. 짐 운반 서비스가 없었으면 어쩔 뻔했나? 행운이 아닐 수 없다. 산을 넘기 전에 아팠으면 어쩔 뻔했나? 포기할수밖에 없었을 것이다. 아니, 이곳에 온 것부터 행운이 아닌가! 상황은 이미 주어진 것이다. 내가 어찌할 수 없는 것이다. 그 상황을 받아들이는 것은 내 몫이고, 또 어떻게 마음먹느냐에 따라 긍정적일 수도 부정적일 수도 있다.

이런 생각을 하고 배를 채우고 나니 기분이 좋아졌다. 하지만 다시걸으려 일어서니, 또다시 무릎을 칼로 후벼파는 듯한 통증이 시작된다. 젠장! 무슨 긍정! 당장 때려치우고 싶다. 정말 순례자가 된 듯하다. 상상도 못할 800킬로미터의 거리, 높은 산과 작열하는 태양, 편치 못한 잠자리와 낯선 음식들. 이 많은 것들을 이겨내야 하지만, 결국 순례는 나를 이겨야 하는 '나와의 싸움'인 것이다.

오르막보다 내리막이 더 아프다. 내리막길을 만나면, 시작하기 전에 크게 호흡을 해야 한다. 죽을 듯이 아파서 마음의 준비가 필요하기 때문이다. 나지막한 오르막과 내리막이 반복되는 길의 특성상 조금씩 내리막 또한 익숙해져간다. 일단 내리막을 만나면 왼쪽으로 돌아선다. 옆걸음으로 내려오는 것이다. 아프지 않은 오른쪽 다리를 먼저 딛고 아픈 다리를 끌어온다. 그리고 다시 오른쪽 발을 뗀다. 이 순간이 가장 아프다. 등산용 스틱으로 몸을 의지하고 가능하면 빠르고 가볍게 오른쪽 발을 내딛어야 한다. 지나가던 청년이 묻는다. "도와줄까?" 속으로는 '제발!' 하지만, 입에서는 "아니, 됐어요!"라고 한다. 숫기 없는 고집불통 중늙은이 같으니라고. 도움받는 것이 뭐 대수라고……

순례길을 오기 전, 훈련 삼아 지리산 종주를 했다. 밤 11시쯤 양재역에서 산악회 버스를 타고 성삼재까지 가는데, 같이 앉기가 불편할 만큼 덩치가 큰 아저씨가 옆 좌석에 앉았다. 지리산에 발을 들여놓자마자 '야생곰 조심'이라는 경고판에 무지하게 쫄기도 했지만, 결국 2박 3일 만에 완주를 했다. 그리고 그 종주 동안 덩치 큰 옆 좌석 아저씨(그의 짐에는 세 사람이 먹고도 남을 식량과 갖가지 약품, 심지어 술도 가득했다)와 벌써 지리산이 세번째라는 빨간 티셔츠의 산사나이, 그리고 산티아고 길 순례 준비를 위해 맹훈련을 거듭하고 있던 나, 이렇게 세 사람이 서로 도우며 걸었다. 첫날 저녁, 부실하게 준비해온 나에게 온갖 먹을 것이 나오는 '매직 배낭'에서 남는(또는 짐만 될) 음식을 흔쾌히 제공해준 덩치 아저씨와 금방 친해졌다. 또 십수 년간의 산행 덕에 음식 조리 및 부상자 치료에 탁월한 실력을 보유한 빨간 티 아저씨가 우연히 옆자리에 있다가 합류했다.

삼대가 덕을 쌓아야 볼 수 있다는 천왕봉 일출을 함께 보고 하산하는 길이었다. 등산에 일가견이 있는 빨간 티 아저씨가 넘어졌다. 다행히 큰 부상은 아니었지만, 큰일이 날 뻔했다. 사실 나 또한 다리에 힘이 풀려서 정말 간신히 내려왔다. 무사히 종주를 마치고 산채에 막걸리를 한잔했다. 덩치 아저씨가 제법 철학적인 이야기를 했다.

"등산은 꼭 인생과 같지 않나요! 오르면 내려와야지요. 근데 문제는 오르는 법은 잘 가르쳐주는데, 내려가는 법을 배운 적이 없단 말입니다. 걱정이에요. 이제 곧 은퇴할 나이인데……"

듣고 있던 내가, 눈치도 없이, 인터넷에 '하산법'이라고 치면 발을 옮기는 법과 등산용 스틱 사용하는 법에 대한 동영상도 있다고 말하자 분위기가 썰렁해졌다. 덩치는 우리가 내려온 지리산을 보고 큰 눈을 끔뻑거렸고, 빨간 티는 사레가 걸렸는지 쿨럭댄다. 웃기려고 한 이야기인데, 의도치 않게 잠시 분위기가 어색해져버렸다.

우리는 늘 성공하는 법, 잘사는 법, 이기는 법만 배우려 한다. 실패하는 법, 가난에서 견디는 법, 지는 법을 배운 적이 없다. 그래서 다들 그런 상황이 오면 잘 헤어나질 못한다. 그렇다면 단순히 내려오는 법 또는 떨어지는 법을 알려줄 사람이 없어서만일까? 아니다. 가르칠 사람이 적기도 하지만, 마치 '하산법'을 찾으려고 생각하지 않는 것처럼, 우리 스스로 관심이 없기 때문이다.

생각부터 바꾸어야 한다. 인생의 오르막길만큼 내리막길은 중요하다. 내리막길에서 아프면 더 아프다. 그리고 잘못하면 완주를 못 할 수도 있다. 누구나 겪을 수 있는 일이다. 그러므로 어떻게 하면 잘 실패하고, 잘 견디고, 또 잘 질 수 있는지 고민하고 준비해야 한다.

마을의 모습이 바뀌었다. 갈라시아 지방의 특색인 듯하다. 음식도 맛있고 사람들도 친절하지만, 그중에서 마을 입구에 묘지를 설치하는 문화가 참으로 독특했다. 조용한 정원을 중심으로 돌로 만들어진 유골함이 네모난 모양으로 가지런히 쌓여 마치 작은 아파트와 같았다. 각각의 유골함에는 인적사항 등이 간단히 적혀 있었다. 저절로 분위기가 엄숙해졌지만, 그렇다고 침울해지는 것은 아니었다.

어쨌든 마을에 들어가려면 이 묘지를 지나야만 한다. 죽은 자의 쉼터인 묘지가 산 자들의 마을과 함께 있으니, 죽음과 삶이 함께하는 셈이었다. 우리는 죽음으로써 존재의 책장을 덮는다. 하지만 할아버지와

아버지와 아이들로 이어지는 우리라는 공동체의 입장에서 보자면, 인생은 끝이 없다. 산 자와 죽은 자가 함께하는 것이 우리의 인생이다. 죽음을 곁에 두고 살면 좀더 겸손해지지 않을까? 남을 업신여기고 잘난 척하고, 피상적인 자극과 욕구충족에만 매달리는 사람들은 마치 죽지 않고 영원히 살 사람처럼 보인다. 그들의 할아버지와 아버지와 친구들의 무덤이 옆에 있다면, 그렇게 안하무인으로 살지는 않을 텐데⋯⋯.

팔라스 델 레이 근처 마을 입구에 사람들이 모여 웅성거리고 있었다. 작은 임시 건물 안에는 커피와 간단한 식사, 기념품을 팔고 있는 듯했다. 왠지 들어가기가 꺼려지는 곳이어서 슬쩍 둘러만 보고 나왔다. 건물 앞에 웅성거리는 사람들 사이로 젊은 여성 두 사람이 있었는데, 옆에는 '공짜로 안아드립니다'라고 쓴 푯말이 보였다. 아마도 지치고 힘든 순례자들에게 프리허그를 제공(?)하고, 그 대가로 기부금을 받아 가난한 이웃을 위해 쓰려는 모양이다. 몇몇 순례자들은 그녀들 중 하나와 허그를 하고 기쁜 표정으로 기부를 하기도 했다. 하지만 난 도저히 할 수가 없었다.

웬만하면 안기고 싶었다. 하지만 정말이지 이것은 아니다. 수많은 스페인 여자들 중에 하필 왜 이 두 사람일까? 이 길에서 본 여자들 중 가장 무섭게 생겼다. 게다가 쉽게 눈에 띄게 하려고 그랬겠지만, 검정 바탕에 알록달록한 천으로 나름 멋을 부렸는데 기이해 보였다. 화장은 더 놀랍다. 무대 화장이라고 해야 하나, 그냥 덕지덕지 발랐다고 해야 하나? 말로는 설명이 안 되는 화장이었다. 뭐랄까⋯⋯ 아무튼 지구상에 없는 느낌이었다.

헉! 세상에! 어떻게 이런 일이⋯⋯. 구경을 하던 뒷사람이 돌아서면서 나를 배낭으로 슬쩍 건드렸다. 간신히 오른쪽 다리로만 의지해서서 있던 나는 아주 자연스럽게 앞으로 나가고 말았다. 무릎이 아프다는 것은 걷기도 힘들지만 정지하기도 힘든 것. 어쩔 수 없이 그녀들 앞에 어정쩡한 자세로 나아가고 말았다. 잠시 당황스러운 순간, 외계인 같은 아가씨 하나가 만면에 미소를 띠며 두 팔을 벌리며 내게 달려들었다(설마 달려들지는 않았겠지만, 그렇게 느끼지 않을 수 없었다!).

"어서 오세요! 부끄러워하지 말고! 안 아드릴게요!"

세상에, 세상에! 내가 "싫어요! 안 돼요! 저리 가요!" 하기도 전에 포옹이 시작되었다. 완력으로만 보자면 웬만한 남자보다 더 강했다. 옴짝달싹할 수 없었다. 더구나 냄새! 화장은 그렇게 정성스럽게 했으면서 머리는 왜 안 감느냐고!

마침내 끝날 것 같지 않던 포옹이 끝났다. 5초 미만으로 추정되는 길고 긴 그 시간에서 간신히 벗어나자, 온몸에 힘이 풀렸다. 둘러싼 사람들의 웅성거림이 마치 영화의 한 장면처럼 페이드인 되자, 이번에는 나를 움켜쥐었던 그녀의 눈이 의식되었다. '뭐해! 돈 넣어! 포옹을 해줬으니, 기부를 하란 말이다!' 비록 아무 말을 하지는 않았지만, 일자로 다문 입술만으로도 충분히 이해할 수 있었다. 억울한 마음으로 거부하고 싶었지만, 그럴 기운도 없고 이 상황에서 벗어날 수만 있으면 뭐라도 할 수 있었다. 얼른 몇 유로(기억도 안 난다)인가를 기부함에 던지듯 넣고는 오늘 걸음 중에 가장 빠른 속도로 도망을 쳐왔다.

강제 프리허그의 충격에서 벗어날 즈음, 팔라스 델 레이가 보이기 시작했다. 마을 입구에서 멀리 안 떨어진 신축 알베르게를 찾았다. 지금까지의 알베르게와는 좀 다른 분위기였다. 산티아고에 가까이 갈수록 마을이 점점 현대화된다. 마치 도심 한복판 모텔 같았다. 빨래를 하고 샤워를 하고 나니 늦은 점심시간이었다. 제법 그럴듯한 바의 테라스에 앉아 맥주 한 잔과 타파스를 먹고 있는데, 익숙한 말소리가 들리기 시작했다.

한국 친구들이었다. 순례 7일차 나바레테에서 도움을 주었던 두 명의 대학생과 다리가 불편한 여인. 반가워하는 그들에게 저녁에 포도주를 한잔 사겠다고 했다. 좋아라 하는 녀석들과 재회하기로 하고 슬슬 걸어 알베르게에 들어갔다. 네 개의 2층 침대가 있고, 넓은 창과 밝은 햇살, 시원한 바람과 성당의 종소리. 평화로운 오후 시간을 졸며 꿈꾸며 보냈다. 아! 행복하다. 나른한 행복.

저녁은 혼자 하고 싶었다. 제법 그럴싸한 식당을 찾았다. 순례자 메뉴는 역시 전식, 본식, 후식과 와인으로 다른 식당과 똑같았지만, 본식이 돼지갈비와 닭 중에 하나를 고르는 것이었다. 순례자가 메뉴를 고를 수 있다니! 역시 갈라시아였다. 돼지 반, 닭 반은 안 된다고 하기에(우리나라 같은 곳도 없다), 오 세브레이로에서의 맛있었던 기억 때문에 돼지갈비를 골랐다. 오랜만에 따뜻한 수프와 돼지갈비 구이와 감자 튀김, 그리고 포도주로 혼자만의 만찬을 누렸다.

아무리 먹어도 카미노는 늘 배가 고프다. 저녁을 배가 터지도록 먹고 알베르게로 돌아가는 길에 젊은 친구들을 만났다. 함께 슈퍼에 가서 먹고 싶은 것을 잔뜩 사왔다. 오랜만에 우리말로 신나게 떠들어댔다. 나와 대학생 무리 세 명, 그리고 낮에 절뚝거리는 나를 걱정스럽게 바라보던 영철씨 이렇게 다섯 명이었다. 여기에 온 이유를 물었다.

"제대 후에 곧 복학을 해야 하는데, 아무래도 뭔가 힘든 고생을 해야겠다는 생각이 들었어요. 그래서 친구를 꼬드겨서 온 거예요. 쟤는 아무 생각 없을 텐데…… 하하하!"

한눈에도 사람 좋아 보이는 노랑머리 형구는 복학을 준비하며 단짝

친구와 함께 이 길을 떠났다.

"무슨 소리! 나도 생각이 다 있다고. 저는 부모님께 늘 돈을 받아서 살았어요. 졸업하고 취직을 했지만, 월급은 다 용돈으로 쓰고도 모자라더라고요. 그런데 형구가 제안을 해서 둘이 6개월 정도 허리띠를 졸라맨 거지요! 저 친구가 하도 먹어대서 한 달 더 일한 거예요! 하하하."

단짝이라는 성진이는 학구파처럼 굵은 뿔테안경이 잘 어울렸다. 그런데 보기보다는 소심한지, 취기가 오르기 전까지는 입을 잘 열지를 않았다. 외동아들로 귀염만 받던 그 또한 스스로를 찾아보기 위해 왔다.

언젠가부터 젊은 친구들은 거의 외동이다. 외동의 부정적 특징 가운데 제일 걱정은 지나치게 의존적인 성향이다.

"맞는 말씀이에요. 어릴 때는 거꾸로 부모 말 안 듣고 반항하고 그랬는데. 지금 돌이켜보면 그게 다 의존인 거지요. 다 받아주니까, 또 받아줄 것을 아니까 좀 막 했었지요. 사실 독립할 나이도 되었는데 그러질 못하잖아요. 여기 와서 많이 깨달았어요. 서양 친구들은 참 독립심이 많더라고요. 우리랑 생각하는 것이 아주 달라요. 그들이랑 이야기하면 좀 부끄러울 때도 있어요. 부모님께 고맙고요."

삼십대 초반의 직장인 영철씨가 우리 젊은이들의 현실을 이야기했다. 우리는 유난히 부모 자식 사이에 의존이 심하다. 결국 이 문제로 서로를 힘들게 한다. 넓은 의미에서 보자면 고부간의 문제도 상호의존성의 틀에서 발생한다. 그저 남편의 어머니, 나이 많은 어른으로 대접을 하면 문제가 없을 것이다. 그런데 마치 친정어머니처럼 대해주길 바란다. 세상에 가장 새빨간 거짓말이 '딸 같은 며느리' 아니던가! 시어머니 역시 아들의 아내, 젊은 여자로 대하면 될 것을, 자꾸 딸과 비교를 하고 딸이 하듯 똑같이 대해주기를 바라니 서운함만 늘 수밖에 없다.

서로를 인정하고 존중해야 풀어질 문제를, 서로 되지도 않을 모녀지간처럼, 그것도 상대가 먼저 해주기를 바란다.

이야기를 하다보니, 형구와 성진이는 혜수씨에게 참 잘한다. 손이 떨려 병이나 잔을 제대로 잡을 수 없는 그녀를 위해 맥주병에 빨대를 꽂아준다. 그녀는 어릴 적 뇌염을 앓고는 몸의 근육을 제대로 못 쓴다. 처음 나바레테에서 그녀를 보았을 때, 우리 일행 모두는 걱정을 했었다. 그런 그녀가 이제 산티아고가 코앞인 곳까지 무사히 왔다.

"저는 정말 별생각 없이 왔어요. 두 살 위 오빠가 있는데, 카미노에 갔다 와서는 1년 내내 자랑만 하는 거예요. 도대체 어떤 곳인지 보고 싶어 온 거지요. 굳이 이유를 찾는다면, 7월부터 시청에서 근무하는데요. 좀더 강해져야 할 것 같아서라고 할까요."

예상 밖의 답이 나왔다. 난 혜수씨에게는 무엇인가 큰 이유가 있을 것이라고 믿었다. 그런데 오빠가 부러워서 왔단다. 하긴 생각이 많으면 시도하기 힘든 길이기는 할 것이다.

"실은요. 산티아고에 오기 전부터 사람들이 도와주는 것이 너무 싫었어요. 그래서 거부하기도 했어요. 배낭도 미리 보내고, 옆에 이 친구들도 있고 해서 불편하지 않거든요. 뭐 아프면 차 타고 점프하고 그랬거든요. 근데 길을 걸으면서 생각이 많이 바뀌었어요. 도움은 그저 도움일 뿐이라고 생각해요. 전에는 동정으로 보였는데……."

육체적인 문제는 인간의 사고방식마저 바꾸어놓기 마련이다. 아주 의존적이거나, 아주 독립적이기 쉽다. 두 가지 모두 극단적이어서 스스로를 비하하게 된다. 이런 문제로 상담을 하다보면, 자신은 물론이고 치료자마저 극단적인 감정으로 치닫게 되는 경우가 적지 않을 정도로, 부정적인 현실을 인정하고 받아들이는 것은 쉬운 일이 아니다. 하지만

혜수씨는 어느 정도 받아들이기 시작한 것 같다. 도움은 도움일 뿐이다. 도움을 주는 입장에서는 다른 사람에게 선의를 베푸는 행위일 뿐, 그 사람의 인격을 무시하거나 하지는 않는다. 받아들이는 사람의 문제다. 물론 드물게는 사람을 돕는다며 '속을 후벼놓는 질 떨어지는' 인간들도 있지만, 많은 경우에는 도움을 받는 사람의 생각이 복잡하기 때문에 불편해진다. 그저 도움은 도움일 뿐인데……. 생각이 너무 많으니 속상한 것이다. 산티아고 덕분에 현실을 받아들인 혜수씨를 본 것만으로도 충분히 이 길의 가치가 있었다.

"초반에 용서의 언덕이 제일 인상적이었어요. 오르고 올라도 용서가 안 되는 거예요. 정말이지 어떻게 다 용서를 하지요? 많이 울었어요. 다리도 아팠지만, 마음이 너무 아프더라고요. 용서를 하고 싶은데 못하는 거잖아요. 산티아고 대성당에 도착하면 용서할 수 있으려나요?"

그렇구나! 내가 용서의 언덕에서 수많은 사람에게 용서를 빌면서 답답했던 이유의 해답을 찾았다. 간혹 내 잘못이라고 솔직하게 인정하기 싫은 사람이 존재하기 때문이다. 나의 문제일 수도 있고 상대의 문제일 수도 있지만, 감정적으로 수용할 수 없는 잘못도 있다. 어쩔 수 없는 것, 논리적으로 풀어서 설득이 안 되는 것이 누구에게나 있듯이 말이다. 그래서 용서를 빌면서도 마음이 찝찝했다.

혜수씨에게는 남과 달리 더 많은 아픔이 있을 수밖에 없다. 화가 나고 분노가 많을 수 있다. 그것이 걱정되었다. 분노는 사람을 병들게 하기 때문이다. 개인적인 이유이든 사회적인 이유이든, 요즘은 화나고 분노할 일이 너무 많아 걱정이다. 과거와 달리 최근에는 조금만 화가 나도 못 참는다고들 하는데, 모르는 말씀이다. 분노에 대한 인내가 적기도 하겠지만, 무엇보다도 분노할 일이 너무 많아서이다.

문제는 분노는 우리를 해친다는 사실이다. 코티졸이나 아드레날린과 같은 호르몬이 심신을 위험한 상태로 몰아넣는다. 각종 성인병은 물론이고 심지어 암과도 연관이 있다. 정신적으로는 우울증으로부터 치매에 이르기까지 갖가지 피해를 준다. 그러니 어떠한 경우라도 분노를 내려놓아야 한다.

분노를 치유할 수 있는 가장 좋은 방법은 무엇일까? 바로 용서다. 용서 이외에는 아무런 방법이 없다. 용서하지 않으면 우리를 치유할 방법이 없다. 어찌 보면 용서는 매우 이기적인 행동이기도 하다. 용서하라는 것은 지극한 사랑을 실천하라는 뜻이 아니다. 그냥 내가 살아남기 위해서 그러라는 것이다. 받아들이고 똑바로 보고 이해하려 노력하고 잊어버려야 한다. 다른 방법이 없으니까 말이다.

10시쯤 되자 모두 얼굴에 취기가 돌았고 하품이 터져나왔다. 이제는 잘 시간이다. 내일을 기약하며 헤어졌다. 침대에 누워 곰곰 생각을 해보았다. 혜수씨와 비교하면 내 무릎 통증은 아무것도 아니다. 아프다고 칭얼거린 것 같아 스스로 부끄러워졌다. 내 통증은 전에 겪어보지 못한 것이라 더 아프게 느껴질 뿐이다. 심리적으로 두려움이 생겼기 때문이다. 더 아파지면 어떡하나, 만일 중도에 포기해야 한다면, 혹시 무릎의 통증이 없어지지 않아 순례 후에도 제대로 못 걷게 된다면……. 두려움은 마음의 통증이다. 용서에 대해서도 생각해보았다. 내가 누구를 용서하고 누구에게 용서받는 것도 중요하지만, 지금 내가 용서를 할 사람은 우선 나 자신이다. 이렇게 못나게 스스로를 아프게 만들었지만, 어쩌겠느냐 말이다.

'미련 곰탱이! 좀 잘해라!'

기분좋은 햇살을 받으며 일어났다. 배낭을 주섬주섬 꾸려서, 운반 서비스를 부탁했다. 어제 약 25킬로미터를 걸었는데 큰 무리가 되지 않았다. 혜수씨를 보고 나니, 아프다고 징징거릴 일도 아니라는 생각도 든다. 하지만 이 또한 욕심이다. 욕심 부리지 말고 오늘도 그 정도만 걸어야겠다.

무릎이 아프고 힘이 들어도 길은 아름답다. 마을을 빠져나가자 숲길이 이어진다. 사람들이 정말 많아진 것이 달라진 점이랄까. 바에서 커피를 한 잔 주문하고도 한참을 기다려야 했다. 자리를 잡기도 힘들다. 다행인지 불행인지, 쩔뚝거리는 순례 부상자를 위해 자리를 양보하는 사람들이 제법 된다. 반복될수록 누군가 자리를 안 비켜주면 서운해지기까지 한다.

오전 간식을 먹고 일어서는데, 반가운 얼굴이 눈에 띈다. 아스토르가 광장 카페에서 라우라, 안드레아와 함께 이야기를 나누었던 게리였다. 그를 보자 동생의 죽음으로 몹시 우울해했던 라우라가 떠오른다. 다행히 느린 걸음이지만 안드레아와 단짝으로 걸어오고 있단다. 마음이 놓였다. 안드레아도 걱정이지만, 라우라의 상태로 봐서는 곧 포기할 것 같았기 때문이다. 절뚝거리는 나를 보더니 위로의 말을 건넨다.

"친구! 우리 처음 왔을 때를 생각해봐. 800킬로미터를 어떻게 걷나 했잖아! 근데 이제 70킬로밖에 안 남았다구! 그 정도는 한 발로도 갈 수 있지 않아?"

그의 평범한 위로에 욱, 했다. '뭐라고! 그게 밀포드 트랙에서 산악구조원을 한다는 사람이 할 말이야!' 내가 기대한 것은 뭔가 특별한 응급조치라도 있지 않을까 하는 것이었다. 그의 눈을 보며 간절히 뭔가 프로페셔널한 조언을 구했지만, 별거 없단다. 그냥 천천히 걷고, 아프면 쉬고, 못 견디겠으면 포기하란다. 그도 어쩔 수 없었을 것이다. 그래도 그의 한마디에 조금 용기가 나기는 했다. 그의 말대로 이제 10분의 1도 안 남았으니, 여기서 포기하기에는 아깝지 않은가 말이다.

다시 힘을 내서 걷기 시작했다. 산티아고에 가까이 갈수록 달라진 또 하나의 풍경은 연인 또는 부부 사이로 보이는 순례자들이 늘어났다는 것이다. 모두가 그런 것은 아니지만, 동서양이 확연히 구분된다. 동양인들은 남자 배낭이 여자 것보다 훨씬 크지만, 서양인들은 배낭 크기로는 남녀 구별이 불가능하다. 남자가 등에 커다란 배낭을 지고 가는데 여자의 등에는 일상용 백팩이 매달려 있다면, 거의 대부분 동양인 커플이다.

자기의 일용할 짐을 왜 남자에게 넘길까? 100톤은 되어 보이는 등짐을 진 남편과 달랑 화장가방 같은 작은 배낭만 메고 걷는 아내를 발견했다. 한국인 커플(부부로 보였다)이었다. 여자에게 말을 붙여봤다. "남편이 들어주니 덜 힘들겠어요?"

그녀는 나를 위아래로 힐끗 보더니 냉소적인 표정을 비쳤다. 아차! 나는 지금 배낭도 없지! '가짜 순례자 주제에, 남이야 달구지를 메고 가든 말든!' 놀란 마음을 진정시키고 얼른 다리를 더 심하게 절어주었다. 그러자 눈길은 '아이고, 불쌍해!'로 바뀌면서, 부드럽게 이야기를 건네온다.

"여기 오니까 여자들도 남자들만큼 큰 짐을 지더라고요. 그런데 내가 작은 배낭을 메고 다니니까, 다들 어디 아프냐고 물어보더라고요."

나만 그런 관심이 있었던 것은 아닌가보다. 서양인들의 눈에도 이런 불평등한 배낭이 화제는 화제였나보다.

"남편 때문이거든요. 남편이 못 들게 해요. 처음에는 하도 물어봐서 창피했는데, 이제는 아무렇지도 않아요. 얼마 안 남았으니 조금만 더 고생하라고 하지요, 뭐. 호호호."

남편이 극구 우겨서 '불평등 배낭 커플'이 되고 말았다. 아내와 이야 기할 시간도 없는 우리나라 중년의 남자들. 먹고사느라고 밤늦게까지, 심지어 주말에까지 일을 한다. 집에 들어오면 당연히 대접받고 싶다. 하지만 그렇게 대접을 받으며 사는 것 같지는 않다. 오히려 아내를 아껴주지 않는다는 이야기를 듣는다. 그래서 고작 할 수 있는 일 중의 하나가 짐 들어주는 일이다. 남편들이 아내의 짐을 들어주는 데는 속내가 따로 있다. 양손 바리바리 짐을 들고 가는 남편과 작은 클러치백 하나 들고 살랑살랑 걷는 아내를 본다면 남들이 어떻게 생각할까? "아이고! 저 남편 괜찮네! 아내를 모시고 사는구만!"이라고 한다. 순수하지만은 않은 배려다. 더불어 남편을 짐꾼으로 보이게 하는 아내에게도 문제가 있다고 생각한다. 남녀 모두 똑같은 인간이니 똑같이 대접받아야 한다고 주장하고 있다면, 짐을 나누어 들겠다고 해야 한다. 남편이 박박 우겨서 혼자 들고 간다면 어쩔 수 없는 일이지만, 명심해야 할 것은 행동은 의식을 지배한다는 사실이다. 자꾸 배려를 받다보면, 스스로 약자라는 생각이 들기 마련이다. 그런 사고방식에 젖으면 배려받지 못하는 것만으로도 분노가 생긴다. 자기 짐을 다른 사람이 대신 드는 것이 별거 아닌 일처럼 보이지만, 알게 모르게 스스로를 의존적으로 만들 수 있다. 처음에는 짐으로부터 시작해서, 차츰 중요한 결정까지 남편에게 다 의존하게 되면 독립적인 여성으로서의 존재와 역할이 부지불식간에 사라지게 된다. 남편이 내 짐을 들어준다고 하는 순간, 그것이 의미하는 바를 잘 헤아려야 한다.

아픈 다리를 끌고 걷는다. 한참을 걷다보니 목적이 없어진다. 그냥 걷는다. 마치 '숨을 쉬어야 우리 몸에 필요한 산소를 얻을 수 있어'라며 의식적으로 숨을 쉬는 게 아닌 것과 같다. 우리는 그냥 본능적으로 숨을 쉰다. 만 두 살 무렵 걸음마를 시작한다. 안전한 엄마 품을 떠나 미지의 세계로 나아가는 본능적 행동이다. 넘어져 처음 느껴보는 통증과 두려움을 맛보아도 쉽게 포기하지 않는다. 넘어져도 넘어져도 걷고 또 걸어서 결국 두 발로 제대로 걷게 되는 것이다. 엄마의 걱정스러운 눈빛과 위로. 그리고 한 걸음 한 걸음 성공했을 때의 환호와 칭찬이 큰 동력이 된다.

본능은 사람들마다 다른 모습으로 포장되어 나타난다. 인정받고자 하는 본능이 어떤 사람에게는 사회적 또는 직업적 성취의 힘이 되기도 하지만, 어떤 사람에게는 평범하지 않은 옷차림새와 몸짓으로 나타나기도 하고, 또 어떤 사람에게는 흉악한 범죄로 드러나기도 한다. 걷고자 하는 본능도 마찬가지다. 단순히 공간을 이동하기 위해서만 걷는 것은 아니다. 나의 시작은 스트레스로부터의 도피와 치유였지만 순례자 각자는 다른 이유를 갖고 걷는다. 어떤 이에게는 독립이기도 하고 또 이별이기도 하다. 때론 정복이기도 하고 모험이기도 하며 투쟁이기도 하다. 길은 모두에게 다른 이유로 걷게 만든다.

드디어 멜리데Melide에 도착했다. '드디어'를 붙이는 이유는, 우습게 들릴지 모르겠지만, 스페인에서만 맛볼 수 있는 문어 요리가 있어서이다. 풀포pulpo라는 스테인 전통 문어요리는 마치 우리나라의 문어숙회와 비슷하다. 바쁜 걸음으로 향하는 한 무리의 순례자들을 따라가자,

예상대로 순례길에서 가장 유명하다는 풀포집에 도착한다. 이른 시간이라 손님이라고는 나를 포함해서 세 테이블뿐. 입구 쪽의 솥단지에서는 문어가 연보라색과 하얀색의 조화 속에 익어가고 있다. 풀포 한 접시, 바게트 빵, 와인 한 병을 시켰다. 특유의 향신료와 올리브 오일에 버무린 데친 문어를 우리네 분식집에서처럼 이쑤시개로 찍어 먹었다. 정말 맛있다. 돌아가서 주문진 돌문어와 견주어보아야겠지만, 지금 이 순간에는 세상에서 제일 맛있는 음식이다. 게눈 감추듯 먹고 나니 잠시 힘들고 아픈 것들이 사라진다.

멜리데를 벗어나 다시 시골길에 접어들었다. 갑자기 바람이 거세게 불기 시작했다. 아르수아Arzua가 얼마 안 남았을 무렵, 몸이 뒤로 몇 걸음 밀릴 정도로 거센 바람이 불었다. 모자가 날아갈세라 한 손으로 꼭 잡고 한 걸음 한 걸음 간신히 내딛었다. 커다란 나무를 지나 몇 발자국 떼었을까? 갑자기 뒤에서 '쩌억, 퍽' 하는 소리가 귀청을 때렸다. 큰소리에 몸이 들썩일 정도로 놀란 순간, 요술처럼 바람이 잦아들었다. 순식간에 주변이 조용해졌다. 이상한 기운이 느껴졌다. 모자를 누르고 있던 손을 내리고 뒤를 돌아보았다. 세상에! 커다란 나뭇가지가 부러져 바닥에 뒹굴었다. 등골이 오싹했다. 몇 초만 늦게 걸었어도 나뭇가지에 깔릴 뻔했다. 자칫 큰 사고가 날 뻔했다. 어떻게 이런 일이 있을 수 있을까? 하늘이 도왔단 말밖에 표현할 길이 없다.

놀란 가슴을 가라앉히고 다시 길을 떠났다. 그런데 지나치게 덤덤하다. 왜 그럴까? 죽을 뻔한 상황에서 살아난 것인데도 마음의 요동이 없다니……. 어떻게 이렇게 무심해질 수 있지?

아르수아에 도착하니 늦은 점심시간이다. 맡겨놓은 짐을 찾고, 늘

하던 대로 정리를 했다. 출출한 김에 빵과 홍합, 올리브, 하몽과 맥주 한 병을 샀다. 슈퍼에서 팔레스 델 레이에서 봤던 영철씨를 만났다. 따뜻한 외모의 이 친구와 저녁을 같이하기로 했다. 괜찮아 보이는 마을 식당을 예약하고, 헤어져 숙소로 돌아왔다.

알베르게 식당에서 빵과 맥주를 한잔하고 나니 졸음이 슬슬 왔다. 내 침대로 가서 누워 있자, 순례자들이 속속 들어오기 시작한다. 참 다양한 사람들이 보인다. 신부님같이 점잖은 중년 남성부터 치렁치렁 체인과 피어싱으로 무장한 집시풍의 청춘 남녀들까지, 온갖 사람들이 모여 있다. 그중에서도 구석진 조용한 곳에 자리잡은 내 침대 옆자리의 사십대 여자는 눈에 뜨인다. 두건부터 안경테, 배낭, 옷가지, 신발까지 모두 분홍색 일색이다. 심지어 머리띠 같은 액세서리도 짙은 핑크로 장식되어 있다. 그녀가 들어오는 모습을 보면서 잠이 들었다. 얼마나 지났을까⋯⋯. 달그락거리는 소리에 슬쩍 눈을 떴다.

세상에! 핑크레이디께서 옷을 갈아입고 있다. 바로 눈앞에서 말이다. 아마 그녀는 내가 잠들었다고 판단했거나, 아니면 다른 사람의 시선 따위는 개의치 않는 것이 분명했다. 젖어 있는 머리로 보아 샤워를 하고 나서 옷을 갈아입는 모양이다. 그런데 이게 웬일인가? 그녀는 속옷마저 위아래 핑크색이었다! 정말 그녀의 핑크 사랑은 무궁무진했다. 얼른 눈을 감고 그녀가 옷을 다 갈아입을 때까지 자는 척을 했다. 조심하지 않으면 봉변을 당할 수도 있는 노릇이다. '어머! 엉큼한 한국 남자가 실눈을 뜨고 옷 갈아입는 것을 훔쳐보고 있어요! 혼 좀 내주세요!'

넉넉한 시간이 지났다고 생각되어 큰 몸짓으로 기지개를 펴면서 눈을 떴다. '아까부터 깊게 자서 무슨 일이 일어났는지도 모르는 내가 일어납니다!'라는 듯, 일부러 소리를 냈다. 그리고 최대한 자연스럽게 고개를 돌려 그녀를 바라보았다. 예상대로 그녀는 옷을 다 갈아입고 화장을 하고 있었다. 온통 핑크색으로 말이다. 시간을 보니 얼추 저녁 시간이 되었다. 출발을 하려고 침대에서 일어서는데 "악!" 비명이 나왔다. 도둑이 제 발 저린다고 일단 범죄현장을 피해야 한다는 생각만 가득해서, 내 처지를 잃어버렸던 것이다. 주변에서 웅성거리는 소리가 들리는 듯했다. 무릎을 부여잡고 다시 앉아 정신을 차리고 주변을 돌아보니, 모두가 근심어린 눈으로 보고 있다. 창피하다.

그때 불쑥 핑크레이디가 다가왔다. 어디 좀 보자고 무릎을 보더니, 다시 자기 침대로 돌아가 배낭을 뒤적인다. 잠시 후 그녀는 약 두 알과 연고를 들고 나타났다.

"저녁식사 후에 이 약 먹어. 그리고 이 연고 바르고. 항염제야. 먹고 바르면 빨리 좋아질 거야. 연고를 주고 싶은데 나도 필요할지 모르니까, 일단 빌려줄 테니 듬뿍 발라. 이따 자기 전에 또 한번 빌려줄게. 그러고도 아프면 병원에 가는 것이 좋을 거야."

핑크레이디의 목소리는 생각보다 굵었다. 잘못 들으면 남자 목소리 같았다. 하지만 그녀의 마음과 손길은 엄마처럼 부드러웠다. 고마움은 물론이고, 아까의 불가피한 관음증에 대한 미안함으로 괜스레 내 얼굴이 그녀의 볼터치 색깔만큼이나 붉어졌다.

항염 연고를 바르니 확실히 덜했다. 예전에 산토 도밍고 데 라 칼사다에서 다리가 아프다던 사울이 갖고 있던 항염 로션이었다. 약국이 보이면 하나 사야겠다. 대도시가 아니어서 약국을 찾기는 쉽지 않겠지만, 어딘가에서 팔기는 할 것이다.

무릎을 살살 달래서 저녁 장소로 향했다. 영철씨는 벌써 와 있었다. 보자마자 "더 아프세요?" 하고 묻는다. 눈에 띄게 나빠졌는데, 아마도 쉬지 못해서인 듯하다. "봐서 너무 아프면 하루 또 쉬지 뭐"라고 했지만, 마음은 급하다. 산티아고 대성당에서 내일모레 일요일 정오에 열리는 순례자를 위한 미사, 보타푸메이로에 참석하고 싶기 때문이다. 오랜 시간 먼 길을 걸어오느라고 배고프고 병들고 힘든 순례자들을 위해 치러지는 전통적인 미사이다. 그러자면 내일 몬테 도 고소Monte do Gozo까지는 가야 한다. 그 다음날 아침에 출발하면 불과 5킬로미터밖에 안 떨어진 산티아고에 무사히 오전 중에 들어갈 수 있다. 그런데 문제는 몬테 도 고소까지 36킬로미터. 어제와 그제보다 더 걸어야 한다는 사실이다.

저녁식사는 도시풍으로 그럴듯했다. 하루하루 음식의 구색이 세련되어진다. 목적지로 다가갈수록 점점 '과거'로 돌아가기 때문이다. 떠나오기 전 도시로 말이다. 음식이, 건물이, 사람들이 그렇게 점점 도시 스타일로 바뀌어갔다. 고향으로 돌아가는 듯한 안도감과 함께, 다시 그곳으로 돌아가야 한다는 불안감과 서운함 같은 것이 몰려온다.

올해로 서른인 영철씨는 회사를 그만두고 순례를 왔다. 다니던 회사에서 너무 큰 스트레스를 받았다. 컴퓨터 프로그래머인데, 회사에서는 인력을 줄이느라 그에게 영업까지 시켰다. 늘 컴퓨터만 상대하다가 사람을 상대하려니 힘들기도 했고 정체성도 무너지는 듯했다. 회사 사정이 좋지 않으니 충분히 이해하지만, 이렇게 해서는 오래 못 갈 것이라는 위기감이 들었다. 더구나 그는 돈을 많이 벌고 싶은 욕심이 있다.

"돈 싫어하는 사람 있어요? 부자가 되고 싶은 것이 창피한 것 아니잖아요. 그런데 드러내놓고 그렇게 이야기하면 좀 질 떨어지는 것같이 보잖아요. 그게 마음에 안 들어요. 브랜드 좋아하고요. 또 맛있는 것 먹고 좋은 차 타고 큰 집에서 살고 싶은, 그런 흔한 욕구부터 채우고 싶은데…… 이건 아니다 싶었어요."

솔직한 청년이었다. 사회에 나와보니, 회사원을 해서 많은 돈을 모으는 것이 불가능하다는 사실을 절실히 깨달았다. 기껏해봐야 근무시간에 몰래 주식에 투자하고, 주식 대박을 꿈꾸며 사는 것이 선배들의 민낯이었다. 그런 갈등에 일까지 과중하니 스트레스가 치솟았다. 회사를 그만두고 싶었지만 1년 이상을 주저했다고 한다.

"아시다시피 저희 또래는 혼자 결정 못하잖아요. 어제도 이야기했지만 의존적이어서요. 선행학습이고 특기활동이고, 뭐 어느 하나 저희가 결정했나요? 전공 선택을 스스로 한 친구들이 몇 퍼센트나 되겠어요? 모두 부모님들이 했잖아요. 그래서 참 많은 고민을 했는데…… 다행히 용기를 내서 부모님께 말씀드렸더니, 반기지는 않으셨지만 반대하지도 않으시더라고요."

영철씨는 성숙한 경우다. 많은 젊은 친구들이 자율성이 부족하다. 부모들의 지나친 간섭 때문이다. 그들의 부모는 어떠할까? 학력 차별의 희생자들이다. 좋은 대학을 나와야 제대로 대접을 받는다는 것을 목격하고 이를 신념으로 받아들인 세대다. 자신의 인생에서 부족한 것을 절대 자식에게 물려주고 싶지 않은 것이 부모 마음이다. 자식은 꼭 좋은 대학에 가야 한다는 집착으로 자율성이나 자존감은 신경조차 못 썼다. 결과적으로 자율성이 부족하고 의존적이고 자존감이 낮은 친구들이 적지 않다.

"그런데 여자친구가 문제더라고요. 예상도 못했는데, 제가 회사를 그만둔다고 하자 한숨을 푹푹 쉬더니 생각할 시간을 달라는 거예요. 무슨 이별 통보 받은 사람처럼요."

영철씨에게는 1년 정도 사귄 여자친구가 있다. 그녀의 걱정은 결혼이었다. 남편이 될 사람에게 변변한 직장이 없는데 어떻게 결혼을 할 수 있겠느냐는 것이었다. 본격적으로 결혼 이야기를 꺼내본 적이 없었기에 적잖이 당황했지만 영철씨는 그녀의 마음을 이해할 수 있었다.

배우자의 조건도 바뀌었다. 예전에는 미래가 가장 중요했다. 성격이나 인품이 좋아야, 미래가 발전적인 사람이다. 당연히 그런 사람에게 점수를 더 주었다. 하지만 요즘은 현재가 더 중요하다. 현재의 가치가 미래를 압도한다. 희망이 없기 때문이다. 안타까운 일이지만, 영철씨 세대에게 희망이 보이질 않는다. 앞으로 내가 우리 부모 세대보다 나아질 것이라는 희망이 없으니, 미래의 가치란 비현실적인 허구에 지나지 않는다. 현재 얼마가 있느냐가 앞으로 얼마를 벌 수 있을까보다 중요한 이유다. 여자친구의 갈등은 그렇게 시작되었다.

"다행히 이해해주기로 해서 이렇게 온 거지요. 그런데 순례길이란게 있다는 것을 회사 그만두고 알았어요. 우습죠? 하하하."

회사를 그만두고 어디론가 떠나야겠다고 마음을 먹었다. 뒤처리할 일이 많아서 알아볼 시간도 없었다. 우연히 친구들에게 순례길에 대해 들었다. 서둘러 며칠 만에 비행기표를 구하고 배낭을 사고, 정보를 구해서 왔다.

부러웠다. 역시 젊음만큼 값나가는 것은 없다. 2년을 준비해서 왔어도 허덕이는 이 중년의 아저씨가 제일 부러운 것은 영철씨의 젊음이다. '젊을 때 하고 싶은 것은 해야 한다. 나이들면 하고 싶어도 못 하게 되기 때문이다'라는 아주 평범한 진리가 이 순간처럼 가슴에 와 닿은 적이 없다.

실패해도 좋다. 망가지면 어떤가. 아무것도 안 남아도 괜찮다. 하고 싶은 것을 하는 것이 젊음이다. 그러다가 인생 망친다고? 걱정하지 말

자. 삶과 인간에 대한 애정만 있다면, 어떤 경험을 해도 망친 인생은 없다. 기본적인 틀이 만들어진 젊은이라면 경험 속에서 본인이 돌아가야 할 길을 언젠가는 발견하기 때문이다. 남들이 가지 않는 조금 멀고 험한 길을 걸어도 결국 산티아고에 닿는 것처럼 말이다.

어느새 와인 한 병을 다 비웠다. 영철씨는 패기 있게 한잔 더 하자고 나섰다. 하지만 아저씨가 받쳐주질 못했다. 여러 가지로 피곤한 하루였기도 하고, 또 무릎도 그다지 좋은 상태가 아니어서, 산티아고에 가서 한잔 사겠노라 하고 헤어졌다.

내일이 걱정이다. 마지막 언덕이 남았는데…….

스물여덟째 날 우리에게 기적은 있다

오늘은 산티아고 데 콤포스텔라 직전에 있는 몬테 도 고소까지 갈 예정이다. 산티아고 데 콤포스텔라까지 불과 5킬로미터밖에 남지 않은 곳이니, 순례자를 위한 보타푸메이로 미사에 참석하려면 최적의 주둔지인 셈이다. 그래서 즐거운('고소Gozo'는 '기쁨과 환희'를 뜻한다) 마을인가 보다. 문제는 '몬테Monte'란 '산'을 뜻한다는 것이다. 아픈 무릎을 끌고 올라가야만 한다. 상태를 보니, 어제보다 좋아지지 않았지만, 그렇다고 나쁜 상태도 아니었다. 36킬로미터나 걸어야 하지만, 중간에 힘들면 다른 마을에 묵어도 좋다는 마음으로 걸어보기로 했다.

가톨릭 신자도 아닌 내가 순례자 미사에 집착하는 이유가 뭘까? 꿩 대신 닭이라고, 산티아고를 지나 땅끝 마을까지 가려던 계획이 좌절된 것에 대한 보상 차원일 수 있다. 욕심은 줄었다 늘었다 할 뿐, 도대체 없어지질 않는다.

어제가 금요일 밤이어서인지, 밤을 새운 젊은이들이 이른 새벽의 거리를 배회하고 있다. 십대 후반이나 이십대 초반으로 보이는 '사내놈' 세 명이 나를 보더니 자기들끼리 뭐라고 떠든다. 가끔 접하는 순례길의 불미스러운 사건 사고가 떠올랐다. 물건을 도난당하거나 재수없으면 강도를 만난다는 등의 이야기가 머리를 스쳐지나갔다. 그들 중 하나가 내게 다가와 술냄새를 풍기며 영어로 담배가 있느냐고 물어보는데, 못 들은 척하고 웃으면서 "올라! 부엔 카미노!"를 해주었다. 그랬더니 인상을 쓰면서 또 뭐라고 하는데 이번에는 스페인어이다. 내가 알아들을 일이 없지만, 아무 말도 안 하고 지나가면 얕잡아 보일 것 같았다. 똑바로 눈을 보고 침착하고 친절하게, 하지만 절대 만만하지 않은 목소리로(그런 목소리가 있는지 모르지만, 최대한 그러려고 노력을 하며) "그라시아스, 부에노스 디아스!"라고 했다. 스페인어로 '고마워. 좋은 아침!' 정도의 말이다. 녀석들이 "꼴통! 우리말도 못 알아듣네!" 하고 돌아서주길 바랐다. 헌데 물러서지를 않는다. 그들을 마주보고 섰다. 등을 돌리면 더 위험할 듯했다. 그러더니 다른 녀석이 또 뭐라 하려고 하는데, 저벅저벅 발소리가 들렸다. 다른 순례자였다. 녀석들이 주춤하는 순간, 나는 그 순례자에게 "올라! 부엔 카미노" 하고 그를 따라 아무렇지 않게 가던 길을 갔다. 그들이 나쁜 일을 꾸미려 했는지 아닌지는 모르겠지만, 왠지 힘든 하루를 알리는 신호탄같이 느껴져서 기분이 찜찜해졌다.

여전히 산티아고의 새벽은 아름답다. 도시를 빠져나오니 지평선은 그 어느 때보다 붉다. 무릎이 아파서 위험한 순간에 나를 구해준 친구와 보조를 맞추기 힘들었다. 그가 먼저 떠나고 나자 나는 또 혼자 남았다. 붉은 노을이 왜 이리 슬프게 보이는가.

한 걸음 한 걸음이 고통스러워지기 시작했다. 아직 본격적인 오르막이 시작되기도 전인데 말이다. 11시가 되기도 전인데 이미 체력은 바닥이 나 있었다. 아침의 놀란 가슴에 더 빨리 지치는 것인가?

앞뒤로 아무도 없는 시간이 길어졌다. 진통제가 필요했다. 통증이 견디기 힘들었다. 작은 마을을 지나왔지만, 약국은 보이질 않았다. 누굴 붙잡고 물어보고도 싶지만, 그럴 기운마저 없다. 오늘 36킬로미터를 걸어야 내일 원하는 것을 볼 수 있다. 하지만 오늘이 문제다. 어떻게 해결을 하나…….

시골길이 이어졌다. 풀숲을 헤치고 간신히 전진을 한다. 길게 자란 풀 때문에 길이 잘 보이지를 않는다. 길이 사라질 정도는 아니지만, 걸을 때마다 자꾸 발에 걸린다. 몸이 좋지 않으니 풀숲을 헤쳐나가는 것도 힘겹다. 평소 같으면 풀잎이 다리를 스치는 것이 재미있었을 텐데……. 이제는 모든 사람들이 나를 앞지른다. 멀리서 봐도 쩔뚝거린다는 것을 알 것이다. 지나가면서 모두 위로를 해준다. 하지만 아무것도 들리지 않는다. 정말 아무 생각 없이 걷는다. 산티아고 성당, 보타푸메이로, 피니스테레? 이미 머릿속에 없다. 그냥 걷는다.

핀란드 친구 사울이 갖고 있던 항염 연고와 약들이 떠올랐다. 어제 핑크레이디가 내게 건넸던……. 갑자기 무릎의 이상이 영원히 회복되지 않을 것 같은 두려움이 몰려왔다. 당장 집으로 돌아가 정밀 검사를 받아봐야겠다는 결심이 섰다. 일단 다음 마을에서 짐을 풀고 비행기 표를 알아봐야겠다. 아니다. 굳이 여기 묵을 이유가 없다. 산티아고까지 택시로 이동하자. 거기서 비행기표를 알아봐야겠다. 가장 빠른 비행기로 돌아가야겠다. 이쯤에서 포기하자.

포기를 결심하고 나니 걷기가 싫었다. 절망감이 몰려왔다. 택시를 부를 수 있는 큰 도로나 인근 마을까지는 가야 하는데 말이다. 이제는 다른 이유로 희망이 필요했다. 아니, 만들어야 했다. 멍한 머릿속으로 영화의 라스트신 같은 장면을 떠올렸다. '이 순간 갑자기 사울이 나타나서, 내게 약을 건네주는 거야. 그리고 연고를 바르고 나니 씻은 듯이 통증이 가라앉는 거지. 그래서 산티아고까지 무사히 걷게 되는 거야. 해피엔딩이지!' 이런 말도 안 되는 생각을 하고 있는데, '바스락'하고 누군가 내 뒤에서 다가오는 소리가 들렸다. 무심결에 고개를 돌렸다.

세상에! 그가 나타났다. 빨간 점퍼의 사울이 나타난 것이다. 진짜로 말이다.

호들갑스럽게 내가 "사울!" 하고 부르자 그도 깜짝 놀랐다. 다짜고짜 포옹을 했다(사실 가슴에 안겨 엉엉 울고 싶었지만……). 그도 반갑게 내 등을 두드려주었다. 그가 내게 고맙다고 했다. 내가 침을 놔주어서 며칠 버텼고, 그래도 아파서 바로 병원에 갔다는 것이다. 나의 치료가 그에게는 병원에 가기 전 마지막 단계였다고 했다. 그 단계가 실패로 끝났다는 것을 확인하고 나니, 더는 안 되겠다 싶어 바로 병원을 찾았다는 것이다. 의사 말이 괜히 버티다가 더 악화되어 중도에 포기하는 사람이 많은데, 빨리 와서 다행이라고 했단다. 만약 내가 치료를 해주지 않았다면, 아니 내가 치료에 실패하지 않았다면, 미련하게 끝까지 절뚝거리며 갔을지도 모른다는 것이다. 그랬으면 중간에 포기했을 것이라고……

다짜고짜 그에게 혹시 항염 연고와 약이 있느냐 물었다. 그는 뒤에서 보니 몹시 다리를 절던데, 많이 아프냐고 걱정스럽게 물으면서 약을

건네주었다.

"일단 그 약이 들으면 좋겠어. 다 가져가. 난 더이상 아플 일 없으니까. 난 오늘 산티아고에 들어가거든. 근데 만약 좋아지지 않으면……. 참, 병원 가기도 애매하다. 의사니까 잘 알아서 하겠지만, 나 같으면……. 하하하. 나 같아도 그냥 갔을 거야!"

국적과 민족이 다르고 성장 배경도 다르고 전혀 생김새도 다른 우리는 닮은 점을 발견하고 한참 웃었다. 둘 다 목적 지향적이고 의지가 강했다. 그리고 좀 미련했다. 사울은 사연이 많은 사람이었다.

"4년 전에 큰 사고가 있었어. 여기저기 부러지고, 특히 뇌를 다쳐서 중환자실에 있었지. 엎친 데 덮친 격으로 병상에 있을 때 이혼까지 당했어. 절망적이었지."

교통사고로 사경을 헤매고, 간신히 정신을 차리고 나니, 이번에는 아내의 이혼 요구라니. 절망하지 않을 수 없었을 것이다.

"한동안 나쁜 생각도 많이 했지. 근데 퇴원하고 집에 왔는데, 같은 병실에 있다가 세상을 떠난 사람들이 떠오르는 거야. 나도 의료진이 다 죽는다 했거든. 살아난 것이 기적이잖아! 그러고 나서는 나도 남을 도왔으면 좋겠다는 생각이 들었어. 내가 도움을 받은 것처럼."

절망 속에 찾아낸 희망은 다른 사람을 위해 봉사하는 일이었다. 재산을 정리해서 아프리카 나이지리아로 갔다. 그곳의 한 구호단체에서 일을 해오다가 오랜만에 시간을 내서 스스로를 돌보기 위해 찾은 곳이 이곳이다.

"제임스를 도울 수 있어서 다행이야. 이제 우리 서로에게 '의사 선생님'하고 부릅시다. 나는 당신에게 도움을 받았고, 이번에는 내가 약을 주었으니까! 정말 대단한 사건이지. 불교에는 전생이라는 것이 있다고 하던데, 우리 전생에 틀림없이 의사와 환자 사이였을 거야. 하하하."

사울을 만나고 나니 배가 고파졌다. 아침 알베르게에서 간단히 식사를 하고는 제대로 먹지를 않았다. 중간에 바에서 주스 한 잔을 먹기는 했지만, 입맛이 없어서 다른 것은 먹지 않았다. 오늘은 치료비로 내가 점심을 사기로 하고 도로 옆에 있는 바에 들어갔다.

생각해보니 거의 3주 만의 만남이었다. 길에서 만난 친구들 이야기를 하며 즐겁게 함께 식사를 했다. 샐러드, 하몽과 치즈가 들어간 샌드위치, 오렌지주스와 커피를 맛있게 먹고 나니 힘이 솟았다. 기분이 아주 좋아졌다. 사울이 앞으로 '딱 20킬로미터만' 더 가면 된다는 이야기를 하기 전까지 말이다. 20킬로미터……. 내게는 200킬로미터 이상의 거리가 될 터인데…….

식사를 마치고, 그와 함께 걸었다. 내 걸음에 보조를 맞추어 걷는 그가 편안해 보이지는 않았다. 더구나 대화가 끊기지 않게 신경을 쓰는 것이 역력해 보였다.

"이 나무가 뭔지 알아? 유칼립투스라는 나무야. 나무껍질에 아로마가 있는데, 감기에 좋아. 여기 유칼립투스가 아주 좋네."

사울은 식물에 조예가 깊었다. 두 시간쯤을 같이 걸으며 온갖 풀들과 나무들을 설명해주었다. 내가 아픈 것을 의식하지 못하게 애쓰는 눈치였다. 고마움에 가슴이 뭉클했다. 잠시 앉아서 쉬기로 했다. 갑자기 미안해졌다. 그는 오늘 산티아고에 입성한다고 했다. 이대로 가도 늦지는 않겠지만, 그의 성격상 많이 불안할 것 같았다.

"먼저 가. 이제 10킬로도 안 남았는데, 여기서부터는 나 혼자도 충분해. 너무 고마워. 함께 걸어줘서."

잠시 내 눈을 쳐다보던 그는 결심을 한 듯 내게 악수를 청했다.

"내일 피니스테레에 갈 거야. 제임스에게 사진 한 장 보낼게. 다음 기회에 꼭 가보도록 해. 또 봅시다! 부엔 카미노! 그리고…… 은혜를 갚을 수 있어서 하느님께 감사드려요."

우연이라기에는 너무 드라마틱했다. 그를 만나기 직전, 나는 길을 끝내려 했다. 마음속으로 비행기표를 알아보고 정형외과 전화번호를 떠올리고 있었다. 그런데 사울이 나타나고 나의 길은 다시 시작되었다. 내가 도움을 주었던 그 사울 말이다.

이것이 '카미노 미라클'인가보다. 기적이 일어난 것이다. 세상에 어떻게 그런 일이 그 순간에 일어날 수 있단 말인가! 그러고 보니 거센 바람에 부러진 나무가 내 머리 위에 떨어지지 않은 것도 기적이었다. 열 걸음만 늦게 걸었어도 큰 사고가 났을 것이다. 그런 기적이 일어났는데 별 감동 없이 무심하게 지나치다니……. 산티아고 성인이 기적에 무딘 내게 진짜 기적이 있다는 것을 알려주기 위해, 내 무릎을 그토록 아프게 만들었나보다. 기적을 목격하고도 제대로 감격하지 못한 것에 대한 벌도 줄 겸 말이다. 극한의 고통의 끝에서 다시 한번 제대로 기적을 맛보게 해주었다.

나는 종교가 없다. 조부모님의 위패를 절에 모실 정도로 철저한 불교 집안이지만, 외갓집에 개신교 목사님이 서너 분이나 된다. 게다가 아내는 장모님 뱃속에서부터 성당을 다닌 사람이다. 이렇게 '종교의 삼각지대'에 놓인 나는 어차피 죽어도 나쁜 곳에는 안 갈 것 같아, 부모님 따라 형식적으로 절에 가는 것 이외에는 종교와 담을 쌓고 산다. 하지만 정신의학을 공부하며, 우리가 설명하기 힘든 어떤 존재가 있다는 것은 믿게 되었다. 그 존재가 무엇으로 불리든 우리에게 혹독한 운명, 그리고 기적을 선사한다고 믿는다. 그것이 아버지가 말씀하신 업보든,

아내가 이야기한 은총이든, 외삼촌이 이야기하던 하나님의 역사든, 아무 상관없다. 기적이라는 말이 아니고서는 설명할 수 없는 경험을 통해, 그 존재를 믿지 않을 수 없다. 그 '존재'가 존재함을 알리기 위해 기적이 일어나는 것 아닌가!

호기롭게 시작한 홀로 걷기는 불과 한 시간도 못 되어 방전이 되어버렸다. 사울이 준 항염제의 약효가 바닥난 모양이다. 어떻게 갔는지 모르지만, 간신히 갈라시아 방송국을 지났다. 이제 1킬로미터도 안 남은 거리지만, 칼로 도려내는 듯한 아픔 때문에 절대 좁혀지지 않을 거리 같았다. 어제까지는 쉬었다가 다시 걸을 때 참기 힘든 고통이 밀려와서 가능하면 쉬지 않고 걸어왔다. 그런데 어느 순간부터는 10미터를 걷고 쉬어야 했다. 고통이 너무 심해 도저히 한 걸음도 뗄 수가 없을 때까지 걷는데, 그래봤자 10미터인 것이다. 어쩔 수 없이 멈추어야 하고, 또 어쩔 수 없이 다시 걷기 시작할 때 격한 고통을 맛보아야 한다. 스스로에 대한 미움과 창피함마저 없어졌다. 그저 목적지에 도달해야겠다는 생각밖에 없었다.

큰아이를 얻고 군에 입대를 했다. 산악 행군을 했다. 얼마나 추웠냐면, 텐트 안에 있어도 내뿜는 입김에 얼어 마스크가 딱딱해질 정도였다. 옆 텐트가 교육장교 텐트였다. 근무병이 그날의 온도를 보고한다. "영하 ○○도입니다!" 정확하게 몇 도인지 들리지 않는다. 장교가 윽박지른다. "야! 그 기온에 훈련을 할 수 있어, 없어?" 주눅이 든 병사가 대답을 한다. "할 수 없습니다!" 다시 장교가 물었다. "지금 몇 도라고?" 그러자 우렁찬 목소리가 들린다. "네! 지금은 훈련이 가능한 영상의 날씨입니다!" 실제 온도는 훈련을 할 수 없을 정도의 날씨였는데,

훈련을 해야 하니 온도를 높게 기록할 수밖에 없었나보다. 아무튼 그런 날씨에도 행군은 계속되었다. 중간에 쓰러지는 동료들이 적지 않았지만, 서로 잘 다독여서 간신히 나아갔다. 그러다 갑자기 눈밭에 누워봤다. 실은 지루하고 힘든 행군에 장난삼아 누워본 것이다. 혹시 기분 전환이 되지 않을까 하고 말이다. 그런데 부작용이 생겼다. 일어나기가 싫어진 것이다. 몇 분을 아무 생각 없이 누워 있었다. 이러다 죽는 것이 아닐까 하는 두려움이 생길 때까지 말이다. 문제는 죽음에 대한 공포가 엄습함에도 몸을 움직이기가 싫었다는 것이다. 그때 나를 일으켜 준 것이 가족들이다. 좀 신파조의 이야기지만, 진짜로 밤하늘의 수많은 별들 사이로 아내와 큰아들, 아내의 뱃속에 있는 둘째 아들의 모습이 떠올랐다. 가족의 모습이 떠오르자, 정신이 번쩍 들었다. '여기서 죽어서는 안 되지.'

그 얼굴들이 오늘 다시 떠올랐다. 여기서 이러고 있을 때가 아니다. 얼마 안 남았으니 좀더 걸어보자. 지나가던 스페인 모녀가 100미터도 안 남았다고 힘을 내라고 격려를 한다. 한 걸음 걷고 혹시 다 왔나 하고 살피고, 또 한 걸음을 걷고 살피고……. 얼마나 걸었을까? 정신마저 아득해져갔다. 고개를 들어보니, 어느 순간 언덕 위의 거대한 조형물이 눈에 들어왔다. 몬테 도 고소 숙소였다. 살았구나.

몬테 도 고소는 일종의 합숙소 같다. 직사각형의 건물이 벙커처럼 가지런히 줄을 맞추어 지어져 있다. 사무실을 찾았다. 스페인 호스피탈로가 반갑게 맞아준다.

"안녕하세요! 반갑습니다!"

한국말이다. 물론 한두 마디 정도이지만, 스페인에서 들은 최고의 인사말이었다. 절뚝거리는 나를 보더니, 문에서 가까운 방을 주었다. 그는 내 짐을 들어주며, 함께 들어가서 여섯 개의 침대를 보여주며, 오늘 모두 내 것이니 고르라고 했다. 내가 잠시 머뭇대자 그는 창문 옆의 침대를 권했다. "원하면 창문을 열고 잘 수도 있고, 추우면 닫고 잘 수도 있으니까!"라고 친절한 설명까지 붙여서 말이다.

가슴이 따뜻해졌다. 이 길을 걸으며 많은 도움을 받았다. 한국에 있을 때야 도움을 받을 일이 거의 없다. 도움을 주는 일도 별로 없지만 말이다. 그런데 도움을 받아보니, 남을 돕는 것처럼 소중한 일이 없음을 새삼 깨닫게 되었다. 팜플로냐에서 길을 잃었을 때 친절하게 멀리까지 함께 가주었던 스페인 할아버지, 레스토랑에서 자리를 내준 많은 순례자들, 기꺼이 자신의 약을 빌려주었던 핑크레이디와 사울, 그리고 몬테 도 고소의 호스피탈로까지. 이 마음을 잊지 말아야겠다. 나도 누군가에게 친절한 사람이 되리라.

저녁 먹기에는 아직 시간도 이르고 입맛도 그다지 없어서, 동네 슈퍼에서 간단한 먹을거리와 와인 한 병을 사왔다. 알베르게의 조그만 식당에서 이른 저녁을 했다. 휴대전화로 비행기표를 찾아봤다. 계획으로는 이곳에서 보낼 수 있는 시간이 5일이나 남았지만 지금은 제대로 검사를 받고 치료를 하는 것이 중요했다. 다행히 일찍 돌아갈 수 있는 표로 바꿀 수 있었다. 돈이 좀 들었지만……. 산티아고에서 하루 더 묵어야 했다. 호텔도 예약을 했다. 다행히 이틀을 묵을 수 있는 괜찮은 호텔이 있었다.

함께 주방에 있던 순례자와 자원봉사자들과 와인을 나누어 마셨다. 와인 한 잔이라는 작은 나눔으로 이곳에서는 쉽게 이야기 친구를 만들 수 있다. 그냥 농담이든, 아니면 진지한 인생철학이든, 낯선 사람을 만나 서로를 알아가다보면 세상이 반드시 각박하지만은 않다는 생각이 든다. 그런데 오늘은 아니다. 그냥 귀를 스쳐지나간다. 남들이 웃으니 나도 그냥 희미하게 따라 웃을 뿐이다. 모국어가 아니니 조금만 대화의 흐름을 놓치면 쉽게 외톨이가 된다. 주방은 와인 한두 병으로 시끌벅적했지만, 나는 그냥 외로운 이방인이 되기로 했다.

슬쩍 밖으로 나왔다. 하늘에는 세상에서 제일 아름다운 별들이 반짝이고 있었다. 왜 이럴까? 왜 마음이 편하지 못할까? 이곳에 와서 이런 마음은 흔치 않다. 무릎이 아파서일까? 아니면 이제 내일이면 여정이 끝나서? 아니면 내일 못 걷게 될까봐?

내일이면 길의 끝에 도달하는데, 걱정이 기쁨을 방해하는 것 같다. 생각해보자. 나는 왜 여기 왔을까? 왜 이 길을 걷고 있을까?

처음에는 낯선 길이었다. 시간과 공간이 다른 지구별의 낯선 지점에 서 있었다. 걷다보니 그 길이 친근해졌다. 많은 것을 깨닫게 해주었다. 하지만 이제는 한 걸음 한 걸음이 두렵다. 그 두려움 속에서 내게 기적이 일어났다.

기적은 '혼자가 아니다'라는 것을 깨닫게 해주었다. 내가 사는 이 세상에는 나말고도, 커다란 나무를 꺾을 만큼 거친 바람도 있고, 영화의 한 장면처럼 소리 없이 다가와 은혜를 갚은 사슴도 있다. 그리고 그 순간에 기가 막힌 타이밍으로 펼쳐지는 기적을 주관하는 '존재'가 있다. 사람과 자연, 그리고 '존재'는 복잡하게 얽혀 있다. 그래서 기적은 이렇게 이야기한다.

'사람과 자연에 대한 배려와 존중은 스스로를 위한 것이다. 좀더 신중하고 진지하게 인생을 살자. 누군가 지켜보고 있으니 말이다.'

별똥별이 떨어진다. 옆에서 지켜보던 순례자들이 소원을 빌자며 호들갑을 떤다. 소원이라…….

그래, 나도 소원이 있다. 제발 무사히 산티아고에 들어만 가자!

스물아홉째 날 일곱 순례자의 마지막 만찬

오랜만의 선물과도 같은 밤이었다. 여섯 명이 쓰는 방을 독차지하니, 조용한 밤을 보낼 수 있었다. 평소에는 순례자들의 부산스러움에 잠이 깨는데, 오늘 아침에는 새소리에 눈을 떴다. 무릎 상태는 별로 좋지 않았다. 비록 5킬로미터 남짓 남은 거리지만, 오늘은 배낭을 지고 가야 하니 만만한 여정은 아닐 것이다. 건강한 상태였으면 한 시간이면 충분한 거리인데…….

새벽의 몬테 도 고소 언덕은 정말 상큼했다. 오랜만에 짊어진 배낭의 무게도 묵직하고 배낭을 멘 나의 그림자가 어색했지만, 여느 아픈 날들과 마찬가지로 조금 참고 걸어보니 걸을 만해진다. 쩔뚝거림이 이제는 어색하지 않다. 내리막길을 천천히 걸어내려왔다.

언덕이 끝날 무렵, 갑자기 도시 속에 있는 나를 발견했다. 그리고 멀리 커다란 빨간 안내판이 갑자기 나타났다.

'Santiago de Compostela.'

드디어 도착했구나. 오랜 순례로 지친 이들에게는 붉고 커다란 글씨의 안내판이 큰 감동을 줄지 모르겠다. 그러나 여기서부터 2킬로미터를 더 걸어야 산티아고 대성당이 나온다는 사실을 알고 있는 부상병은 짧은 감격을 뒤로하고 몰려오는 근심을 맞았다. 게다가 도심을 가로질러야 한다. 새들이 지저귀고, 푹신한 흙과 풀잎, 푸른 나무가 있는 순례길과는 작별이다. 자동차가 만들어내는 소음과 딱딱한 아스팔트 도로의 냉정하고 잔인한 반발력이 발바닥으로 전해지니 서글프다. 그래도 조금만 더 힘을 내자. 정말 끝을 내자.

큰길을 접어들자 아기자기한 골목들이 나타났다. 오래된 건물 사이로 여기저기 순례자들의 모습이 보이기 시작한다. 아주 짧은 마지막 구간에는 짐 운반 서비스가 없기도 하지만, 힘들어도 배낭을 메고 온 것이 너무 다행이다. 절뚝거리며 걷는 것만으로도 이목을 받는데, 짐까지 없으면 중증 환자 취급을 받을 테니 말이다. 인간이 간사한 것이, 바에서 자리를 양보해주는 것과 같은 혜택은 달갑지만, 안쓰러운 동정의 눈빛은 싫다. 멀리 대성당이 보이기 시작한다. 이제 끝나간다.

상상했었다. 대성당을 맞이하면 어떨까? 감격에 겨워 무릎을 꿇고 앉아 바닥에 키스라도 할 줄 알았다(현재로서는 무릎 꿇는 것은 불가능하다는 생각이 드니, 급격하게 서글퍼졌다). 눈물을 흘리며 완주의 기쁨에 포효할지도 모른다고 생각했다.

너무 덤덤했다. 대성당 광장에 도착했지만, 그냥 다른 마을에 있는 성당 앞에 와 있는 듯했다. 기분이 가라앉는다. 그렇다고 우울한 것은 아니다. 어떤 순례자들은 여정을 마치고 더 우울해진다고 한다. 이름하여 '순례 후 우울증Post-Camino depression'이라는 것인데, 힘든 여정을 마치고 느끼는 일종의 허탈감과 너무 좋은 시간을 보내다 다시 돌아가야 할 일상에 대한 걱정과 같은 것이다.

나의 기분은 뭐랄까, 그냥 차분함 또는 담담함이다. '다 걸었구나. 무릎이 안 아팠으면 더 좋았겠지만' 정도의 기분이었다. 어제저녁부터 이어지는 이런 예상치 못한 감정의 원인은 어디 있을까?

고민을 뒤로하고 우선 숙소를 찾았다. 아직 체크인 시간이 아니라서 일단 짐부터 맡겼다. 배낭을 내려놓으니 살 것 같다. 다시 지팡이를 짚고 성당을 찾아나섰다. 불과 30분 정도가 지난 시간인데, 광장에는 엄청난 인파가 몰렸다. 몰려드는 순례자들로 들어차, 광장에는 내가 설 땅이 한 평도 없는 것 같았다.

사람들이 눈에 들어왔다. 바닥에 키스를 하는 사람, 하늘을 보며 큰 소리로 감격의 환호를 지르는 사람, 서로 부둥켜안고 우는 사람, 넋이 나간 사람처럼 벽에 기대고 앉아 성당을 바라보는 사람······. 나만 빼놓고는 모두 완주의 기쁨을 만끽하는 듯했다.

나도 앉아보았다. 성당 건너편 건물 벽에 등을 기대고 앉았다. 넋을 놓고 얼마인가를 멍하게 앉아만 있었다. 성당이 제대로 눈에 들어왔다. '젠장, 공사중이구나. 하필 이럴 때 공사를 하다니······.' 무릎을 꿇고 기도를 드리고 있는 사람의 눈에 눈물이 보였다. 코끝이 시큰하다. 바닥에 키스를 하는 사람은 히죽히죽 웃고 있다. '저러다 진짜 정신줄 놓겠네. 하하.' 감격의 환호를 지르는 사람은 스페인 사람인가보다. 도대체 뭐라고 소리지르는지 모르겠다. 한참을 부둥켜안고 있던 사람들은 떨어지고 나니, 비로소 인사를 나눈다. '모르는 사람들이었네!'

문득 머릿속으로 자화상이 그려졌다. 벽에 기대어 넋을 놓고 있지만, 공사중인 성당을 바라보며 완주의 기쁨을 감상하고 있다. 광장의 사람들을 쳐다보며 비로소 감격을 느끼기 시작한다. 사람들의 눈이 보이기 시작했다. 사람들 수만큼이나 다양한 눈들. 그들의 눈에서 환희와 기쁨과 안도감을 느낄 수 있다. 그리고 눈물. 방울져 내리는 눈물이 아니더라도, 모두 눈가가 촉촉하다. 혼자서는 느낄 수 없었던 감동이 밀려왔다. 성당을 보는 순간 터져나올 줄 알았는데, 함께한 사람들의 마음을 느끼고서야 같은 감정을 느낄 수 있다니······.

감동은 함께 나누는 것이다. 빨간 'Santiago de Compostela'라는 안내판에 겸연쩍었던 것도, 대성당의 종탑이 그냥 멀게만 느껴졌던 것도, 대성당을 앞에 놓고도 덤덤했던 것도, 모두 기쁨을 표현하고 나눌 친구가 없어서였다. 그런데 광장에 앉아 순례자들을 보았다. 모두 나처럼 한 달 동안을 고생한 사람들이다. 나와 같은 길을 걷고, 나와 같은 생각을 하고, 나와 같은 감정과 기분으로 어렵사리 완주를 한 사람들이다. 그들이 서로 나누는 감정이 내게 다가왔다. 공감이 살아나자, 나의 감정이 밖으로 나와 느껴지기 시작했다.

인생도 마찬가지다. 혼자 산다면 얼마나 재미없을까? 아니 절대 못 살았을 것이다. 도시에 살 때는 혼자 살 자신이 있다고 착각했다. 적당한 일과 적당한 돈과 적당한 시간만 있으면 혼자서라도 살 수 있다고 큰소리를 쳤다. 이제 돌아가면 '웃기지' 말아야겠다. 친구가 없었다면 어떻게 살아갈까? 인생의 가장 많은 시간을 함께하는 친구들인, 내 사랑하는 가족들이 없었다면 무슨 재미로 살았을까? 곰곰 생각해보면, 내가 누린 행복은 그들이 존재했기 때문에 만끽할 수 있었다.

누군가와 같이 왔다면 어땠을까? 너무 감격스러워 서로 안고 소리지르며 빙빙 돌았을 것이다. 서너 명쯤만 같이 왔어도 강강술래를 했을 것이다. 열 명쯤 왔다면 강남스타일을 떼춤으로 보여주었을지도 모른다. 하지만 몰랐을 것이다. 친구가 얼마나 소중한지를. 인생의 기쁨과 슬픔을 함께 나눌 사람의 존재가 800킬로미터를 완주한 것만큼이나 소중하다는 것을. 혼자 하는 여행이 가장 좋은 이유는 자신에게만 집중하는 시간을 얻기도 하지만, 함께하는 삶에 대한 그리움이 생기기 때문이다.

잠시 후 모두 어디론가 빨려들 듯 한 곳으로 가고 있었다. 순례 증명서를 받으러 간다는 것이다. 잠시 '꼭 필요할까?' 하는 생각을 했지만, 중세에는 모든 죄를 사해줄 수 있는 종교 문서라 비싼 돈에 거래가 되었다고 하니, 냉큼 따라나섰다. 순례 증명서를 발급해주는 사무실 밖까지 제법 긴 줄이 있었다. 인종의 집합처럼 많은 나라의 사람들이 이야기꽃을 피우고 있었다. 한껏 고무된 얼굴들이었다. 앞에 선 일본인 노부부들은 벌써 다음 순례 코스를 포트투갈길로 정하고 있었다. 내가 완주한 프랑스길은 역사적으로도 오래되었고 잘 다듬어진 길이라 편리하기는 하지만, 자연의 경관으로는 포루투갈길이 최고라는 것이었다.

이런저런 이야기를 하다 내 차례가 되었다. 순례자 여권을 보여주니, 내 이름과 국적, 그리고 내가 묵었던 알베르게의 도장을 확인하고는 빳빳한 순례 증명서를 주었다. 안 그럴 줄 알았는데 감격스러웠다. 특히 이제는 아무 죄도 없다는 생각에 기분이 좋아졌다. '아무 죄가 없다!' 생각만 해도 짜릿하다.

당당한 걸음으로 대성당을 찾았다. 12시 순례자를 위한 미사를 보기 위해서다. 완주의 욕심 외에 내게는 두 개의 욕심이 더 있었다. 그 하나가 유럽의 서쪽 끝인 피니스테레까지 가는 것이었고, 또다른 하나는 바로 보타푸메이로를 보는 것이었다.

의학이 발달하기 이전 우리는 아프면 약초를 캐서 달여 먹었다. 유럽인들은 약초를 태워서 병을 치료했다. 보타푸메이로는 대향로라고도 하는데, 커다란 향로에 향을 피워 지치고 병든 순례자들을 치료하고 위로하는 데 목적이 있었다고 한다. 수사가 여섯 명이나 동원되어야 하고 비용도 적잖게 들어, 일요일 정오 미사에서 한 번을 하고, 혹시 원하는 사람이 있다면 200유로 정도의 기부를 받고 보타푸메이로 미사를 진행하다고 들었다. 그래서 어제 페드로오조에서 묵지 않고, 무리해서 몬테 도 고소까지 온 것이다. 그리고 결국 해냈다.

미사가 시작되었다. 엄숙한 성가가 울려퍼지자, 곳곳에서 울음소리가 들린다. 눈물이 나오지는 않았지만, 충분히 그들의 마음을 이해할 수 있었다. 드디어 기다리던 보타푸메이로! 역시 장관이다. 하늘을 날아다니는 향로의 위용보다는 성당 가득 울려퍼지는 성가가 더 감동적이다. 눈에 보이는 것보다 보이지 않는 것이 가슴에 더 가까이 와 닿는다.

미사를 끝내고, 어디서 점심을 먹을까 고민하던 차에 영철씨를 만나, 함께 그럴듯해 보이는 이탈리아 식당으로 갔다. 안을 보니 벌써 많은 사람들이 한 잔씩 걸치고 큰소리로 순례 완주의 기쁨을 즐기고 있다. 우리는 밖에 앉아 맥주와 피자를 시켰다. 길거리 구경은 재미있다. 특히나 오늘 같은 날은 더더욱 재미있다. 지나가는 순례자들은 피곤해 보였지만, 얼굴만은 너무 밝고 맑다. 눈만 마주쳐도 인사를 하다보니, 식사하기도 힘들 정도이다.

"오! 제임스, 제임스!"

낮고 굵지만 들떠 있는 할아버지의 목소리가 뒤에서 들려왔다. 마이크였다. 뜨겁게 포옹을 했다. 같이 걷던 친구들과 막 도착하자마자 샴페인을 했다는 것이다. 발은 좀 어떠냐고 하자 문제없다고 한다.

"듣자하니 무릎이 많이 아프다며? 의사 양반도 아픈가? 하하하."

이 길에는 비밀이 없다. 제한이 없는 열린 공간같이 보여도, 사람이 존재하면 길은 닫히게 된다. 숙소와 식당 그리고 길 위에서 모든 소식을 접할 수 있다.

괜찮으면 저녁을 같이하잔다. 여섯 명 정도가 모이기로 했는데, 아마 다 아는 사람들이고, 굉장히 좋은 친구들이라고 한다. 그중에 스페인 친구가 있어서, 소위 맛집에 가기로 했단다.

점심을 맛있게 먹고 숙소로 돌아왔다. 오늘은 알베르게가 아닌 럭셔리한 호텔이다. 수도원을 개조해서 만든 곳인데 무엇보다 순례자를 위한 싱글룸을 저렴한 가격에 제공한다. 제대로 된 검은색 근무복을 입은 여종업원이 나의 예약 상황을 확인하더니 방 키를 내놓는다. 번쩍거리는 복도의 럭셔리한 호텔에, 말쑥한 차림과 한껏 미소를 띤 친절한 종업원들. 나 또한 큰 기대를 품고 방 키를 받았다.

앗! 달랑 자그마한 열쇠만 달려 있어 우선 놀랐다. 대개 좋은 호텔은 카드키거나, 적어도 그럴듯한 모양의 묵직한 열쇠를 주는데, 방 번호가 적혀 있는 빨간 플라스틱 조각에 책상 서랍 열쇠만큼이나 작고 볼품없는 열쇠가 달려 있을 뿐이었다. 순례자에게 제공하는 싱글룸이니 큰 기대를 한 것은 아니었기에 열쇠 정도는 참아줄 수 있었다. 그런데 방 번호를 보고 소스라치게 놀랐다. '444!' 열쇠를 받아들고 잠시 눈만 끔뻑이고 있었다. 방 키만 쳐다보고 있는 나를 발견하고는 종업원이 옆의 엘리베이터를 타고 4층으로 가면 된다고 한다. 내가 항의, 아니 부탁을 했다. "앞자리가 4니까, 나도 4층에 방이 있다는 정도는 알아요. 근데 우리나라에서는 4는 불운의 숫자거든요. 좀 바꿔줄 수 있겠어요?" 내 설명을 듣던 종업원이 난감한 표정으로 오늘 모든 객실이 동이 났다는 것이다. 다시 최대한 불쌍한 표정을 지어보이며, "혹시 무슨 일이 생기면 어쩌지요?"라며 사정을 절실하게 늘어놓았다. 잠시 고민을 하더니(자기들 힘으로는 처리할 수 없는 '진상'임을 깨닫고) 전화로 지배인을 호출했다. 곧 나타난 인상 좋아 보이는 지배인이 나를 보더니, 심각한 표정으로 묻는다.

"손님, 정말 어쩌지요? 현재 저희가 보유한 객실은 전부 예약이 끝났습니다. 그리고 안 좋은 소식이지만, 아마 이 근처 호텔은 모두 같은 사정일 겁니다. 알베르게는 모르겠지만……. 그런데 보아하니 순례자 같으시네요? 오늘 순례가 끝났나요?"

점잖은 그의 질문에 나는 여전히 불쌍한 표정으로 "그래요! 오늘 와서 난 무지 피곤하답니다. 제발 방 바꿔주세요. 우리나라에는 아예 건물에 4층이란 것이 없어요. 전화번호도 4자가 많이 들어가면 알아서 바꿔준다고요! 444를 주는 것은 666이랑 똑같은 거예요. 그리고 13일의 금요일 알지요? 그 13보다 더 무서운 것이 444란 말입니다! 더구나 난 이틀이나 자야 한다고요. 제발 살려줘요! 그리고 봤지요? 나 다리도 아프단 말예요." 별로 상관없는 다리까지 들먹이며 그에게 애원을 했다. 내가 다른 호텔이나 알베르게로 갈 생각이 추호도 없다는 것을 알아챈 그는 진지한 표정으로 물었다.

"그럼 혹시 순례 증명서 받았나요?"

이것은 또 무슨 소리? "당연하지요!" 혹시 내가 가짜 순례자인가 의심을 하는 것 같아, 순례 증명서를 꺼내보이기까지 했다. 내 순례 증명서를 이리저리 살펴보더니 밝은 표정으로 순례 증명서를 돌려주었다. 그는 다소 근엄한 표정을 지으며, 이렇게 말했다.

"이제 걱정 없습니다. 444호에서 주무셔도 됩니다. 순례 증명서를 갖고 있으면 절대 아무 일 없습니다. 모든 죄가 사해졌으며, 앞으로는 늘 축복만 가득할 겁니다. 혹시 무슨 일이 나면, 성 산티아고의 이름을 걸고 제가 책임을 지겠습니다!"

별수없이 4층으로 올라가 떨리는 마음으로 방을 열었다. 하얀색 벽에 침대와 책상이 하나 놓여 있다. 가로로 뚫린 창문은 작았지만, 산티아고 시내의 아름다운 전경이 다 보였다. 작은 샤워실에서 뜨거운 물로 샤워를 하고 나니, 비록 444호실이지만 천국이 따로 없다. 얼마 만에 개인욕실이 딸린 하얀 침대 방에서 자보았던가! 침대에 누우니, 괜히 웃음이 나왔다. 호강한다.

광장 끝에서 마이크가 기다리고 있었다. 아! 아는 얼굴이다. 팜플로냐 휴대전화 매장에서 만났던 미국 할머니 다이앤과 산꼭대기 엘 아세보에서 만난 군인 아저씨 줄리안도 있었다. 늘 휴대전화로 사진을 찍어대는 러시아 고등학교 선생님 세르게이와 슬로바키아에서 재무 컨설턴트 일을 하는 검은 파마머리의 다그마르는 길에서 몇 번 마주쳐 얼굴이 익다. 스페인 사람인 육십대의 파블로만 처음 보는 얼굴이었다. 마이크와 마지막 구간을 함께했다고 한다.

파블로는 '평범한 순례자들은 찾지 못하는 특별한 맛집'으로 우리를 인도하기로 했다. 이런저런 이야기를 나누며 골목을 누비고 가는데, 시내 쪽이 아니었다. 한참을 따라가니, 건물을 지으려고 구획 정리를 해놓은 듯한 곳이었다. 식당 건물은 없어지고 빈터만 남은 것이다. 난감한 파블로는 다른 곳을 가자며 다시 시내 쪽으로 방향을 잡았다. 우리는 제일 맛있어 보이는 집으로 들어갔다. 종업원의 안내를 받으며 테이블을 두 개 붙여 일곱 명이 앉았다. 둘러보니 '평범한 순례자'들이 벌써 많이 앉아 있었다.

음식과 와인을 나누어 먹으며, 이런저런 대화를 나누었다. 걸으면서 힘들었던 일, 친구들과의 에피소드, 완주를 하고 나서 가족들의 반응 등등 모두가 비슷한 생각들과 경험을 했다.

"우리 제일 감동스러웠던 일이나 깨달음이 있었으면 이야기해보는 것이 어때요?"

다이앤의 제안으로 간증의 무대가 펼쳐졌다.

"함께 있을 때는 몰랐는데, 혼자 길을 걷다보니 '내가 한 사랑'에 대해 생각이 나는 거예요. 부모, 남편, 아이들, 그리고 많은 친구들. 그들의 존재가 그렇게 대단하게 느껴진 적이 없었어요. 특히 아이들은……. 어릴 적 추억들이 발걸음마다 하나씩 떠올랐어요. 마치 진짜 내 앞에 있는 것처럼요. 우리 인생이 가볍지 않은 것은 사랑하는 사람이 있기 때문이란 것을 깨달았지요. 아까 남편과 통화를 하는데……."

다이앤이 통곡하기 시작했다. 분위기가 숙연해지며, 모두들 가슴에 뜨거운 기운이 올라왔다. 그녀를 위해 건배를 했다. 잠시 숨을 고른 다이앤이 또다른 제안을 했다.

"한 사람의 이야기가 끝나면 건배하고 한 잔씩 해요!"

다이앤의 오른쪽에 앉아 있는 다그마르 차례였다.

"저는 3년을 계획하고 온 거예요. 처음에는 혼자 오는 것이 망설여졌지만, 잘한 선택이라는 확신을 갖게 됐어요. 삼십대 여자가 처음으로 느껴본 자유라면 믿으시겠어요? 저보다 다 나이가 많으시겠지만, 먹고살다보니 하고 싶은 것 못 하고 살거든요. 뭔가 해봐야지 하면 너무 하고 싶은 것이 많을 것 같은데, 막상 하려고 하면 없어요. 그때 나타난 것이 산티아고 순례길이에요. 종교적인 이유도 아니고, 또 무슨 명상도 아니에요. 그냥 '아! 가면 아무것도 안 하고 걷기만 하겠구나!' 하고 온 거지요. 근데 너무 많은 일이 일어났어요. 상상들 하실 거예요! 아무것도 안 할 자유가 너무 많은 것을 가져다주네요!"

인간에게 주어진 시간은 유한하다. 그래서 자유가 가장 소중한 것이다. 또 하고 싶은 것이 많은 사람이 인생을 아끼는 이유다. 나 또한 하고 싶은 것이 정말 많다. 그래서 이 길을 꼭 완주하고 싶었는지도 모르겠다. 아까우니까.

조금 뜸을 들이더니 특이한 발음의 영어로 러시아 아저씨 세르게이가 이야기를 시작했다.

"놀랄까봐 이야기 안 했는데……. 뭐, 여기 오니까 그리 놀랄 일도 아니더구만. 다들 죽잖아요. 그렇죠? 몇 해 전 건강검진을 하다가 위암이 발견되었어요. 좀 나쁜 상태로 발전한 다음이었어요. 수술을 하고 항암치료도 하고 해서 많이 좋아졌는데……. 그 이후에 많이 우울해졌거든요. 전과 달리 마치 죽음을 옆에 두고 사는 사람 같았어요. 아시다시피 제가 늘 휴대전화로 사진을 찍는 것은 그런 의미예요. 다시 못 볼 수도 있으니까요. 길을 걷고 나서 바뀐 거요? 별거 없어요. 그저 다음에 또 걷고 싶다는 희망사항이 하나 생긴 정도랄까요."

전혀 예상을 못했다. 늘 밝고 유머가 풍부한 그가 죽음과 함께 살고 있다니……. 우리 모두 죽음을 피할 수는 없겠지만, 늘 죽음을 의식하며 살지는 않는다. 그가 죽음에 굴복하지 않고 이 길을 꼭 다시 걷게 되길 기원했다.

잠자리테 안경이 잘 어울리는 내 옆자리 줄리안의 이야기가 이어졌다.

"제임스는 이미 알고 있지만, 저는 몇 해 전 이혼을 했어요. 그런데 길을 걷다가 전처가 너무 보고 싶은 거예요. 물론 그녀는 나를 나쁜 놈이라고 하겠지만, 내가 정말 그녀를 사랑했다는 것을 깨달았어요. 네, 알고 있어요. 너무 늦었지요. 그래도 미련이 남아요. 전화를 걸어보고 싶은데……. 자신이 없어요. 오히려 그녀를 아프게 할까봐 걱정이 되고요. 에이, 조금만 일찍 이 길을 걸을 것을 그랬다는 후회도 들고요. 사랑에 실패한 사람에게 이 길은 후회만 남기네요."

눈시울이 붉어진 줄리안에게 용기내서 전화해보라며 모두 이구동성으로 응원을 해주었다. 마이크가 "길이 남긴 것은 후회가 아니라 발견"이라고 했다. 진짜 사랑했다는 것을 발견했으니, 전화를 안 하면 오히려 더 후회할 것이라고 말이다. 안경 너머로 흔들릴 것 같지 않았던 군인 아저씨의 눈빛이 흔들리는 것을 읽을 수 있었다.

우리를 평범한 순례자도 찾을 수 있는 식당으로 안내한 파블로의 차례였다.

"내가 이 길을 처음 걸은 것은 6년 전의 일이었지. 그때는 이렇게까지 사람이 많지는 않았어. 건물도 부수지 않았고, 하하하. 근데 처음 걷고 났는데, 아무 느낌이 없는 거야! 그때는 속았다는 생각을 했어. 나야 스페인 사람이니까, 친구들 중에 반은 이 길을 걸었고 반은 안 걸었거든. 먼저 걸은 친구들 경험담을 들으면서, 순례가 끝나면 다른 사람이 되는 줄 알았어. 나중에 생각하니, 순례 완주한 놈들 중에 딱히 변한 놈이 하나도 없다는 것을 깨닫게 되었지. 그때는 후회했지. 그런데 2년이 지나자, 또 걷고 싶어진 거야. 한번 더 걸으면 뭔가 깨달음이 생길 거 같았거든. 그래서 한번 더 걸었는데, 처음과는 뭔가 조금 다른데 여전히 잘 모르겠더라고. 그리고 이번에 세번째 걷는 거야. 글쎄, 깨달음이라……. 뭔가 틀림없이 있어. 내 삶이 좀더 편안해지고 행복해지기는 하니까 말이야. 음……. 내 깨달음은 말이야, 혹시 다음번에 걷기 전에 생각나면 알려주지. 하하하."

일부러 숨기려고 하거나 농담으로 좌중을 웃기려는 의도가 아니었다. 오히려 농담 사이사이에서 남들보다 더 진지한 그의 표정을 느낄 수 있었다. 모두 다 깨닫는 것은 아니다. 같은 경험을 하고도 깨닫지 못한 경우도 있고, 깨달았지만 그게 무엇인지 모를 수도 있다. 그리고 깨달음은 나의 주관적 삶의 경험에서 나온다. 어디를 돌아다니며 찾는 것이 아니다. 길은 무대일 뿐이다. 깨달음의 주역은 개성과 배우인 나와 내 마음이다. 무대가 다르다고 깨닫지 못하는 것도 아니고, 깨달음이 남과 같을 필요도 없다.

한 사람 이야기가 끝날 때마다 덕담을 하고, 건배 후 한 잔씩 하다보니, 모두 취기가 올랐다. 특히 그 어느 때보다 얼굴이 붉게 물든 마이크가 이야기를 시작했다.

"원래 아내와 함께 오기로 했거든. 우리 부부는 늘 젊게 살려고 해. 그런데 오기 직전 아내가 무릎 수술을 하게 되었어. 좀 고민하다가, 나만 왔어. 내가 안 가면 오히려 아내가 더 미안해할 거 같아서……. 오늘도 통화했는데, 무지하게 부러워하더라고. 도전은 인생의 가치를 더해주지. 그런 믿음을 확인해준 길이었어. 아내 사랑도 깨닫게 해주고……. 내가 깨달은 것은, 또 걸어야겠다는 거야. 비록 양쪽 발에 물집 때문에 고생했지만, 걷는 도전만큼 성취감이 큰 것이 없더라고. 늙어서도 할 수 있고. 그래서 2년 후에는 포르투갈길을 걷기로 했어. 누구 함께 갈 사람 없어?"

대단한 노인이다. 키도 크고 체력도 좋다. 무엇보다 그의 도전정신은, 의미와 결과를 떠나서 최고의 가치이다. 도전하지 않는 사람에게 미래가 없다고 하지만, 여든을 바라보는 나이에 미래가 필요할까? 그런데 그를 보니, 도전은 미래의 가치가 아닌 현재의 즐거움이라는 사실이 명확해졌다. 즐거운 여생을 위한 도전에 박수를 보냈다.

마지막으로 내 차례였다.

"제게는 지금 이 순간이 깨달음입니다. 생면부지의 사람들을 만나, 이렇게 허심탄회하게 마음을 털어놓는 것이 쉬운 일이 아니지요. 그럼에도 불구하고 우리는 마음을 나누고 있잖아요. 행복의 조건 중에 관계가 제일 중요하다는 평소의 믿음을 확인한 거지요. 그 밖에도 너무 많아요. 제가 원래는 말이 없는데, 오늘은 길어질 거 같네요……."

열여섯 개의 눈동자가 내게 쏠리는 것이 느껴졌다.

"저는 생각을 비우기 위해서 왔어요. 아시다시피 정신과의사의 삶이 평범하지는 않거든요. 늘 머릿속이 복잡해요. 그런데 그 복잡함이 지나쳐서 나를 괴롭히는 것을 보고 놀라서 온 길이거든요. 그런데 오히려 생각이 더 많아졌어요. 물론 복잡하거나 괴로운 것은 아니에요. 충분히 여유를 갖고 생각하니 더 많은 깨달음을 얻게 된 거 같아요. 길이 고마울 따름이지요."

도망치듯 떠나온 길이다. 길은 내게 위로와 이완은 물론이고 깨달음을 주었다. 그 깨달음을 공유하고 싶었다.

"제가 무지 급해요. 그런데 걷다보니 함께 걷는 사람과 속도가 다르다는 게 얼마나 힘든 것인지 알겠더라고요. 같이 걸으려면 좀더 빨리 걷거나, 아니면 좀더 느려져야 하는데……. 느려지는 거야 지루해도 참을 수 있지만, 빨리 걷는 것은 고통이지요. 그런데 아내가 제 속도에 맞추어 살아왔다는 생각이 드니……. 정말 미안하더라고요. 새삼 사랑스럽고. 평생 길동무를 해줄 사람이 있다는 것은 행운이에요."

아내 이야기에 줄리안이 고개를 끄덕이며 등을 토닥여주었다.

"그리고 기적을 경험했다고요! 사울 알지요? 내가 이 길을 포기해야겠다고 마음먹은 순간, 약을 들고 나에게 와준 거예요. 그 덕분에 여기까지 걸을 수 있었다고요. 혼자 살 수 없어요. 사람과 사람은 물론이고, 자연과 지구와 함께 사는 거예요. 그런데 자주 잊고 살지요. 마치 나 하나 잘나서 살고 있다고 착각하고요. 그럴 때 어떤 존재가 일깨워

줘요. '까불지 마라! 혼자서는 아무것도 아니다!'라고 말이지요."

마이크와 파블로가 공감을 하며 "오 마이 갓"이라 중얼거렸다.

"너무 말이 많지요. 마지막의 깨달음은 인생에서……. 아, 선배님들이 많기는 하지만, '인생에서 가장 소중한 것은 자신'이라는 평범한 진리예요. 완주를 목표로 곁눈질도 안 하고 앞으로 달려가는 사람을 보고 참으로 한심하다고 생각했어요. 또 중간에 좀 아프다고 포기하고 돌아간 사람을 보고도 같은 생각을 했고요. 근데 나중에 생각해보니 그렇게 한심하다고 생각한 내 자신이 참 어리석었어요. 진짜 한심한 것은 완주를 하고 싶은데 포기를 한다든가, 이제 충분하다고 느꼈는데도 끝까지 끌려가는 사람인 걸 깨달은 거예요. 제가 그런 위기에까지 몰렸거든요. 그래서 느낀 것이, 인생의 모든 것은 나를 위해 내가 결정해야 하고, 그 결정이 온전히 나를 위한 것이 되려면, '의지'라는 것이 필요하더라고요. 인간의 의지는 기적만큼이나 놀랍습니다."

식사를 끝내고 나온 산티아고의 밤은 시원했다. 아직도 등산용 스틱을 또각거리며 입성을 하는 순례자들도 눈에 띈다. 광장까지 함께 오는 길에도 우리 모두가 공유한 감격에서 쉽게 깨어나지를 못했다. 광장에 돌아와 한 사람 한 사람 포옹을 하고 헤어졌다. 세르게이는 연신 우리를 찍어댔다. 멀리서 줄리안이 아내에게 전화를 거는 소리가 들렸다.

"여보, 나야!"

작은 창으로 햇볕이 아름답게 들어왔다. 작은 침대지만 부드러운 흰색 시트와 따뜻하고 깨끗한 담요. 만족스러운 밤이었다. 산책을 채비하고 어슬렁거리며 나갔다. 아침의 광장은 한산했다. 여기저기 친구들도 보인다. 숙소를 나서자마자 네덜란드 커플 팀과 사라를 만났다. 내가 걸어 나오는 호텔을 보더니, "오! 비싼 호텔인데!" 하더니 자기들은 알베르게를 찾아나선단다. 몇 푼 안 되는 곳이라고 굳이 설명하지 않았다. 어차피 방도 없다는데……. 성당을 향해 가면서 큰소리로 좀 있다 보잔다. 산티아고 순례길에서 "조금 이따 봐!"는 비록 시간과 장소를 알려주지 않아도 굉장히 진실한 말이었다. 하지만 이곳은 대도시다. 과연 볼 수 있을까? "몇 시에? 어디서?" 하고 묻고 싶었지만 사라져버렸다. 아쉬웠다.

볕 좋은 성당 가는 길 한쪽에 자리를 잡고 앉았다. 사람 구경하기 좋은 곳이다. 지나가는 사람들을 관찰하니 참으로 가지가지 행색과 얼굴들이다. 삼삼오오 노래를 부르며 보무도 당당하게 뛰쳐들어오는 젊은 친구들도 있고, 유모차에 실려 온 아이도 있다. 택시를 타고 폼나게 내리는 노인 커플도 있다. 곧 쓰러질 듯 보이는 주근깨투성이의 유럽 남자와 곧 울음이 터질 듯한 여인도 있다. 그런데 그 여인이 나를 발견하고는 울 듯이 다가선다. 아! 어디선가 봤던 여자인데, 기억이 나지 않는다. 웃으며 "축하해! 여기가 산티아고래!"라고 한마디했다. 갑자기 여자는 울기 시작한다! "정말? 정말이지!"라며 통곡을 한다. 얼떨결에 프리허그 천사가 되어버렸다. 팔레스 델 레이 앞에서 본 외계인 아가씨들처럼 '허그 기부판'을 펼쳐볼까?

어라! 이번에는 혜수씨를 필두로 두 녀석들이 나타난다. 혜수씨가 "와! 아저씨다!"라며 반가이 맞는다. 귀여운 녀석들. 잠시 이야기를 나누다 점심을 같이하기로 했다. 광장 옆 식당은 손님이 가득했다. 영철씨까지 합세하여 다섯이 된 우리는 오랜만에 수다를 떨며 맛있게 식사를 했다. 곧 돌아간다는 생각 때문인지 그리 즐겁지만은 않은 듯했다. 그래도 나는 보타푸메이로를 봐서 다행이라고 하자, 영철씨가 충격적인 이야기를 했다.

"아저씨! 그거 매일 한대요. 원래는 일요일 미사에만 했는데, 요즘은 관광객이 많아서 거의 매일 볼 수 있대요!"

갑자기 몬테 도 고소 직전, 다리가 떨어져나갈 듯한 통증으로 눈물을 뚝뚝 흘리고 있던 내 모습이 슬로비디오처럼 지나간다. 숨이 턱 막히고 조금 나아진 다리가 아파온다. 욕심 많은 중늙은이는 자빠져도 코가 깨진다더니……

녀석들과 헤어지고 우체국을 찾았다. 사리아에서 부친 소중한 내 컴퓨터와 카메라를 찾았다. 돌아오는 길에 순례 증명서를 어디서 찾느냐는 사람들에게 친절하게 안내를 해주었다. 난 너희들 선배라고!

호텔로 들어가서 한잠을 자고 슬슬 걸어서 시내 바를 돌아다녔다. 몇 군데 유명한 바가 있다고 들었다. 비스포Bispo를 찾았다. 워낙 순례자들 사이에서는 타파스가 기가 막힌 것으로 유명하다. 사실 자리가 없을 것을 예상하고 갔지만, 생각보다 더 붐볐다. 그냥 들어가서 호텔 바나 찾아야겠다며 돌아서는 순간, 누가 나를 불렀다. 세상에! 또 사울! 그는 피니스테레에 있어야 했다. 근데 여기는 어떻게? 중간에 포기했단다. 미사를 드리고 나니 힘이 빠져서 그냥 쉬었단다. 아까 보았던 네덜란드 커플도 함께 있었다. 그들에게 우리의 기적을 설명하며, 오루호와 안초비 튀김을 먹고 밤거리를 조금 배회하다 들어왔다. 헤어지면 서 사울이 그랬다.

"제임스! 너를 위해 작은 선물을 샀어. 마이크 메일 주소를 아니까 네 주소를 보내줘. 그럼 내가 다시 네게 선물을 보낼게! 기대해! 그리 고 의사 선생! 고마웠어!"

우리는 사나이의 진한 포옹을 나누고 헤어졌다.

호텔로 돌아오는 길에 광장은 술 취한 몇몇을 빼고는 너무 조용했다. 속 터놓고 이야기하기에는 좋은 밤이다. 나만 힘들게 완주를 한 것은 아니다. 800킬로미터! 누구에게나 힘들 거리다. 솔직히 이야기해보자. 종교적인 의미를 제외한다면, 이 길이 주는 즐거움은 제한적이고 어찌 보면 가학적이기까지 하다. 고통까지는 아니더라도 불편한 점이 한둘이 아니다. 그런데 이 길을 걸은 사람은 거의 대부분 칭찬 일색이다.

"걷느라고 고생했어요. 잠자리가 형편이 없어요. 비오는 날 피레네에 는 절대 가지 마세요", "사람 사는 곳이라 나쁜 사람들을 만날 수도 있 어요", "특별한 의미를 못 찾으면 시간 낭비예요!", "잘못하면 무릎이 끊어질 듯 아플 수도 있어요" 등 부정적인 말은 극히 드물다. 모두 "아 름다워요. 걷는 것이 행복해요. 인생에 꼭 필요한 길이에요"라고 한다.

이유가 뭘까? 바로 감정적인 기억의 왜곡 때문이다. 고생 끝에 어떤 결실을 얻었을 때, 우리는 힘든 만큼 더 크게 감동한다. 그 감동의 순 간은 매우 강렬하여 관련된 기억을 모두 긍정적으로 바꾸어놓는다. 나쁜 감정의 단편들은 다 억압되어 사라지고 좋은 감정만 기억한다는 뜻이다. 출산의 고통보다는 생명의 탄생에 대한 감격이 더 커서 아이 를 또 낳겠다는 산모들의 심리와 비슷하다. 이성적인 측면의 비효율성,

불편함, 부정적인 성질은 모두 기억에서 사라진다. 심지어 긍정적으로 포장되기도 한다.

무릎이 아파서 간신히 걸었던 이 길. 완주를 하고 나니 나도 다른 사람들처럼 이 길이 아름답기만 했다고 착각을 하게 될 것이다. 아니, 착각을 해야 창피하고 아픈 추억에서 벗어날 수 있으리라. 그러니, 아직 고통의 기억이 살아 있을 때 이야기해주고 싶다.

'No pain, no gain!'

맞는 말이다. 그러니 혹시 이 길을 떠나고 싶다면 알려주고 싶다.

"온통 긍정적으로만 보인다면 거짓 세상이다. 반드시 부정적인 면도 존재한다. 훗날 삶이 어땠느냐는 당신의 태도가 긍정적이냐 아니냐의 문제일 뿐이다. 진짜 세상은 그리 중요하지 않다. 추억은 선택적 기억 상실의 또다른 이름일 뿐이니까."

고개를 들어 하늘을 봤다. 별이 많다. 세상에서 제일 아름다운 하늘. 이 하늘을 언제 또 볼 수 있을까?

언젠가 다시
길에서 만날 친구들

질리언 피니스테레를 완주하고 더블린으로 돌아갔다. 길을 걷고는 다시 자신감을 찾았다. 잠시 쉬고 일을 시작한단다.

마이크 열심히 찍어놓은 사진을 그림으로 완성했다. 그중 하나는 내 책의 표지로 썼으면 하는 바람도 보내왔다. 내년에는 포르투갈길을 걷겠다며, 함께하자고 꼬드 기고 있다.

안드레아 다행히 남자친구와 잘 지내고 있다. 길을 걸으며 할 수 있다는 자신감과 독립심이 생겼다. 인생은 남이 아닌 내가 책임져야 한다는 것을 알았다.

라우라 아직도 동생의 죽음에서 헤어나오지 못했다. 정신과 치료를 시작했다. 스위 스에는 나처럼 잘생긴 정신과의사가 없다며 억울해했다.

팀과 사라 팀의 모금액은 그저 그랬다. 하지만 이 길에서 만나 사랑을 피우게 된 사 라와는 고국에 돌아가서도 좋은 관계로 지낸다고 한다. 비록 사는 곳이 멀어서 가 끔 볼 수밖에 없지만 말이다.

사울 아직도 내게 선물을 보내오지 않았다. 마이크도 모른단다. 연락이 끊겼다. 그 렇지만 서운하지도 않고, 걱정도 안 된다. 우린 언젠가 또 기적적으로 재회할 테니 말이다.

그리고 제임스 산티아고 성인의 영어 이름이 '제임스St. James'라는 사실에 놀랄 겨를 도 없이, 바쁜 일상으로 돌아와 진료, 상담, 글쓰기에 여념이 없다. 무릎이 완치되 지도 않았는데 뉴질랜드의 밀포드나 스웨덴의 쿵스레덴 길을 꿈꾸고 있다. 이번에 는 어떤 사람들을 만날까?

사진으로 만나는
길 위의 풍경들

비가 오던 어제와는 달리 아침 햇살이 가득한 길. 혼자지만 푸근했다.

안개는 동트기 직전이 가장 아름답다. 사라질 것을 알기 때문일까?

용서의 언덕 위 순례의 상징인 철 조형물. 오르는 내내 마음이 편치 못했기에, 또는 하도 많이 사진으로 보아서, 그리 인상적이진 않았다.

등뒤에서 떠오르는 태양 때문에 가까운 앞쪽부터 서서히 사라지는 안개. 아직 먼 산은 안개에 싸여 있다. 신비로운 경험.

소박하지만, 이 길에서 가장 아름다운 성당 에우나테. 조그만 내부에 들어서니 왠지 성스러워지는 기분이 들었다.

여왕의 다리. 순례길 곳곳에서 볼 수 있는 여러 다리 중에 가장 아름답기로 정평이 나 있다.

순례길 표지석 위의 등산화. 유채꽃이 아름답다. 신발이 망가졌나? 아니면 여기서 포기한 걸까?

산 정상의 오래된 성곽, 화려했을 과거와 세월의 무상함을 느끼게 해주었다.

연두색, 초록색, 황토색, 고동색 그리고 푸른색 하늘. 컴퓨터 바탕화면 같은 들판.

또다른 순례길의 상징인 철 십자가. 이곳에 근심, 걱정, 미련, 슬픔을 내려놓았다.

유럽을 지배하던 스페인 왕국에 와 있음을 실감하게 한 성채. 템플 기사단의 위용을 느낄 수 있었다.

노란색 화살표는 다음 여정을 알려준다. 길에서는 단순한 방향 표시가 아닌 희망이다.

산티아고 데 콤포스텔라 입구의 반가운 붉은 간판. 외로운 순례자의 그림자와 대조적인 것과 같이, 그리 기쁜 마음만은 아니었다.

길은 모두에게 다른 말을 건다

© 김진세

| 초판 1쇄 발행 2016년 7월 20일
| 초판 2쇄 발행 2016년 10월 19일

| 지은이 김진세 | 펴낸이 고미영

| 편집 이승환 이현화 | 편집보조 강소이 이채연 | 디자인 백주영 | 일러스트 순심(이나경)
| 마케팅 방미연 최향모 오혜림 함유지 | 홍보 김희숙 김상만 이천희
| 제작 강신은 김동욱 임현식 | 제작처 영신사

| 펴 낸 곳 (주)이봄
| 출판등록 2014년 7월 6일 제406-2014-000064호

| 주   소 10881 경기도 파주시 회동길 210
| 전자우편 yibom01@gmail.com | 팩스 031-955-8855
| 문의전화 031-955-1935(마케팅) 031-955-2698(편집)

ISBN 979-11-86195-60-4 03810

springtenten   springtenten   yibom_publishers